Moon Notes

JENNIFER
SCHUMANN

without a word

Moon Notes

Klimaneutral
Druckprodukt
ClimatePartner.com/53248-2011-1002

Dieses Buch wurde klimaneutral produziert. Dadurch fördern wir anerkannte Nachhaltigkeitsprojekte auf der ganzen Welt. Erfahre mehr über die Projekte, die wir unterstützen, und begleite uns auf unserem Weg unter www.oetinger.de

FSC
www.fsc.org
MIX
Papier aus verantwortungsvollen Quellen
FSC® C014496

Originalausgabe
1. Auflage

Dieses Werk wurde vermittelt durch die Textbaby Medienagentur, www.textbaby.de
© Covergestaltung: FAVORITBUERO, München
unter Verwendung von shutterstock.com: © OneLineStock.com / © Liia Chevnenko
Satz: Sabine Conrad, Bad Nauheim
Druck und Bindung: GGP Media GmbH,
Karl-Marx-Straße 24, 07381 Pößneck, Deutschland
Printed 2022
ISBN 978-3-96976-003-1

www.moon-notes.de

Liebe*r Leser*in,

wenn du traumatisierende Erfahrungen gemacht hast,
können einige Passagen in diesem Buch triggernd wirken.
Sollte es dir damit nicht gut gehen, sprich mit einer Person
deines Vertrauens. Auch hier kannst du Hilfe finden:
www.nummergegenkummer.de

Schau gern auf S. 414, dort findest du eine Auflistung der
potenziell triggernden Themen in diesem Buch. (Um keinem*r
Leser*in etwas zu spoilern, steht der Hinweis hinten im Buch.)

Dieses Buch ist all den wahren Helden gewidmet,
die viel zu früh gehen mussten.
Vor allem meinem Großvater.

PLAYLIST

Slide Away – Miley Cyrus
My Life – Imagine Dragons
Scumbag (Acoustic) – Goody Grace
Ordinary World – Green Day
Hurt – Johnny Cash
The Cave – Mumford & Sons
Everlong – Foo Fighters
Bad Habit – The Kooks
Friday I'm In Love – Phoebe Bridgers
Wicked Game – Grace Carter
Never There – Sum 41
Roller Coaster – Danny Vera
Seaside – The Kooks
Afterglow – Ed Sheeran
Out Of Reach – Gabrielle
Mr. Brightside – The Killers
Woman – Mumford & Sons
Falling – Harry Styles
Liability – Lorde
The Messenger – Linkin Park
One More Light – Linkin Park
Collide (Acoustic Version) – Howie Day
Brace Yourself – Howie Day
I'll Stand By You – Pretenders, Bob Clearmountain
Right on Time – Brandi Carlile
More Than Words – Extreme
World Gone Mad – Bastille
Not Today – Imagine Dragons
Longest Night – Howie Day

KAPITEL 1
Madeleine

Danach

»Hallo, Madeleine. Bitte nehmen Sie Platz!« Dr. Witman scheint weniger verwundert über meinen Besuch in ihrer Praxis zu sein als ich. Immerhin habe ich mir selbst hoch und heilig geschworen, nicht mehr herzukommen. Aber da stehe ich nun doch leibhaftig vor ihr, wenn auch nicht ganz so selbstsicher wie geplant.

»Danke«, murmele ich.

Sie öffnet ihre Mappe, greift nach ihrem Stift und lächelt mich erwartungsvoll an. Ich wende den Kopf ab und sehe lieber aus dem Fenster, hinaus zu dem Sportplatz der Schule nebenan, wo sich einige Kinder in der eisigen Kälte beim Ballspiel abquälen. Ständig unter Beobachtung der Argusaugen ihres Lehrers mit Trillerpfeife um den Hals.

»Es freut mich, dass Sie meinem Rat gefolgt sind und doch noch einmal um einen Termin gebeten haben. Ich weiß, dass Sie frustriert sind, Madeleine, aber glauben Sie mir, das ist auch eine Empfindung, die ihre Berechtigung hat. Es zeugt von Stärke, dass Sie sich all diesen verschiedenen Emotionen stellen. Dafür haben Sie meinen größten Respekt.«

Dr. Witman erinnert mich manchmal an eine Venusfliegenfalle. Was sie sagt, klingt so harmlos, bestätigend und verlockend. Doch wenn ich mich auf sie einlasse, bin ich verloren. Sie benutzt Phrasen wie »damit abschließen« oder »die Vergangenheit ruhen lassen«. Aber das kann ich nicht. Das möchte ich nicht.

Und trotzdem bin ich heute hier.

Wieder mal.

Warum nur?

Wahrscheinlich auch deshalb, weil Dr. Witman einer der wenigen Menschen in dieser Stadt ist, mit denen ich reden kann. Vor allem aber, weil ich ihre Hilfe nun dringender brauche als die Isolation der vergangenen beiden Wochen, die mir bislang noch Sicherheit bot.

Kurzerhand entscheide ich, die Bombe platzen zu lassen, auch wenn ich damit meine ganze Verzweiflung offenbare.

»Ich habe ihn gesehen.«

Dr. Witman holt tief Luft, legt Brille und Stift zur Seite, allzeit bereit, in meine seelischen Qualen einzutauchen. »Okay … und wo? Wo haben Sie ihn gesehen?«

»Im Fernsehen. Darauf war ich wirklich nicht vorbereitet.« Oft frage ich mich, ob Dr. Witman über meine offensichtliche Überforderung enttäuscht ist, schließlich liegen bereits einige Therapiestunden hinter uns. Ich selbst hingegen hege nicht mehr allzu hohe Erwartungen, was mich betrifft. Ich setze mir derzeit kleine Ziele – in der Früh aufstehen, anziehen, überleben. Das Übliche. Daily Business eben. Früher hatte ich den großen Traum einer tollen Karriere als Theaterschauspielerin, heute bin ich bescheidener.

»Mittlerweile glaube ich, dass es nie besser werden wird.« Ich zappele auf der mintgrünen Verloursledercouch herum und lasse mal wieder die Pessimistin raushängen. Eine Seite an mir, die ich wirklich verabscheue.

»Madeleine, wollen Sie, dass sich Ihre Situation verbessert?«

»Verbessert? Ja, natürlich.«

»Aber Sie wissen auch, dass Sie, um eine Verbesserung zu erreichen, akzeptieren müssen, was geschehen ist.«

»Sie wollen, dass ich es vergesse. Aber das kann ich nicht. Niemals!«

Dr. Witman beugt sich vor. Sie stemmt die Ellbogen auf den

Tisch, und ihr durchdringender Blick ruht auf mir. Nun gibt es kein Entrinnen mehr. »Die Vergangenheit zu akzeptieren, bedeutet nicht, sie zu vergessen, Madeleine, denn sie wird immer ein Teil von Ihnen sein. Doch Sie müssen die Ketten lösen, um weiterleben zu können. Sie sind am Leben, ist Ihnen das eigentlich bewusst? Ihr Körper scheint es mit jedem Atemzug, den Sie machen, zu spüren. Ihr Geist aber ist wie eine vertrocknete Pflanze, die darauf wartet, endlich Wasser zu bekommen. Finden Sie heraus, was Ihnen guttut, was Ihnen die Kraft gibt, den nächsten Tag zu überstehen. Das ist ein erster Schritt.«

Bevor ich eine Stunde später Dr. Witmans Praxis verlasse, gibt sie mir den Ratschlag, jene Augenblicke meiner Vergangenheit noch einmal gedanklich durchzuspielen, um zu erkennen, wie viel Kraft ich daraus schöpfen kann. Sie händigt mir auch eine Karte aus, die eine gemütliche, sommerliche Terrasse zeigt. Als Ort würde ich auf Frankreich tippen. Unter dem warmen Licht unzähliger Lampions ist eine Tafel zu sehen, auf der halb leere Gläser und abgebrannte Kerzen stehen. Dieser Tisch scheint der Mittelpunkt fröhlicher Gespräche und guten Essens gewesen zu sein. Auf der Rückseite der Karte lese ich einen Spruch, der mir als Ankerpunkt bis zu meiner nächsten Therapieeinheit dienen soll. *Leuchtende Tage. Nicht weinen, dass sie vorüber. Lächeln, dass sie gewesen.*

Das kleine Apartment in Queens, in dem ich seit meiner Ankunft in New York wohne, ist der einzige Ort in dieser Stadt, an dem ich mich halbwegs sicher fühle. Vollgestopft mit all meinen Erinnerungen an eine bessere Zeit, gleicht meine Wohnung einem Museum, das den Themen Verlust, Abschied und Selbsthass gewidmet ist.

Auch Dr. Witmans Karte bekommt darin nun einen passenden

Platz. Ich entscheide, sie als Zeichen meiner Motivation, mein Leben in den Griff bekommen zu wollen, an den Kühlschrank zu heften. Dorthin führt mich mein Weg zwar äußerst selten, aber immerhin bleibt sie so in meinem Blickfeld. Von der Couch aus, auf der ich die meiste Zeit meines Tages verbringe, kann ich nämlich den gesamten Raum überblicken.

Heute jedoch zieht mich das magische Band, das Dr. Witman als Ketten meiner Vergangenheit bezeichnet hat, ins Schlafzimmer. Unter meinem Bett bewahre ich die Erinnerungen an mein altes Ich in einem ebenso alten Schuhkarton auf. Den Inhalt kann ich mit voller Überzeugung als mein Lebenselixier bezeichnen. Dennoch zögere ich, den Deckel abzunehmen.

Mit meinem Telefon in der Hand und dem Karton auf meinem Schoß setze ich mich aufs Bett. Ich scrolle zu einer Sprachnachricht von ihm, die Charlize mir weitergeleitet hat. Mein Daumen schwebt zögernd über dem dreieckigen Symbol, das die Aufnahme abspielen wird. Wenn ich seine Stimme höre, wird das mein Untergang sein, so viel steht fest. Doch die Verlockung ist zu groß. Zu stark die Hoffnung, dass darin der Schlüssel zu meiner Heilung liegt. Es ist wie eine Sucht, ein Drang, der überhandgenommen hat.

»Hi, ich bin's. Ich habe heute schon mehrmals versucht, dich zu erreichen, aber du hebst nicht ab.« Er seufzt, und ich höre den Straßenlärm, der ihn umgibt. Seine Stimme klingt verzweifelt und hoffnungsvoll zugleich. Sie ist mir so vertraut und doch so fremd. *»Alles okay bei dir? Na ja, jedenfalls wollte ich dir sagen, dass ich gleich noch den Termin beim Doc habe und danach nach Hause fahren werde. Ruf mich an, wenn du Zeit hast. Bis bald.«*

Letzte Momente unbewusster Glückseligkeit. Ich wünschte, ich könnte genau dort die Zeit anhalten, um ihn zu retten. Doch die Zeit ist weitergelaufen, wie sie es soll.

Sekunde für Sekunde. Stunde für Stunde. Tag für Tag. Monat für Monat.

Immer weiter bringt sie uns auseinander, trübt meine Erinnerung an ihn. Ich frage mich, ob diese irgendwann genauso vergilbt sein wird wie die vielen handschriftlichen Notizen, die ich in meinem Schuhkarton aufbewahre.

Das Traurige aber ist, dass in dem Moment, als die Sprachnachricht endet, nicht nur jede Hoffnung dahin ist, sondern ich ihn auch nicht mehr anrufen werde. Weder heute noch morgen. Niemals.

Ich habe ihn genauso wenig retten können wie mich selbst. Ich habe in jeder Hinsicht versagt.

Dr. Witman meinte, ich solle mich bewusst den Ereignissen der vergangenen eineinhalb Jahre stellen. Ich müsse diese Momente noch einmal durchleben, um zu begreifen, dass sie hinter mir liegen und nicht mehr wiederkommen. Denn erst das wird mir helfen, in die Gegenwart zu finden.

Wie eine Richtschnur soll meine Vergangenheit mein aus den Fugen geratenes Leben wieder ins Lot bringen. Als Hilfsmittel dient mir mein Karton voller Erinnerungen. Die sind der Fahrplan.

Während ich den Deckel abnehme, verspüre ich Resignation und auch Hoffnungslosigkeit. Natürlich könnte mich diese Reise, zu der Dr. Witman mir geraten hat, endgültig zerstören. Aber wenn auch nur die geringste Hoffnung besteht, mein jetziges Leben zu verbessern, bin ich bereit, dafür jedes Risiko in Kauf zu nehmen.

Für ihn. Damit nicht alles umsonst war.

KAPITEL 2
Madeleine

Davor

Mit gerade mal dreiundzwanzig Jahren meine am Anfang stehende Karriere vorerst auf Eis zu legen, um sich selbst zu finden, würden einige als mutig bezeichnen. Andere würden wohl behaupten, ich sei undankbar. Meine beste Freundin Leona hielt mich einfach für verrückt, aber ich wusste, dass ich mich auf sie verlassen konnte. Denn wir hatten uns geschworen, dass wir uns gegenseitig bei jeder Dummheit unterstützen würden, solange es nicht bedeutete, im Krankenhaus oder im Knast zu landen.

Meine Mum hatte, glaube ich, den Ausdruck »riskant«, benutzt, als ich ihr von meinen Plänen, vorerst keine weiteren Rollen anzunehmen, berichtete. Wir hatten bei uns zu Hause in Paddington gesessen, in dem Haus, in dem ich aufgewachsen war. Neue Möbel, alter Charme. Erinnerungen, archiviert in Bildern, die an den Wänden hingen. Und davor meine Mum mit ihrem herzlichen Lächeln, dem sanften Blick und der Rundumversorgung in Form von Tee und Kuchen.

»Du wirst deinen Weg gehen, Liebes«, hatte sie gesagt, auch wenn ich spürte, dass ihre Sorge um mich wuchs.

»Ich brauche diese Auszeit«, hatte ich erklärt. »Ich weiß nicht, ob ich meine Arbeit noch liebe.«

»Abstand ist manchmal die beste Medizin.«

Doch einzig vom Nichtstun konnte ich schließlich auch schlecht leben. Außerdem war ich nie jemand gewesen, der gern untätig war. Gut, verregnete Sonntage auf der Couch damit zu verbringen, Serien zu schauen und Unmengen an Popcorn zu verputzen, war großartig. Aber die restlichen sechs Tage der Woche brauchte ich eine Aufgabe.

Das wusste auch Leona. Einst waren wir, wie wir gern sagten, von unseren Müttern zwangsbefreundet worden, die sich, beide mit riesigem Babybauch, im Hyde Park kennengelernt hatten. Meiner Mum war durch einen Windstoß der Hut – einer dieser schrecklich schrillen, bunten 90er-Jahre-Hüte – vom Kopf geweht worden. Leonas Mum Sarah war ihr zur Hilfe geeilt. Gemeinsam hatten sie das hässliche Ding vor einem unwürdigen Ende in einer Pfütze gerettet. Aufgrund ihrer beider Schwangerschaften waren sie schnell ins Gespräch gekommen und hatten sich fortan getroffen, um sich gegenseitig ihr Leid zu klagen und aufzumuntern. Ich hatte fünf Wochen vor Leona, an einem verregneten Maitag, das Licht der Welt erblickt. Seither waren wir unzertrennlich.

Unsere Freundschaft war voll mit wirklich schönen Erinnerungen. Zum Beispiel, wie wir beide schier ausgeflippt waren, als wir zu Weihnachten die gleiche Barbie-Traumvilla bekommen und uns daraufhin wochenlang jeden Tag zum Spielen getroffen hatten. Wir hatten eigene Kleider aus Stoffen genäht, die Leonas Mum für uns gekauft hatte, und hatten dann Fotoshootings veranstaltet. Noch heute existierten davon Fotos mit gruselig starren Puppen, die in dilettantisch zusammengeflickten Baumwollstreifen steckten, um für uns zu posieren. Wir hatten uns als die nächste Donatella Versace gesehen – und das war nur einer unserer Mädchenträume, von denen wir unzählige hatten.

Als wir älter geworden waren, machten wir zusammen den üblichen Quatsch durch: erste Zigarette, erste Liebe, erster Schmerz, erster Absturz. Wir waren sogar einmal in den gleichen Jungen verknallt gewesen, doch am Ende hatten wir heldenhaft entschieden, dass niemand, nicht einmal der Mädchenschwarm unserer Schule, je zwischen uns stehen würde. Leona hatte ihm auf einer

Party sogar Wodka-Bull ins Gesicht geschüttet, nachdem er mich vor all unseren Freunden eine verklemmte Zicke genannt hatte. Ich war so stolz auf sie gewesen, weil ich gewusst hatte, wie sehr sie sich zu dieser Zeit wünschte, von ihm beachtet zu werden.

Uns verband außerdem die Liebe zur Kreativität. Während ich meine Leidenschaft fürs Theater und das magische Gefühl, Texten Leben einzuhauchen, entdeckt hatte, hatte Leona begonnen, sich für das Backen zu interessieren. Schon als Teenager hatte sie die abgefahrensten Tortenkreationen erschaffen und mit dem Verkauf ihr Taschengeld aufgebessert. Dass sie ihr Hobby irgendwann einmal zum Beruf machen würde, war abzusehen gewesen. Tatsächlich hatte sie sich bald einen Namen als Konditorin gemacht und sogar für Elton John eine Geburtstagstorte gebacken. Bevor die damals ausgeliefert worden war, hatten wir ehrfürchtig die Hände darüber ausgebreitet und *Can You Feel the Love Tonight* gesungen – der Soundtrack zum Lieblingsfilm unserer Kindheit.

Dass mir Leona angeboten hatte, während meiner Kreativpause bei ihr im Laden in Covent Garden auszuhelfen, hatte nicht nur einen karitativen Hintergrund, sondern war auch fast ein Hilferuf, da zwei ihrer Mitarbeiter auf unbestimmte Zeit ausfielen. Ich half natürlich liebend gern. Und da ich im Verkauf, im Gegensatz zur Backstube, den wenigsten Schaden anrichten konnte, wurde ich nach einer äußerst spärlichen Einführung ins Geschäft seitens meiner Freundin an meinem ersten Arbeitstag blindlings in die Schlacht geschickt, wie sie das Morgengeschäft nannte. Tatsächlich kam es mir vor, als würden einige Kunden um ihr Leben und nicht um einen Bagel kämpfen. Ich war verloren und hätte am liebsten gleich wieder alles hingeschmissen, biss mich aber durch. Nicht zuletzt, weil ich Leona nicht hängen lassen und enttäuschen wollte.

Von Tag zu Tag wurde es besser. Ich hatte zwar immer noch keinen Überblick über unser Sortiment, doch ich kämpfte mich durch und durfte bleiben. Und tatsächlich blühte ich auf, so ganz weit weg von meinem ehemaligen Alltag, der zum größten Teil aus Probenstress, Leistungsdruck und dem Konkurrenzkampf mit anderen Schauspielern bestand. In meiner Welt drehte sich plötzlich alles um Gebäck. Von süß bis sauer. Von salzig bis scharf.

Gewissermaßen vermisste ich den Applaus zwar – eine Sehnsucht, die jeder Künstler, der einmal auf einer Bühne stand, kennt. Das Rauschen von klatschenden Händen, untermalt mit Beifallsrufen, kam einer Seelendusche gleich. Nun fing ich an, mich genauso sehr über das Trinkgeld zu freuen. Es stimmt: Manchmal zählen die kleinen Gesten. Ein Lächeln inmitten all der Hektik zum Beispiel. Ein Dank, anstatt mir die Tüte aus den Händen zu reißen und wortlos zu verschwinden.

Langsam merkte ich mir die Gesichter. Die drei Mädels vom Schuhgeschäft die Straße runter kamen zum Beispiel jeden Tag, um Kaffee und Sandwiches zu kaufen. Ich mochte sie, weil sie wirklich nett waren – und die Schuhe, die sie trugen, einfach der Hammer waren. Dann gab es diesen gestressten Bankier, der sein Handy immer entweder am Ohr oder in der Hand hielt. Meine Aufgabe, hatte ich beschlossen, bestand darin, ihn zum Lächeln zu bringen. Eine Mission, die utopisch erschien.

Und dann gab es da noch ihn.

Er kam fast jeden Tag und war immer in Begleitung dieser hübschen, dunkelhaarigen Frau mit den unglaublich langen Beinen und einem entwaffnenden Lächeln. Sie trug teuer aussehenden Schmuck, stylishe Kleidung, und ihr Haar war entweder perfekt gelockt oder perfekt geglättet. Es schimmerte spektakulär im bläulichen Licht der Deckenlampen, und häufig stellte ich mir vor, dass sie nebenbei als Model für Haarshampoos arbeitete. Ich zumindest hätte mir das Produkt, für das sie warb, sofort gekauft.

Seine Begleitung, die ich für seine Frau oder zumindest für seine Freundin hielt, trat jedes Mal ohne ihn an unseren Verkaufstresen. Er blieb im Hintergrund und war stets mit seinem Handy oder seiner Zeitung beschäftigt.

Vom ersten Augenblick an hatte er meine Aufmerksamkeit. Seine Größe und die aufrechte Körperhaltung strahlten Stolz aus. Sein Haar war fast ebenso dunkel wie das seiner Freundin. Er trug es an den Seiten kürzer, oben länger. Manchmal war sein Bart länger, manchmal hatte er ihn fast ganz abrasiert. Ich konnte mich nicht entscheiden, welcher Look mir an ihm besser gefiel, entschied mich dann aber, dass er in jeder Lebenslage attraktiv war. Ich hatte nur noch Augen für ihn, aber seine Begleiterin fungierte wie ein Schutzschild zwischen uns, als wüsste sie genau, wie er auf Frauen wirkte. Dabei war ich keines dieser Mädchen, das sich an vergebene Männer ranmacht. Zumindest dachte ich immer, genügend Ehrfurcht vor der Beziehung anderer zu besitzen.

Doch mit jedem Mal, mit dem ich ihn sah, wie er mich ignorierte und seine Freundin vorschickte, wuchs meine Neugier auf ihn. Wer war er? Wie war er? Würde er mich auf charakterlicher Ebene ebenso beeindrucken, wie es ihm durch sein Äußeres gelungen war, oder war er ein Arschloch? Ein überheblicher, gut aussehender Trottel?

Ich wusste zwar, dass sie beide im Gebäude schräg gegenüber arbeiteten, doch irgendwann reichte auch diese Information nicht mehr aus, um meine Faszination für diesen Fremden zu stillen.

Wann war ich zur krankhaften Stalkerin mutiert?

Ich glaube, Leona hatte recht – ich brauchte ein Hobby.

Manchmal war ich überzeugt, dass er einfach nur eingebildet war und es nicht für notwendig hielt, sich mit einer schnöden Verkäuferin abzugeben. Dafür war seine dunkelhaarige Begleitung aber umso höflicher. »Die Zitronentarte, die du mir gestern empfohlen hast, war übrigens hervorragend.«

»Freut mich, wenn sie dir geschmeckt hat. Wenn ich es richtig verstanden habe, wird nächste Woche wieder Nachschub produziert.«

»Sicher mir bitte ein Stück«, bat sie und zückte ihre Brieftasche. »Ich glaube, heute nehmen wir bloß zwei Croissants.« Kurz drehte sie den Kopf zu ihrem Begleiter, aber er blickte weiter auf sein Handy. »Ja, das entscheide ich jetzt mal ganz spontan.«

An diesem Tag nahm ich all meinen Mut zusammen. Getrieben von der Wirkung des Fremden, entschloss ich mich, im Privatleben dieser beiden Menschen zu graben. »Du arbeitest drüben in dem Gebäude mit der roten Tür«, sagte ich, steckte zwei Croissants in eine Papiertüte und ließ ein unsichtbares Fragezeichen stehen.

Die Frau nahm die Tüte und erklärte mir: »Richtig. Wir teilen uns das Haus mit einem Zahnarzt. Diese permanente Konfrontation mit meinen Ängsten hat aber bis jetzt noch nicht geholfen. Ich halte die Bohrgeräusche immer noch nicht aus.«

Ich lächelte und sah erneut zu ihm. »Dann bist du also Architektin und keine Zahnärztin?«

»Du meine Güte, nein. Ich saniere lieber Häuser statt Kiefer.« Sie bezahlte und verschwand mit ihm im Schlepptau.

Als er ihr beim Rausgehen die Tür aufhielt und seine Hand auf ihren Rücken legte, empfand ich Eifersucht, aber auch Freude über seine offensichtliche Zuneigung dieser Frau gegenüber. Ich hatte nicht allzu viel über ihn in Erfahrung bringen können, wusste nun aber, dass er zumindest kein egoistischer Macho war. Ich hielt ihn für jemanden, der die Leute gut behandelte, und das fand ich schön. Ganz egal, ob ich ihn jemals näher kennen lernen würde oder nicht. Für seine Distanziertheit musste es andere Gründe geben. Gründe, denen ich wohl niemals auf die Spur kommen würde.

Aber ich fand es fair, dass die sympathische Frau einen netten Mann an ihrer Seite hatte.

Als ich an diesem Abend Feierabend machte, ging ich nicht, wie Leona mir angeboten hatte, mit in einen Pub gleich in der Nähe, sondern fuhr nach Hause. Auf dem Weg zur Tube blieb ich vor dem Gebäude mit der roten Tür und der dunkelblau vertäfelten Fassade stehen. Auf einem Messingschild, das neben dem

Treppenaufgang angebracht worden war, entdeckte ich schließlich den Namen der Firma, für die die Frau arbeitete – Price Architecture.

In der Tube sah ich mir auf meinem Smartphone die Firmenhomepage an und fand dort tatsächlich ein Foto des Mannes, der meine Gedanken in den vergangenen Tagen beherrscht hatte. Sein Name war Eden Bail. Gemeinsam mit einer gewissen Charlize Bail war er also Angestellter des Architekturbüros. Sie hatten den gleichen Nachnamen. Mehr musste ich nicht wissen, damit mein Tag ruiniert war.

Während ich seufzend das Handy wegsteckte, beglückwünschte ich Charlize aber innerlich zu ihrem Ehemann und nahm mir vor, mir diesen aus dem Kopf zu schlagen.

KAPITEL 3

Madeleine

Leona und ich aßen unser Mittagessen häufig in ihrem Büro, welches durch eine Glasscheibe vom restlichen Betrieb abgetrennt war. Die Räumlichkeiten der Bäckerei waren suboptimal, es war eng, und ganz ehrlich, der Anlieferungsbereich war die Hölle. Doch Leona liebte den Laden. Er hatte ja auch wirklich Charme und war gemütlich – zumindest, was den Verkaufsraum anging. Sie hatte die Entdeckung ihres Geschäftslokals vor zwei Jahren sogar als »Glücksgriff« bezeichnet.

Meine Auszeit hätte ich natürlich auch mit einem globalen Roadtrip verbringen können, anstatt mich in Leonas Laden abzurackern. Ich hätte einen Rucksack packen, mich in ein Flugzeug setzen und zwölf Monate lang kulturelle Erfahrungen sammeln können. Doch erstens wollte ich Leona auf dieser Reise dabeihaben und zweitens wäre mir meine Entscheidung mit dem Verlassen des Landes so endgültig vorgekommen. Blieb ich in London, war ich dem Theater nahe. Ich war sozusagen auf der sicheren Seite. Offenbar, und das war mir erst gar nicht bewusst gewesen, hatte ich ein starkes Verlangen nach Kontinuität, die ich, um meine innere Ruhe zu bewahren, nur bis zu einem gewissen Grad strapazieren durfte.

Dass ich meinen Fuß immer noch in der Tür zu meinem eigentlichen Beruf hatte, musste auch Leona an diesem Tag zwischen zwei Bissen Hühnercurry feststellen. »Was ist das denn?«, fragte sie verdutzt in Richtung des Skripts, das zur Hälfte aus meiner Handtasche ragte.

Ich seufzte, wie ich es auch getan hatte, als mich das Päckchen meiner Agentur erreichte. »Meine Agentin ist der Meinung, dass ich perfekt in die Rolle der Sybil Vane passen würde. Sie hat mich überredet, das Stück zumindest zu lesen. Was nicht einmal so schwer war, wenn man bedenkt, wie sehr ich Wilde liebe.«

»Oh ja.« Leona verdrehte die Augen, was ich ihr durchgehen ließ. »Du bist völlig verknallt in den Kerl.«

»Als Liebe würde ich das nicht bezeichnen. Wenn schon bin ich verknallt in die Form seines Humors, die Weise, wie er Dinge auf den Punkt bringt und wie überspitzt er dabei manchmal klingt.« Ich holte schnell Luft, kam von meinem Oscar-Wilde-Trip runter und strich mit dem Finger nachdenklich über den Rand des Tellers vor mir. »Aber ich bin mir im Moment einfach so unsicher. Was, wenn ich die Rolle bekomme und es dann nicht schaffe, meinen eigenen Standards gerecht zu werden? Dann werfe ich mir das bis in alle Ewigkeit vor.«

Leona nippte an ihrem Schwarztee. »Es könnte aber auch passieren, dass du durch diese Rolle wieder zurück zu deiner alten Stärke findest.«

Oder ich würde noch tiefer fallen, wenn ich die Rolle der Sybil Vane erst gar nicht bekam. Davor hatte ich in Wahrheit nämlich die größte Angst.

Ich zuckte mit den Schultern und wollte das Thema beenden, bevor Leona anfing, auf meinen schmerzhaften Punkten herumzudrücken. »Ich werde es mir einmal in Ruhe ansehen und im Anschluss entscheiden, wie es weitergehen soll.«

»Meine Unterstützung hast du, Maddy. Du kannst, solange du möchtest, hier arbeiten. Ich bin wirklich froh über deine Hilfe.«

Ich griff nach Leonas Hand, schenkte ihr ein herzliches Lächeln und aß mein Curry auf.

Im Anschluss kehrte ich zurück an meinen Arbeitsplatz. Es war ein normaler Tag, vielleicht war es sogar etwas ruhiger als üblich. Dennoch taten mir abends die Beine weh.

Bevor ich die Bäckerei verließ, tauschte ich meine weißen Sneakers gegen pfirsichfarbene Ballerinas und öffnete meine zusammengebundenen, ein wenig zerwühlten Haare. Draußen auf dem Bürgersteig stöpselte ich mir meine kabellosen Kopfhörer in die Ohren, schaltete Musik von Goody Grace ein und trottete in Richtung Tube-Station. Mein Weg führte mich vorbei an einem Bekleidungsgeschäft, einem Restaurant und dann an dem Gebäude mit der roten Tür und der dunklen Fassade.

Mein Herzschlag beschleunigte sich, als ich Eden Bail die Treppe, die zu dem Architekturbüro führte, herunterkommen sah. Uns trennten nur wenige Schritte, doch er hatte mich nicht bemerkt, während ich stehen geblieben war, um diesen für mich so faszinierenden Mann zu beobachten. In seiner rechten Hand hielt er eine Aktentasche, die halb von seinem Jackett bedeckt wurde, das er sich über den Arm gelegt hatte. Zielsicher steuerte er auf einen schwarzen Wagen zu, der am Straßenrand parkte. Er öffnete die linke Hintertür, warf Tasche und Jackett auf die Rückbank und blickte dann direkt in meine Richtung.

Sein Blick aus den braunen Augen, die im düsteren Abendlicht noch sehr viel dunkler wirkten, glitt urteilend über mich. Es war, als hielt er mich für einen unliebsamen Eindringling in seine Privatsphäre. Als wäre ich bereits zu weit gegangen, weil ich dieselbe Straßenseite wie er benutzte. Er wollte mich in die Flucht schlagen, so viel stand fest.

Es mochte jedoch diesem geheimnisvollen Leuchten seiner Augen und meiner unbändigen Neugier geschuldet sein, dass ich die Schultern straffte und einen Schritt auf ihn zu machte. Eden Bail warf die Autotür zu und taxierte mich weiterhin wie ein wildes Tier, dem er nicht traute. Ich schluckte und bemühte mich, mein Lächeln aufrechtzuerhalten, bis ich auf gleicher Höhe mit ihm war.

Mir fiel auf, dass ich ihm noch nie so nahe gewesen war und deshalb im ersten Moment von seiner Größe überrascht war.

Dazu hatte er breite Schultern, war aber trotzdem schlank. Vielleicht war es auf die Faszination zurückzuführen, die ich für diesen Mann entwickelt hatte, aber ihn schien eine besondere Aura zu umgeben. Eine Energie, die nach mir schrie und mich einwickelte wie die stacheligen Ranken einer Rosenhecke.

Und tatsächlich schmerzte mich jede Begegnung mit Eden Bail auf unerklärbare Weise. Mal war dies seiner Ignoranz, mal der Vermutung, dass er einer anderen gehörte, geschuldet. Heute erschütterte mich sein deutliches Signal, dass er nichts mit mir zu tun haben wollte.

Doch weil ich dem Mysterium seiner offensichtlichen Aversion mir gegenüber auf die Spur kommen wollte, blieb ich stehen und würgte ein »Hi« hervor.

Eden Bail kniff daraufhin bloß seine Lippen und seine Augenbrauen zusammen.

»Wir kennen uns ... aus der Bäckerei. Erinnerst du dich? Mein Name ist Madeleine. Ich ... Ich wollte bloß mal Hallo sagen.« Ich verstummte, als er, anstatt irgendetwas zu erwidern, die Fahrertür öffnete und einstieg.

Zumindest besaß er genug Anstand, das Gesicht kurz entschuldigend zu verziehen, ehe er die Wagentür hinter sich zuzog und den Motor startete.

Weil ich Stärke zeigen wollte, reckte ich das Kinn. Doch sobald Bail davongefahren war und ich wie ein völliger Schwachkopf allein auf dem Bürgersteig stand, verwandelte ich mich in ein jämmerliches Häufchen mit tränenfeuchten Augen. Ich wusste nicht, ob ich sagen konnte, dass man mit dreiundzwanzig schon viel erlebt hatte, aber zumindest hatte mich noch nie jemand mit so wenigen Worten fast zum Heulen gebracht.

War etwas falsch mit mir? Stank ich? Oder hatte ich es verbotenerweise gewagt, die ach so wertvolle Zeit dieses Mannes für mich zu beanspruchen?

Ich wusste, dass ich zwei Möglichkeiten hatte, damit umzugehen. Ich konnte den restlichen Abend entweder Trübsal blasen oder aber mit Leona ordentlich einen draufmachen.

Mit einem süffisanten Grinsen kaufte ich daher zwei Flaschen Rotwein, schickte Leona ein Bild davon und fühlte mich in diesem Moment tatsächlich ein bisschen erhaben.

KAPITEL 4

Eden

Wir trafen Carol und Peter Sanders im Pub gegenüber von unserem Büro, der sich zu Charlize' Hotspot entwickelt hatte – zumindest, wenn es ums Mittagessen ging. Meist holte sie für uns beide Essen von dort und versuchte, mich mit irgendwelchen ausgefallenen Kreationen zu ihrem vegetarischen Glauben zu bekehren. Bis jetzt war sie daran aber gescheitert. Ich wusste auch nicht, was mit mir nicht stimmte, aber ich konnte Tofu einfach nichts abgewinnen.

Während Charlize also einen fleischlosen Burger aß, hatten die Sanders und ich die tierische Antwort darauf gewählt. Die Sanders, beide etwa Mitte dreißig, zählten zu der Sorte neureich, die ich, wenn es ums Geschäft ging, schätzte, da ihnen nichts zu teuer zu sein schien. Privat war ich anderer Meinung – aber die hatte hier und heute nichts zu suchen.

Peter Sanders hatte, wie er zwischen zwei Bissen verriet, seine erste Million durch harte Arbeit und seine zweite durch kluges Investment verdient. Dass nach dem obligatorischen Sportwagen, der draußen vor der Tür parkte, nun eine attraktive Luxusvilla folgte, war abzusehen.

Peter Sanders, der Nörgeln zu seinem liebsten Hobby auserkoren zu haben schien, mit Essen ruhigzustellen, war Charlize' Idee gewesen. Offensichtlich erfolgreich.

Bald würde Charlize ihren Abschluss in der Tasche haben und von meinem Boss Joseph Price hoffentlich übernommen werden. Ich hatte ihr den Praktikumsplatz verschafft, sie unter meine Fittiche genommen und ihr zunehmend mehr Aufgaben übertragen, die sie allesamt mit Bravour meisterte. Beruflich wie privat waren wir ein echtes Dream-Team.

Als solches gelang es uns, die letzten Details für die Planung zu besprechen. Mein bereits zur Hälfte gefüllter Block lag vor mir. Die Ideen sprudelten nur so aus Charlize heraus. Sie und Carol wurden sich schnell einig, während Peter die Unterhaltung argwöhnisch verfolgte.

Als er sich gerade über einen Vorschlag seiner Frau beschwerte, wanderte mein Blick zu einer Sitznische an der Fensterfront. In einem grünen, mit Samt bezogenen Ohrensessel sitzend, die Nase in ein abgegriffenes Buch vergraben, entdeckte ich jene Frau, die in den vergangenen Tagen unwillkürlich Bestandteil meiner Gedankenwelt gewesen war. Schuld daran war zu einem Großteil ihre Aufdringlichkeit, aber auch ihre ständige Heiterkeit, von der ich mich weigerte, irgendeine Wirkung bei mir erzeugen zu lassen.

Wurde ich mit der Fröhlichkeit anderer Menschen konfrontiert, lief ich weg. Doch ich tat das nicht aus Angst, sondern weil es furchtbar ermüdend war, sich etwas zu stellen, das in meinem Leben keinerlei Bedeutung mehr hatte.

Das banale Glück einer lustigen Unterhaltung war für mich gleichzusetzen mit Aufdringlichkeit. Und Madeleine wollte reden. Sie wollte mich vollquatschen, wollte Kontakt zu mir knüpfen, und vielleicht war sie zur Krönung auch noch scharf auf mich.

Für einen Peter Sanders bedeutete wahrscheinlich der Anblick einer weiteren Million auf seinem Konto pure Glückseligkeit. Und inmitten all dem war ich froh, den nächsten Atemzug machen zu können.

»Eden, wo hast du den Vermerk zur Energieersparnis eingefügt?«, kappte Charlize' Frage mein Interesse rund um diese Madeleine und katapultierte mich zurück ins wahre Leben.

Ich fand die Notiz sofort und tippte mit meinem Finger auf das Blatt in der Tischmitte. Dabei begegnete ich dem besorgten

Blick von Peter Sanders, der mich ansah, als wäre ich eine tickende Zeitbombe. Sanders war nicht der erste Mensch, der mir dieses Gefühl gab.

Er kriegte sich jedoch schnell wieder ein, wandte sich ab und versuchte, sich auf die Fakten zu konzentrieren, die Charlize runterratterte. Ich hingegen nutzte die Chance, ein weiteres Mal zur Sitznische zu linsen. Madeleine las mit gerunzelter Stirn, starrem Blick und bewegte dabei kaum merklich ihre Lippen.

Schon allein das regte mich irgendwie auf. Diese Freimütigkeit. Diese Unbefangenheit. Dass diese nervtötende Frau immer genau dort aufkreuzte, wo auch ich war. Dass es ihr dann auch noch gelang, meine Aufmerksamkeit zu gewinnen, war der Gipfel der Absurdität.

Ich schloss frustriert die Augen und war unglaublich dankbar, als Charlize ihren Vortrag beendete und die Sanders ihre Getränke leerten. Sie vertrödelten keine Zeit mit weiterem Small Talk – schließlich musste die nächste Million ja auch irgendwie verdient werden. Stattdessen erhoben sie sich, ließen sich zu einer unpersönlichen Verabschiedung herab und zogen schleunigst von dannen.

»Es lief doch gut«, stellte Charlize resümierend fest.

Ich zuckte zuerst die Schultern, nickte dann aber, als Charlize schnaubte. Während sie die Unterlagen einsammelte, ging ich schnell zur Toilette.

Als ich zurückkehrte, stand Madeleine vor unserem Tisch. Unsere Blicke trafen sich nur ganz kurz. Ihre Augen waren grün und strahlten. Wie meine wohl auf sie wirkten? Braun und verbittert?

In diesem winzigen Moment spürte ich sofort den imaginären Druck eines Lastwagens auf meiner Brust. Am liebsten wäre ich aus dem Laden gestürmt, doch ich blieb und beschäftigte mich, indem ich die restlichen Unterlagen in der schwarzen Ledertasche verstaute.

»Na ja, ich wollte dich auch gar nicht weiter stören«, murmelte

Madeleine und presste sich das Buch mit dem bräunlichen Einband gegen die Brust.

Aus den Augenwinkeln nahm ich wahr, wie sie lächelte, ehe Charlize meinte: »Ich wünsche dir noch einen erholsamen freien Tag.«

»Danke, den werde ich haben.« Ein weiterer prüfender Blick zu mir, dann trat Madeleine den Rückzug an.

Bedauerte ich es, die Illusionen dieses Mädchens zerstören zu müssen? Ja … gewissermaßen.

Doch ihre immerzu freundliche Art erschien mir inmitten meiner Verdammnis auch wie der erste Lichtstrahl seit Ewigkeiten. Wie ein Rettungsseil, das man mir hinhielt und nach dem ich bloß greifen müsste.

Ich schüttelte den Kopf über meine irrwitzigen Trugschlüsse, von denen ich gedacht hatte, längst losgekommen zu sein, und schnappte mir stattdessen das Tablett mit den leeren Gläsern. Während Charlize bereits nach draußen ging, trug ich unser benutztes Geschirr zu dem silbernen Wagen neben der Theke.

Als ich mich umdrehte, stand Madeleine vor mir. Ihre Gesichtszüge waren zart – volle Lippen, zierliche Nase, große Augen. Sie war hübsch, überaus attraktiv sogar. Ich wettete, sie brauchte bloß zu lächeln und schon lagen ihr die Typen reihenweise zu Füßen.

Für mich hatte sie diesmal aber kein Lächeln parat, sondern musterte mich aufgebracht. »Ich habe mir vorgenommen, keine große Sache aus deinem Verhalten mir gegenüber zu machen. Aber … ich kann nicht anders. Es regt mich zu sehr auf, was für ein unverschämter … Idiot du bist.«

Sonst wurde ich von den Leuten in meinem Umfeld immer mit Samthandschuhen angefasst, es tat also erstaunlich gut, von dieser Frau als Idiot beschimpft zu werden.

Mit meinem Grinsen befeuerte ich ihren Unmut aber nur noch weiter.

»Leute wie du sollten mir egal sein. Ich sollte mich nicht weiter darum kümmern, was du über mich denkst oder wie du mich behandelst. Aber ich muss zu meiner Schande gestehen, dass mich deine Abneigung wirklich verletzt hat. Vielleicht kannst du mir einfach sagen, was ich dir getan habe, zum Teufel noch mal!«

Sie redete so laut, dass die Leute, die in unmittelbarer Nähe saßen, den Kopf hoben und uns neugierig musterten.

»Deine Freundin ist so nett. Du hingegen bist der respektloseste Kerl, dem ich jemals begegnet bin. Wie du mich da vorgestern auf dem Gehweg einfach hast stehen lassen. Das war überhaupt nicht freundlich.« Madeleine hob die Arme, ließ sie wieder sinken und seufzte. »Nur damit das geklärt ist: Ich wollte mich nicht an dich ranmachen oder so, sondern einfach nur höflich sein.«

Ihr sehnsüchtiges Warten auf irgendeine Erwiderung von mir verursachte Haarrisse in meinem Schutzpanzer. Leute wie Madeleine machten mich normalerweise unglaublich wütend. Leute, die dachten, ständig labern zu müssen. Sie würden nie begreifen, welchen Wert Wörter haben konnten. Vor allem für mich.

Meine Hilflosigkeit verleitete mich dazu, meine Brieftasche aus meiner Hosentasche zu ziehen und das laminierte Kärtchen, das Charlize für mich angefertigt hatte, zum allerersten Mal hervorzukramen. Denn während ich in die grünen Augen dieser Frau sah, erwachte in mir zum ersten Mal der Wunsch, mich zu erklären.

Mein Magen verknotete sich beim Anblick der Karte. Ich kniff die Augen zusammen, strich mit meinem Daumen über ihre glatte Oberfläche und wagte den emotionalen Sprung.

Die rosige Farbe in ihrem Gesicht wich schlagartig einem verzweifelten, reumütigen und mitleidvollen Weiß, als sie die Karte ansah.

Man könnte meinen, sie derart fassungslos zu erleben, würde mich mit Genugtuung erfüllen. Doch stattdessen schwappten ihre Gefühle auf mich über. Für einen kurzen Moment offenbarte ich ihr all meine Ängste. Und dieser Augenblick genügte, um mich dieser fremden Frau näher zu fühlen als den meisten Personen in meinem Umfeld.

»Sie können nicht sprechen«, fasste sie die Botschaft meiner Karte ergriffen zusammen.

Ich nickte zaghaft, verstaute die Karte an ihrem ursprünglichen Platz und verließ den Pub.

KAPITEL 5

Madeleine

Ich wollte Haltung zeigen.

Ich wollte den Fehler wiedergutmachen, den ich begangen hatte. Ich hatte deswegen zwar keine schlaflosen Nächte, empfand aber zumindest genügend Reue, um zwei Tage nach meiner letzten Begegnung mit Eden Bail vor dessen Büro auf ihn zu warten.

Ich hatte dafür sogar extra früher Feierabend gemacht und Leona belogen. Mit einem Stück Zitronentarte aus der Bäckerei brachte ich mich auf der Bank vor dem imposanten Gebäude in Stellung. Es wäre nicht verwunderlich, sollte Bail bei meinem Anblick die Polizei alarmieren.

Um siebzehn Uhr, die Zeit, zu der Price Architecture laut Homepage seine Pforten schloss, wurde ich nervös. Denn mal ganz abgesehen von der Herausforderung, eine Entschuldigung zu formulieren, hatte ich keine Ahnung, wie ich mit einem Menschen kommunizieren sollte, der selbst nicht sprechen konnte.

In den vergangenen Tagen hatte ich zu verstehen versucht, wie ich Bails Stummheit falsch hatte deuten können. Der Tag, an dem er in seinen Wagen eingestiegen war, ohne ein Wort mit mir zu wechseln – ich war überzeugt gewesen, dass er ein Mistkerl war. Seine Zurückhaltung in der Bäckerei – alles Indizien, die ich falsch gedeutet hatte.

Möglicherweise war er auch wirklich ein Mistkerl – ein stummer, verschlossener Mistkerl. Dennoch hatte ich Gewissensbisse, weil ich mich anderen Menschen gegenüber eigentlich nicht dermaßen aggressiv verhielt.

Die Ausgangssituation war kompliziert, meine Gefühle in Aufruhr, und mein Verstand wollte mich davon abhalten, von dieser Bank aufzustehen, um Bail erneut hinterherzulaufen. Ich war schlecht darin, Aussprachen zu führen. Vor allem dann, wenn es an einem essenziellen Bestandteil, nämlich der Sprache, fehlte.

Benutzte Bail seine Hände, um sich mitzuteilen? Setzte er bei seinem Gegenüber voraus, die Wörter von seinen Lippen ablesen zu können? Denn daran würde ich scheitern.

Meine Hemmschwelle, mich dieser Herausforderung zu stellen, war groß. Mein Wunsch, reinen Tisch zu machen, jedoch größer. Deshalb stand ich schließlich todesmutig auf, ging die vier dunkelgrauen Stufen hoch, öffnete die rote Tür und betrat den Eingangsbereich von Price Architecture.

Der Vorraum war mit blau satinierten Vintage-Fliesen ausgelegt und hatte beige gestrichene Wände, an denen schwarz gerahmte Bilder hingen. In der Stille des leeren Raums erschienen mir meine Schritte extrem laut. Für einen Rückzug war es daher zu spät. In einer der linken Türen, die neben drei anderen vom Empfangsbereich abging, erschien Bail. Er wirkte überrascht, leicht genervt sogar. Ihm war bestimmt klar, dass ich nicht hier war, weil ich ein Bauprojekt verwirklichen, sondern ihn vollquatschen wollte. Darauf schien Eden nicht wirklich Lust zu haben.

»Hi … ich schon wieder«, sagte ich zur Begrüßung. »Irgendwie tauche ich immer auf, obwohl du keine Lust auf mich hast.«

Wie blöd war ich? Ich klang wie eine Irre, die sich gleich die Klamotten vom Leib reißen würde.

Außerdem kam es mir auf einmal seltsam vor, zu sprechen. Als würde ich es Bail auf die Nase binden: *Ich kann reden, du nicht.*

Auch den zweiten Eindruck hatte ich mal gründlich versaut. Yeah.

Notiz an mich selbst: *Leg dir bei der nächsten Aussprache besser vorher ein paar passende Worte zurecht. Das wird dich vor weiteren Peinlichkeiten retten.*

Ich schwenkte die weiße Papiertüte wie eine Friedensflagge und hoffte, dies würde mein Gestammel relativieren. »Ich habe eine Kleinigkeit mitgebracht, mit der ich hoffe, etwas von deiner Zeit beanspruchen zu dürfen. Das wäre so eine Art Tausch: Zitronentarte gegen fünf Minuten mit dir. Also ... irgendwie klingt alles, was ich in deiner Gegenwart sage, seltsam. Aber du weißt schon, was ich meine. Hoffentlich.«

Er schob seinen Unterkiefer nach rechts und taxierte mich prüfend. Dann deutete er mir mit seiner rechten Hand, ihm dorthin zu folgen, wo er gerade hergekommen war. Nervös tat ich das und fand mich in seinem Büro wieder.

Der Schreibtisch, der auf einem dunkelroten, orientalischen Teppich stand, bildete den Mittelpunkt des Raumes. Dahinter befand sich ein Fenster mit weißen Sprossen, das in einen Hinterhof zeigte, der erstaunlich grün und ansehnlich für einen Hinterhof war. Da Bail stehen blieb, setzte auch ich mich nicht hin. Als würde in der Papiertüte eine Bombe stecken, legte ich sie vorsichtig auf seinen aufgeräumten Schreibtisch.

Daran sollte sich Leona mal ein Beispiel nehmen. Bei ihr wusste man nicht einmal mehr, welche Farbe ihre Tischplatte hatte.

»Ich wollte mich noch einmal aufrichtig bei dir für mein Verhalten entschuldigen«, begann ich und studierte seine strenge Mimik. Ich glaubte aber, darin einen Hauch von Bewunderung wahrzunehmen. Vielleicht überlegte er auch nur, wie er sich gegen die Irre in seinem Büro zur Wehr setzen konnte, sollte ich handgreiflich werden.

»Ich hätte mich dir weder derart peinlich aufdrängen noch dich einen Idioten nennen dürfen. Manchmal schadet es nicht, sich eine Sekunde Zeit zu nehmen, um das Verhalten anderer Menschen zu hinterfragen. Ich habe nicht über den Tellerrand hinausgeblickt, sondern gedacht, du hättest etwas gegen mich persönlich. Ich wusste nicht, dass ...«

Mir fiel nicht einmal ein Wort für Bails Stummheit ein. In

meinem Kopf hörte sich jede Bezeichnung heikel an. Schließlich wollte ich ihn nicht gleich wieder beleidigen.

Mir lag ein »Tut mir leid für dich« auf den Lippen, das ich aber nicht aussprach, weil ich glaubte, Bail würde mir diese unpassende Mitleidsbekundung übel nehmen. Er schien stark, nicht nur körperlich, sondern auch charakterlich. Ich glaubte nicht, dass er jemand war, der sich von seinem Schicksal niederringen ließ.

Ihn auf seine Defizite zu reduzieren, wäre total abwertend.

Ich ließ mich aber davon, wie er mich musterte, stark verunsichern und kam mir seinem Urteil ausgeliefert vor.

Irgendwann kniff er seine Augen zusammen, griff nach der Tüte und sah hinein. Danach grinste er nachtragend, lehnte sich gegen seinen Schreibtisch und schrieb etwas auf einen handlichen Ringblock. Wie auch schon die Karte im Pub drehte er die Vorderseite des Blattes zu mir, sodass ich lesen konnte, was er geschrieben hatte.

»Und du gehst davon aus, dass ich auch jetzt nichts gegen dich persönlich habe, sondern bloß ein stummer Idiot bin?«

Er machte es mir echt nicht leicht, sondern ließ mich eiskalt abblitzen. Schriftlich, aber punktgenau. »Ich … Weißt du, darum geht es auch gar nicht. Ich bin nicht hergekommen, um dein Lieblingsmensch zu werden, sondern um mein Gewissen zu erleichtern.«

Seine Nasenflügel blähten sich auf, während er schrieb. *»Wie humanitär. Den Punkt der Selbstlosigkeit kannst du auf deiner Bucket List also abhaken.«*

Wir betrachteten einander. Bail taxierte mich erneut von oben bis unten, presste die Lippen aufeinander und steckte die Hände in die Taschen seiner schwarzen Anzughose.

»Du hast recht«, sagte ich. »Meine Entschuldigung ist nicht ehrlich. Du hast sie nicht einmal verdient. Im Grunde habe ich ja gar nichts falsch gemacht. Zufälligerweise haben sich unsere Wege mehrmals gekreuzt, und das nimmst du mir übel.«

Ich schaute ihm zu, wie er an einer Antwort feilte. Er hatte lange, schlanke Finger, kein Ring, kein Anzeichen dafür, dass Charlize seine Frau war. *»Ich nehme dir übel, wie herablassend du klingst. Und nur um eins klarzustellen: Heute haben sich unsere Wege nicht zufälligerweise gekreuzt, sondern du bist absichtlich hergekommen.«*

»Ich klinge herablassend?«, fragte ich und tippte mir mit dem Finger an die Brust.

Er nickte.

»Ich wollte freundlich sein, mehr nicht.«

Das Lächeln, das er mich sehen ließ, war unaufrichtig und trist zugleich, und ich spürte, dass er vorgab etwas zu sein, was er in Wirklichkeit nicht war. Er wollte niemanden an sich heranlassen, deshalb war er vermutlich so gemein. Aber hinter dieser Fassade glaubte ich, etwas zu erkennen, das mein Herz berührte. Etwas Trauriges, Verzweifeltes.

Ich erinnerte mich an Mr Hayts, den Nachbarn meiner Eltern, der alle Menschen in seiner Umgebung terrorisierte. Beim kleinsten Lärm rief er die Polizei. Hatten wir früher als Kinder auf der Straße gespielt, hatte er aus dem Fenster gebrüllt, dass wir die Klappe halten sollten. Jeder mied ihn, niemand mochte ihn. Irgendwann aber war herausgekommen, dass seine Frau und seine Tochter bei einem Verkehrsunfall ums Leben gekommen waren und er seither gegen seine Trauer ankämpfte. Wegen seines Schmerzes hatte er eine Ablehnung gegen Fröhlichkeit und Kinderlachen entwickelt und sich seine eigene einsame Insel gebaut.

Seit ich über Mr Hayts' Vergangenheit Bescheid wusste, sah ich ihn mit anderen Augen. Ich nahm mir nicht mehr alles, was er tat oder sagte, zu Herzen. Ich hatte Verständnis für ihn, dachte sogar, dass er Hilfe gebraucht hätte.

Bail strahlte die gleiche Verbitterung aus – und das in seinem jungen Alter. Er konnte nicht viel älter sein als ich. Was also war ihm widerfahren?

»*Spar dir deine verdammte Freundlichkeit!*«, teilte mir dieser handschriftlich mit und brachte meine Gedanken zurück ins Hier und Jetzt.

»Das werde ich«, erwiderte ich und schob meinen Vorsatz, Bail verständnisvoll zu begegnen, aufgrund seiner verletzenden Worte beiseite. »Lass mich noch eins sagen, bevor du mich rauswirfst: Das Schicksal mischt die Karten, und wir spielen. Vielleicht solltest du dir überlegen, welches Spiel du gern spielen möchtest.«

Mit Schopenhauers Zitat traf ich ihn, brachte ihn genauso aus der Fassung, wie ich es gehofft und geplant hatte. Seine Augen weiteten sich, seine Körperhaltung verlor an Spannung, und es war, als würde er jeden Augenblick zusammenbrechen.

Als würde der Schmerz, der in ihm schlummerte, auf mich überschwappen, hatte ich plötzlich Tränen in den Augen. Ich atmete durch, presste meine Handtasche an meine Brust und zwang mich, zu gehen.

»Ich wünsche dir alles Gute«, sagte ich, drehte mich um und verließ sein Büro.

KAPITEL 6

Madeleine

Der Punkt war, dass ich etwas anderes fühlte, als ich mir einzureden versuchte.

Mein Kopf war überzeugt, Bail eine passende Lehre erteilt zu haben. Das Schicksal mochte so manches Mal unfair sein, doch es gab nun einmal Dinge, die man nicht ändern konnte, sondern akzeptieren musste. Das gab ihm also nicht das Recht, mich so zu behandeln.

Mein Bauch hingegen fand, dass es tatsächlich überheblich war, einem Menschen Ratschläge zu erteilen, der gefangen in einer Welt der Sprachlosigkeit war. Ich war mehr und mehr davon überzeugt, dass ich nicht besonders sensibel auf Edens Verhalten reagiert hatte, weil seine Situation für mich so neuartig und fremd war. Dabei hielt ich mich für weltoffen und aufgeschlossen. Das war ich aber offenbar nicht.

Ich hätte ihm Raum geben müssen, mir seine Lage zu erklären. Stattdessen hatte ich wie eine Besserwisserin geklungen.

Ich hatte leicht reden – im wahrsten Sinne des Wortes. Woher konnte ich wissen, dass ich mit dieser Bürde selbst nicht genauso verbittert wäre wie Bail? War man gesund, konnte man sehr viel leichter vermeintliche Ideale vertreten.

Mein Gefühl sagte mir, dass ich auch dieses Aufeinandertreffen mit Eden vergeigt hatte. Nur wusste ich diesmal nicht, wie ich die Wogen glätten sollte. Er kam nicht einmal mehr in die Bäckerei, und ich hatte wirklich nicht vor, ihn noch einmal in seinem Büro zu besuchen.

Zwei Tage, nachdem ich ihn das letzte Mal gesehen hatte, ging ich auf meinem Nachhauseweg wieder mal am Architekturbüro vorbei. Während ich die Straße überquerte, verließ Eden gerade das Gebäude. Als er mich entdeckte, blieb mir keine andere Wahl, als mich ihm erneut zu stellen.

Niemals würde ich ihm aber zeigen, wie viel Unruhe er in mir auslöste oder wie verunsichert ich war. Er war stur, aber ich wollte sturer sein.

Diesem Vorsatz folgend, setzte ich einen Fuß vor den anderen, so lange, bis ich direkt am Absatz der Sandsteintreppe angekommen war. Eden umklammerte das dunkle Metallgeländer, hatte wie üblich seine Lippen zusammengepresst und kam direkt auf mich zu. Er versperrte mir den Weg. Nicht nur das missfiel mir, sondern auch, dass ich den Kopf in den Nacken legen musste, um zu ihm aufblicken zu können. Er war groß, einschüchternd, und dennoch schlug mein Herz in seiner Nähe einen Takt schneller.

Ich musste daran denken, dass ich vor Kurzem gelesen hatte, wie sehr Pheromone unsere Wahrnehmung trüben konnten. Eden schien eine Duftnote zu verströmen, die sich perfekt an meine Rezeptoren anpasste. Mir einzureden, dass hier nichts Monumentales, sondern bloß eine chemische Reaktion stattfand, half. Ansonsten wäre ich wohl längst weggelaufen.

Schließlich zog er einen kleinen gelben Block mit blauen Linien darauf aus seiner Jackentasche. Mit dem Bleistift, der folgte, schrieb er: *»Ich habe nachgedacht. Nicht du warst herablassend, sondern ich selbst.«*

Ich folgte dem kräftigen Schwung jedes einzelnen Buchstabens auf dem gelben Untergrund, während ich einzuordnen versuchte, wie ich auf seine Entschuldigung – wenn es eine war – reagieren sollte.

Doch alles, was ich dann von mir gab, war ein wenig geistreiches »Okay«.

Bail leckte sich über die Lippen, und beide wichen wir einem älteren Pärchen aus, das sich an uns vorbeiquetschte. Die Dame beschwerte sich mit nasaler Stimme, dass wir im Weg stehen würden und uns einen anderen Platz für unser *Geplänkel* suchen sollten. Zerknirscht lächelnd blickte ich zu Boden, als Bail den Arm hob und mit dem Finger in Richtung roter Eingangstür zeigte. Ich folgte seiner Bewegung mit dem Blick und wusste genau, was er mir nonverbal vorschlug.

Wollen wir uns in meinem Büro unterhalten?

Zuerst wollte ich ihn auf die gleiche schroffe Weise abblitzen lassen, wie er es bei mir getan hatte, aber dann atmete ich durch, sah in sein schönes Gesicht mit dem traurigen Ausdruck darauf. Damit hatte er mich.

Ich nickte und stieg hinter ihm die Treppe hoch. Mein Herz schlug laut und schnell in meiner Brust. In jeder Hinsicht fühlte sich das Betreten dieses Büros verboten an. Auch deshalb, weil ich vor nicht einmal einer Stunde gegenüber Leona noch betont hatte, was für ein Arsch dieser Eden wäre. Aber ich konnte nicht anders und ließ mich von dem Geheimnis, das ihn umgab, um den Finger wickeln.

Ich wäre das ideale Opfer für einen kranken Serienmörder.

Gott, hoffentlich war Bail kein kranker Serienmörder.

Sein Büro war unverändert aufgeräumt. Er knipste eine Stehlampe in der Ecke an, während ich demonstrativ Abstand zu ihm hielt.

Er drehte sich um, lehnte sich wie beim letzten Mal gegen seinen Schreibtisch und klopfte, um Worte ringend, mit dem Bleistift unruhig auf den Block in seiner Hand. Ich stellte mir vor, dass er genauso oft an unsere Unterhaltung von neulich dachte wie ich. Denn ich hatte jedes Wort analysiert und wollte herausfinden, welchen Fehler ich gemacht hatte.

»Weil ich nicht sprechen kann, sehen sich manche Leute gezwungen, mich anzustarren, mir indiskrete Fragen zu stellen oder mich zu behandeln, als wäre ich ein kleines Kind. Verstehst du?«, schrieb er.

Ich nickte. »Das kann ich mir vorstellen. Und du denkst, ich bin einer dieser Menschen?«

»Zuerst dachte ich das, ja. Offenbar habe ich mich getäuscht. Ich glaube dir. Du wolltest bloß höflich sein, und ich habe dich eiskalt abblitzen lassen. Das tut mir leid.«

Ich schätzte seine Entschuldigung und strich nachdenklich mit den Fingerspitzen über die dünne goldene Kette um meinen Hals. Edens Blick folgte der Bewegung meiner Finger, woraufhin sich mein Innerstes sehnsüchtig zusammenzog. Dieser kurze Moment schien mir zu intim, weshalb ich meine Hand schnell sinken ließ.

»Kann sein, dass ich dich etwas angestarrt habe, das hatte aber andere Gründe«, sagte ich und fasste mir innerlich an den Kopf. Charlize und Eden Bail – klingelt es da? Soll heißen, dass dieser Mann vergeben ist.

Er fuhr sich mit der Hand durchs Haar.

»Aber deine Entschuldigung ist … akzeptiert«, stotterte ich und grinste verlegen.

»Danke.«

Ich hatte keine Ahnung, woher der plötzliche Ansturm aus Emotionen kam, doch beim Anblick dieses Wortes traten mir Tränen in die Augen. In diesem Moment fand ich das Leben schrecklich ungerecht. Dieser junge Mann, der vor Energie nur so strotzte, der sein Leben noch vor sich hatte und offensichtlich auch ehrgeizig war, konnte sich mit nicht mehr als diesen handgeschriebenen Notizen ausdrücken.

Ich zwang mich, durchzuatmen und rang um Fassung. »Danke, dass du die Sache zwischen uns nun doch klären willst.«

Er senkte den Kopf und schrieb erneut etwas auf den Block. *»Der Auslöser dafür ist meiner Abhängigkeit von dem Süßkram, den* *ihr verkauft, zuzuschreiben. Wärst du vor zwei Tagen mit einem Lachssandwich aufgetaucht, würde es nicht so gut für dich aussehen.«*

Mit Mühe unterdrückte ich ein albernes Kichern und grinste. Auch auf Edens Gesicht breitete sich ein Grinsen aus, das ihn noch hübscher aussehen ließ. Es war überraschend und neu, aber ich liebte es.

»Also, dich einen Idioten zu nennen und dann mit einem Lachssandwich hier aufzutauchen, wäre mein sicherer Tod gewesen«, meinte ich mutig.

»So was von.«

»Das werde ich mir merken, sollte ich irgendwann einmal wieder das Bedürfnis haben, dich völlig ungerechtfertigt zu beleidigen.«

Beide grinsten wir einander weiterhin zaghaft an.

Diese Begegnung war aus so vielen Gründen verändernd für mich. Ich begriff nun plötzlich, dass Edens Zurückhaltung, wann immer er in die Bäckerei gekommen war, nichts mit Geringschätzung zu tun gehabt hatte, sondern seiner Stummheit geschuldet gewesen war. Ich lernte aber auch eine neue, achtsamere Seite an mir kennen. Schließlich war ich ein Mensch, der gern mal, wie Leona häufig anmerkte, wie ein Wasserfall plapperte. Worte waren üblicherweise mein liebstes Werkzeug.

Doch hier im Büro dieses Mannes, der nicht in der Lage war, seinen Gefühlen verbalen Ausdruck zu verleihen, verstand ich, wie sorglos mein Leben eigentlich war. Eden drückte sich zwar gekonnt durch seine Mimik und Körperhaltung aus, trotzdem schaffte er es, mir seine tiefsten Gedanken zu verwehren.

Er war die Stille gewohnt. Ich nicht.

Sie machte mir zu schaffen. Verunsicherte mich.

»Tolles Büro … tolles Gemälde. Es ist … kraftvoll«, stammelte ich.

Einerseits wollte ich gehen, andererseits wollte ich bleiben, weil ich Eden als Mensch … als Mann spannend fand. Ich spürte, wie mein Körper auf seinen reagierte. Ich wollte ihm einfach nahe sein. So hatte ich mich schon lange nicht mehr gefühlt.

Eden musterte das Bild, das an der Wand links von ihm hing. Zugegeben, es war irgendwie verheißungsvoll dunkel. Schwarz, mit noch sehr viel mehr Grau und nur wenigen hellen Elementen. Man erkannte Formen, Striche, doch keine klare Gestalt. Meine plumpe Beschreibung war ganz sicherlich unwürdig für die Bedeutung dieses Bildes. Doch als Eden wieder zu mir sah, war sein Blick verändert – sanfter und offener irgendwie.

Er ließ den Stift erneut über das Papier kratzen. *»Wie sieht's mit Tee aus? Möchtest du welchen?«*

Irgendetwas hinderte mich daran, seine Einladung sofort anzunehmen. Vielleicht war es meine Angst vor dieser mir bisher völlig unbekannten Welt des Schweigens. Vielleicht war es eine höhere Macht, die mich davor schützen wollte, in Edens Abgründe abtauchen zu müssen. Doch das Flehen in seinen dunklen Augen verleitete mich zu einem entschiedenen Nicken.

Eden deutete auf die schwarze Ledercouch hinter mir, ehe er zu einem Sideboard ging, auf dem ein Wasserkocher sowie Tassen und Tee standen. Ich setzte mich, musterte ihn ungeniert und fragte mich insgeheim, wo ich da nur reingeraten war.

»Wie lange arbeitest du denn bereits als Architekt?«, wollte ich wissen, obwohl mir natürlich klar war, dass seine Antwort auf sich warten lassen würde.

Erst nachdem er zwei Tassen auf dem niedrigen Tisch zwischen uns abgestellt hatte, auf dem zur Couch passenden schwarzen Sessel Platz genommen und seine Erklärung auf den Block geschrieben hatte, wurde meine Neugier besänftigt. *»Seit drei Jahren.«*

Ich nickte beeindruckt. »Wie alt bist du?«

»27.«

»Scheint, als hättest du einen genauen Plan, den du ehrgeizig verfolgst.« Ehrgeiz war etwas, das ich an Männern wirklich sexy fand. Und davon hatte er anscheinend eine Menge.

Als Eden die Augen zusammenkniff und den Stift zwischen zwei Fingern drehte, war ich mir plötzlich unsicher, ob ich meine Gedanken nicht versehentlich laut ausgesprochen hatte. Ich griff nach der Teetasse und fing an, stoisch mit dem Löffel darin zu rühren.

»Was ich damit sagen wollte … Ich finde es bewundernswert, wenn Leute wie du und deine Frau, die beide noch so jung sind, genau wissen, was sie vom Leben wollen, weil ich mir diese Frage selbst noch nicht habe beantworten können.«

Es war gut, dass ich uns beiden in Erinnerung rief, dass er verheiratet war. Ich musste wirklich gehen, bevor ich mit meiner Besessenheit die Ehe dieser beiden Menschen in Gefahr brachte.

Eden runzelte die Stirn, biss sich auf seine Unterlippe und hielt mir den Block entgegen. *»Meine Frau?«*

Ich spürte, wie ich rot anlief. »Ja … also … Charlize.« Litt er unter Gedächtnisstörungen? Oder wollte er den Gedanken an Charlize verdrängen, weil er hier mit mir saß? »Ich habe … mitbekommen, dass ihr beide denselben Nachnamen habt.«

»Das liegt vermutlich daran, dass sie meine Schwester ist. Sie macht ein Praktikum in der Firma.« Er fand meinen Irrtum komisch.

Und auch ich lachte, nachdem ich seine Nachricht gelesen hatte – teils aus Belustigung, teils aus Erleichterung. »Wie du siehst, bin ich im Lesen von Situationen unschlagbar.«

»Eine Karriere als Privatermittlerin sehe ich nicht für dich. Aus vielerlei Gründen.«

Ich lachte nur noch mehr. »Das habe ich auch nicht vor.«

»Erzähl mir etwas über dich.«

»Also, bei mir gibt es keinen vermeintlichen Ehemann-Bruder«, begann ich. Eden grinste leicht und lehnte sich zurück. Er war also auf eine genauere Ausschmückung meines Lebens aus. »Ich habe keine Geschwister. Offenbar dachten meine Eltern, sie hätten mit mir bereits den Jackpot geknackt. Ich bin dreiundzwanzig, heiße mit vollem Namen Madeleine Warrington und lebe in einer schrecklich winzigen Wohnung zusammen mit meiner besten Freundin. Was vielmehr den finanziellen Gegebenheiten, als unserem Sinn nach Unzertrennlichkeit zuzuschreiben ist. Und jetzt kommt's: Wie du vielleicht schon gemerkt hast, bereitet es mir Schwierigkeiten, das Richtige zu sagen. Gemessen daran, dass ich selbst für den Inhalt meiner Aussagen verantwortlich bin. Grundsätzlich aber liebe ich Texte, die Bedeutung von Literatur, ihre Macht … na ja. Privat mag ich eine zwischenmenschliche Dilettantin sein, beruflich aber ist es meine Aufgabe, Emotionen durch Sprache zu vermitteln. Ich … Ich bin Schauspielerin. Theaterschauspielerin, um genau zu sein.«

Er musterte mich mit hochgezogener Augenbraue. Was bedeutete dieser Ausdruck?

Warum war mir sein Urteil plötzlich so wichtig? Er war ein Fremder und vermutlich würde unsere Bekanntschaft niemals über dieses Teetrinken und die morgendlichen Einkäufe in der Bäckerei hinausgehen. In Wahrheit stand es ihm also nicht zu, über mich zu urteilen. Trotzdem … Ich wollte ihm gefallen. Ich wollte mehr. Wollte ihn enträtseln.

»Schauspielerinnen sind der Untergang eines jeden gut situierten Mannes«, zitierte ich den geringschätzigen Kommentar meines Vaters.

Eden lachte zwar darüber, doch ich war selbst nicht sicher, warum ich das gesagt hatte. Möglicherweise wollte ich ihn in die Flucht schlagen. Ihn vor mir selbst bewahren. Denn ich war ein Orkan und Eden ganz bestimmt nicht der richtige Typ für mich. Er und ich – niemals.

Das Plappermaul und der Stumme – das klang viel eher nach einem Sketch als nach einer Geschichte, die im wahren Leben funktionieren konnte.

»Und warum dann die Bäckerei?«

»Tja, jetzt kommt die tragische Wende«, prophezeite ich einen Plot Twist, auf den ich eigentlich hätte verzichten können. »Die junge Schauspielerin, der von vielen Seiten großes Talent nachgesagt wurde und die an einem Punkt angekommen war, an dem sie sich die Rollen aussuchen konnte, verlor das Brennen für ihren Beruf. Früher war es Leidenschaft, doch je mehr Ernsthaftigkeit mir entgegengebracht wurde, umso weniger konnte ich aus vollem Herzen spielen. Mein Job wurde immer mehr zur Routine, und das gefiel mir nicht. Ich glaube, dass es wichtig ist, auf der einen Seite sich selbst zu bewahren und auf der anderen Seite die Rolle, die man spielt, tief in seine Persönlichkeit zu lassen. Aber das kann ich nicht mehr. Schließlich weiß ich selbst nicht, wer ich bin. Mir das einzugestehen, war verdammt schmerzhaft. Das ist es im Grunde immer noch.«

Ich glaubte, er verstand mich. Nicht nur das – er schien meine verzweifelte Suche nach mir selbst nachvollziehen zu können. Es war, als würde er in diesem Moment begreifen, wie ähnlich wir uns waren.

Gleichzeitig kam ich zu dem Schluss, dass meine Probleme kleinlich wirkten. Ich tat so, als wäre das Leben fürchterlich ungerecht zu mir, weil ich meine Inspiration oder was auch immer verloren hatte. Mir fiel ein Zitat ein, das Marie-Antoinette fälschlich nachgesagt wurde: *Wenn sie kein Brot haben, dann sollen sie doch Kuchen essen!*

Um ihm zu zeigen, dass ich durchaus in der Lage war, Empathie zu empfinden, überschritt ich die emotionale Grenze, die sich zwischen unserer oberflächlichen Unterhaltung und seinem Privatleben zog. Es war ein schmaler Grat, schließlich hatte er mir gerade mitgeteilt, wie sehr er Menschen verachtete, die ungeniert in seinem Leben herumstocherten.

Doch ich wollte auch nicht wie eine naive Ignorantin wirken, die sich ausschließlich um sich selbst kümmerte. »Ich war überrascht, als ich erfahren habe, dass du nicht sprechen kannst. Mit so etwas hätte ich nicht gerechnet.« Ich runzelte die Stirn und beobachtete Bails Reaktion. Abwartend, was da noch kommen würde, sah er mich an. »Diese Tatsache … deine Stummheit … darüber musste ich sehr viel nachdenken. Ich will nicht, dass du wieder glaubst, ich wäre herablassend, aber es tut mir wirklich leid für dich.«

Er wich meinem Blick aus.

Ich nahm an, dass er seine Sprache irgendwann im Laufe seines Lebens verloren hatte. Aber wie?

Er rieb sich mit der Hand übers Gesicht, und mir fiel auf, dass er noch keinen einzigen Schluck Tee getrunken hatte. Eden schien mit sich selbst zu ringen. Als wäre er unschlüssig, ob er sich mir öffnen sollte. Unser Start war holprig gewesen, doch ich klammerte mich an diesen Funken Anziehungskraft, den ich in Edens Nähe spürte und von dem ich hoffte, dass er auf Gegenseitigkeit beruhte.

Weil ich seinen inneren Kampf erkannte, zog ich mein Angebot zurück. »Du musst mir nichts erklären, wenn du das nicht willst, Eden. Ich wollte nicht neugierig sein, sondern … offen. Nachdem du dir meine Probleme angehört hast, dachte ich, es wäre nur fair, wenn du mir von deinen berichten kannst.«

Er nickte leicht, den Blick starr auf mich gerichtet, sein linkes Bein wippte dabei unaufhörlich. Das Rascheln des Stoffes seiner schwarzen Hose, der über den Ledersessel rieb, durchschnitt die Stille.

»Manchmal tut es gut, sich Fremden zu öffnen, weil die weniger voreingenommen sind«, sagte ich, trank meinen Tee aus und stand auf. »Danke für den Tee und deine Zeit, Eden.«

Er drehte den Kopf leicht nach rechts, verzog einen Mundwinkel zu einem Lächeln und hielt mich mit seinem eindringlichen Blick an Ort und Stelle fest.

Dann formte er ein einziges tonloses Wort: »Bye.«

Als ich ging, hatte ich das Gefühl, mein Herz bereits verloren zu haben. Ich würde mich erfolglos dagegen wehren, weiter über Eden Bail nachzudenken.

Er war Single und furchtbar attraktiv obendrauf. Sein Unvermögen, zu sprechen, war … anders, aber kein Hindernis.

Gott, ich wollte diesen Mann wiedersehen. Ich wollte so viel mehr, wusste nur nicht, was ich seinerseits zu erwarten hatte. Gut möglich, dass er bloß reinen Tisch hatte machen wollen und mich nun wieder aus seinem Leben strich.

Doch was sprach schon gegen ein kurzes Abenteuer? Ich würde wohl erst herausfinden müssen, ob ich für so etwas überhaupt gemacht war. Was würde ein Mann wie Eden von mir zurücklassen, nachdem wir miteinander fertig waren?

KAPITEL 7

Eden

Wann immer ich Dr. Shepherds Praxis betrat, fühlte sich meine Kehle wie zugeschnürt an. Sie war der Ort, an dem meine größten Ängste Wirklichkeit geworden waren. Die architektonische Metapher für Rückschläge.

Ich erinnerte mich noch genau, wie ich meinen Blick vor wenigen Wochen auf jenes gerahmte Bild hinter Dr. Shepherd gerichtet hatte, das die Cliffs of Moher an der irischen Küste zeigte, während er mit medizinischen Ausdrücken um sich geworfen hatte, von denen jeder ein Nagel in meinem Sargdeckel war. Dr. Shepherd hatte dabei ruhig gesprochen, als würde er mir etwas so Simples erklären, wie den Anrufbeantworter auf seinem Telefon mit einer individuellen Nachricht zu programmieren. Er hatte mich beruhigen wollen, aber ich war zu dem Zeitpunkt bereits viel zu abgebrüht gewesen, um durchzudrehen.

Früher einmal war das anders gewesen, da hatte ich nach jedem Strohhalm gegriffen, der mir von den Ärzten entgegengehalten wurde. Meine Mum und Charlize hatten mich außerdem zu irgendwelchen Wunderheilern mit fragwürdigen Methoden und noch fragwürdigerem Kleidungsstil geschleppt. Gurus, die völlig verrückte Rituale bei mir angewandt hatten, indem sie zum Beispiel getrocknete Pflanzen in einer Schale auf meiner Brust verbrannten oder mir stundenlang die Hand hielten und in unverständlicher Sprache irgendwelche Sprüche beteten. Ich hatte wirklich alles Mögliche mitgemacht. Mein gesamtes Leben hatte stillgestanden. Alles, was gezählt hatte, war, wieder gesund zu werden.

Ich war schon immer recht ehrgeizig gewesen, in der Schule, während meines Studiums und auch dann, als es darum gegangen war, Herr über meinen Körper zu werden. Doch anders als bei einem Examen, hatte ich in Sachen Gesundheit noch so viele Anstrengungen auf mich nehmen können – am Ende hatte der Feind in mir gesiegt. Das war die größte Niederlage in meinem Leben, die schlussendlich dazu führte, dass ich in eine psychische Schieflage geraten bin.

Ich hatte begonnen wegzulaufen, mich zu verschließen und das Unausweichliche vor mir herzuschieben.

Dr. Shepherd hatte dafür meist deutliche Worte. Ich sei verbittert, hätte meinen Kampfgeist verloren, meine Zuversicht und meine Zukunft aufgegeben. »Gerade jetzt kommt es auf Ihr Durchhaltevermögen an. Auch diese Hürde werden Sie meistern«, lautete sein motivierender Spruch an diesem Tag.

Das Schlimme war – dieser Typ hat recht.

Dafür hasste ich ihn ebenso sehr, wie ich ihn bewunderte. Es mochte sein Job sein, mich mit Fakten und auch mit aufbauenden Worten zu versorgen, doch er tat mehr als das. Dr. Shepherd gab mir das Gefühl, nicht im Stich gelassen worden zu sein. Manchmal fühlten sich seine Aussagen wie Balsam für meine verkümmerte Seele an.

Die Wahrheit war: Ohne Dr. Shepherd wäre ich vermutlich längst von irgendeiner Brücke gesprungen. Nur er war dazu in der Lage, mich zu retten. Meine Mum und Charlize waren selbst viel zu erschüttert, um mir zu helfen.

An diesem Tag schwafelte Shepherd auch wieder von jener Therapie, die mir, um es mit seinen Worten auszudrücken, mehr Lebensqualität zurückgeben würde. Doch wie immer, wenn er damit anfing, wurde ich trotzig. Könnte ich mich ausdrücken, hätte ich ihn gern mal gefragt, ob er dachte, mein Leben wäre im Augenblick nicht lebenswert? Dachte er, aufgrund meiner Unfähigkeit, zu sprechen, wäre ich minderwertig? Hielt er mich für unwürdig?

Für ihn, und auch für Charlize und Mum, schien es nur diesen einen Weg aus meinem Gefängnis zu geben. Doch wer sagte, dass ich mit dieser hochgepriesenen Behandlung mein Leid nicht noch verschlimmerte oder erneut fürchterlich enttäuscht wurde?

Zumindest Charlize und Mum hatten meine Entscheidung akzeptiert, Shepherd hingegen weigerte sich, sie anzunehmen.

Zu gern würde ich ihm von Madeleine erzählen, mit der ich die wohl tiefgreifendste Unterhaltung seit Ewigkeiten geführt hatte. Doch ich behielt meine Begegnung mit dieser Frau für mich, hütete sie, als wäre sie ein wertvoller Schatz, den ich an Dr. Shepherd verlieren könnte.

Wieder bei mir zu Hause angekommen, schlug mir der unverwechselbare Lärm meiner besten Freunde aus der Bibliothek entgegen. Als ich vor zwei Jahren in dieses Haus eingezogen war, war der Raum mit dunklem Holz vertäfelt gewesen, der schwache Geruch von Zigarrenrauch hatte noch in der Luft gehangen und der Boden war mit Rotweinflecken übersät gewesen. Ich hatte zuerst überlegt, hier mein Büro einzurichten, war dann aber von meinen Freunden umgestimmt worden und hatte das Zimmer schließlich zu einer Art privatem Pub umgebaut. Es gab einen Billardtisch, der eine unverschämte Menge Platz für sich beanspruchte, eine gemütliche Couch, eine Bar mit Unmengen an Alkohol, eine Soundanlage, einen Fernseher an der Wand und last but not least einen Zugang zum Garten, inklusive Jacuzzi, in dem wir alle auch schon mal nackt landeten, wenn wir mal wieder zu viel getankt hatten.

Als ich zu meinen Freunden stieß, malträtierte Harry gerade meine Gitarre. Julie, die auf der dunkelbraunen Ledercouch saß, nippte an ihrem Getränk – ein Gin Tonic, wie ich tippte – und lauschte Harry. Sie nahm einen letzten Zug von ihrer Zigarette, ehe sie diese, nachdem sie mich entdeckt hatte, schnell im Aschenbecher ausdrückte und entschuldigend die Hand hob, bevor sie sich durchs blonde Haar fuhr. Im Grunde hasste ich es, wenn im

Haus geraucht wurde, aber bei Julie kam es schon mal vor, dass ich eine Ausnahme machte.

Akim, ein knapp zwei Meter großer Boxer mit kahl rasiertem Kopf, war es irgendwie gelungen, sich auf den runden Hocker vor dem Couchtisch zu quetschen. Vollkommen fasziniert betrachtete er Charlize, die gerade von den Pasteten unserer Mum schwärmte. Ich ließ meine Faust kontrolliert gegen seine Schulter sausen. Eine sanfte Drohung, die Finger von meiner Schwester zu lassen.

Um schon mal vorzugreifen: Er würde sich nicht daran halten. Zwischen Charlize und Akim herrschte seit Monaten eine, meines Erachtens nach, ungesunde On-off-Geschichte. Sie liebten sich, sie hassten sich. Akim beklagte, nicht ohne Charlize leben zu können, schob sie im nächsten Moment aber von sich. Charlize war nicht besser. Sie hatte Angst vor Bindungen und klammerte sich mindestens genauso fest an ihre Freiheit wie an Akim.

Als guter Bruder sollte ich diesem Kerl die Nase brechen. Aber hey, er war ein Profiboxer. Da wollte ich wirklich nichts riskieren.

»Oh, Mr Womanizer ist auch wieder zurückgekehrt«, meinte Akim leichthin und zwinkerte anzüglich.

Ich setzte mich neben Julie auf die Couch, warf jedoch meiner Schwester einen tadelnden Blick zu.

»Du solltest das doch nicht gleich allen erzählen, Akim!«, beschwerte diese sich. »Tut mir leid.«

Ich schüttelte ungläubig, aber mit einem kleinen Lächeln auf den Lippen den Kopf. Harry versuchte sich unterdessen an Green Days *Ordinary World*, während Julie ihren offensichtlichen Frust über Akims Aussage in noch mehr Gin Tonic ertränkte.

Zuerst waren Julie und ich Freunde gewesen, waren dann ein Paar geworden und nun waren wir … tja, was? Erneut bloß Freunde? Wahrscheinlich. Gegner? Das auch.

Zwischen uns herrschte eine stillschweigende Waffenruhe, die lediglich durch unregelmäßige Eskapaden unterbrochen wurde, in denen Julie heulend vor meiner Tür stand, ich sie tröstete und wir am Ende zusammen im Bett landeten. Was folgte, war ein Sexmarathon, der so lange andauerte, bis ich mich daran erinnerte, wie Julie wirklich war.

»Dieses Mädchen ist also einfach bei euch im Büro aufgetaucht?«, bohrte Akim nun nach.

Ich presste die Lippen aufeinander, unschlüssig, ob ich mein Geheimnis rund um Madeleine überhaupt mit meinen Freunden teilen wollte. Im Grunde nämlich schämte ich mich, meine Frustration an ihr ausgelassen zu haben.

Mittlerweile und nicht zuletzt durch Madeleines kluge Argumentation war mir klar geworden, dass ich mich falsch verhalten hatte und sie in Wahrheit kein naives Dummchen, sondern eine bemerkenswerte Frau war. Dies änderte aber nichts daran, dass ich mich im Epizentrum eines chaotischen, alles vernichtenden Tornados befand. Mindestens einer meiner Freunde würde mir berechtigterweise raten, sie zu vergessen. Die Argumente dafür waren vielfältig und einleuchtend. Einer der Gründe, warum ich die Finger von Madeleine lassen sollte, saß sogar neben mir und warf mir sehnsüchtige Blicke zu – Julie.

»Sie ist gekommen, um sich bei ihm zu entschuldigen. Aber ihr kennt Eden ja, manchmal kann er ein Ekel sein. Diese Madeleine hat dich wohl nicht ganz umsonst einen Idioten genannt.« Charlize kicherte lautstark, während ich zuerst ebenfalls lachte, bis Julie meine Beine grob zur Seite schubste.

»Madeleine. Was für ein bescheuerter Name«, fauchte sie dabei und quetschte sich zwischen Couchtisch und mir vorbei in die Freiheit. »Ich geh eine rauchen, falls mich jemand suchen sollte.«

Zuerst überlegte ich, ihr in den Garten zu folgen. Doch was würde meine Anwesenheit schon ändern? Schließlich hatten wir beide von Anfang an gewusst, dass dieser Moment kommen würde. Irgendwann würde unsere Trennung unweigerlich auch unsere Freundschaft gefährden. Diese Befürchtung schien nun eingetreten zu sein.

Ich rieb mir über die Stirn, lehnte mich zurück und tauschte einen knappen Blick mit Harry aus. Mit ihm verband mich die längste Freundschaft. Unglaubliche siebzehn Jahre klebte mir dieser blonde Typ, der schon immer verrückt nach Zahlen und Gewinntabellen gewesen war, an der Backe. Heute schuftete er sich in seinem Job als Investmentbanker zu Tode, aber ich glaubte, er würde sogar behaupten, ihm bereitete seine 90-Stunden-Woche Freude.

Harry reichte mir die Gitarre und während sich Akim und Charlize über Julies ständig wachsenden Alkoholkonsum unterhielten, spielte ich *Hurt* von Johnny Cash.

Musik – die einzige Art von Tönen, die ich von mir geben konnte, um andere Menschen zu erreichen. Früher waren Harry und ich gemeinsam mit zwei anderen Kerlen in einer Band gewesen. Nachdem diese wegen meiner Erkrankung zerbrochen war, machte ich Musik nur noch für mich selbst.

»Wirst du sie wiedersehen, diese Madeleine?« Harrys Frage vermischte sich mit der Melodie des Songs.

Ich zuckte mit der rechten Schulter. Harry verstand, was diese Geste bedeutete – *vielleicht*.

Er grinste, bohrte dabei aber seine Schneidezähne in die Unterlippe. »Wie ist sie so?«

»Anders«, schrieb ich auf den gelben Block und unterbrach dafür das Gitarrespielen.

»Wie anders? Körperlich anders? Hat sie ein zusätzliches Bein?«

Ich schmunzelte. *»Ich glaube, sie interessiert sich für mich als Mensch. Nicht nur für meine Krankheit.«*

»Das ist ja hervorragend«, meinte Harry, der mittlerweile dazu übergegangen war, alles, was ich tat, für gut zu befinden.

Früher hätte er mir einen Tritt in den Arsch verpasst, wenn ich dabei wäre, eine Dummheit zu begehen. Von dieser Strenge war nichts mehr übrig, er stand bedingungslos hinter mir. Ich könnte verkünden, dass ich nackt aus einem Flugzeug springen und dabei in einer Pfanne auf einem Campingkocher Spiegeleier braten würde, und Harry würde mich beglückwünschen, anstatt mich zu fragen, ob ich meinen verdammten Verstand verloren hatte.

Ich runzelte die Stirn und wünschte mir in diesem Moment, Harry wäre vernünftiger als ich. *»Aber du kennst meine Devise. Ich weiß nicht, ob ich ihr mein Schicksal antun kann.«*

Julie war da anders. Sie sträubte sich gern gegen die Realität und verdrängte die Tatsache, dass sich mein Leben unwiederbringlich verändert hatte. Das war auch einer der Gründe, warum unsere Beziehung gescheitert war.

»Offenbar reizt dich etwas an ihr, Eden, sonst würdest du mir nicht von ihr erzählen. Du solltest sie besser kennenlernen, um herauszufinden, ob sie der Sache gewachsen ist«, schlug Harry vor.

»Und Julie?«, schrieb ich.

Harry blickte zur Terrassentür, durch die Julie verschwunden war. »Sie wird darüber hinwegkommen müssen, so hart das klingt.«

Es war hart, es war unfair, es war das Leben.

Ich war mir aber nicht sicher, welcher Verlust schmerzhafter für mich wäre – der von Madeleine, die ich im Grunde überhaupt nicht kannte, oder der von Julie, mit der mich eine halbe Ewigkeit verband. Für beide schien ich nicht der richtige Kerl zu sein. Julie wollte, dass ich sie vor ihren boshaften Eltern rettete, was mir nicht gelungen war. Nicht zuletzt deshalb, weil Julie finanziell abhängig von ihnen war. Madeleine suchte vermutlich etwas Ablenkung, während sie dabei war, sich selbst wiederzufinden. Ein heißer Flirt über den Sommer, ehe es für sie zurück ans Theater ging.

Dieser Vorstellung haftete etwas Befreiendes an, nach dem ich gern greifen würde.

Ich wippte nachdenklich mit dem Kopf und fing einen anderen Song zu spielen an. *The Cave* von Mumford & Sons. In meinem

Inneren brüllte ich den Text, der so passend für mein Leben war, als wäre er einzig und allein für mich geschrieben worden.

»Ich werde an meiner Hoffnung festhalten und dich nicht ersticken lassen an der Schlinge um deinen Hals.

Ich werde Kraft im Schmerz finden und meine Wege ändern.

Ich werde deinen Namen kennen, sobald er wieder gerufen wird.«

KAPITEL 8

Madeleine

Der Tag fing nicht wirklich gut an. Alles ging schief und ich hätte mich eigentlich am liebsten zurück in mein Bett verkrochen.

Warum hatte ich diesen nervigen Job noch mal angenommen? Ach ja, ich musste von irgendetwas Lebensmittel kaufen und dabei mein mickriges Erspartes zusammenhalten.

Alles änderte sich aber, als Eden die Bäckerei betrat.

Diesmal war er allein.

Unsere Blicke trafen sich durch das Meer anderer Kunden hindurch. Wie ein Krieger arbeitete er sich zu mir vor, betrachtete mich mit einem angedeuteten Lächeln auf den Lippen und legte mir einen seiner Zettel auf die gläserne Ablage des Verkaufstresens. Ich griff danach und konnte nicht verhindern, dass mein Herz bei Edens Anblick sehr viel stürmischer zu schlagen begann.

Das schwarze Hemd, das er heute trug, in Verbindung mit dem ebenso schwarzen Anzug unterstrich seine Attraktivität auf eine Art und Weise, die ich nicht erklären, aber deutlich wahrnehmen konnte. Er wirkte geheimnisvoller und gefährlicher als üblich. Die Gefahr an ihm war nicht nur rein optisch wahrzunehmen, sondern bezog sich wohl auch auf die Wirkung, die er auf mich hatte. Noch immer wusste ich nicht, was er von mir hielt. Unsere Gespräche waren gut, aber Edens Verschlossenheit machte es mir schwer, seine Emotionen richtig zu deuten.

In der Hoffnung, mithilfe seiner Nachricht neue Erkenntnisse über ihn zu gewinnen, leckte ich mir über die Lippen und las sie.
»Wie wär's mit Tee? 17 Uhr bei mir im Büro?«

Ich drückte seine Nachricht gegen meinen Bauch und sah zu ihm hoch. »Sehr gern.«

Er lächelte, ich lächelte. Und obwohl um uns herum schrecklicher Lärm, Gedränge und das verbale Abfeuern von Bestellwünschen unserer Kunden zu hören war, störte es mich nicht. Das Gewusel sorgte immerhin dafür, dass ich nicht gleich etwas total Bescheuertes sagte.

Eden nickte, auf eine seiner, wie ich mittlerweile festgestellt hatte, unterschiedlichen Arten. Mal zögernd, mal langsam, mal schnell, mal in kurzer Reihenfolge. Dann wieder war sein Kopf dabei leicht gesenkt, so wie in diesem Moment. Ich hatte keine Ahnung, was all diese Formen des Nickens zu bedeuten hatten, doch ich wollte es herausfinden.

Ich wollte die Geschichte hinter diesem Mann kennenlernen.

Als er abermals dieses lautlose »Bye« murmelte, war ich sicher, mich in ihn verknallt zu haben.

Ich tat es Eden gleich; bewegte meine Lippen, ohne zu sprechen. »Bye.«

Nachdem er gegangen war und das Feld geräumt hatte, drängte sich bereits der nächste Kunde, ein schlaksiger Bursche mit Stupsnase und hoher Stirn, an die Theke. Er bestellte ausgerechnet ein Lachssandwich, sodass ich, bevor ich zurück an die Arbeit gehen konnte, erst einmal meinen sich anbahnenden Lachanfall unter Kontrolle kriegen musste.

Später stand ich vor dem Spiegel im Aufenthaltsraum der Bäckerei. Das Licht war dank des einzelnen winzigen Fensters schlecht, doch ich half mir mit der Taschenlampe meines Handys weiter, das ich neben dem Wandspiegel hochhielt, den Leona auf irgendeinem Flohmarkt erstanden hatte. Dabei trug ich Lipgloss auf und zog meinen Lidstrich umständlich nach.

»Sag nicht, du gehst ausgerechnet heute, wo ich diese Torte noch fertig bekommen muss, feiern?« Leona sah aus, als wäre sie in der Nähe gewesen, während eine Kröte explodiert war. In ihrem Gesicht und sogar in ihren Haaren klebten Teile einer dicken grünen Farbmasse.

»Ich gehe nicht feiern«, versicherte ich ihr.

»Oh, dann stylst du dich seit Neuestem, bevor du die Tube nimmst? Ist mir zuvor noch nie aufgefallen.«

Ich kicherte seufzend und verstaute die Kosmetikartikel wieder in meiner Tasche. »Ich treffe mich gleich noch mit jemandem.«

»Im Sinne von was? Maskulinum? Femininum?«

»Im Sinne von: Sei nicht so neugierig.« Als ihre Mundwinkel nach unten wanderten, sagte ich schließlich: »Ich habe eine Verabredung mit Eden.«

»Im Sinne von dem Architekten und Idioten Eden Bail?«

Ich schlüpfte in meine Jacke und redete leiser, damit uns niemand von Leonas Angestellten hörte. Ich wollte wirklich nicht, dass über mich und Eden getratscht wurde. »Er mag vieles sein, aber sicher kein Idiot. Ich … Ich habe mich getäuscht.«

Ich verschwieg, dass er nicht sprechen konnte. Vielleicht, weil dies mittlerweile eine für mich völlig natürliche Eigenschaft von Eden war. Ich sagte ja auch nicht, dass er zehn Finger und zwei Beine hatte. Ich verheimlichte Leona diese Tatsache nicht, weil es mir unangenehm war. Ich wusste einfach, dass sie, weil sie mich kannte, mir davon abraten würde, mich weiterhin mit Eden zu treffen. Und wahrscheinlich hätte sie auch recht. Ich war dieser Sache, dieser Bürde, die Eden trug, vermutlich nicht gewachsen. Ich war nicht einfühlsam genug, nicht geduldig genug. Ich hatte Angst, ihn mit meiner Art zu erdrücken.

Bevor ich also nicht wusste, wohin diese Reise mit Eden ging, wollte ich Leona nicht vollständig aufklären.

»Na, dann viel Spaß mit dem Burschen.« Lächelnd kniff sie mich in die Seite, ehe sie zurück in ihre Backstube verschwand.

Ich hingegen machte mich auf den Weg zu Eden, hielt jedoch vor dem Gebäude kurz an, um einmal tief durchzuatmen. Ich war nervös, auf eine gute Weise. Denn irgendwie war mir das mit Eden wichtig, auch wenn ich ihn im Grunde noch überhaupt nicht kannte oder mir unsicher war, was genau er von mir wollte. Doch ich konnte nicht abstreiten, dass da zwischen uns irgendetwas war. Etwas, dem ich noch keinen Stempel aufdrücken konnte.

Diesmal wartete Eden bereits im kleinen Empfangsbereich auf mich. Mein Mund wurde trocken, als ich ihn sah. Unser Treffen kam mir, nun, da Leona davon wusste, sehr viel bedeutsamer vor.

Ich erwiderte sein Lächeln, folgte ihm in sein Büro und nahm genau an jener Stelle der Couch Platz, auf der ich auch bei meinem letzten Besuch hier gesessen hatte. Eden kümmerte sich unterdessen um die Getränke. Wie versprochen gab es Tee, aber auch eine Flasche Rotwein und zwei Gläser standen auf dem niedrigen Tisch.

»Zuerst Tee, dann Wein – klingt nach einem guten Plan«, sagte ich. »Ich muss dich jedoch vorweg warnen, dass ich, wenn ich Alkohol trinke, noch sehr viel mehr rede als im nüchternen Zustand.«

Ich konnte erkennen, dass Eden lächelte, während er sich hinabbeugte, um uns beiden Tee in die hellgrünen Tassen einzuschenken. Er war wohl damit einverstanden.

»Pfefferminztee«, verkündete ich, nachdem ich mir mit der Hand warmen Dampf in die Nase gefächert hatte. »Meine absolute Lieblingssorte.«

Eden drehte den Kopf nach links und zog seinen rechten Mundwinkel hoch. Ich glaubte, mich zu erinnern, diesen Ausdruck auch schon letztes Mal bei ihm gesehen zu haben, als ich diesen Spruch, von wegen, Schauspielerinnen wären der Untergang und so weiter, gemacht hatte. Ich bildete mir ein, dass diese Mimik ein Zeichen seiner Belustigung war, und war erleichtert, mich mit meiner Einschätzung zu unserer emotionalen Verbindung nicht völlig getäuscht zu haben.

»Danke für die Einladung. Keine Ahnung, wie du das siehst, aber ich fand unser letztes Gespräch …« Schön. Ich ließ das letzte Wort unausgesprochen.

Er nickte wissend und sah mir dabei tief in die Augen. *Geht mir genauso* – las ich in seinem Ausdruck.

Ich verstand ihn, ohne dass er mir die Worte aufschreiben musste. Das war ein großer Fortschritt für uns beide. Er schien es auch zu spüren, denn er entspannte seinen Körper sichtlich, griff nach seiner Teetasse und hielt sie sich stirnrunzelnd unter die Nase.

Er nahm einen Schluck und ich fragte: »Wie war dein Tag? Hast du im Moment viel zu tun?«

Diese Antwort konnte er mir nicht durch Kopfbewegungen vermitteln, weshalb er sie zu Papier brachte. *»Ich habe viel Arbeit. Aber so soll es ja auch sein.«*

»Richtig, ja.«

Ein Nicken, dann schrieb er wieder. *»Wie läuft es bei dir in Sachen Selbstfindung?«*

Ich stöhnte gequält. »Unterirdisch. Ich bin mir selbst kein Stück nähergekommen, stattdessen feuere ich mit hirnverbrannten Aktionen um mich, als wollte ich die Weltmeisterin in Sachen Dummheit werden.« Ich stellte meine Tasse ab und entschloss mich, ihm von meiner letzten zweifelhaften Entscheidung zu berichten. »Du musst wissen, dass ich schon als Kind ein kleiner Bücherwurm war. Ich plünderte das Bücherregal meiner Mum, die ein Faible für Literaturklassiker hat. Mit elf habe ich Jane Austen gelesen, mit dreizehn dann stieß ich auf Oscar Wilde. Dieser Moment war für mich ein monumentales Ereignis in meinem Leben. Ich verliebte mich schlagartig in seine Figuren und sein Handwerk. Durch ihn entdeckte ich meine Berufung. Zu behaupten, *Das Bildnis des Dorian Gray* sei mein Lieblingsbuch, käme meiner Obsession nicht einmal ansatzweise nahe. Nächstes Jahr soll es als moderne Romanadaption auf die Bühne kommen.

Meine Agentin dachte, ich wäre perfekt für die Rolle der Sibyl Vane, aber ich … Ich habe abgelehnt.« Ich lachte entschuldigend, wie ich es häufig tat, wenn mir selbst klar war, dass ich völlig irrational gehandelt hatte.

Eden zog beide Augenbrauen hoch. *»Warum zum Teufel hast du das getan?«* sollte das wohl bedeuten.

Das fragte ich mich auch.

»Ich habe entschieden, nicht für die Rolle vorzusprechen, weil es sich für mich im Augenblick nicht anfühlt, als wäre ich in der Lage dazu. Ich würde meinen eigenen Erwartungen an mich selbst nicht gerecht werden, eine Enttäuschung ist da also vorprogrammiert. Bei jedem anderen Stück wäre mir das vielleicht mehr oder weniger egal, aber nicht bei diesem.«

Falls er mich für völlig verrückt hielt, zeigte Eden es zumindest nicht. Er schien über meine Argumente nachzudenken und schrieb schließlich: *»Ich kann dich verstehen. Es ist eine große Sache für dich. Doch gerade deshalb musst du dich fragen, ob du dir verzeihen können wirst, wenn du dir diese Chance wegen deiner Selbstzweifel entgehen lässt.«*

Seine Anmerkung war ehrlich, unbequem und setzte die Saat für weitere Grübeleien. Doch ich wäre irgendwie auch enttäuscht gewesen, hätte er mich mit einer einfachen Plattitüde abgespeist. »Kennst du den Roman über Dorian Gray?« Ich wich ihm aus und begab mich, anstatt seine Überlegungen weiter auszuführen, auf sicherere Pfade.

Eden schüttelte den Kopf, was in mir den Wunsch weckte, ihn für meine Leidenschaft zu gewinnen.

»Warum nicht?«

Er zuckte die Achseln.

»Das kann ich nicht akzeptieren.«

»Ich lese nicht.«

»Mir fällt gerade ein, dass ich … einen Termin habe«, witzelte ich. »Im Ernst. Du liest nicht?«

»Ich habe Probleme mit den Augen.«

Ich musterte ihn knapp, prüfte seine Antwort auf ihren Wahrheitsgehalt. Doch irgendetwas verriet ihn – was es war, konnte ich nicht genau beschreiben. »Lügner!«

»Ehrlich. An guten Tagen erkenne ich gerade mal Umrisse.«

Er war verrückt. Und er brachte mich mit seinen Witzen auch noch zum Lachen.

»Okay, dann lese ich dir demnächst mal vor oder wir lesen gemeinsam. Wie bei diesen christlichen Buchclubs, zu denen mich meine Großmutter früher immer mitgeschleppt hat«, unterbreitete ich ihm ein Angebot.

Sein Blick glitt von meinen Augen zu meinem Mund, verharrte dort, und schließlich veränderte sich seine Körperhaltung. Auch ich selbst bemerkte einen Wandel bei mir. Mir wurde wärmer und ich wurde unruhiger. Zuvor mochte ich mir unsicher gewesen sein, was genau Eden von mir wollen könnte – Freundschaft oder mehr. Nun hatte ich ein eindeutiges Indiz für Letzteres. Und das war alles andere als christlich, sondern eher der Natur, dass wir uns während einer dieser Buchclub-Treffen rausschleichen und in Mrs Holmes' Badezimmer knutschen würden, während alle anderen in der Bibel lasen.

»Lass dir gesagt sein, dieser Vorschlag hätte keinen absolut selbstlosen Hintergrund, sondern ich hätte für die nächsten Monate eine Aufgabe, die nichts mit Backwaren zu tun hat und mir irgendwie die Verbindung zum Theater bewahrt.«

Sein Lächeln erstarb, während er seine Tasse krachend auf dem Tisch abstellte und im Anschluss seine Faust gegen die Stirn presste. Mit dieser Reaktion auf meine unbedachten Worte hatte ich wirklich nicht gerechnet.

War ich zu weit gegangen? War ich zu aufdringlich gewesen?

Ich meine, da redete ich gleich von einer Verbindung über Monate hinweg. Möglicherweise stand Eden bloß der Sinn nach einer kurzen Affäre.

Gott, ich war so … ungeschickt und blöd.

Als Eden aufstand und zu seinem Schreibtisch ging, kramte ich innerlich nach einer geschickten Möglichkeit, um aus dieser peinlichen Situation herauszukommen. Doch nachdem er sich umgedreht hatte und ich das Zittern seiner Hände bemerkte, in denen er einige Zettel hielt, wusste ich instinktiv, dass ich gleich in einen Abgrund stürzen würde.

KAPITEL 9
Eden

In meinem Leben war ich durch eine verdammt harte Schule gegangen.

Das Schicksal hatte mir einen Strich durch so ziemlich all meine Zukunftspläne gemacht. Träume waren zertrümmert worden, Beziehungen in die Brüche gegangen.

Während andere beruflich durchgestartet waren, war ich in eine Krise gestürzt, aus der es kein Entrinnen mehr gab. Mir war bei essenziellen Entscheidungen die Möglichkeit genommen worden, frei zu wählen. Doch während ich mit zitternden Händen vor Madeleine stand, fühlte es sich zum ersten Mal seit zwei Jahren an, als wäre ich frei. Als würde dieser Moment, dieses Leben, dieser Körper auch tatsächlich mir gehören.

Mit gesenktem Kopf reichte ich ihr die Karten, die ich einzig für dieses Treffen vorbereitet hatte. Madeleine hatte die Wahrheit verdient, jedoch offenbarte ich ihr diese in einer Version, die für mich halbwegs erträglich war.

Als ich mich wieder hinsetzte, nahm sie gerade die erste Karte. Ich wusste, was darauf stand.

»Du solltest wissen, wie lange ich schon nicht sprechen kann. Die Antwort ist: exakt neunzehn Monate.«

Zögernd legte sie die erste Karte verdeckt auf den Tisch und widmete sich der zweiten.

»Vor sechsundzwanzig Monaten erhielt ich die Diagnose Kehlkopfkrebs. Genauer gesagt wurde im Bereich meiner Stimmlippen ein bösartiger Tumor festgestellt, welcher sich bereits auf das umliegende

Gewebe ausgeweitet hatte. Ich möchte dir die medizinischen Details ersparen. Nur so viel sei gesagt: Meine Art des Krebses ist eine der aggressivsten. Ich ließ einen Behandlungsmarathon über mich ergehen. Was am Ende blieb, um mein Leben zu retten, war die operative Entfernung meines Kehlkopfes und der damit einhergehende Verlust meiner Fähigkeit, zu sprechen, zu riechen oder durch Mund und Nase zu atmen.«

Ich konnte sehen, wie Madeleine tief durchatmete, als wollte sie diese Aufgabe für mich übernehmen. Ihr Blick, mit dem sie mich dann ansah, war verhangen, glasig und erschüttert. Er glitt von meinem Gesicht zu meinem Hals, in dem sich sofort dieser mir nur allzu vertraute Druck aufbaute.

»Mit so etwas habe ich … nicht gerechnet.« Ihre Stimme brach.

Ich wollte ihr Mitleid eigentlich nicht, hatte ich mich in den vergangenen Monaten doch so effektiv vor jeglicher Art davon verbarrikadiert. Bedauert zu werden, kam für mich an Erniedrigung heran. Ich wurde automatisch auf meine größte Schwäche reduziert.

Ich, der arme Schwächling, der all seine Träume begraben musste, der um sein Leben kämpfte und sich nun mit dem Rest, der davon übrig war, zufriedengeben musste.

»Wie bekommst du dann Luft?«, fragte Madeleine.

Ihre Augen waren geweitet, folgten meiner Handbewegung zu meinem Hals, wo ich das schwarze Tuch, das im Grunde an eine breite Krawatte erinnerte, zur Seite schob. Ich präsentierte ihr das Tracheostoma zwischen meinen beiden Schlüsselbeinknochen, welches mein Überleben sicherte. Atemzug für Atemzug ermöglichte diese Öffnung in meiner Haut meine Existenz.

Ich würde Madeleine gern davon erzählen, wie es war, zuerst die Diagnose zu erhalten, immer wieder Hoffnung mit verschiedenen Methoden vermittelt zu bekommen, die mit jeder Behandlung dahinschmolz.

Ich hatte gerade mein Studium abgeschlossen gehabt und

war voller Tatendrang gewesen. Ich hatte gedacht, die ganze verdammte Welt würde mir zu Füßen liegen. Doch dann hatte ich die Chance auf ein normales Leben verloren. Ich hatte meine Fähigkeit verloren, meine Gedanken verbal auszudrücken oder mir einen simplen Kaffee zu bestellen. Man konnte sich auf so etwas nicht vorbereiten. Und jeder ging mit solch einem einschneidenden Erlebnis anders um.

Meine Enttäuschung, dass die Erwartung, die ich an mein Leben gehabt hatte, nicht erfüllt worden war, saß tief. Tiefer als jede Angst. Meine Verbitterung hatte die Person vertilgt, die ich vor meiner Erkrankung gewesen war.

»Was dir passiert ist, tut mir leid«, fuhr Madeleine fort, nachdem sie die Kärtchen auf den Tisch gelegt hatte. »Ich kann mir gar nicht vorstellen, wie schwer diese Zeit für dich gewesen sein muss. Wie verdammt ungerecht.«

Okay, immerhin war sie noch hier und lief nicht weg. Das war doch ein gutes Zeichen.

»Deine Geschichte zeigt einmal mehr, welch brutale Herausforderungen das Leben manchmal an uns stellt. Mir geht es aber nicht darum, was du alles nicht bist, Eden. Mir geht es darum, wer du bist. Und was ich sehe, ist ein interessanter, charismatischer und kluger Mensch. Jemand, der mich sogar mit handgeschriebenen Zetteln zum Lachen bringt. Jemand, mit dem ich unglaublich gern Zeit verbringe und der mich zu verstehen scheint.«

Das vorsichtige Lächeln in ihrem Gesicht gab mir Mut. Unbewusst hatte ich tatsächlich erwartet, dass ich sie mit meiner Erklärung verschreckte. Doch sie blieb und schenkte mir damit Zuversicht.

»Falls es also dein Plan war, mich mit dieser Offenbarung in die Flucht zu schlagen, darfst du diesen als gescheitert einstufen.«

Ich wusste, dass ich Madeleine vor mir und erst recht vor dem Schmerz, der auf sie wartete, wenn sie an meiner Seite blieb, schützen sollte. Alles, was ich ihr zu bieten hatte, waren Enttäuschungen, Verzicht und Leid. Selbst eine kurze Affäre könnte sie emotional in die Tiefe reißen. Doch ich war auch derart hungrig darauf, ein normales Leben zu führen, dass ich bereitwillig meine Arme nach der vermeintlichen Rettung, die Madeleine mir versprach, ausstreckte.

Ich nickte mit geschlossenen Augen und legte meine flache Hand auf meine Brust, um ihr anzudeuten, wie viel mir ihre Worte bedeuteten.

Madeleine verstand diese Geste, und als ich meine Augen wieder öffnete, grinste sie breiter, tröstlicher irgendwie. »Wir machen es so: Als deine neu gewonnene Freundin werde ich immer ein offenes Ohr für dich haben, wenn dir der Sinn danach steht, mir über deine Krankheit zu erzählen. Die restliche Zeit werde ich der Aufgabe nachkommen, dich zu völlig unnötig spontanen Unternehmungen zu überreden. Die Textnachrichten, die ich versende, sind lang. Außerdem habe ich eine Schwäche für Pannenvideos, davon wirst du eine Menge bekommen. Meine beste Freundin, der auch die Bäckerei gehört, in der ich im Moment arbeite, würde dir an dieser Stelle zur Flucht raten, weil sie der Überzeugung ist, ich würde das Leben der Menschen in meiner Umgebung gehörig durcheinanderbringen. Du siehst also, dass ich viele Herausforderungen für dich bereithalten werde.«

Ich konnte mich nicht erinnern, jemals etwas so sehr gewollt zu haben, wie das Chaos, das Madeleine versprach, mit sich zu bringen. Ich hatte in der Vergangenheit auf die schmerzhafte Tour lernen müssen, dass Pläne in sich zusammenbrechen konnten. Früher mal stand mir der Sinn nach Kontrolle, heute aber wollte ich jeden Tag einfach nur noch genießen. Leben.

Hörte sich doch ganz einfach an.

Getragen von einer Entschlossenheit, die ich kaum noch für möglich gehalten hatte, griff ich nach Stift und Papier und teilte Madeleine meine Antwort mit. *»Ich wäre dir unglaublich dankbar, wenn du mein Leben ein wenig durcheinanderbringst.«*

»Abgemacht«, sagte sie und untermauerte unseren Deal damit, mir einen Handschlag anzubieten.

Ich erwiderte diesen und legte meine sehr viel größere Hand um ihre zarte. Dabei war ich unmerklich näher an sie herangerutscht, sodass sich unsere Knie berührten.

Seit Julie gab es keine andere Frau mehr in meinem Leben. Und das mit Julie war mittlerweile auch eher zweckmäßiger, ungesunder Sex. Madeleine hingegen begehrte ich wirklich. Doch ich wollte auch nicht, dass sie dachte, ich hätte die Mitleidskarte ausgespielt, um sie ins Bett zu bekommen.

Daher wich ich zurück, nahm meine Hand von ihrer, nicht zuletzt deshalb, weil genau in diesem Moment Charlize in mein Büro gerauscht kam.

Sie bemerkte noch, wie Madeleine und ich uns voneinander lösten, weswegen sie zuerst die Augenbrauen hochzog und dann prompt rot anlief. »Oh, sorry. Ich wusste nicht, dass du … Besuch hast.«

Ich fuhr mir durch die Haare, während Madeleine ihre rechte Hand zur Faust ballte.

»Eden und ich haben da so ein geheimes Teeding laufen«, erklärte sie und bedeutete Charlize, auf der Couchlehne Platz zu nehmen.

Meine Schwester musterte mich lächelnd. *Du stehst so richtig auf sie*, sollte mir dieser Blick wohl mitteilen.

Ich kniff wiederrum die Augen in ihre Richtung zusammen. *Sag ja nichts Falsches!*

»Das muss ziemlich intim sein, wenn selbst ich keine Einladung dazu erhalte, obwohl ich nur ein Zimmer weiter mein Dasein so ganz ohne Tee oder Wein fristen muss.« Ich schubste Charlize mit dem Ellbogen, woraufhin sie lediglich kicherte. »Okay, er beansprucht dieses Privileg ganz für sich selbst.«

Madeleine beobachtete uns lächelnd. »Wenn ich wieder mal vorbeikomme, schiebe ich etwas Essbares unter deiner Tür durch.«

»Als Dank dafür würde ich die Flasche Wein dann auch sogar öffnen«, zog mich meine Schwester auf.

»Im Augenblick bin ich mit dem Tee zwar sehr zufrieden, aber Wein geht auch immer.«

»Ich habe hier etwas für dich herausgefunden, worauf du aufbauen kannst, Bruderherz. Das schreit nach einer weiteren Einladung.« Siegessicher schwang sie ihren Arm um meine Schultern. Ich hingegen schüttelte lachend den Kopf. »Eden schmeißt am Freitag eine kleine Party. Warum kommst du nicht einfach vorbei?«

Madeleine betrachtete mich, erwartete meine Freigabe, das Angebot meiner Schwester auch annehmen zu dürfen. Tatsächlich hätte ich wohl nicht daran gedacht, sie zu bitten, am Freitag zu mir nach Hause zu kommen. Doch Charlize war da erfahrungsgemäß sehr viel offener. *»Ich würde mich freuen«*, kritzelte ich auf meinen Block.

»Wenn das so ist, komme ich sehr gern vorbei. Danke für die Einladung.«

»Nichts zu danken«, fühlte sich Charlize angesprochen und erhob sich mit geschwellter Brust. Sie dachte wirklich, dass ich sie als Wingman brauchte, um bei Madeleine zu landen. »Dieser Kerl hier benötigt manchmal bloß einen gezielten Tritt in den Hintern. Merk dir das.«

Während Charlize über ihren eigenen Witz kicherte, formte ich mit meiner linken Hand einen Schnabel und äffte ihr besserwisserisches Gequatsche nach. Das Geräusch von Madeleines Lachen prägte ich mir ein. Ich zeichnete es gedanklich auf, um mich daran erinnern zu können, wann immer ich nachts, geplagt von Schmerzen, nicht schlafen konnte.

Es waren diese kleinen Augenblicke im Leben, auf die es ankam.

KAPITEL 10

Madeleine

Am Freitag hatte ich keinen Arbeitsdienst in der Bäckerei. Stattdessen schlief ich lange, trank Kaffee im Bett und steckte die Nase dabei in ein Buch, dessen Story mich nicht mehr losließ. Letzte Nacht hatte ich so lange gelesen, bis ich mit dem Buch auf dem Gesicht eingeschlafen war. Nun schmerzte mir zwar der Nacken, doch ich musste wissen, ob die weibliche Heldin den männlichen Protagonisten jemals wiederfinden würde.

Irgendwann war der Kaffee ausgetrunken und ich konnte mein Handy, das, begraben unter der Bettdecke, dauernd Töne von sich gab, nicht länger ignorieren. Ich suchte danach und fand das Telefon, das vor Nachrichten meiner Mum überquoll. Sie wusste, dass ich frei hatte, und bestimmt wollte sie mich bloß zum Mittagessen einladen. Doch Zurückhaltung war ihr offenbar fremd.

Nach einem Gespräch mit ihr war ich klüger. Tatsächlich wollte sie mit mir zu Mittag essen, doch ich sollte ihr auch beim Aussortieren irgendwelcher Schränke im Gästezimmer helfen. Zweifelsohne wäre sie dieser Aufgabe auch allein gewachsen. Doch meine Mum dachte, ich würde nun, da ich nicht mehr regelmäßig auf der Bühne stand, nur noch auf der Couch lümmeln und reale Menschen allerhöchstens durch eine Fensterscheibe sehen. Deswegen hielt sie es also für eine besonders gute Idee, mich zu menschlichem Kontakt zu nötigen. Da ich gern Zeit mit ihr verbrachte, nett sein wollte und tatsächlich etwas Ablenkung gebrauchen konnte, fuhr ich kurz vor Mittag zu ihr.

Bis zum späten Nachmittag waren wir damit beschäftigt, alte

Kleidung, Spielsachen und zentnerweise Dokumente, die keinem mehr von Nutzen waren, auszusortieren. Leona war noch nicht da, als ich schließlich nach Hause kam, was mich wirklich nicht weiter wunderte, da sie besonders vor den Wochenenden immer eine Menge zu tun hatte.

Ich genoss das Alleinsein und drehte die Musik auf, während ich duschte und mich für Edens Party anzog. Nachdem wir Nummern ausgetauscht hatten, hatte ich eine Nachricht von ihm mit seiner Adresse erhalten. Ich war nicht nur wegen der Party nervös und voller Vorfreude, sondern auch, weil ich Eden in einem völlig neuen Umfeld begegnen würde.

Mein letztes Date lag lange zurück. Ich hatte mich damals mit einem Kollegen öfter auf einen Drink verabredet. Doch so richtig ernst war es zwischen uns nie geworden. Mit Eden war das etwas anderes. Bei ihm machte ich mir mehr Gedanken. Ich wollte einfach, dass diese Sache zwischen uns – was immer sie auch sein mochte – funktionierte. Ich wollte attraktiv, witzig und klug sein. Ich wollte ihn an diesem Abend mit meiner äußeren Erscheinung umhauen.

Darum gab ich mir wirklich Mühe. Ich entschied mich kleidungstechnisch für einen engen, grauen Rock, einen schwarzen Pulli mit v-förmigem Ausschnitt und kniehohen, schwarzen Stiefeln. Ich drehte einige Locken in meine braune Mähne, was nicht mal ansatzweise so gut aussah wie bei Charlize. Mein Augen-Make-up war dezent, dafür verpasste ich meinen Lippen ein auffälliges Rot.

Edens Haus befand sich in unmittelbarer Nähe des Warwick Squares – einem rechteckigen Park, dessen Bäume und Blumenbeete an diesem Frühlingstag in farbiger Pracht standen. Edens Zuhause war ein gregorianischer, dreistöckiger Bau mit weißen Fenstern, brauner Backsteinfassade und dunkler Eingangstür. Ziemlich nobel. Anders, als ich erwartet hatte.

Anders schien das imaginäre Motto des Abends zu sein. Denn

mir öffnete eine ganz andere Version von Eden als jene, die ich bis jetzt gesehen hatte. Anstatt seiner üblichen Businesskleidung trug er dunkle Jeans und ein schwarzes T-Shirt. Sein Haar war zerzaust und es zeichneten sich einige widerspenstige Locken darin ab.

Nachdem er mich mit einer Handbewegung und einem Lächeln ins Haus gebeten hatte, folgte ich ihm durch den quadratischen Eingangsbereich in einen Raum, der eine Mischung aus solider Bibliothek und wilder Partybude zu sein schien.

Es war noch niemand anderes da. Offenbar war ich die Erste. Ich konnte also noch ein bisschen Zeit allein mit Eden verbringen.

Die nutzte ich, um ihm mein Mitbringsel auszuhändigen. »Das hier ist für dich«, unterstrich ich den Moment verbal, in dem ich ihm das in rotes Geschenkpapier verpackte Objekt überreichte. »Als ich heute zu meinen Eltern gefahren bin, bin ich an einem Antiquitätenladen vorbeigekommen, habe es gesehen und dachte sofort, dass es dir gefallen könnte. Es erinnert mich an jenes, das hinter deinem Schreibtisch in deinem Büro hängt.«

Eden entpackte das Geschenk und musterte zuerst mich gespannt von Kopf bis Fuß, bevor er das Bild ansah. Man merkte, dass er jemand war, der sich wirklich für Kunst interessierte. Nicht bloß oberflächlich, sondern technisch, substanziell und kritisch. Würde ich das Bild zum Beispiel meiner Mum schenken, die auf Kunst kaum bis gar keinen Wert legte, würde sie wohl so etwas sagen wie »Sehr schön, Maddy. Das werde ich ins Wohnzimmer hängen«. Eden hingegen hätte mir wohl auch ehrlich erklärt, was daran er nicht so gelungen fand. Und diese Art schätzte ich wirklich sehr an ihm.

»Gefällt es dir?«, fragte ich.

Eden nickte und fuhr mit dem Zeigefinger seiner rechten Hand über die weiße Linie vor dem schwarzen Hintergrund, die sowohl einen menschlichen Kopf als auch einen abstrakt wirkenden Vulkan darstellen könnte. Dieser Aspekt, der auch mir zuerst ins Auge gestochen war, schien auch Eden besonders an dem Bild zu gefallen.

»Gemessen an dem einen Bild in deinem Büro dachte ich, du stehst eher auf düstere Kunst als auf Landschaftsmalerei.«

Meine Aussage brachte ihn zum Lächeln. Dann aber wandte er den Kopf in Richtung Flur, lehnte das Bild an die braune Ledercouch und bedeutete mir, ihm zu folgen. Ob absichtlich oder nicht, Eden strich im Vorbeigehen sanft mit seinen Fingern über meine. Dort, wo er mich angefasst hatte, kribbelte meine Haut. In meinem Bauch meldeten sich die Schmetterlinge.

Das konnte heiter werden, dachte ich, während wir eine dunkle Holztreppe mit wunderschönen, filigranen Verzierungen hochstiegen.

Wie sollte ich diesem Mann widerstehen?

Vom ersten Stock gelangten wir über eine sehr viel schmalere Treppe in den zweiten Stock. Dort befand sich lediglich ein Raum – ein Atelier, wie ich erstaunt feststellte.

Der Boden war übersät mit Farbklecksen. Unbemalte und bemalte Leinwände lehnten an den Wänden. Es roch nach Farbe, und ich entdeckte eine riesige Auswahl an Pinseln, Spachteln und allerlei Utensilien, die ich in einer Küche, aber nicht in einem Atelier erwartet hätte.

»Du malst?«, fragte ich sinnloserweise.

Eden nickte verlegen und lächelte dann auf diese jungenhafte Art, die ich so anziehend an ihm fand.

Das hier schien mir sehr viel intimer als unsere Treffen in seinem Büro. Die Luft prickelte, und mein Herz klopfte schneller.

»Wow. Echt, Eden, wow. Das ist echt cool.« Ich sah mich um, begutachtete einige der fertigen Bilder und erkannte eine frappierende Ähnlichkeit zu jenem, das in Edens Büro hing. »Das Bild über deinem Schreibtisch, das hast du gemalt, oder?«

Erneut nickte er und ging zu einer alten Kommode, um sich Stift und Papier zu holen. Während er schrieb, musterte ich ihn, diesen Raum und seine Bilder. *»Das ist meine Art, um meine Gedanken loszuwerden. Am Anfang habe ich sie aufgeschrieben, aber das half nicht. Dann fing ich an, zu malen.«*

Wenn ich mir vorstellte, ich könnte all das, was ich fühlte, dachte und spürte keinem anderen Menschen mitteilen, würden mir wohl auch nur zwei Möglichkeiten bleiben. Entweder ich würde an meinen Emotionen ersticken, oder ich müsste sie auf andere Art zum Ausdruck bringen. Ich selbst würde schreiben, bis mir die Finger bluteten. Eden lebte seine Kreativität eben auf diese Weise aus. Und seine Werke waren eindrucksvoll. Starke Farben, starke Konturen, starke Emotionen. Er verwendete hauptsächlich schwarz, sehr viel davon sogar. Nur ab und an entdeckte ich hellere, freundlichere Farben. Wenn diese Bilder Edens Gedankenwelt repräsentierten, dann sah es in ihm offenbar fürchterlich tragisch aus.

Neben dem Schrank, in dem Eden seine Malutensilien aufbewahrte, stand ein Bild, das ein Gesicht und den Oberkörper einer Frau zeigte. Ihr blondes Haar leuchtete golden, ihre Lippen waren blutrot. Von ihrem Mund tropfte rote Farbe auf ihren nackten Oberkörper, und dort, wo üblicherweise das Herz im Brustkorb verborgen war, klaffte eine tiefe Wunde. Doch so brutal die Szene war, der Ausdruck dieser Frau war lüstern, zugleich aber auch verzweifelt.

Irgendwie war mir dieses Bild zu privat. Es kam mir vor, als wäre ich in einen Bereich in Edens Leben eingedrungen, zu dem ich keinen Zugang haben sollte. Also drehte ich mich schnell weg und sah zu dem Mann, der all das hier auf dem Nährboden seines Seelenschmerzes erschaffen hatte. Er stand dicht neben mir, sein Blick hing an meinen Lippen. Einen kurzen, spontanen Moment überlegte ich, ihn zu bitten, ein solches Bild von mir zu malen. Ich wollte, dass er genau das Gleiche in mir sah wie in dieser Frau.

Ich wollte diese Nähe. Ich wollte diese Intimität. Ich wollte ihn.

»Du hast unglaubliches Talent, Eden«, sagte ich leise und verdrängte meinen Wunsch. »Was machst du mit den Bildern? Verkaufst du sie?«

Er schüttelte den Kopf, schrieb dann aber. *»Nein. Sie sind nur für mich. Vorerst.«*

Sein Block lag vor uns auf der Kommode zwischen losen Blättern mit Skizzen und Magazinen. Beide betrachteten wir seine Worte, als müssten wir sie erst noch überdenken. Zu gern wollte ich wissen, an welche Bedingungen Eden den Verkauf knüpfte. Doch ich sagte nichts. Stattdessen betrachtete ich sein Profil. Mir fiel ein schwarzes, kleines x auf seinem Hals auf. Zuvor hatte ich das noch nie an ihm bemerkt. Doch wann war ich ihm je so nahe gewesen?

War das ein Tattoo? Und wenn ja, welche Symbolik hatte es?

»Danke, dass du mir all das gezeigt hast«, sagte ich, während Eden mein Gesicht mit intensivem Blick scannte.

Dann machte er einen Schritt auf mich zu, kniff seine Augen leicht zusammen und streckte seine Hand unvermittelt nach meiner Wange aus. Ich hielt den Atem an, unterbrach den Blickkontakt zu ihm aber nicht. Auch wenn mir das Herz fast aus der Brust sprang.

Nachdem er sich zu mir hinabgebeugt hatte, strichen seine Lippen zuerst vorsichtig über meine. Doch ich hieß ihn mit meinem Mund willkommen. Ich legte meine Arme um seine Schultern, öffnete mich ihm und bald wurde aus Edens vorsichtiger Zurückhaltung sehr viel mehr. Unsere Münder glitten übereinander. Eden schob mich gegen die geschlossene Tür und vergrub seine Finger in meinen Locken. Ganz gewiss hatte ich nicht damit gerechnet, diesen Mann heute Abend zu küssen. Doch ich war begeistert von dieser andersartigen Entwicklung. Ich liebte, was wir hier taten, auch wenn dies der voreiligste Kuss meines Lebens war.

Ich hatte das Gefühl, Eden viel besser zu kennen, als unsere wenigen Begegnungen eigentlich vermuten ließen. Ich fühlte mich bei ihm sicher. Das brauchte ich, um mich fallen lassen zu können.

Als es mehrmals hintereinander lautstark an der Tür klingelte, fuhren wir erschrocken auseinander.

Eden legte seine Stirn gegen meine, während ich meine Finger zu seinem Mund gleiten ließ. Ich wollte nicht, dass dieser intime Augenblick zu Ende war. Doch Eden küsste meine Fingerspitzen, lächelte entschuldigend und schob mich an der Hüfte nach draußen.

KAPITEL 11

Eden

Auch wenn ich nichts anderes von meinen Freunden erwartet hatte, stellte ich erneut fest: Zurückhaltung war für jeden von ihnen ein Fremdwort.

So überfiel uns die Horde, nachdem ich die Eingangstür aufgemacht hatte, mit dämlichen Fahnen und Tröten. Eine Ladung Konfetti landete in meinem Gesicht, und auf meinem Kopf platzierte Harry einen ultrahässlichen roten Hut. Untermalt wurde dieser lautstarke Einmarsch durch das schief geträllerte *Happy Birthday* von Julie und Charlize.

Während Akim den Arm um mich legte, sah ich zu Madeleine, die das ganze Spektakel mit einer Mischung aus Belustigung und Schüchternheit verfolgte.

»Happy Birthday, Arschgesicht«, witzelte Akim und kniff mir in die Wange.

Als ich Julie umarmte, war ich froh, dass sie mich nicht wie so oft ganz selbstverständlich auf den Mund küsste. Charlize und Madeleine lagen sich währenddessen ebenfalls in den Armen.

»Er wollte nicht, dass ich es dir sage«, verriet Charlize.

Ich hatte wirklich nicht gewollt, dass Madeleine den Grund für diese Party erfuhr und sich dann gezwungen sah, mir irgendetwas zu kaufen. Doch das hatte sie ohnehin getan. Das Bild, das sie mitgebracht hatte, zeigte mir deutlich, wie sehr sie mich verstand. Ich glaubte zwar, dass sie keine Ahnung hatte, wie düster meine Gefühlswelt tatsächlich war – zum Glück –, aber sie schien auf übersinnliche Weise zu spüren, was in mir vorging.

Madeleine wartete im Flur, während alle anderen sie zuerst begrüßten und dann in die Bibliothek vorgingen. »Du hast Geburtstag«, klagte sie mich schließlich tadelnd lächelnd an.

Ich zuckte mit den Schultern und strich mit meinem kleinen Finger über ihre Handfläche.

»Alles Gute«, flüsterte sie und sah mich aus ihren großen, grünen Augen an.

Sie war unglaublich schön – innerlich und äußerlich. Dennoch verknotete sich mein Magen bei ihrem Glückwunsch.

Ich konnte Madeleine aber nicht für etwas verurteilen, von dem sie keine Ahnung hatte.

Darum lächelte ich und erwiderte ihren zaghaften Kuss. Auf der Flucht vor den Dämonen der Angst, die in mir hochkrochen, führte ich Madeleine in die Bibliothek.

Dort hantierte Harry gerade an meiner Musikanlage herum. Nur eine Sekunde später dröhnten die Foo Fighters durch die Lautsprecher. *Everlong* war schon immer unsere Hymne, um Partys einzuläuten – und die würde es bis in alle Ewigkeit bleiben.

Akim köpfte unterdessen eine Flasche Sekt und schenkte allen bis auf mir ein Glas ein. Ich griff stattdessen zur Cola, die Charlize mir reichte. Schon seit meiner Operation trank ich keinen Alkohol mehr. Ich hatte nicht nur das Gefühl, er würde mir die Überreste meiner Kehle wegätzen, auch sonst wirkte sich selbst die geringste Menge davon negativ auf mich aus und reagierte mit den zahlreichen Medikamenten, die ich einnehmen musste. Doch über diese winzigen Unannehmlichkeiten konnte ich hinwegsehen, wenn ich dafür hier sein und mit den Leuten, die mir wirklich am Herzen lagen, zusammen sein durfte.

Während wir alle rund um den Couchtisch verteilt saßen, quetschte Harry Madeleine wegen ihres Jobs im Theater aus. Ganz automatisch prüfte ich, wie Julie auf sie reagierte.

Es überraschte mich nicht, dass ihre Blicke abfällig und geringschätzig ausfielen. Wenn sie könnte, würde sie Madeleine wohl am liebsten fortzaubern. Irgendwann wandte Julie ihre Aufmerksamkeit mir zu. Ich kniff die Augen zu einer stummen Warnung zusammen.

Ich kannte Julie zu gut. Ich war mit ihrer überdrehten, offenherzigen und wilden Seite ebenso vertraut wie mit ihrer gemeinen. Zu oft schon hatte Julie mit ihrem Egoismus brilliert. Sie konnte herzlich sein, einen zum Lachen bringen. Doch ebenso steckte in ihr ein Biest, das sie vor allem raushängen ließ, wenn es um mich ging. Vieles in ihrem Leben war ihr bis jetzt verwehrt geblieben. Sie hatte keine liebevollen Eltern und keine wirklichen Ziele im Leben, sondern trieb von Tag zu Tag. Aber eines hatte sie immer bekommen, wenn sie es wollte: mich. Uns beiden war klar, dass damit nun wohl endgültig Schluss war.

Irgendwann stiegen die Jungs auf Bier und die Mädels auf Wein um. Charlize hatte irgendeinen portugiesischen Rotwein angeschleppt, den sie anpries, als wäre sie am Gewinn des Unternehmens beteiligt. Doch je mehr Madeleine davon trank, desto mehr schätzte auch ich den Wein. Ich war fasziniert davon, wie sich ihre Wangen zunehmend röteten. Immer wieder glitt mein Blick zu ihren Lippen.

Wir hatten uns geküsst. Verdammt.

Ich hatte die Kontrolle verloren, als sie da vorhin neben mir stand und meine Gemälde bewunderte. Ich hatte wirklich hart gekämpft, mich nicht so zu ihr hingezogen zu fühlen. Aber mittlerweile war ich mir nicht mehr sicher, ob ich noch dagegen ankämpfen konnte oder es überhaupt wollte.

Irgendwann lockte mich Akim mit dem Vorwand, er bräuchte beim Rauchen meine Gesellschaft, auf die Terrasse. Dort angekommen, meinte er: »Sie ist klasse, Mann.« Er kicherte. »Kein Wunder, dass du auf sie stehst.«

Ich runzelte die Stirn und streckte ihm den Mittelfinger meiner rechten Hand entgegen. Was so viel heißen sollte wie: *Du bewegst dich auf dünnem Eis, Kumpel.*

»Im Ernst, ich mag sie. Ich glaube, sie hat Feuer unterm Hintern. So eine Frau brauchst du.« Nachdem er das gesagt hatte, senkte er den Kopf und seufzte. »Du weißt, was ich meine.«

Ich nickte. Natürlich wusste ich das. War ja nicht so, als würde ich vergessen, daran zu denken.

»Aber … hast du mit ihr schon über … darüber gesprochen?« Die Frage kam ihm schwer über die Lippen. Akim kannte zwei Möglichkeiten, um Probleme zu beseitigen: durch Angriff oder Ausdauer. Beides war in meinem Fall sinnlos. Verlorene Energie. Doch Akim machte dieses Nichtstun wahnsinnig.

Mich auch, Mann.

Noch viel drückender war das schlechte Gewissen, das durch Akims Nachhaken heraufbeschworen wurde und dem ich mit einem Kopfschütteln Ausdruck verlieh.

Er zupfte am Etikett seiner Bierflasche, die Kiefer fest aufeinandergepresst. Gleich bekam ich einen Anschiss von ihm. »Das kannst du nicht bringen, Eden. Ganz ehrlich, du musst aufrichtig zu ihr sein. Das hat sie nicht verdient.«

Ich presste meine Lippen aufeinander und sah durch die geöffnete Tür zu Madeleine, die gerade ihren Kopf lachend in den Nacken warf.

»Stell dir mal vor, was du ihr da antust.«

Er hatte recht. Natürlich.

All das wusste ich, doch ich befand mich an einem Punkt in meinem Leben, an dem ich dazu übergegangen war, schreckliche Dinge zu verdrängen, um mich selbst zu schützen. In der Hinsicht konnte ich Julie gewissermaßen verstehen. Ich befürchtete, dass ich die erträgliche Dosis an Grausamkeiten, die das Schicksal für eine Person bereithielt, bereits überschritten hatte. Das bekamen meine Freunde und auch meine Familie immer wieder zu spüren, wenn ich mich stur weigerte, ärztliche Hilfe in Anspruch zu nehmen.

Akim zog an seiner Zigarette. Früher hätte ich mit ihm geraucht. Heute war das unmöglich für mich. »Ich will nicht sagen, dass du sie abservieren sollst. Aber zumindest solltest du ehrlich zu ihr sein. Wenn sie dennoch bleibt, kannst du ihr wirklich vertrauen.«

Ich stemmte den Arm gegen die Hausmauer und zuckte mit den Schultern. *Kann ich ihr das überhaupt antun?*

Akim verstand meine Zweifel, ohne dass ich sie laut aussprechen musste. »Diese Entscheidung wird sie selbst treffen müssen. Aber vielleicht bleibt sie und spornt dich zum Kämpfen an, Eden.«

Das tat sie längst, dachte ich verbissen, während aus dem Inneren meines Hauses die ersten Töne von The Kooks ertönten. Harry und die Mädels hatten die Mitte des Raumes zur Tanzfläche auserkoren. Harry, der die alleinige Aufmerksamkeit der drei genoss, stand wie ein König in der Mitte und streckte die Arme zum Takt von *Bad Habit* in die Luft.

»Sieh ihn dir an, diesen Trottel«, meinte Akim lachend.

Alle vier tanzten und lagen sich lachend in den Armen, doch ich achtete vor allem auf Madeleine. Es war kaum noch etwas von dem Rot auf ihren Lippen übrig. Was zu einem kleinen Teil an unserem Kuss und zu einem sehr viel größeren Teil daran lag, wie oft ihre Lippen schon das Weinglas berührt hatten. Ich war völlig gefesselt von ihrem Lachen und von der Art, wie sie sich bewegte.

Akim stieß mich irgendwann in die Seite, steckte seine Zigarette in den Aschenbecher auf dem runden Holztisch und meinte dann mit Blick auf die vier im Inneren: »Heute ist dein Geburtstag. Tun wir mal so, als gäbe es nur diesen Tag, und schieben alles Negative auf morgen.«

Er erteilte mir eine Galgenfrist. Doch Akim konnte verdammt eindringlich sein.

Ich hob meine rechte Hand, Akim schlug ein und zog mich dann an seine Brust.

»Ich für meine Fälle werde deine reizende Schwester jetzt dazu bringen, dass sie genauso sinnlich mit mir tanzt, wie sie es gerade mit dem trotteligen Harry gemacht hat.«

Obwohl ich grinste, kniff ich die Augen zusammen und hielt Akim am Kragen fest. Mit meinem Zeigefinger tippte ich auf seine Brust. *Du brauchst mir keinen Vortrag über Ehrlichkeit zu halten, solange du Spielchen mit meiner Schwester treibst!*

Akim seufzte. »Du weißt, dass es zwischen mir und Charlize kompliziert ist. Aber ich habe ihr versprochen, mich zu bessern. Ehrlich, Mann. Das werde ich.«

Ich enthielt mich einer Meinung, ich kannte immerhin die Tragik rund um ihre höchst komplexe Beziehung. Welches Versprechen auch immer meine Schwester ihm abverlangt hatte, er würde es früher oder später brechen. Erst recht dann, wenn ihm mal wieder einfiel, wie scheiße er Beziehungen fand, mit irgendeiner Wildfremden schlief und Charlize dann eine ihrer Racheaktionen startete.

»Egal«, meinte Akim nun und schubste mich ins Haus. »Heute geht es um dich. Um deine Party. Schnapp dir lieber dieses Mädchen dort.«

Wie sich herausstellte, musste ich mir das Mädchen nicht erst schnappen. Als Akim und ich die Bibliothek betraten, kam Madeleine mir bereits grinsend entgegen. Der Alkohol hatte ihr nicht nur diesen verruchten Blick verliehen, sondern sie auch mutiger werden lassen. Selbstbewusst schlang sie ihre Arme um meine Schultern, kreuzte ihre Finger in meinem Nacken und bewegte sich im Takt der Musik.

Ich legte meine Hände auf ihre Hüften, senkte den Kopf und vergrub meine Nase in ihren Locken. Zu gern würde ich wissen, wie sie roch, gab mich aber damit zufrieden, sie zu spüren. Ich zog sie noch enger an mich, worauf sich ihre Bewegungen verlangsamten, sie sich ein Stück zurücklehnte und den Blickkontakt zu mir suchte. Ihre Augen glitzerten, ihr Lächeln war wunderschön. Wenn ich könnte, würde ich ihr ins Ohr flüstern, wie verdammt gut sie sich an mir anfühlte. Ich würde sie anflehen, sie noch einmal küssen zu dürfen.

Doch ich konnte es nicht. Konnte nichts sagen.

Ich konnte lediglich hoffen, dass sie meine Gedanken las oder meine Mimik richtig deutete.

»Ich hatte schon lange keinen so großen Spaß mehr«, brüllte sie über die Musik hinweg direkt in mein Ohr. »Deine Freunde sind wirklich total lieb.«

Scheiß auf meine Freunde. Was ist mit mir?!

Ich lächelte und wagte es, meine Hände an ihren Seiten hökergleiten zu lassen. Zu meiner Erleichterung schreckte sie vor dieser Intimität nicht zurück, sondern brachte ihr Gesicht sogar noch näher an meines heran. Ihre Stirn lag nun auf meiner Wange. Und während unsere Bewegungen immer langsamer wurden, näherten wir uns unbewusst der Terrassentür. Ich zog sie das letzte Stück bis nach draußen, und dort, wo ich zuvor noch mit Akim über mein Verhalten debattiert hatte, drückte ich Madeleine nun gegen die Wand, um sie stürmisch zu küssen. Sicher vor den Blicken der anderen explodierte in mir all die angestaute Sehnsucht nach ihr.

Unsere Zungen spielten miteinander, während Madeleine ihre Hand unter den Saum meines Shirts schob. Ihr Verhalten spornte mich meinerseits zu grundlegenderen Schritten an. Mit einer Hand umfasste ich ihren Hintern. Küssend arbeitete ich mich von ihrem Mund über ihren Hals abwärts. Madeleine schickte ein lustvolles Stöhnen in Richtung Himmel, als ich die weiche Haut ihres Ohrläppchens mit meinem Mund einsaugte.

Ursprünglich hatte ich meinen Körper zu meinem größten Feind erklärt. Immerhin hatte er sich gegen mich verschworen und zugelassen, dass sich Krebszellen bildeten. Es fiel mir schwer, mich selbst im Spiegel zu betrachten und dort die Narben und den Einschnitt in meiner Kehle zu sehen. Die Vorstellung, unter meiner Haut würde sich ein Monster an meinem Fleisch austoben, hatte mich bis in meine Träume verfolgt und eine selbstzerstörerische Energie freigesetzt.

Doch während dieses Kusses mit Madeleine kam ich mir …

normal vor. Ein normaler Kerl, der scharf auf eine wunderschöne Frau war.

Als ich den Kopf zurücklehnte, um die Reaktionen auf ihrem Gesicht zu bewundern, nahm ich aus den Augenwinkeln eine Bewegung wahr. Sowohl Madeleine als auch ich wandten uns der Eingangstür zu, wo Julie tränenüberströmt verharrte.

Instinktiv wich ich einen Schritt von Madeleine zurück. Ich empfand Reue, auch wenn Julie und ich uns stets bemühten, unsere Beziehung zurück auf eine freundschaftliche Ebene zu bringen. Darauf hatten wir uns immerhin geeinigt. Das wahre Leben mit all seinen Emotionen, die man nicht im Griff hatte, wich von diesem Plan allerdings manchmal ab.

Julie war völlig fertig und ich unglaublich froh und deprimiert zugleich, als Madeleine zögernd zurück in die Bibliothek ging, um Julie und mir Raum zu geben.

Während sich Julie schniefend in meine Arme warf, sah ich Madeleine hinterher. Ich hielt Julie und hörte ihr zu. Wie so häufig, wenn sie zu viel Alkohol intus hatte, verfiel sie in ein depressives Tief. Zuerst war sie gut drauf, dann trank sie ein Glas mehr und lag emotional am Boden. In jeder Art und Weise hatte sie sich in diesen Situationen auf mich verlassen können. Früher, als wir noch offiziell zusammen gewesen waren, waren diese Momente selten vorgekommen. Erst später, nachdem ich krank geworden war, hatte sie die Fähigkeiten des Alkohols entdeckt – durch ihn konnte sie kurzfristig ihre Gefühle betäuben. Redete man auf Julie ein, erreichte man nichts; das hatte ich sehr bald festgestellt. Ihr half es, wenn sie mit mir sprechen konnte, ich ihr zuhörte und mit ihr gemeinsam durch dieses dunkle Tal ging.

Umgekehrt war sie bei mir nicht dazu in der Lage, sondern hatte mich von sich geschoben. Sie war auf einmal weg gewesen. Gerade zu der Zeit, als ich sie am dringendsten gebraucht hatte.

Auch diesmal schüttete sie mir ihr gesamtes Herz aus. Irgendwann ging sie dazu über, meine Erkrankung und sich selbst zu verfluchen. Sie nannte sich selbst einen Feigling, weinte noch bitterlicher und meinte, dass sie völlig am Ende sei, weil sie mich verloren hatte.

»An diesem Tag im Krankenhaus … dem Tag deiner Operation … ich habe dir versprochen, bei dir zu sein«, jammerte sie und sank an der Hauswand zu Boden. »Aber was habe ich getan? Ich habe mich zugedröhnt. Ich hätte stärker sein sollen. Du warst es auch. Du bist immer noch so unglaublich stark, Eden.«

Drinnen lief die Party weiter, doch ich setzte mich neben Julie und griff in freundschaftlicher Weise nach ihrer Hand, ehe ich einen zerknitterten Block und einen winzigen Bleistift aus meiner Hosentasche zog. *»Das liegt alles in der Vergangenheit.«*

»Wir hätten so viel mehr sein können. Du und ich.«

Ich legte den Arm um Julie, lehnte den Hinterkopf an die Wand und hörte ihr zu, wie sie all die Dinge, die wir schon tausend Mal besprochen hatten, erneut hervorkramte. Sie war zu betrunken, um klar denken zu können. Zu fertig, um zu verstehen, dass dieses Paar, das wir für kurze Zeit gewesen waren, nur noch in ihrem Kopf existierte. Wir hatten niemals eine Zukunft gehabt, erst recht nicht, als ich krank geworden war. Doch Julie hatte sich in die Vorstellung davon, was wir hätten sein können, verliebt. Sie hatte gedacht, dass ich sie retten, zu einem besseren Menschen machen würde, und wir bis ans Ende unserer Tage glücklich sein würden.

Doch dann war ich selbst verloren gegangen. Ich war in meiner Verzweiflung ertrunken und hatte selbst nicht mehr die Kraft gehabt, Julie eine rettende Hand entgegenzustrecken.

Julie war eine gute Freundin, eine verlorene Seele, die eine schreckliche Kindheit mit schrecklichen Eltern hinter sich hatte. Im Grunde war sie bloß auf der Suche nach Liebe, fand diese aber vor allem in Form von Alkohol und manchmal auch Drogen.

Ich hatte sie nicht gerettet, sondern noch tiefer ins Verderben gezogen.

Und das wurde mir erst so richtig bewusst, als sie zitternd den Kopf hob und mich aus ihren großen blauen Augen ansah. »Ich kann das nicht, Eden. Ich werde es … Ich werde das nicht überstehen. Du kannst mir das nicht antun!«

Es mochte unfair von ihr sein, mich für ihren Untergang verantwortlich zu machen, wo ich selbst nichts für den Auslöser konnte. Doch ich kannte Julie und wusste, was sie in Momenten wie diesen brauchte. Darum hielt ich sie, zog sie an meine Brust und saß einfach nur da. Dafür drängte ich Madeleine unweigerlich an den Rand.

Ich hatte keine Ahnung, ob sie bereits gegangen war und ob sie verstand, was Julie und ich waren.

Niemand hatte gesagt, dass die Sache zwischen mir und Madeleine einfach werden würde. Doch während ich mit Julie im Garten saß und ihrem Weinen lauschte, fühlte es sich an, als würde ich irgendeine verkackte Entscheidung treffen müssen.

KAPITEL 12

Madeleine

Am Tag nach Edens Geburtstagsparty versuchte ich nicht nur meinem Kater, sondern auch meinen Gefühlen Einhalt zu gebieten. Bei Ersterem gelang mir das rascher. Mein Herz jedoch war eine einzige große Baustelle.

Nachdem Julie in den Garten gekommen war, hatte ich mit den anderen noch etwas getrunken, mich aber bald darauf verabschiedet. Von Anfang an hatte ich gespürt, dass zwischen Eden und Julie mehr war als nur Freundschaft. Das hatte zum einen etwas mit den Blicken zu tun, die Julie mir zugeworfen hatte. Zum anderen ließ sich die Tatsache, dass Eden Julie nackt auf eine Leinwand gebannt hatte, nicht verdrängen.

Von Julie ging eine zerstörerische, negative Energie aus. Sie erinnerte mich an ein menschlich gewordenes schwarzes Loch, das alles um sich herum verschlang. Was auch immer zwischen den beiden vorgefallen war, für Julie war ich eine Konkurrentin – und sie für mich.

Durch ihren Zusammenbruch hatte sie es geschafft, Eden für sich zu beanspruchen und mich ins Aus zu drängen.

In dem Moment, als ich, ohne mich von Eden zu verabschieden, gegangen war, hatte ich gewusst, dass Edens Leben sehr viel komplizierter war als gedacht.

Ich glaubte nicht, dass ich darin noch Platz finden könnte, waren die fünf doch ein solch eingespieltes Team. Sie kannten nicht nur den neuen, stummen Eden, sondern auch den alten. Julie hatte sich in die damalige Version verliebt. Ihr gegenüber hatte er seine

Emotionen, seine Gedanken, seine Zuneigung ausdrücken können. Ich hingegen …

Was zum Teufel tat ich da?!

Ich schob alle Schuld auf Eden, als hätte er sich bewusst dazu entschieden, nie wieder zu sprechen. Vor allem mit mir. Mein Verhalten ließ sich ganz klar auf meine Eifersucht zurückführen. Doch trotz dieser Erklärung gefielen mir meine Gedankengänge an diesem Tag kein bisschen.

Weil ich mich auch nicht auf das Buch, das ich zu lesen versuchte, konzentrieren konnte, klappte ich meinen Laptop auf und ertappte mich dabei, wie ich über Edens Krankheit recherchierte. So erfuhr ich zum Beispiel, wie sich der Krebs in Edens Kehlkopf hatte ausbreiten können. Ich sah mir Grafiken an, die diese Entwicklung veranschaulichten. Mir wurde übel, als ich Worte wie Chemotherapie und Luftröhrenschnitt las. Das alles hatte er über sich ergehen lassen müssen. So viel Leid und so wenig Hoffnung.

Was ich erfuhr, war brutal, aber auch Edens Realität.

Seine Erkrankung, seine Stummheit … das war eine Welt, die vorher keinen Platz in meiner gehabt hatte. Doch nun war sie allgegenwärtig.

Ich entdeckte auch Artikel über die Möglichkeit, wie man seine Stimme nach einer operativen Entfernung des Kehlkopfes wiedererlangen konnte. Offenbar gab es dafür verschiedene Methoden, unter anderem eine Stimmprothese, die einem das Sprechen, wenn auch in anderer Stimmlage, ermöglichte.

War diese Behandlung bei Eden nicht möglich? Oder hatte er sich aktiv dagegen entschieden? Könnte er dadurch nicht viel mehr Lebensqualität zurückerlangen?

Darüber dachte ich lange nach, konnte mir schlussendlich aber keinen Reim darauf machen. Ich bekam nur Kopfschmerzen, und meine Stimmung, die an diesem Tag ohnehin im Keller war, konnte sich gar nicht mehr erholen.

Ich war mir sicher, dass Julie Edens Gedanken zu der Prothese kannte. Mir hatte er bei unserem Offenbarungsgespräch in seinem Büro nichts darüber berichtet. Vielmehr ließ er mich in dem Glauben, dass es keine Alternative zu seiner Stummheit gab.

Je länger ich mich mit Edens Schicksal befasste, desto klarer wurde mir, wie wenig ich ihn kannte. Dabei hatte es sich so intensiv mit ihm angefühlt. Ich glaubte, wir hätten eine besondere Verbindung. Nun war ich mir nicht einmal mehr sicher, ob Eden nicht ein Spiel mit mir spielte.

Als Leona mittags mit zwei Pizzen ankam, hielt sich mein Appetit jedoch in Grenzen. Sie spürte, dass irgendetwas mit mir nicht in Ordnung war, hielt sich erstaunlicherweise aber zurück. Nur einmal fragte sie, wie die Party gewesen war. Ich zuckte daraufhin bloß mit den Schultern und knabberte weiter an einem Stück Pizza. Ich wusste, dass Leona besorgt war, mich aber gleichzeitig mit ihrer Fürsorge nicht erdrücken wollte. Das rechnete ich ihr hoch an.

Nach dem Essen teilten wir uns die Aufgaben im Haushalt auf. Obwohl die Wohnung winzig war, produzierten wir eine Menge Dreck. Ich hatte im Grunde keine Lust darauf, das Bad zu schrubben, ließ mich von Leona jedoch dazu breitschlagen, um gedanklich nicht noch tiefer in Edens Probleme abzutauchen. Ich bearbeitete gerade unsere Badewanne mit einem eklig blumig duftenden Schaum, als mein Handy piepte. Einmal. Zweimal. Ich stellte fest, dass Eden mir geschrieben hatte.

Auch wenn mein Herz im ersten Moment einen Salto hinlegte, zögerte ich, die Nachricht zu öffnen. Ich wusste nicht, wie und ob es mit uns weitergehen sollte. Da waren so viele Probleme, die an Eden hafteten und die mich zu erdrücken schienen.

Gleichzeitig mochte ich ihn. Es war einfach kompliziert.

Seufzend nahm ich auf dem Badewannenrand Platz und öffnete seine Nachricht am Ende doch. Ich hatte das Gefühl, ich wäre es ihm schuldig, mir zumindest seine Erklärung zur gestrigen Nacht anzuhören.

Eden: Hi, tut mir leid wegen gestern. Ich will die Schuld auch gar nicht auf Julie schieben, aber wie du vermutlich mitbekommen hast, ist unser Verhältnis schwierig. Ihr geht es im Augenblick nicht besonders gut. Ich fand es jedenfalls schade, dass wir uns nicht mehr gesehen haben.

Ich schloss die Augen und hörte tief in mich hinein. Was spürte ich wegen seiner Nachricht? Wut? Freude? Verärgerung? Zuversicht?

Wohl von allem etwas.

Eden nahm gleichzeitig Julie in Schutz, während er im nächsten Augenblick sein Bedauern über mein frühes Verschwinden ausdrückte. Was hätte ich denn seiner Meinung nach tun sollen? Warten, bis er mit der anderen Frau fertig war, ehe er sich um mich kümmerte?

Ich wollte nicht das hörige Schoßhündchen eines Mannes sein. Ich war eine Frau mit Prinzipien, und auf diesen hatte Eden herumgetrampelt.

Die Wut hatte klar Oberhand, das war auch deutlich in meiner Antwort an Eden zu spüren.

Madeleine: Hi, ich glaube, euer Verhältnis als schwierig zu bezeichnen, ist die Untertreibung des Jahres. Keine Ahnung, in was ich da reingeraten bin. Ich weiß nicht, wer du und Julie seid, was euch verbindet, euch trennt und was du von ihr oder mir möchtest. Und ich weiß nicht, ob ich diejenige sein möchte, die du dazu benutzt, um Julies Eifersucht zu wecken …

Eden: Ich benutze dich nicht. Das mit dir ist etwas völlig anderes.

Madeleine: Das habe ich schon mindestens drei Mal in meinem Leben gehört. Und drei Mal war es eine Lüge. Im Moment bin ich nicht in der Verfassung, mich auch ein viertes Mal belügen und für eine schnelle Nummer ausnutzen zu lassen. Es tut mir leid, Eden. Mach's gut.

Mit mehr Inbrunst als nötig putzte ich unter den Tönen von Billie Eilish unser Bad. Ich war mir einerseits sicher, vernünftig gehandelt zu haben, indem ich die Beziehung zu Eden beendete. Gleichzeitig fühlte ich mich einfach nur grausig, einsam und verzweifelt.

Ich wusste, dass es schwer werden würde, Eden zu vergessen. Ich kannte diesen Mann kaum und trotzdem war er mir in so kurzer Zeit so unglaublich wichtig geworden. Das war aber lediglich die schöne Seite der Medaille. Ein Bühnenbild, vorne hübsch, dahinter trist, grau und enttäuschend.

Obwohl ich verletzt war durch die Art, wie Eden die Situation auf der Party gehandhabt hatte, wusste ich, dass er es nicht getan hatte, um mich zu verletzen. Er mochte gewissermaßen verschlossen sein – was sicherlich etwas mit seiner Stummheit zu tun hatte, aber er war auch einfühlsam und empathisch.

Dennoch kannte ich ihn zu wenig, um mein Herz blindlings zu opfern. Unvermittelt kam mir eine Textstelle aus *Das Bildnis des Dorian Gray* in den Sinn. Darin hieß es: »Der einzige Weg, eine Versuchung loszuwerden, ist, ihr nachzugeben.«

Im Prinzip war nicht seine Persönlichkeit das Problem, sondern die Welt, in der er lebte. Von Anfang an hatte die Gefahr bestanden, dass ich seiner Bürde nicht gewachsen war. Nun hatte ich einen handfesten Beweis dafür.

KAPITEL 13
Eden

Gab nicht jeder gern vor, sein Leben perfekt im Griff zu haben?

Als Paradebeispiel dafür fielen mir meine Eltern ein. Selbst vor Charlize und mir war es ihnen gelungen, so zu tun, als wäre ihre Ehe von purer Harmonie erfüllt gewesen. Erst nachdem mein Vater vor zehn Jahren gestorben war, kamen alle Hässlichkeiten explosionsartig ans Tageslicht. So erfuhr ich, während ich mit dem Verlust des Mannes zu kämpfen hatte, der mich geprägt, geliebt und in jeder Art und Weise unterstützt hatte, dass meine Mum ihm die längste Zeit fremdgegangen war. Dad hatte von ihren Liebschaften gewusst, wollte kurz vor seinem Tod die Scheidung, doch meine Mum hatte auf das Wohl der Familie plädiert und so hatte mein Vater eingewilligt, die Ehe aufrechtzuerhalten – für mich und Charlize. Für das Bild der perfekten Familie.

Dad musste tief unglücklich gewesen sein. Verzweifelt sogar.

Ich schätzte meine Mum als Mutter, als Zuhörerin, als Stütze. Doch als Ehefrau hatte sie wirklich versagt.

Seit sich mein Leben durch meine Krankheit derart drastisch verändert hatte, hatte ich mir vorgenommen, aufrichtig, ehrlich, unbeschwert und abenteuerlustig zu sein. Man mochte vieles haben, aber niemals genug Zeit. Am Ende wird es einem vorkommen, als hätte man bloß einen Wimpernschlag lang gelebt. Vielleicht musste mein Dad sterben und ich krank werden, damit ich diese Lehre für mich ziehen konnte. Möglicherweise musste ich erst Leid erfahren, um ein besserer Mensch zu werden. Und als solcher sollte ich Madeleines Entscheidung, mich nicht mehr sehen zu wollen, auch akzeptieren. Ich sollte sogar dankbar darüber sein, immerhin bewahrte sie das Fernbleiben von mir vor einer Menge Schmerz.

Aber die Wahrheit war: Ich hatte mich in einen verdammten Egoisten verwandelt.

Einen anhänglichen, närrischen Egoisten.

Dieses Eingeständnis schien eine Art Freifahrtsschein für mich zu sein, denn ziemlich selbstsicher für jemanden, der eine Abfuhr erhalten hatte, betrat ich am Montagnachmittag die Bäckerei, in der Madeleine arbeitete. Nachmittags war es ruhiger. Und tatsächlich, es waren keine anderen Kunden da, hinter denen ich mich verstecken könnte. Nur ich und Madeleines eiskalter Blick.

Sie war sich meiner Mission augenblicklich bewusst und verschanzte sich vorerst hinter der Theke, wo sie abwartend die Brauen hochzog.

»Was willst du hier, Eden?«, durchschnitt sie die aufgeladene Atmosphäre mit messerscharfer Stimme.

Jedes Mal aufs Neue, wenn ich sie sah, verfiel ich ihr noch mehr. Ich mochte ihren Stolz, ihre Stärke, ich mochte, was für ein ideell denkender Mensch sie war. Ich hatte das Feuer in ihr gespürt, ihre Leidenschaft, und jetzt wollte ich mehr. Ich konnte sie nicht aufgeben. Konnte nicht verlieren, was zwischen uns war. Ich war bereit, um sie zu kämpfen.

Ich blickte kurz rüber zu den Sitznischen, wandte mich dann mit eindringlichem Blick wieder Madeleine zu.

»Nein, wir werden uns nicht hinsetzen. Es ist alles geklärt zwischen uns. Es gibt nichts mehr zu sagen.«

Sie gab sich zwar Mühe, unerschütterlich zu wirken, doch ich bemerkte das Zittern ihrer Unterlippe. Mit jedem Atemzug geriet ihr Schutzpanzer ins Wanken, deshalb wartete ich, betrachtete sie, und hoffte, dass sie mir die Chance gab, ihr die Situation mit Julie zu erklären.

»Am Anfang hast du mich ignoriert, weil du wahrscheinlich

gespürt hast, dass du emotional noch bei Julie steckst. Ich hätte auf die Signale, die du mir gegeben hast, besser achten sollen. Ich hätte mich von dir fernhalten sollen. Und genau das werde ich jetzt auch tun.«

Noch einmal atmete sie durch, blickte an mir hinab und eilte dann zurück in den Bereich der Bäckerei, zu dem ich keinen Zutritt hatte.

Ich wollte nicht so einfach aufgeben, sondern zumindest die Chance bekommen, Madeleine meinen Standpunkt zu erklären. Deshalb kramte ich nach dem Kärtchen in meiner Hosentasche, warf einen optimistischen Blick darauf und legte es auf die Theke. *»Lass uns bitte noch einmal in Ruhe über diese Party sprechen«*, stand darauf.

Wenn Madeleine es fand, würde sie hoffentlich verstehen, wie viel mir an ihr lag.

Abends leistete Harry mir Gesellschaft. Er kannte die Probleme zwischen Julie und mir wie kein anderer, schließlich war er seit Jahren mit uns beiden befreundet. Ich wollte ihn aber auch auf gar keinen Fall in irgendeine Ecke ziehen. Er sollte nicht Partei ergreifen müssen.

Alles, was ich an diesem Abend brauchte, war ein wenig Aufmunterung und Ablenkung.

Zu diesem Zweck zockten wir eine Runde *FIFA*, während Harry stellvertretend für mich ein Bier trank. Er konnte sich fürchterlich in so ein dämliches Spiel reinsteigern und fluchte, brüllte und schleuderte, nachdem ich das vierte Tor gelandet hatte, seinen Controller auf die Couch.

»Ich hasse dieses Scheißspiel«, jammerte er.

Er liebte das Spiel, das wussten wir beide.

»Im Ernst, Mann, was für eine Zeitverschwendung.«

Während er kurz zur Toilette ging, wechselte ich zurück in die Übersicht. Lachend beobachtete ich Harry, wie er sich, als er zurückkam, resigniert auf die Couch warf.

»Okay, was soll's. Noch eine Runde. Diesmal gewinne ich.« Er schraubte noch ein wenig an seiner Mannschaft herum, feuerte einige Spieler, kaufte neue ein und wirkte dabei so verbissen, als fände dieses Match im echten Leben statt.

Als er schließlich mit dem Aufmotzen seiner Losermannschaft fertig war, klingelte es an der Eingangstür. »Akim, wollen wir wetten? Wahrscheinlich hat deine Schwester ihn mal wieder vor die Tür gesetzt.«

Wenn dem so sein sollte, stand uns allen ein langer Abend bevor.

Doch vor meiner Tür wartete nicht Akim, sondern Madeleine auf mich. Ihr Blick war starr auf mich gerichtet, sie atmete schnell und knetete dabei ihre Fingerknöchel.

»Hi«, flüsterte sie.

Ich lächelte und hoffte, dass Harry im Wohnzimmer blieb.

»Ich … Ich habe nachgedacht. Sehr viel nachgedacht. Und ich bin zu dem Entschluss gekommen, dass du verdient hast, mir deinen Standpunkt zu erklären. Dein Leben ist sehr komplex; wahrscheinlich genauso wie deine Beziehung, Freundschaft oder was auch immer mit Julie.«

Ich nickte, ließ sie herein und war über die Weitsicht meines Kumpels, der uns im Flur begegnete, mehr als dankbar. Madeleine und Harry umarmten sich kurz, was mich seltsamerweise beruhigte.

»Ich räume das Feld«, meinte Harry. »Deine Gesellschaft würde er in jeder Art und Weise meiner vorziehen. Ich habe da drinnen gerade die Topmannschaft schlechthin zusammengestellt – für den Fall, dass ihr zocken wollt.«

Madeleine kicherte zuerst, schluckte dann aber hastig. »Danke.«

Harry klopfte mir auf die Schulter und haute ab.

Aus einem Bauchgefühl heraus streckte ich meinen Zeigefinger in Richtung Decke.

»Nach oben in dein Atelier? Gern.« Stumm folgte Madeleine mir die Treppen empor.

Seit ihrer Nachricht am Samstag herrschte Chaos im Zimmer. Ich hatte mein aktuelles Projekt verworfen und ein neues angefangen. Normalerweise startete ich ein neues Bild mit Skizzen und groben Vorstellungen. Bei diesem aber hatte ich dunkelgrüne Farbe zusammengemischt, die mich an Madeleines Augen erinnerte, und damit grobe Strukturen auf die Leinwand gemalt.

Oben angekommen, betrachtete Madeleine die mit einem satten Moosgrün bedeckte Leinwand. Eine Hälfte davon war jedoch noch weiß, was die Leere, die durch Madeleines Abweisung in mir entstanden war, symbolisieren sollte.

Mit Blick auf die Leinwand, den Rücken zu mir gewandt, meinte Madeleine schließlich: »Du willst nicht, dass man dich auf deine körperlichen Defizite reduziert. Das verstehe ich. Dann finde ich es jedoch unfair von dir, dein Unvermögen, zu sprechen, und das Schicksal, das dir damit auferlegt wurde, als Entschuldigungsgrund für all deine Fehler vorzuschieben.«

Sie drehte sich um – grüne Augen vor grüner Leinwand – und erwischte noch den Moment, in dem mir sämtliche Gesichtszüge entglitten. Ich war wirklich verwundert über Madeleines harte, unbeschönigte Worte.

»Ich glaube, du weißt selbst nicht, wen du willst.« Sie machte einen fordernden Schritt auf mich zu. »Willst du Julie, mit der dich so viele gemeinsame Erlebnisse verbinden, die jedoch auch dein altes Ich kennt? Sie wird auf ewig den Eden, der du früher einmal warst, betrauern, sich nach ihm sehnen und den Verlust beweinen. Wenn du in ihre Augen schaust, siehst du unerfüllte Sehnsucht. Keine Akzeptanz, nur Zerstörung. Oder willst du mich? Die sich mit dem neuen Eden begnügen muss, die kein Recht darauf hat, Fragen zu stellen. Diejenige, die du niemals in deine Gedanken blicken lassen kannst, weil du die Fähigkeit, diese in Worte auszudrücken, verloren hast. Was verbindet uns, Eden? Was?!«

Völlig geschockt von ihrer Aussage setzte ich mich in Bewegung, um Stift und Papier zu suchen. Ich wurde panisch, weigerte mich, ihre Behauptungen zu akzeptieren.

Sie irrte sich. Gewaltig sogar.

Doch während ich einen Stapel Magazine durchforstete, fuhr Madeleine unbeirrt fort. »Ich kenne nicht einmal den wahren Grund, warum du nicht mehr sprechen möchtest. Und die Betonung liegt auf möchtest. Denn ich habe nachgeforscht, Eden. Es gibt eine Möglichkeit, deine Stimme zurückzubekommen, oder? Du kennst die Alternativen zum Schweigen, aber du hast dich für die Stummheit entschieden. Julie kennt deine Beweggründe dafür, richtig?«

Als es mir endlich gelungen war, eine unbeschriebene Seite und einen Stift zu finden, hatte ich zum ersten Mal keine Ahnung, wie ich all die Überlegungen, die in meinem Kopf stattfanden, übermitteln sollte. Ich rieb mir über die Stirn und kämpfte gegen die zerstörerische Wut an, die sich in mir breitmachte.

»Ich hielt dich anfangs für unglaublich stark, Eden, doch mittlerweile ist mir klar geworden, wie schwach du bist. Wie feige. Wie verdammt egoistisch.« Als ich hörte, dass Madeleine weinte, zerknüllte ich den Zettel mit meiner Hand. »Ich glaube einfach nicht, dass du ehrlich zu mir warst, Eden. Du dachtest, ich würde keine unbequemen Fragen stellen, dir jede Dummheit durchgehen lassen, weil du schließlich der arme Junge bist, der seine Stimme an den Krebs verloren hat. Dir ist egal, was am Ende von mir übrig bleibt.«

Aus tiefster Verzweiflung fegte ich sämtlichen Kram mit der Hand vom Regal, drehte mich um und überwand die räumliche Distanz, die mich von Madeleine trennte. Ich blieb direkt vor ihr stehen, blickte zu ihr hinab und würde sie, wenn ich könnte, anbrüllen.

Wie konnte sie es wagen, derart selbstgefällig mit mir zu sprechen?!

Hatte sie nicht gesagt, sie sei hergekommen, damit ich ihr meinen verdammten Standpunkt erklären konnte? Tja, für mich sah das nicht danach aus.

Stattdessen log sie und verbog Tatsachen so, dass sie für sie passten. Vermutlich hatte sie einfach nur Angst bekommen, dem Schicksal, das mir anhaftete, nicht gewachsen zu sein. Doch in einem Punkt hatte sie recht. Ich hatte sie belogen. Diese Lüge brach nun über mir zusammen und zerstörte den allerletzten Rest Hoffnung, der mir geblieben war.

»Ich habe genug von deiner Pseudorealität, Eden. Genug von deinen Lügen und Täuschungen. Ich habe genug davon, von dir benutzt zu werden. Ich dachte wirklich, du würdest dich ehrlich für mich interessieren. Doch mir ist klar geworden, dass ich nur als Mittel zum Zweck diene. Du brauchst mich, um vor der Wahrheit wegzulaufen und um Julie zurückzugewinnen, nachdem sie dich wegen deiner Erkrankung hat fallen lassen. Charlize hat mir erzählt, dass ihr euch zu dieser Zeit getrennt habt. Sie hat dich verlassen, und du willst sie zurück. Du willst sie, nicht mich.«

Die Verbundenheit, die ich von Anfang an zu Madeleine gespürt hatte, war noch da. Sie war beinahe greifbar. Sie gab mir Kraft, um zu dem Schlag anzusetzen, mit dem ich Madeleine zwar Klarheit verschaffen, ihr aber jegliche Hoffnung nehmen würde.

Nur zu gut erinnerte ich mich daran, wie es mir selbst vor nicht einmal einem Monat ergangen war, als ich es erfahren hatte.

Während ich mich also über einen Stuhl lehnte, um meine Worte aufzuschreiben, meinte Madeleine: »Es geht mich nichts an und ich dränge mich hier auf eine Art in dein Leben, die dir offensichtlich zuwider ist. Aber für einen Rückzieher ist es zu spät – für uns beide.«

Ich nahm ihre Worte nur am Rande wahr, kritzelte stattdessen meine aufs Papier. Meine Schrift war grauenhaft, mein Herz schlug rasend schnell, wie vor einem Sprung von einer Klippe.

Als ich mich schließlich aufrichtete und alle Kraft sammelte, um Madeleine mein Statement abzuliefern, brannten Tränen in meinen Augen.

Madeleine bemerkte diese, runzelte daraufhin die Stirn und anhand ihrer Mimik wurde mir klar, dass sich ihr Ausbruch abgeschwächt hatte.

Ich schloss kurz die Augen und überreichte ihr den zerknitterten Zettel. Während sie las, beobachtete ich angespannt den Tanz ihrer Pupillen. Obwohl ich diese wenigen Sätze im Affekt geschrieben hatte, erinnerte ich mich genau, was dort stand.

»Du willst den wahren Grund hören, warum ich mich gegen eine Stimmprothese entschieden habe? Weil es sinnlos ist. Und zwar deshalb, weil ich sterben werde. Schon sehr bald. Heute. Morgen. In ein paar Monaten. Was spielt meine Stimme schon für eine Rolle, wenn ich keine Zeit mehr habe? Ich habe keinen Ausweg, keine Perspektive, sondern werde stattdessen vom Krebs, der zurückgekehrt ist, bei lebendigem Leib zerfressen. Das ist meine Realität!«

Ihre Augen quollen über vor Tränen, bevor diese ihre Wangen fluteten und mich mitrissen. All die Verzweiflung, die Angst, die mich seit Wochen einnahm, brach aus mir hervor.

Gewissermaßen hatte Madeleine recht mit ihrer Behauptung, ich hätte mir eine Pseudorealität erschaffen. Doch nur durch Verdrängung konnte ich überleben. Und ich hatte gedacht, wenn ich jemanden in mein Leben ließe, der nichts von dem Todesurteil, das ich erhalten hatte, wusste, bestünde eine geringe Chance, nicht sterben zu müssen.

Doch ich sollte Madeleine vor meinem baldigen, hässlichen Ende bewahren. Ich sollte sie wegschicken.

Sofort. Jetzt.

Aber ich klammerte mich an sie, um nicht an meinem Schicksal zu ertrinken.

So wie all meine Hoffnung, die Krankheit überstanden zu haben, mit einem einzigen Befund ausgelöscht worden war – genauso würde ich schon sehr bald selbst ausgelöscht sein.

»Das kann nicht wahr sein, Eden«, flüsterte Madeleine.

Ich nickte kraftlos. *Doch, ist es. Leider ist es wahr.*

»Du … Du hast mir nichts gesagt … gar nichts … die ganze Zeit«, stammelte sie. »Es ging gar nicht um Julie, sondern um …« Sie sah zu meinem Hals, während sich dort ein beklemmendes Gefühl ausbreitete.

Ich griff nach dem Blatt Papier, das sie immer noch festhielt, und fetzte meine Antwort darauf. Mit dem Handrücken wischte ich mir eine Träne von der Nasenspitze. *»Ich wollte dich nur schützen«*, schrieb ich.

Madeleine seufzte gequält, presste ihren Handrücken auf ihren Mund und schüttelte dabei immerzu den Kopf. »Eden … ich muss hier kurz raus.«

Obwohl ich sie am liebsten festgehalten hätte, um mit all den Gedanken in meinem Kopf nicht wieder allein sein zu müssen, ließ ich zu, dass sie aus dem Zimmer und schließlich aus meinem Haus stürmte.

Ich blieb zurück, sank neben dem Zettel, den sie fallen gelassen hatte, zu Boden und vergrub mein Gesicht in meinen Händen.

KAPITEL 14

Madeleine

Neblig-kalte Luft strömte in meine Lungen, während meine Füße über das feuchte Pflaster preschten. Ich lief so lange, bis das Brennen in meinem Brustkorb nicht mehr zu ignorieren war. Gebremst wurde ich von einer hüfthohen Mauer, die die Grenze zwischen der grünen Rasenfläche und dem schlammigen Ufer der Themse bildete.

Ich stemmte mich gegen die Mauer, ließ meinen Tränen freien Lauf und stieß einen schmerzverzerrten Schrei aus. Beobachtet wurde ich dabei vom strengen, gönnerhaften Blick William Huskissons Marmorstatue. In der Schule hatte ich von seiner Beteiligung am Ausbau der Eisenbahn und seinem unglücklichen Tod bei einem Unfall gehört.

Erbittert sah ich die Statue an. Er hatte sein Ende nicht kommen sehen, anders als Eden.

Ich wollte Edens Geständnis verdrängen. Ich wollte mich der Wahrheit nicht stellen. Deshalb war ich wohl auch weggelaufen. Doch die Realität hatte mich bereits eingeholt.

Während ich auf die glitzernde Oberfläche der Themse blickte, ließ ich seine Worte Revue passieren. Ich sah sie sogar noch deutlich vor mir, wie sie sich drohend vom weißen Papier abgehoben hatten.

»Ich werde sterben. Schon sehr bald.«

Das konnte nicht sein. Unmöglich.

Ich hätte niemals damit gerechnet, dass es so schlimm um ihn stand.

Ich wusste einfach nicht, was ich tun sollte. Mein erstes Gefühl war, dass ich nicht bei ihm bleiben konnte.

Gedanklich brachte ich es aber auch nicht übers Herz, einen Sterbenden zurückzuweisen. Vielleicht war ich bereits zu weit gegangen, um Eden jetzt noch im Stich zu lassen. Aber was konnte Eden mir schon bieten, außer Schmerz?

Objektiv betrachtet ging es Eden gut. Er war stark, er arbeitete ja sogar noch. Möglicherweise gab es doch noch Hoffnung. Immerhin wusste ich zu wenig über den Verlauf seiner Krankheit. Ich musste mit ihm reden – so viel stand fest. Ich musste mich Edens Leid stellen, auch wenn ich keine Ahnung hatte, wie ich damit umgehen sollte. Trotzdem trugen mich meine Beine den Weg zurück, den ich gerade erst gekommen war.

Aber wieso hatte er mir die ganze Wahrheit verschwiegen? Wieso?!

Um mich zu schützen – was hatte er sich dabei gedacht?

Doch plötzlich ergab alles irgendwie Sinn.

Julies Tränen bei seiner Geburtstagsparty, ihr Unvermögen, an seiner Seite zu bleiben und ihn trotzdem nicht vollständig verlassen zu können. Julie erlitt denselben Schmerz wie ich, wenn nicht sogar noch stärker, da sie ihn schon viel länger kannte.

Trotzdem – er hätte mir die Wahrheit nicht verschweigen dürfen. Es war nicht nur unverantwortlich von ihm, sondern auch respektlos.

Als ich erneut bei Edens Zuhause ankam, war ich zwar noch immer aufgewühlt, aber zumindest gefasst genug, um mich der Unterhaltung, die nun vor mir lag, zu stellen. Ich hämmerte gegen die hölzerne Eingangstür und warf Eden, nachdem er mir geöffnet hatte, einen prüfenden Blick zu.

Wie ging es ihm nach diesem Geständnis? Ich kam nicht umhin, ihn aus völlig anderen Augen zu betrachten. Ich dachte, ein Mensch, der praktisch sein Todesurteil in Händen hielt, würde perspektivlos wirken. Doch Eden erschien mir … normal. Er hatte aber auch schon viel mehr Zeit gehabt, sich mit all dem auseinanderzusetzen.

Ich atmete einen Schwall kalte Luft ein und versuchte mich an einer Erklärung. »Es tut mir leid. Es tut mir so leid, Eden. Einfach alles … meine erste Reaktion … deine … deine Erkrankung. Es tut mir so leid für dich.«

Ich hatte nicht vorgehabt, ihn mit meinem Mitleid zu überhäufen. Doch am Ende war es die ehrlichste, aus der Tiefe meiner Seele kommende Reaktion. Und ich glaubte, Eden wusste das. Denn noch ehe ich meinen letzten Satz beendet hatte, zog er mich an seine Brust. Ich umschlang ihn ganz fest. Zu fest? Ich war unsicher und lockerte meinen Griff, immerhin wusste ich nicht, ob er Schmerzen hatte.

»Ich habe dir versprochen, immer ein offenes Ohr für dich zu haben. Ich habe geschworen, dir zuzuhören. Und das werde ich, Eden.« Auch wenn ich das Gefühl hatte, mit ihm sterben zu müssen.

Doch Eden legte den Kopf in den Nacken und betrachtete mich. *Das bedeutet mir sehr viel*, sagte mir sein Blick.

Und auch wenn ich glaubte, am Kloß in meinem Hals zu ersticken, folgte ich Eden in seine Bibliothek, in der wir noch vor wenigen Tagen seinen Geburtstag gefeiert hatten. Seinen letzten wahrscheinlich, wie mir klar wurde, während ich auf der Ledercouch Platz nahm und Eden mit dem Finger in Richtung Tür deutete. Er verschwand und ließ mich mit den ungefiltert auf mich einströmenden Gedanken allein.

Sein letzter Geburtstag – deshalb ergaben einige Bemerkungen seiner Freunde auch plötzlich Sinn für mich. Akim, der sein Whiskeyglas gehoben hatte, um auf Eden zu trinken: »Möge die Party für dich weitergehen.« Harrys innige Umarmung zur Begrüßung, bei der er sogar Tränen in den Augen gehabt hatte. Und nicht zuletzt Julie, die wohl auch aufgrund des drohenden Abschieds an diesem Abend zusammengebrochen war. Sie alle wussten natürlich von Edens Chancenlosigkeit, und auch sie würden einen Freund verlieren. Einen Bruder, in Charlize' Fall.

Doch auch sie kamen mit dieser Situation zurecht, einige besser, andere schlechter. Ich wusste aber auch nicht, wie es im Inneren der Leute aussah, die Eden schon viel länger kannten als ich. Vielleicht gaben sie sich bloß Mühe, vor ihm stark zu sein.

Wie schafften sie das nur?

Irgendwann tauchte Eden mit einem Tablett auf, stellte zwei Teetassen ab und nahm mir gegenüber Platz. Er war sichtlich nervös, obwohl er diese Unterhaltung wohl nicht zum ersten Mal führte. Innerhalb der nächsten Stunde schilderte er mir den Verlauf seiner Erkrankung. Dies erforderte nicht nur seelische, sondern auch körperliche Höchstleistung. Denn oft schrieb er minutenlang, bewegte dabei seine Lippen und ließ mich so einige Wörter erahnen. Mal war sein Blick leer, mal verbissen, mal verzweifelt. Ich weinte einige bitterliche Tränen, während ich Edens Krankheit zu verstehen versuchte, mit der ich mich vor Eden noch nie auseinandergesetzt hatte.

Eden erklärte, dass er nach seiner Kehlkopfentfernung immer mit der Angst gelebt hatte, der Krebs könne zurückkommen. Nicht jede im Gewebe vorhandene Krebszelle könne mit absoluter Gewissheit beseitigt werden. Es gab da wohl eine 5-Jahres-Grenze; hatte man diesen zeitlichen Abstand zur Behandlung hinter sich gelassen, ohne dass der Krebs zurückkam, waren die Chancen, dass er besiegt worden war, groß.

Bei Eden waren die ersten Anzeichen, dass er einen Rückfall erlitten hatte, vor etwa vier Monaten aufgetaucht. Er hatte die Symptome selbst bemerkt – ein Stechen, Ziehen, ein Druckgefühl im Hals, das ihm nur allzu vertraut erschien. Zuerst hatte er die körperlichen Signale nicht wahrhaben wollen. Er hatte mit keinem darüber gesprochen, die Schmerzen und die Angst verdrängt. Irgendwann hatte er sich dann aber doch untersuchen lassen und die niederschmetternde Nachricht erhalten, dass der Krebs das

Gewebe rund um seine Halsschlagader befallen hatte. Er hatte sich an einer Stelle gebildet, an der eine Operation so gut wie unmöglich war. Eden sprach von lebensverlängernden Maßnahmen. Einer Strahlentherapie, der er sich gerade unterzog, die den Krebs nicht aufhalten, ihm jedoch mehr Lebenszeit verschaffen konnte.

Die Ärzte ließen sich zwar nicht auf irgendwelche zeitlichen Prognosen ein, doch konnten sie aufgrund des schnellen Wachstums des Krebses davon ausgehen, dass Eden nicht mehr viel Zeit bleiben würde. Irgendwann würde der Krebs seine Halsschlagader durchlöchern und Eden verbluten.

Ich glaubte, diese fixe Vorstellung davon, wie er sterben würde, machte Eden die größte Angst. Er sah mich lange an, nachdem ich den Zettel, der sein Todesurteil präzisierte, gelesen hatte. Ich fragte mich, welche Anzeichen es für innerliches Verbluten gab. Wurde man müde und schlief dann irgendwann ein? Oder würde Eden dabei Schmerzen erleiden?

Ich kannte Bilder von an Krebs leidenden Sterbenden nur aus Filmen. Meist verbrachten sie ihre letzten Stunden in Krankenhausbetten, angeschlossen an Maschinen, vollgepumpt mit Schmerzmitteln. Die Übelkeit kehrte schlagartig zurück, als ich mir vorstellte, Eden würde in Kürze genauso hilflos in irgendeinem sterilen Zimmer liegen und auf den Tod warten müssen.

Erneut fragte ich mich, ob ich dieser schrecklichen Herausforderung gewachsen war. Ich bildete mir ein, bereits zu spüren, wie weh es tun würde, wenn mein Herz erst einmal in Stücke gerissen worden war. Wenn Eden gegangen war.

»Es tut mir leid, dass ich dir verschwiegen habe, wie es wirklich um mich steht. Für mich ist das selbst noch unbegreiflich, und wenn wir zusammen waren, war es einfacher, die Realität zu verdrängen. Das war dir gegenüber nicht fair. Ich kann vor meiner Krankheit nicht weglaufen, irgendwann wird sie mich einholen.«

Doch wie viel Zeit würde uns bleiben? Was wollten wir füreinander sein? Was konnte Eden für mich und ich für ihn sein?

Ich hatte das Gesicht in meinen Händen vergraben und blickte erst wieder hoch, als Eden mit seinen Fingerspitzen über meine strich. Über den Tisch hatte er mir erneut eine Nachricht rübergeschoben. »*Ich kann nicht von dir erwarten, dass du bei mir bleibst, Madeleine. Alles, was wir haben können, sind Augenblicke. Letzte Momente für mich. Ich wünschte, wir wären uns in einem anderen Leben begegnet. Ein Leben, in dem wir die Aussicht auf eine gemeinsame Zukunft hätten. Ein Leben, das geprägt wäre von Freude und Plänen, die wir schmieden und verfolgen können. Meine Krankheit hat mir so viel genommen, schlussendlich wird sie mir mein Leben nehmen. Doch sie kann niemals meinen Kampfgeist besiegen. Ich werde weitermachen. Jeden Tag. Ich werde nicht aufgeben, Madeleine, weil selbst die kleinen, belanglosen Dinge lebenswert sind. Gleichzeitig werde ich nicht böse sein, wenn du dich entscheidest, diese letzten Meter nicht mit mir zu gehen – aus welchen Gründen auch immer. Obwohl ich praktisch eine tickende Zeitbombe bin, ist mein Leben nicht nur geprägt von Leid und Trauer. Ich versuche, eine gute Zeit zu haben, immerhin stehe ich auf Abenteuer und Partys. Ich werde mich nicht in irgendeinem Zimmer verstecken und auf das Ende warten – diese Genugtuung werde ich diesem Scheißding, das da in mir wächst, nicht geben.*«

Eden fühlte sich für mich verantwortlich. Das erklärte auch, warum er am Anfang versucht hatte, mich von sich zu schieben. Dass er sich nicht aufgab, stärkte mich. Sein Wille, zu leben, war eisern und manchmal reichte dieser aus, damit Wunder geschahen.

»Ich will diese Augenblicke mit dir«, sagte ich aus einem Gefühl heraus und strich mit der Hand über das Papier, auf dem Edens Geständnis stand. »Und ich werde dich nicht im Stich lassen.«

In Edens Gesicht war Dankbarkeit, aber auch Unsicherheit zu lesen. Ich wusste selbst nicht, ob mein Entschluss, bei ihm zu bleiben, nicht fürchterlich naiv war. Dachte ich, ihn retten zu können?

»Das ist meine eigene Entscheidung«, versicherte ich nicht nur ihm, sondern auch mir selbst.

Während er mich traurig betrachtete, rutschte er tiefer in seinen

Ohrensessel und presste den Hinterkopf an das glatte Leder. Sein Blick glitt Richtung Decke. Ich konnte mir gar nicht vorstellen, was in Edens Kopf vorgehen musste, ich war selbst ja schon völlig überfordert. Ich hasste es, mich derart hilflos zu fühlen. Ich wollte mich an dem, was wir hatten oder hätten haben können, festklammern, doch da war etwas viel Mächtigeres, das mir Eden entreißen würde. Und das auch schon sehr bald.

Uns würde nicht die Zeit bleiben für erste Dates und ein langsames Annähern. Ich stürzte mich in eine tiefgreifendere Beziehung, als ich sie jemals zuvor geführt hatte.

Ich atmete durch, erhob mich und eilte auf der Suche nach Trost zu Eden. Auf seinem Schoß nahm ich Platz, wurde dabei von seinen Armen in Empfang genommen und von dem warmen Braun seiner Augen aufgefangen.

»Ich werde da sein«, flüsterte ich und legte meine Stirn an seine.

Was genau ich damit meinte, war bedeutungslos. Viel wichtiger war, dass Eden spürte, nicht allein zu sein. Dass es da jemanden gab, der bedingungslos an seiner Seite bleiben würde, ganz egal, wie schwer es werden würde.

KAPITEL 15

Eden

Eine Stunde in meinem Wagen zu warten, hatte sich zumindest hinsichtlich Madeleines Lächeln gelohnt. Als sie mich vor der Bäckerei entdeckte, war sie in Begleitung ihrer Freundin. Die beiden blieben stehen, wechselten ein paar Worte, ehe Madeleine mit dem Kinn in meine Richtung deutete. Ich winkte, klammerte meine Hände dann aber wieder um das Lenkrad.

Madeleine umarmte ihre Freundin, die mir dann einen mitleidvollen Blick zuwarf. Ich hasste das Gefühl, das dabei in mir ausgelöst wurde. Die Leute meinten es nicht böse, das wusste ich. Doch es kam mir vor, als würden sie in mir längst einen Toten sehen. Wenn ich lachte, fragten sie sich, wie jemand wie ich, der dem Tode geweiht war, Freude empfinden konnte. Mein Leben mochte möglicherweise kürzer werden als das vieler anderer, doch nur weil ich mir dem nahen Ende bewusst war, bedeutete das nicht, mich selbst vorzeitig begraben zu müssen.

Schließlich aber spurtete Madeleine zu meinem Wagen. Ich ließ die Scheibe runter und grinste wie ein verliebter Trottel, als sie sich zum Fenster reinbeugte.

»Spionierst du den Laden aus oder wartest du auf jemand Bestimmtes?«, fragte sie zur Begrüßung.

Als Antwort griff ich nach einer ihrer Haarsträhnen und drehte sie mir um den Finger.

»Hast du Pläne für diesen Abend?«

Ich zeigte knapp nach hinten auf den Rücksitz, wo ich meinen Einkauf deponiert hatte.

»Essenspläne?«, schlussfolgerte Madeleine.

Ich tippte zuerst auf ihre Schulter, dann auf meine Brust.

»Du lädst mich zum Abendessen ein?«

Ich zuckte mit den Schultern und tat so, als würde ich in einem Topf rühren.

Madeleine grinste breit. »Du brauchst wohl erst meine Hilfe, um ein Essen auf den Tisch zu bekommen, was?«

Normalerweise war ich ein eitler Typ, vor allem, wenn es um meine Frisur ging. Das lag wohl auch daran, dass meine Haare zur widerspenstigen Sorte zählten und sich lockten, sobald sie länger wurden, und ich dann, wie Akim immer behauptete, wie ein spießiger Wall-Street-Trottel aussah. Dennoch gefiel es mir, wie Madeleine, bevor sie einstieg, meine Haare zerzauste. Ich strich sie glatt und beobachtete sie, während sie den Wagen umrundete. Das weiße T-Shirt mit V-Ausschnitt, das sie heute anhatte, brachte mich aus dem Konzept. Ich starrte sie an und wurde mir dessen erst bewusst, als sie erwartungsvoll zu mir sah.

Ich dehnte meinen Nacken, rutschte auf dem Fahrersitz herum und versuchte, mir meine Gedanken nicht anmerken zu lassen.

Nach meiner Offenbarung wusste ich überhaupt nicht mehr, was unser gemeinsamer Status war. Bei meiner Geburtstagsfeier hatten wir wild geknutscht und wäre Julie nicht dazwischengeplatzt, wäre wohl noch sehr viel mehr passiert. Doch wollte Madeleine überhaupt noch etwas Körperliches oder bloß eine Freundschaft?

Ich für meinen Fall begehrte sie nach wie vor. Vielleicht war dieses erregende Prickeln auch das, was ich jetzt am dringendsten brauchte. Denn es gab mir wie nichts anderes das Gefühl, lebendig zu sein.

In den vergangenen Wochen hatte es mich eine Menge Überwindung gekostet, morgens aus dem Bett zu steigen. Ich hatte Angst vor dem, was da auf mich zukam. Angst vor den Schmerzen, vor dem Tod und den unzähligen Hiobsbotschaften, die ich erhalten würde. Ich hatte Angst vor den Abschieden, vor all den letzten Malen.

Angst zwang jeden in die Knie. Man machte sich klein, fühlte sich wie gelähmt und verharrte an Ort und Stelle, um ja nicht den falschen Schritt zu machen. Ich bekam Panik, wann immer Leute von der Zukunft sprachen. Wenn sie meinten, sie würden nächstes Jahr eine Weltreise machen, und ich wusste, dass ich da bereits wohl tot sein würde.

Plötzlich aber gab es da eine Frau, die mich hoffen ließ. Mit Madeleine erlebte ich jeden Moment bewusster. Ich kämpfte zwar immer noch mit meinem schlechten Gewissen, sie in mein Schicksal mit hineingezogen zu haben, doch ich dachte auch, dass Madeleine sich der Bedeutung ihrer Entscheidungen im Klaren war. Ich hoffte es zumindest.

Mein Weg würde bald enden, ihrer ging weiter. In diesem Zusammenhang fiel mir ein Spruch ein, den mir meine Mum unaufhörlich vorbetete, wann immer sie mir einzureden versuchte, dass es irgendeine Möglichkeit zu meiner Rettung geben musste. »Den eigenen Tod, den stirbt man nur, doch mit dem Tod der anderen muss man leben.«

Unser Verhältnis hatte sich seit meiner Erkrankung verändert – und zwar zum Schlechteren.

Schon einmal hatte sie den Krebsleidensweg mitmachen müssen – den meines Vaters. Der ständige Konflikt, der zwischen meiner Mum und mir bestand, hing aber nicht nur mit dem Tod meines Dads, sondern auch mit ihrer sturen Verblendung zusammen. Ich konnte ihre Verzweiflung verstehen, dennoch fand ich es hirnrissig, sich an irgendwelche zweifelhaften Heilmethoden zu klammern.

Außerdem vermittelte mir meine Mum ständig das Gefühl, ich selbst wäre schuld an meiner Wiedererkrankung. Weil ich mich zu wenig um mich selbst gekümmert, zu viel gearbeitet und mich den Lastern des Lebens hingegeben hätte.

Doch bis sich Madeleine mit dem Leben nach mir befassen musste, hoffte ich, dass uns noch ein wenig gemeinsame Zeit blieb.

Zeit, um sie mit wundervollen belanglosen Dingen wie etwa der Zubereitung des Abendessens zu füllen. Madeleine war ein Profi, wenn es um die einzelnen Arbeitsschritte ging, die zu einer fertigen Lasagne führten. Ich war mit dem Kauf der Zutaten schon überfordert, Madeleine aber würzte, schnitt und mischte aus dem Handgelenk heraus. Während sie das Fleisch anbriet, gab sie mir präzise Anweisungen. Mal sollte ich Knoblauch schälen, mal sollte ich ihr das Salz reichen oder eine Lasagneform bringen. Die Aufgaben, die ich erhielt, waren die unwichtigsten an diesem Unterfangen. Ich merkte schnell, dass mich Madeleine zum Handlanger degradiert hatte, doch so hatte ich wenigstens Zeit, sie ein klein wenig zu ärgern.

Ich band die Bänder meiner Schürze, die ich Madeleine vor unserer Kocheinheit geborgt hatte, an einem der Edelstallgriffe meiner Küche fest. Lachend sah ich ihr dabei zu, wie sie sich vergeblich in Bewegung setzen wollte. Sie tat zwar so, als wäre sie wütend, und schüttelte tadelnd den Kopf, doch ich konnte sehen, dass sie lächelte.

Während Madeleine mich im Auge behielt, damit ich vor Langeweile nicht den nächsten Unfug anstellte, schaltete ich die Anlage an, die neben dem Durchgang zum Wohnzimmer stand. Ich ging meine Playlist durch und entschied mich für eine Coverversion von *Wicked Game*.

Als ich mich umdrehte, trafen sich unsere Blicke, untermalt von den melancholischen Tönen des Songs. Die Botschaft könnte passender nicht sein. Dieses Lied erinnerte mich normalerweise immer daran, wie gern ich früher gesungen hatte. Die Erfolge unserer Band waren zwar unbeachtlich, aber jeder von uns war mit vollem Herzen Musiker. Während Harry schon immer von Instrumenten fasziniert gewesen war, liebte ich es, Melodien eine verbale Botschaft zu verpassen. Die Fähigkeit, zu singen, vermisste ich seit meiner Operation am meisten.

Vor allem in dem Moment, als ich mich Madeleine näherte, neben sie trat und mir nichts sehnlicher wünschte, als ihr den Text ins Ohr zu singen.

Die ganze Welt stand in Flammen und niemand konnte mich retten, außer dir. Ich hätte mir nie träumen lassen, dass ich mal so jemanden wie dich treffe. Und genauso wenig hätte ich mir träumen lassen, jemanden wie dich zu verlieren.

Möglicherweise ging ich zu weit, als ich meine Hand nach ihrer Hüfte ausstreckte, während sie die Lasagne in den Ofen schob. Aber das würde ich gleich herausfinden, sollte sie mir eine knallen.

Doch anstatt ihrer Handfläche, wanderte Madeleines Blick zu mir. Ich spürte, wie sehr auch sie sich zu mir hingezogen fühlte und wie schwer es ihr fiel, das emotionale Chaos in Ordnung zu bringen. Schließlich wusste ich, wovon ich sprach, denn mir ging es genauso.

Während ich sie zwischen Theke und mir einkeilte, scannte ich ihr Gesicht. Das Aufblähen ihrer Nasenflügel faszinierte mich. Ich hatte längst vergessen, wie es sich anfühlte, tief durchatmen zu können, einen Duft zu vernehmen, zu stöhnen. Doch diese Sehnsüchte waren nichts im Vergleich zu meinem Verlangen, Madeleines Lippen zu berühren.

Vorsichtig senkte ich meinen Kopf und strich mit meinem Mund kaum merklich über ihren. Sie schloss ihre Augen und fuhr mit ihren Händen von meinen Oberarmen zu meinem Nacken. Als sie ihre Lippen öffnete, drückte ich meinen Körper enger an ihren. Ich glühte und warf all meine Bestrebungen, es langsam angehen zu lassen, über Bord.

Kurz befürchtete ich, Madeleine mit meiner Inbrunst zu verschrecken oder körperlich nicht mehr in der Lage für Sex zu sein. Mein letztes Mal war eine Weile her. Es war an dem Tag gewesen, als ich Gewissheit erhalten hatte, dass der Krebs zurückgekommen war. Julie hatte in dieser Nacht all meine Facetten zu Gesicht bekommen – Hoffnung, Aggression, Trauer, Angst, Wut und nicht zuletzt den Wunsch, dass sie mit vollem Herzen für mich da wäre. Doch Julie war selbst völlig überfordert mit dieser Situation gewesen. Nach dem Sex hatte sie angefangen, zu trinken, und irgendwann war sie so betrunken gewesen, dass ich befürchtet hatte, sie wäre tot. Ich hatte ihren schlaffen Körper die ganze Nacht an mich gepresst, in ihr blondes Haar geweint und mich so unglaublich verloren gefühlt, dass ich wohl alles dafür getan hätte, an Ort und Stelle sterben zu können.

Zu der Zeit hatte ich noch nichts von Madeleine gewusst. Sie war nicht existent in meiner Welt gewesen – ein schwarzer Mikrokosmus, den sie erst mit ihrem Auftauchen mit Licht erhellt hatte.

Julie zu berühren, hatte etwas Vernichtendes. Bei Madeleine hingegen spürte ich Wärme, Freiheit und Zuversicht.

Die Schlinge lag längst um meinen Hals und trotzdem verhielt ich mich so, als wäre dieser Kuss der Beginn von etwas Unendlichem. Der erste Schritt in eine gemeinsame Zukunft.

Das Krankenhaus hatte mir einen Psychiater an die Seite gestellt, vermutlich deshalb, damit ich mich nach dieser niederschmetternden Diagnose nicht gleich von der nächsten Brücke stürzte. Der Kerl verstand mich einfach überhaupt nicht. Es war, als würden wir aneinander vorbeireden.

Das Einzige, was von all seinen Vorträgen irgendwie hängenblieben war, war der Ratschlag, dass ich selbst entscheiden konnte, wie meine mir verbliebene Zeit auszusehen hatte. Damit unterschied ich mich nicht einmal allzu stark von allen krebsfreien Menschen. Ich hatte verzweifelt nach einer mich erfüllenden Aufgabe gesucht, mit der ich diese Zeit verbringen konnte – erfolglos. Vielmehr hatte mich diese Suche immer tiefer ins Verderben gezogen. Doch dann hatte ich Madeleine getroffen und mir wurde bewusst, dass ich sehr viel von diesem Guthaben ihr schenken wollte.

Bevorzugt in jener Variante, in der wir uns gerade befanden.

Denn nur wenige Sekunden, nachdem unsere Lippen aufeinandergeprallt waren, zog ich ihr Schürze und Shirt aus. Während ich ihr Seufzen auf meinen Lippen spürte, zeichnete ich mit meinen Fingerspitzen ihre Wirbelsäule nach.

Jedem Kuss folgte das Öffnen eines Knopfes an meinem Hemd. Als ich schließlich mit freiem Oberkörper vor Madeleine stand, bemerkte ich, wie ihr Blick zu meinem Hals schnellte. Ich erwartete, dass sie in Tränen ausbrach, weglief oder was auch immer. Doch die befürchtete Zurückweisung blieb aus. Stattdessen hauchte sie einen Kuss auf meinen Mund und öffnete ihren BH.

»Keine Zweifel«, flüsterte sie mit rauchiger Stimme. »Ich will das hier … Ich will dich.«

Woran immer meine Zurückhaltung bis jetzt gehangen hatte, in dem Moment, als Madeleine meine Hand auf ihre Brüste legte, zerbarst diese Verankerung.

Ich verfiel ihr gänzlich, während wir uns notdürftig von unserer restlichen Kleidung befreiten. Als ich sie auf die Theke hob, stieß sie ein knappes Quietschen aus. Unsicher sah ich zu ihr.

»Alles okay … nur etwas kalt. Kein Messer, das in meinem Oberschenkel steckt«, erklärte sie lachend.

Ich stimmte ein und fuhr mit der Handfläche von ihrer Wange zu ihren Brüsten. Dieselbe Strecke ließ ich dann meinen Mund zurücklegen. Madeleines Lachen verwandelte sich dabei in ein Seufzen. Ich spürte ihre weiche Haut, ihren Puls und ihr Verlangen. Ich mochte, wie sie meinen Körper mit ihren Händen erkundete – meinen Rücken, meinen Hintern. Ich lächelte, weil sie mich mit derart großen Augen ansah. Schließlich kniff sie eines davon zusammen und umfasste mein bestes Stück.

»Gut?«, erkundigte sie sich.

Ich nickte und hauchte einen Kuss auf ihre Brüste. *Verdammt gut.*

Sie zog meinen Mund auf ihren und rutschte näher an die

Kante der Arbeitsplatte. Ich hielt sie mit einem Arm umschlungen und rieb mich zwischen ihren gespreizten Schenkeln. Während Madeleine nach Luft schnappte und ich ihren Hals küsste, kramte ich in der Box neben dem Kühlschrank nach einem Kondom. Ich arbeitete mich an einer übertriebenen Menge an Taschentüchern, losen Münzen und leeren Briefumschlägen vorbei, bis ich glücklicherweise fündig wurde.

»Sollte ich einen Krampf bekommen, lässt du mich doch hoffentlich nicht fallen«, fragte sie schmunzelnd, während ich mir das Kondom überzog.

Ich bewegte meine Lippen zu einem überzeugten: *Niemals.* Dann zeigte ich nach oben. *Ins Schlafzimmer?*

Madeleine verstand mich, schüttelte aber den Kopf. »Ich will es hier. Genau so. Ich will dich dabei ansehen. Es ist perfekt.« Das wollte ich auch.

Wir konnten nicht mal die Hände voneinander lassen. Wie sollten wir es da bis in mein Schlafzimmer schaffen?

Als ich in sie eindrang, hieß mich Madeleine mit einem tiefen Seufzen willkommen. Mund auf Mund, Körper an Körper besiegelten wir unser gemeinsames Schicksal. Noch niemals zuvor hatte sich etwas derart Endgültiges so verdammt gut angefühlt.

Ich sog jeden Laut, den Madeleine von sich gab, in mich auf. Ich wollte wissen, was ihr am besten gefiel.

Es gab sicherlich bequemere Orte, um miteinander zu schlafen. Madeleines Bein rutschte dauernd zu Boden, was diese allerdings ganz cool mit einem Kichern quittierte. Doch in diesem Moment war alles perfekt für mich, und ich glaubte, Madeleine ging es genauso.

Mit Gesten und Worten zeigte sie mir, was sie wollte. Sie führte meine Hand zwischen ihre Beine und stöhnte, als ich sie sanft streichelte. Sie flüsterte ein leises »Mehr« und dann ein knappes »Schneller«.

Schließlich stöhnte sie meinen Namen und warf den Kopf in

den Nacken, als sie kam. Zu gern hätte ich ihr gesagt, wie schön sie war, wie sexy sie klang und wie kurz davor ich war, ihr zu folgen. Und obwohl ich mich nicht verbal ausdrücken konnte, war mein Orgasmus besser, befreiender und niederschmetternder als alles, was ich zuvor erlebt hatte.

Im Anschluss saßen wir minutenlang eng umschlungen beisammen, hielten und küssten uns. Madeleines Lächeln ging mir durch und durch. Sie wirkte so glücklich.

Nicht nur unser Status zueinander hatte sich in diesem Moment geklärt, sondern auch, wie ich ihr gegenüber fühlte. Das mit uns schien so viel stärker zu sein als alles, was mich Madeleine entreißen könnte.

Mit ihr schien es sogar möglich, meine Krankheit zu besiegen.

Vielleicht konnte mich Madeleine nicht nur emotional, sondern auch körperlich retten.

KAPITEL 16

Madeleine

Wir sollten Edens Freunde eigentlich bereits in zwei Stunden in einem Pub treffen. Doch vom Aufbruch dahin waren wir noch meilenweit entfernt, denn beide lagen wir faul in Edens Bett – der Ort, an dem ich in den vergangenen beiden Tagen sehr viel Zeit verbracht hatte. Eden hatte mich mit allem versorgt, was ich zum Überleben brauchte: Nahrung, Unterhaltung und Sex. Sehr viel Sex, der in den unterschiedlichsten Facetten zwischen uns stattgefunden hatte. Mal war er langsam und innig gewesen. Wir hatten uns in die Augen gesehen, gespürt, wie sehr wir einander brauchten. Dann wieder waren wir wild übereinander hergefallen. Schnell, aber gut.

Diese Aktivitäten, vor allem Letztere, hatten Spuren an mir hinterlassen. Ich war nicht nur träge und müde, sondern fühlte Muskeln in meinem Körper, die offensichtlich zuvor noch nie einer solchen Beanspruchung unterzogen worden waren. Doch ich bemerkte auch, wie sehr unser Hunger aufeinander und der rare Schlaf an Edens Substanz zerrten.

Seine Öffnung im Hals benötigte eine engmaschige Pflege, wofür er oft ins Bad musste. Zweimal war er mit ein paar kleinen weißen Pillen in der Hand zurückgekehrt. Mit einem Schluck aus der Wasserflasche, die neben seinem Bett stand, hatte er sie runtergespült.

Er hatte gedacht, ich würde schlafen. Womöglich war es unfair von mir gewesen, ihm in diesem Glauben zu lassen. Doch ich hatte mir diesen Moment genommen, um einen unverfälschten

Eindruck von ihm zu erhaschen. Denn wie er da auf der Bettkante gesessen hatte, den Kopf gesenkt, war mir der Gedanke gekommen, dass Eden meinen Fragen nach seinem Befinden bewusst ausgewichen war. Er tat gern so, als wäre er unerschütterlich. Als ginge es ihm prima. Doch dieser kurze Moment, bis die Tabletten ihre Wirkung entfaltet hatten, war für mich wegweisend gewesen.

Ich hatte mich auf einen kranken Mann eingelassen. Auf jemanden, der im Begriff war, zu sterben. Jemand, der offensichtlich Schmerzen litt, diese aber vor mir verbarg, um mich zu schützen. Auf eine naive Art war ich Eden sogar dankbar, dass er mich vor den Schrecken seiner Krankheit bewahrte.

Als ich das nächste Mal erwachte, hauchte Eden gerade einen Kuss auf meine nackte Schulter. Bekleidet mit einem weißen T-Shirt und hellblauer Jeans kniete er neben mir. Ich lächelte müde und griff nach seiner Hand. »Dein Bett ist viel zu gemütlich«, wisperte ich.

Eden zuckte mehrmals mit seiner linken Augenbraue. Ihm gefiel es also, dass ich mich in seinem Bett besonders wohlfühlte.

»Müssen wir los? Willst du?« Diplomatisch umschiffte ich die eigentliche Frage. Schaffst du es? Denn das Letzte, was ich sein wollte, war ein Moralapostel, der Eden sagte, was gut für ihn war.

Nach Edens langem Kuss zweifelte ich daran, dass er den unbändigen Wunsch verspürte, sein Schlafzimmer zu verlassen. Aber nachdem ich mich geduscht und angezogen hatte, fanden wir uns wenig später in einem hippen Pub in Belgravia ein. Harry war bereits da und winkte uns aus der Sitznische neben einem Kamin zu. Seine Umarmung war einerseits herzlich, anderseits spürte ich die Anklage in seinem besorgten Blick. Auch Harry hatte bemerkt, wie fahl Edens Gesicht heute wirkte.

»Alles gut, Mann?«, fragte er Eden und klopfte ihm dabei mit vorgetäuschter Lockerheit auf die Schulter.

Eden nickte, umfasste meine Taille und schob mich vor sich auf die gepolsterte Bank.

»Möchtest du ein Bier?«, wollte Harry an mich gewandt wissen.

Ich musterte sein Glas, bejahte seine Frage mit einem Kopfnicken und sah ihm zu, wie er zur Bar ging. Eden hatte er gar nicht erst gefragt. Für ihn brachte er eine Cola mit. Wir stießen an, und ich bemerkte, wie Eden die Augen zusammenkniff, nachdem er einen Schluck genommen hatte. Offensichtlich hatte er Schmerzen. Doch ich verstand immer noch zu wenig von seiner Krankheit, um einschätzen zu können, wie ernst die Lage nun wirklich war.

Eden deutete fragend auf die beiden leeren Stühle neben Harry.

»Akim und deine Schwester verspäten sich. Offenbar ist mal wieder heile Welt angesagt. Julie ... konnte nicht.«

Wegen mir. Harry sprach den Grund für Julies Fehlen nicht aus, sein Blick sagte aber alles.

Die Stimmung war anders als bei Edens Geburtstagsparty. Ernster und gedrückter. Harry beachtete mich nur sporadisch, er unterhielt sich stattdessen mit Eden über ein Tennisspiel, das im Fernsehen lief. Als Charlize und Akim kamen, atmete ich innerlich auf. Charlize schaffte es mit ihrer offenen, herzlichen Art, mich zu beruhigen. Wir quatschten ungestört, lediglich Akim unterbrach unser Gespräch ab und an, um Charlize einen Kuss auf die Wange zu hauchen.

»Er ist ein fürchterliches Anhängsel«, sagte sie und wollte dabei locker klingen.

Ich hatte aber bemerkt, wie sehr auch sie Akim anhimmelte. »Wie lange kennt ihr euch?«

»Lange. Wir haben uns durch Eden kennengelernt und waren zuerst nur Freunde. Der Klassiker.« Sie lachte und trank einen Schluck Bier. »Dieser Kerl macht es mir nicht immer leicht.«

»Dieser Kerl vergöttert dich«, mischte sich Akim ein und schlang den Arm um Charlize' Schultern.

Diese grinste zwar, doch ich spürte den ernsten Kern ihrer Aussage. Und auch Eden musterte Akim auf eine Weise, wie es nur einem Bruder gelang, der um das Wohl seiner Schwester bemüht war.

»Jaja, du Freak«, säuselte Charlize.

Harry schnaubte und runzelte angewidert die Stirn. »Irgendetwas sagt mir, dass du in riesigen Schwierigkeiten steckst, Akim. Wer war es diesmal? Eine aus deinem Kurs? Die Kellnerin …«

»Halt die Fresse«, wurde Harry harsch von Akim in seiner Aufzählung unterbrochen.

Während Akim sein leeres Bierglas von einer Hand in die andere schob, hatte Charlize ihren Blick verbissen auf die Tischplatte gerichtet.

»Ich frag ja nur, um up to date zu bleiben«, fuhr Harry fort.

»Es geht dich nichts an.« Akims Blick war tödlich. Doch Harry war entweder immun dagegen oder diesen gewohnt. Denn anstatt sich zu entschuldigen, schnappte er sich sein leeres Glas, stand auf und schlenderte zur Bar.

Charlize atmete schließlich tief durch und meinte dann zu Eden: »Hast du schon eine Idee wegen nächster Woche?«

Eden gab sein typisches Schulterzucken zurück, wirkte aber nicht so, als wollte er sich im Augenblick Gedanken über Charlize' Frage machen. Vielmehr durchbohrte er Akim mit Blicken.

»Ein Kollege hat mir angeboten, in seinem Ferienhaus in der Nähe von Edinburgh zu übernachten. Anscheinend kann man dort sogar direkt angeln. Es ist … Es ist jedenfalls nicht so weit weg.« Akim brachte ein aufmunterndes Lächeln zustande. Eden hingegen blieb hart.

»Oder was ist mit der Idee wegen Island?«, schlug Charlize nun vor.

Ich verstand überhaupt nichts, hielt mich aber zurück.

»Willst du dir echt den Arsch abfrieren?« Damit gelang es Akim, Eden ein Grinsen zu entlocken.

»Du kannst es dir überlegen, Flüge kann man auch last minute buchen. Vielleicht hat Maddy ja auch einen Vorschlag.«

»Einen Vorschlag wozu?«, schaltete ich mich nun ein.

Charlize zögerte zuerst, vermutlich, um Eden die Bühne zu überlassen, sollte er sie betreten wollen. Doch er bedeutete ihr, mir eine Erklärung zu geben. »Nächsten Freitag findet Edens letzte Bestrahlung statt. Er hat sich gewünscht, dass wir danach erst einmal für ein paar Tage aus London wegfahren.«

Mein Kopf schnellte in Edens Richtung. »Aber hast du denn im Anschluss dazu gar keine Untersuchungen?« Abgesehen davon glaubte ich nicht, dass er in der gesundheitlichen Verfassung war, um zu verreisen.

Es passte nicht zu Charlize, derart naiv an Edens Ideen zu kleben. Und als Eden wieder bloß die Schulter zuckte, wurde mir klar, wie trotzig er in dieser Hinsicht war.

»Du schiebst die Untersuchung auf?«, fragte ich ungläubig.

»Er gönnt sich bloß eine Pause. Die letzten Wochen waren hart für ihn.« Charlize spielte Edens Verteidigerin, Akim hingegen wich meinem Blick aus.

»Aber ... i–«, ich wurde von Harry unterbrochen, der mit einem neuen Bier zurück zum Tisch kam.

Er nahm Platz, musterte unsere Runde und offenbar bemerkte auch er die Veränderung der Stimmung. »Sagt jetzt nicht, ihr habt die ganze Zeit geschwiegen und bloß auf mich gewartet.«

»Maddy, es wird ihm guttun. Du möchtest diese Auszeit, richtig, Eden?«

Während ich kaum wagte, Eden anzusehen, wurde mir klar, wie verbissen Charlize versuchte, den Balanceakt, den sie vollführte, zu überstehen. Sie diente offensichtlich als Vermittlerin zwischen Eden und seiner Mum. Wegen jener hatte er sich auch überhaupt erst bereit erklärt, die Bestrahlung über sich ergehen zu lassen. Er wollte sich ihr zuliebe nicht völlig aufgeben. Und ganz so wie Edens Mum, schien nun auch Charlize an diese Chance auf Heilung zu glauben.

Eden spielte währenddessen an der Verschlusskappe seines

Stiftes herum. Irgendwie gelang es ihm aber, sich ein selbstsicheres Nicken abzuringen.

Ich unterdrückte daraufhin ein tiefes Seufzen. »Aber du hast Schmerzen und die Behandlung hat an deinen Kräften gezerrt. Ich finde einfach, dass du noch ein wenig warten solltest, ehe du … wegfährst.« Dass Eden nicht mehr viel Zeit zum Warten hatte, war uns allen klar. Doch keiner sprach es aus.

»Wir haben ihm versprochen, mit ihm einen draufzumachen, lange bevor du aufgetaucht bist«, meldete sich Harry barsch zu Wort. Er verpasste mir die nächste Breitseite. »Eden packt das.«

»Wir wollen ja auch nicht den Mount Everest besteigen, sondern bloß ein wenig ausspannen.« Charlize schien in Harry einen Verbündeten gefunden zu haben.

Akim hingegen sah gedrückt durch die Runde. In ihm könnte mein Unterstützer stecken.

Ich wollte zwar, dass Eden glücklich war, aber ich spürte instinktiv, dass er erneut vor der Realität weglief. Er wollte die Untersuchung nicht, weil sie seine schlimmste Vermutung bestätigen würde. Ich verstand das. Es war nachvollziehbar, dass man irgendwann genug von schlechten Nachrichten hatte. Aber sein Leben deswegen aufs Spiel zu setzen, war eine Dummheit, die ich nicht tolerieren konnte.

»Was ist, wenn es dir während der Reise schlechter geht und du medizinische Versorgung brauchst? Was, wenn du dich zu sehr verausgabst?«, warf ich ein.

»Meine Güte, wie sehr sie sich aufspielt«, meinte Harry abschätzig. »Und du würdest sagen, dass Eden sich in den letzten Tagen, in denen ihr ununterbrochen gerammelt habt, nicht zu sehr verausgabt hat? Für dich selbst nimmst du dir das Privileg heraus, Eden wie einen gesunden Kerl zu behandeln, alle anderen hingegen müssen ihn mit Samthandschuhen anfassen?«

Ich war über die Schärfe und Derbheit dieser Aussage so erschüttert, dass ich keinen Ton herausbrachte. Es war Eden, der mich, meine Würde und das, was wir hatten, verteidigte. Zornig knallte seine Hand auf den Tisch. Gläser klirrten, der Serviettenhalter kippte um, und augenblicklich galt ihm die gesamte Aufmerksamkeit.

»Harry, Alter, geht's noch?«, murmelte Akim anprangernd.

Um mich vor seinem Freund zu verteidigen, hatte Eden keine scharfen Worte zu Verfügung, aber seine schneidenden Blicke schienen ebenso effektiv zu sein. Denn Harry fuhr sich schließlich mit der Hand durch die blonden Haare und seufzte. »Tut mir leid, Maddy. Sorry.«

Ich konnte seine Entschuldigung nicht einfach so annehmen, denn sie kam mir unaufrichtig vor. Ich wollte aber auch nicht, dass sich die Stimmung noch weiter zuspitzte. Also nickte ich, nahm einen Schluck und tat so, als würde ich Charlize zuhören, die sich bemühte, das Gespräch in eine andere Richtung zu steuern. Irgendwann griff Eden nach meiner Hand, hob sie an seine Lippen und schenkte mir ein intimes, ehrliches Lächeln. Er schob seinen kleinen Notizblock rüber. Darauf fand ich eine Nachricht an mich.

»Ich weiß deine Sorge zu schätzen. In deinen Augen mag ich dieser Reise gesundheitlich nicht gewachsen sein, mein Zustand wird sich allerdings nicht bessern. Es gibt aber so einiges, das ich noch tun möchte. Unter anderem auf diese letzte Reise gehen.«

KAPITEL 17

Eden

Nach meiner schriftlichen Erklärung kämpfte Madeleine einige verzweifelte Minuten mit sich selbst, ehe sie aufstand und sich zur Toilette verabschiedete. Ich könnte Harry am Kragen packen und zu Boden werfen, um ihn für seine Dreistigkeit zu strafen. Doch im Grunde wusste ich, dass mich alle, die hier am Tisch saßen, nur schützen wollten – jeder auf seine Weise.

Bevor irgendeiner meiner Freunde den Vorfall, der hinter uns lag, noch einmal zur Sprache bringen konnte, folgte ich Madeleine zu den Toiletten. Im schmalen, mit bunten Pop-Art-Kunstdrucken verzierten Flur wartete ich auf sie. Als sie durch die Tür kam, war sie zuerst überrascht, mich hier anzutreffen. Dann aber stieß sie ein erleichtertes Prusten aus und warf sich in meine Arme.

Ich hielt sie ganz fest. Mein Kinn auf ihren Kopf gelehnt. Madeleines Gesicht an meiner Brust. Ich hörte das Lachen der Gäste. Stimmfetzen, deren Bedeutung ich nicht wahrnahm. Alles, was zählte, war Madeleine.

Ich wollte nur noch weg von hier. Schon allein deswegen, weil ich befürchtete, meine Beine würden jeden Augenblick einknicken. Das Gefühl, sämtliche Schleimhäute in meinem Hals wären verätzt, eine Nebenwirkung der Strahlentherapie, kam noch dazu.

Als Madeleine zu mir hochsah, deutete ich zwischen uns beiden hin und her und tat so, als würde ich mit den Händen ein Lenkrad halten. *Möchtest du fahren?*

Madeleine verstand mich. Sie sah in die Richtung meiner Freunde. »Vermutlich sollte ich heute mal wieder in meiner Wohnung schlafen. Leona vermietet ansonsten bald mein Zimmer und ich sitze auf der Straße.«

Ich legte den Kopf schräg, betrachtete sie tadelnd und mochte die Wendung, die dieses Wochenende nun nahm, überhaupt nicht.

»Du brauchst deine Ruhe. Du brauchst Erholung, Eden.«

Harrys Anklage war nicht spurlos an Madeleine vorbeigegangen. Ihr schlechtes Gewissen war spürbar und ich versuchte alles, um es zu vertreiben. So streckte ich meine Hände nach ihrem Gesicht aus und küsste sie. Was ich mit Worten nicht konnte, hoffte ich mit Berührungen zu vermitteln.

Ich brauche dich. Lass mich heute nicht allein. Lass mich niemals allein.

Sie schien meine Gedanken zu verstehen, da sie tief durchatmete und schließlich nickte. »Na gut, ich komme mit zu dir.«

Lächelnd strich ich über ihre Wange. Nur wir beide gegen die gesamte Welt. Nur Madeleine und ich allein auf dieser gedanklichen Insel, auf der wir so tun konnten, als würde mein schreckliches Schicksal nicht bereits auf mich warten.

Genau dorthin wollte ich zurück.

Entschlossen fasste ich nach ihrer Hand, führte sie zurück zum Tisch und schnappte mir unsere Jacken. Auf Charlize' Frage, ob wir gehen würden, antwortete Madeleine mit einer, wie ich fand, freundlich-diplomatischen Erklärung, dass wir beide müde wären und ohnehin nur kurz hatten vorbeischauen wollen.

Bei unserer Verabschiedung wirkte Harry zerknirscht. Ich wartete nur auf irgendeine blöde Entschuldigung von ihm, die zum Glück aber ausblieb.

Mit dem Taxi fuhren wir zu mir. Ich bezahlte, stieg aus, schloss die Haustür auf und steuerte zielsicher auf meine Couch zu. Völlig erschöpft sank ich darauf nieder.

Madeleine setzte sich neben mich auf den Boden und strich beschwörend mit ihrer Hand über meine Wange. »Wir hätten gar nicht erst hinfahren sollen.«

Ich hatte keine Zeit, um mich zu schonen. Mein Körper war ohnehin am Ende. Wer weiß, das könnte mein letzter Besuch in einem Pub gewesen sein. Ein verdammt mieses Finale, das musste man sagen.

Ich schloss die Augen, fühlte meinen eigenen Puls. Besorgniserregend laut klang er in meinen Ohren. Oft stellte ich mir vor, wie es sich anfühlen würde, wenn meine Halsschlagader irgendwann platzte. Ob ich es spürte? Möglicherweise passierte es gerade jetzt in diesem Augenblick. Vielleicht fühlte es sich genauso an. Ich redete mir ein, dass es nicht wehtun, ich einfach nur müde und schließlich einschlafen würde.

Madeleine legte ihr Ohr auf mein Herz, während ich mich in meinem Wohnzimmer umschaute. Mein Blick fiel auf die alte Bronzeskulptur am Fenster. Vor nicht allzu langer Zeit hatte ich mit Harry hier gesessen und ihm mitgeteilt, dass er das hässliche Ding nach meinem Tod haben könnte.

Aber was passierte mit dem Rest? Mit dem Haus? Mit meinen Gemälden? Was davon konnte ich Madeleine überlassen?

Ich sollte mir wirklich Gedanken machen und meinen Willen schriftlich festhalten, damit es keine Unstimmigkeiten gab. Dieser Abend hatte schließlich gezeigt, dass jeder der Menschen, denen ich wichtig war, eine eigene Meinung hatte und die Gemüter deshalb schnell hochkochten.

Viel wichtiger für mich schien aber die Frage zu sein, wie zum Teufel ich diese Woche überstehen sollte. Noch fünfmal Bestrahlung – das war die Hölle auf Erden.

Ich hätte mich erst gar nicht auf den Wunsch meiner Mum einlassen dürfen. So wie ich mich jetzt fühlte, war es eher unwahrscheinlich, dass ich durch die Therapie Lebenszeit gewonnen hatte. Vielmehr kam es mir so vor, als wäre mir der letzte Rest Kraft geraubt worden. Und obwohl ich völlig ausgelaugt war, hatte sich tief in mir eine beängstigende Unruhe eingenistet. Sie schien mir der stumme Vorbote drohenden Unheils zu sein.

»Wir können nicht sagen, wie viel Zeit Ihnen noch bleibt – Tage, Wochen, Monate. Die Krankheit verläuft nach keinem Schema, sondern entwickelt sich in ihrem eigenen Tempo. Das ist das Gemeine, Eden.« Diesen Satz hatte ich erst vor wenigen Wochen von meinem Arzt gehört.

Ich erinnerte mich noch genau, wie ich gedacht hatte, dass er sich bloß irrte. Der Krebs würde sich schon einkriegen. Ich würde es den Ärzten zeigen, würde eine medizinische Sensation darstellen. Ich würde überleben. Doch nun bekam ich von dem Arschloch, das die Herrschaft über meinen Körper übernommen hatte, einen Kinnhaken verpasst. Eine Breitseite, die mich in die Knie zwang.

In einer der vielen schlaflosen Nächte, bevor Madeleine in mein Leben getreten war, hatte ich mal den Bericht eines Krebspatienten gelesen, der im Sterben lag. Der Mann erklärte in ziemlich nüchternem Ton, wie er sich zuerst gegen den Tod gesträubt, sich all seiner Träume beraubt und völlig isoliert gefühlt hatte. Dann aber waren die Schmerzen schlimmer geworden. Irgendwann graute ihm so sehr vor dem Gedanken an den nächsten Tag, dass ihm der Tod wie die einzige Erlösung erschien, die es für ihn gab. Von da an fürchtete er sich nicht mehr davor, sondern sehnte den Tag, an dem seine Pein ein Ende hatte, herbei. Ich würde nicht sagen, dass ich an diesem Punkt angekommen war, doch spürte ich, wie sich meine Einstellung zu diesem Thema Tag für Tag veränderte. Ich stumpfte ab, was meine Angst anbelangte, und betrachtete meine Umstände realistischer.

Als Madeleines Telefon klingelte, krachte ich zurück ins Hier und Jetzt. Als wäre ich die ganze Zeit unter Wasser gewesen und nun wieder aufgetaucht. Madeleine setzte sich auf, wischte sich die Tränen von den Wangen und griff nach ihrem Handy. »Es ist deine Schwester«, verkündete sie, ging dann aber sofort ran.

Ich beobachtete, wie sie, während sie mit Charlize sprach, durchs Wohnzimmer tigerte. Kurz verschwand sie in der Küche, aus der sie mit neuen Tränen in den Augen zurückkehrte. Ich selbst lag völlig teilnahmslos da und kämpfte gegen meine Müdigkeit und gegen die stärker werdenden Schmerzen in meinem Rachen an.

»Eden, das war Charlize«, erklärte Madeleine erneut, nachdem sie neben mir auf der Couch Platz genommen hatte. »Sie ... Sie hat gemeint, dass wir möglicherweise ins Krankenhaus fahren sollten.«

Ich schüttelte augenblicklich den Kopf und griff stattdessen nach Madeleines Hand. Auf ihre Handfläche zeichnete ich mit meiner Fingerspitze einen Kreis.

»Was meinst du damit? Ich habe keine Ahnung.« Sie klang völlig verzweifelt, weshalb ich mir ein dilettantisches Lächeln abrang und ihren Handrücken küsste, um sie zu beruhigen.

Erneut versuchte ich ihr ganz ohne Worte mitzuteilen, was ich wollte. Kreis auf ihre Hand, Finger zu meinem Mund.

Hinter ihren wunderschönen grünen Augen ratterte es. »Tabletten? Du brauchst deine Tabletten?«

Ich nickte erleichtert. Dieses Mädchen war ein Genie. Hübsch und klug. Etwas Besseres hätte mir nicht passieren können.

Voller Tatendrang stand sie auf und kehrte mit meiner Medikamentenbox zurück. Ich überflog die momentane Auswahl.

»Charlize hat gemeint, dass deine Mum auf dem Weg hierher ist«, meinte Madeleine unterdessen, womit sie meine Stimmung endgültig auf den Tiefpunkt drückte.

Meine Mum würde völlig durchdrehen, überreagieren und ich hatte keine Ahnung, wie sie auf Madeleine reagieren würde.

»Denkst du, es wäre besser ... einfacher für dich, wenn ich fahre?«

Sie hatte Angst, auch von meiner Mum Anschuldigungen darüber zu hören, wie negativ sie sich auf meinen Gesundheitszustand auswirkte. Ich könnte pokern und ihr versichern, dass meine Mum nichts dergleichen sagen würde, aber das wäre gelogen. Meine Mum war in der Hinsicht sehr speziell.

Mit meinen Lippen formte ich ein stummes »*Bleib*«.

»Okay«, murmelte Madeleine.

Madeleine kam gerade mit einem Glas Wasser zu mir zurück, als meine Mum hereinplatzte. Ihre dunkelbraune Pagenfrisur stand in alle Himmelsrichtungen ab, ihre Wangen waren gerötet, und ich kannte diesen Ausdruck auf ihrem Gesicht nur zu gut. Hatte ihn zu oft gesehen. In einem anderen Leben, als alle Aufmerksamkeit auf meinen todkranken Vater gerichtet gewesen war. Ich erinnerte mich an die vielen Stunden, in denen ich mich einfach nur macht-, hoffnungs- und hilflos gefühlt hatte. Wie ein Statist am Rande einer Katastrophe – und nun war ich zum Mittelpunkt der nächsten geworden.

Mühsam schluckte ich die beiden Schmerztabletten, während Madeleine zur Seite trat und den Platz neben der Couch für meine Mum räumte. »Eden«, sagte sie mit sanfter Stimme und legte ihre flache Hand an meine Wange. »Wie sieht es mit der Luft aus?« Ich nickte. »Schmerzen?« Ich nickte abermals. Meine Mum verzog das Gesicht. »Möchtest du ins Krankenhaus?« Ich schüttelte träge den Kopf. »Wir bekommen das hin. Ich bin da. Das ist eine Reaktion, damit mussten wir rechnen.«

Wem versuchte sie gut zuzureden? Ihr selbst oder mir?

Sie blickte sich zu Madeleine um, die diese Szene aus sicherem Abstand beobachtete. Mums knappes Lächeln zeigte mir, dass sie Madeleines Anwesenheit zumindest nicht negativ bewertete. »Wir bringen dich jetzt nach oben.« Meine Mum streckte mir die Hand hin. Ich ergriff sie, zog mich mit ihrer Hilfe auf die Beine und warf Madeleine einen traurigen Blick zu.

Sie sollte all das nicht mit ansehen müssen. Sie hätte einen Mann verdient, der ihr etwas Besseres zu bieten hatte. Doch meine düsteren Gedanken wurden von Madeleine selbst unterbunden, die sich, nachdem sie die Box mit meinen Medikamenten abgestellt hatte, bei mir unterhakte, als wollte sie mir beweisen, dass sie der Grauenhaftigkeit meines Verfalls gewachsen war.

Der Weg nach oben in mein Bett kostete mich lächerlich viel Kraft. Kaum zu glauben, dass Madeleine und ich hier noch vor wenigen Stunden leidenschaftlichen Sex gehabt hatten. Die einzigen Zeugen davon waren die zerwühlten Laken und die leeren Tassen und Gläser auf meinem Nachttisch. Mithilfe meiner Mum schälte ich mich aus Hose und T-Shirt, während Madeleine das Kissen für mich aufschüttelte. Fürchterlich erleichtert über die bequemere Position sank ich zurück aufs Bett und streckte meine Glieder von mir. Jetzt hieß es hoffen und warten – darauf, dass die Medikamente wirkten und ich endlich schlafen konnte.

Morgen wäre alles anders. Besser. Hoffentlich.

KAPITEL 18

Madeleine

Ich blieb neben ihm sitzen, bis er irgendwann eingeschlafen war. Seine Mum hingegen war aus dem Zimmer gegangen. Wortlos hatten wir uns verstanden. Zwischen uns hatte sich in dieser Ausnahmesituation ein sofortiges Band geknüpft. Ich habe mich von der Stärke dieser mir zuvor völlig unbekannten Frau inspirieren lassen.

Meine eigene Machtlosigkeit war ernüchternd, aber immerhin war ich ein völliger Neuling auf diesem Gebiet. Edens Mum nicht.

Später an diesem Abend, es war fast Mitternacht, erzählte sie mir bei einer geöffneten Flasche Wein von Edens Dad. Sein Tod hatte die Familie erschüttert. Sie hatte nicht nur dabei zusehen müssen, wie ihr Mann und der Vater ihrer Kinder langsam verschwand, sie hatte auch, wie sie mit Tränen in den Augen betonte, ihren besten Freund verloren.

Diese Frau wusste, was mir bevorstand. Eden und mich mochte keine ganze Lebensgeschichte verbinden, doch hier ging es ja auch nicht darum, irgendeinen dämlichen Highscore zu brechen. Hier ging es darum, mit Edens Leid klarzukommen. Nicht nur mit seinem Tod. Denn nicht erst sein Verlust würde wehtun, bereits der Weg dorthin war eine Zerreißprobe.

»Er hat sich wegen mir auf diese Therapie eingelassen«, meinte Diane nach einer schweigsamen Pause. »Ich weiß noch genau, wie es bei meinem Mann war. Und wieder habe ich geglaubt, es gäbe Hoffnung. Ich habe ihn gedrängt, aber vielleicht hat Eden genau gespürt, dass ihm die Kraft für diese Sitzungen fehlt.«

Ihre Verzweiflung steckte mich augenblicklich an. Über den ovalen Küchentisch hinweg griff ich nach ihrer Hand. »Es war ein Versuch. Vermutlich hätte ich ihm auch dazu geraten. Der Hoffnung wegen.«

»Tatsächlich?«

»Die Hoffnung ist der Regenbogen über dem herabstürzenden Bach des Lebens.«

Traurig lächelnd blickte sie auf ihr Glas. »Ist das von dir?«

»Eigentlich ist es von Nietzsche, aber wir sind da einer Meinung«, antwortete ich.

»Das Leben ist manchmal ein fieses Miststück – das ist von mir.«

Grinsend sahen wir einander an. »Es ist ehrlich und weniger poetisch.«

»Ich bin froh, dass er dich an seiner Seite hat, aus äußerst egoistischeren Gründen. So denkt vermutlich nur eine Mutter, deren Kind bald sterben wird.«

Ich gewöhnte mich langsam an Dianes ungefilterte Ehrlichkeit. Ich konnte mir gut vorstellen, wie sie Eden mit Strenge durch die Pubertät geführt hatte, ihm die Leviten gelesen und ihm dennoch ein warmes Zuhause geboten hatte. Diane schien ein Mensch zu sein, der mit dem Herzen dachte, was unter Umständen zu unbedachten Reaktionen führen konnte.

»Ich verbringe unglaublich gern Zeit mit ihm«, gestand ich. Ich hatte nicht das Gefühl, mich vor Diane verteidigen zu müssen, aber ich wollte ihr zeigen, wie viel mir Eden bedeutete.

»Und du bist dir im Klaren, worauf du dich eingelassen hast?«

»Bis heute dachte ich das«, sagte ich wahrheitsgetreu. »Aber ich werde ihn nicht verlassen. Ich werde lernen, mit der Situation umzugehen. Ich werde bei ihm bleiben.« *Bis zum Ende*, fügte ich gedanklich hinzu und wischte eine Träne fort.

»Das wird ihm helfen. Und mir auch«, erklärte sie, nachdem sie aufgestanden war.

Ich tat es ihr gleich, und unvermittelt umarmten wir uns. Dianes Umarmung war unglaublich tröstlich für mich.

Ich sah ihr dabei zu, wie sie ihre Sachen zusammensuchte – Jacke, Tasche, Schlüssel. Im Flur stehend, blickte sie sehnsüchtig nach oben. »Wenn er die Therapie abbricht, überrede ihn nicht, weiterzumachen, Madeleine. Ich glaube, es ist der Moment gekommen, an dem wir ... ich ... akzeptieren muss, dass es keine Rettung gibt. Es geht darum, Lebensqualität zu erhalten, und nicht darum, Zeit zu gewinnen.«

Ihre Bitte erdrückte mich, nahm mir die allerletzte Zuversicht. Doch ich nickte und schlang die Arme Halt suchend um meine Mitte. »Und heute? Wie kritisch ist es heute?«

Diane schüttelte den Kopf. »Mach dir keine Sorgen. Heute ist es noch nicht so weit, das spüre ich.« Abermals umarmte sie mich. »Versuch, etwas zu schlafen.«

Als ich einige Zeit später ins Schlafzimmer kam, war Eden wach. Er sah allerdings noch genauso abgekämpft aus wie zuvor, und ich fragte mich, ob er überhaupt ein Auge zugetan hatte. Die Lampe auf seinem Nachttisch war an und tauchte ihn in ein warmes, gelbes Licht.

Ich zog mich aus, schlüpfte in eins von Edens T-Shirts, das er mir zum Schlafen überlassen hatte, und kletterte auf seinen Schoß. Eden schlang die Arme um mich und presste seine Stirn gegen meine Brust. Der Kuss, den er mir dann gab, zeugte von seiner ganzen Verzweiflung, er war ein Hilfeschrei, ein Ausdruck von Wut und Bekundung von Dankbarkeit zugleich.

Je mehr Zeit ich mit Eden verbrachte, desto bedeutungsloser wurden Worte für mich. So viele Emotionen konnte man mit Gesten oder Berührungen übermitteln. Und oft war das auch ehrlicher als irgendwelche Plattitüden.

»Kannst du nicht schlafen?«, fragte ich nach einer Weile in sein Haar.

Eden schüttelte den Kopf und deutete mit der Hand auf eine einzelne rötliche Tablette, die neben einem Glas Wasser auf dem Nachttisch lag. Ich wusste, dass er ab und zu Schlafmittel nahm. Schließlich holten ihn seine Ängste vor allem nachts ein. Heute hatte er darauf verzichtet, sich künstlich Ruhe zu verschaffen.

»Dann lass uns durchmachen«, flüsterte ich und entlockte Eden ein träges Lächeln.

Er zog eins meiner Bücher hervor, das in dem Chaos auf seinem Nachtschrank noch irgendwie Platz gefunden hatte, und hielt es zwischen uns.

»Soll ich dir vorlesen?«, fragte ich. Eden nickte und lehnte sich an den gepolsterten Kopfteil seines Bettes.

Es war ausgerechnet Oscar Wilde. Als ich mich neben Eden legte, das abgegriffene Buch aufschlug und die ersten Zeilen laut vorlas, fühlte ich mich gut dabei, ihm auf meine Weise durch diese schreckliche Zeit zu helfen.

Meine Stimme war leise, als ich Eden in den prachtvoll beschriebenen Garten eintauchen ließ. Ich machte ihn mit Lord Henry Wotton und Basil Hallward bekannt.

Eden lauschte mit gerunzelter Stirn. Mal sah er mich dabei an, mal hatte er die Augen geschlossen. Gemeinsam lachten wir bei einigen überspitzten Reflektionen der damaligen Gesellschaft und legten unsere Gesichter in Furchen, wenn Basil mal wieder vergeblich versuchte, seinen Freund zu beruhigen. Ich las das Buch aus einem völlig anderen Blickwinkel. Nie zuvor war mir so deutlich, wie oft darin über die Vergänglichkeit des Lebens nachgedacht wird. Wottons Zynismus brachte die Dinge auf eine abgeklärte, ehrliche Weise auf den Punkt. Das mochte ich schon immer besonders. Doch in dieser Nacht, als ich Eden die ersten Seiten der Geschichte vorlas, fand ich in Wottons Perspektiven überraschenderweise Halt.

Für alles um uns herum schien es eine logische Erklärung zu geben. Alles, was passierte, hatte einen Grund. So gab es ganz sicher eine Macht, die mich hierher zu Eden gebracht hatte, damit ich ihm in diesen leidgeplagten Tagen Gesellschaft leistete. Jemand, der fand, dass es fantastisch war, gemeinsam in Wildes Geschichte abzutauchen.

KAPITEL 19
Eden

Ich brach die Strahlentherapie bereits am nächsten Tag ab.

Mit der Unterstützung meiner Mum telefonierte ich mit meinem Arzt, der überraschend verständnisvoll auf meine Kapitulation reagierte. Wir erklärten ihm, wie sehr mir die Behandlungen in den vergangenen Tagen zugesetzt hatten. Ich glaubte, er verstand, worauf mein Hauptaugenmerk lag: mein Leben, solange es ging, lebenswert zu gestalten. Und keiner wusste das besser als Dr. Shepherd.

Ich war mir der Bedeutung meiner Entscheidung bewusst, versicherte dies auch dem Arzt. Nun galt ich als austherapiert, ein Fall für die Palliativmedizin. Jemand, den man, wenn es so weit war, mit starken Schmerzmitteln in einen komatösen Zustand versetzen würde, damit er das Warten auf den Tod irgendwie durchstand. Doch ich wusste noch, wie es bei meinem Vater gewesen war. Die Schmerzen hatten ihn wahnsinnig gemacht. Er war kaum noch bei Sinnen gewesen, jeder Atemzug eine Qual.

Ich hatte auch während meiner Bestrahlung keine Überlebenschance gehabt, aber zumindest das Gefühl, ich würde alles versuchen, um den Krebs aufzuhalten. Nun hatte ich aufgegeben.

Während meine Mum noch mit dem Arzt sprach, ließ ich die Ereignisse der vergangenen Wochen Revue passieren. Der Tag, an dem das drückende Gefühl in meinem Hals zurückgekommen war – den würde ich nie vergessen. Ich war mit Harry und Akim verabredet gewesen, wir hatten ins Kino gewollt, einen gemütlichen Abend verbringen. Ich war aus der Dusche gestiegen, hatte mich im Spiegel betrachtet und den Knoten auf der linken Seite meines Halses bemerkt. Ich hatte sofort gewusst, dass dieser Augenblick jener war, in dem mir mein Todesurteil vorgelegt wurde. Es hatte mir den Boden unter den Füßen weggerissen. Ich hatte mich auf den Wannenrand gesetzt und zum ersten Mal, seit mir diese Scheiße passiert war, geweint. Es war mir so ungerecht vorgekommen, schließlich hatte ich gekämpft, so vieles auf mich genommen – und am Ende sollte alles umsonst gewesen sein?

Das war so verdammt unfair.

Nun befand ich mich bereits auf der nächsten Stufe auf meinem Weg ins Grab. Einzig meiner Mum schien das nicht klar zu sein. »Wir schaffen das, Eden.«

Was sollten wir schaffen?

Warum konnte sie mir gegenüber nicht aufhören, so zu tun, als würde am Ende alles gut werden? Für mich gab es kein Happy End, keine Rettung, ihre verdammte Verdrängung war echt mühsam.

»Hast du Hunger? Soll ich dir Mittagessen machen?«, fragte sie.

Ich schüttelte den Kopf und schrieb: *»Ich brauche Zeit für mich. Möchte malen.«*

Das gefiel ihr nicht. »Denkst du wirklich, es ist ratsam, in dieser Situation allein zu sein?«

Ich nickte. *»Ich will allein sein.«*

Schließlich ergab sie sich seufzend meinem Wunsch. Als ich allein war, drehte ich laut Musik auf, ging ins Bad und schrubbte mir unter den Klängen von Nirvanas *Lithium* die schwarzen Kreuze, die als Markierung für die Strahlentherapie dienten, von meinem Hals. Ein Freiheitsgefühl stieg in mir hoch. Ich suhlte mich darin. Es war trügerisch, gaukelte Idylle vor, doch ich gab mich dieser Illusion mit Leib und Seele hin.

Mit Blick auf das Bild, das Madeleine mir zu meinem Geburtstag geschenkt hatte, arbeitete ich an meinem eigenen Gemälde weiter. Die Inspiration dazu war ursprünglich Madeleine selbst mit ihren grünen Augen, ihrer Alabasterhaut und dem satten Braun ihrer Haare gewesen. Doch inmitten meiner gedrückten Stimmung wurde nun auch dieses Bild düsterer, als ich es geplant hatte. Grün vermischte sich mit Schwarz. Die geplanten Wellen wurden zu scharfen Kanten, die harten Konturen trug ich mit einem Spachtel auf und erzeugte so verschiedene Grünstufen.

Während einer der vielen Pausen, die ich brauchte, um zu Atem zu kommen, spürte ich, dass sie hier war, noch bevor ich sie sah. Ich wischte mir die Finger weiter an einem Tuch ab und drehte mich zu Madeleine um. Mit einer weißen Stofftasche in der Hand stand sie mitten im Zimmer und begutachtete nicht etwa mein Bild, sondern mich. Sie hatte mich unterstützt, als ich ihr mitgeteilt hatte, die Therapie abbrechen zu wollen. Eisern hielt sie zu mir, baute keinen Druck auf. Aber ihre Sorge, wie lange das mit mir noch gut gehen würde, wuchs von Tag zu Tag. Wie oft würden wir uns noch sehen, bevor ich endgültig hinter dem Vorhang verschwand?

Und ich wusste nicht, was ich mir in dieser Situation von ihr wünschte. Sollte sie für mich weinen oder sollte sie stark sein für mich?

»Ich habe über deinen Wunsch, wegzufahren, noch einmal nachgedacht. Ich muss gestehen, dass ich eine falsche Meinung hatte«, begann sie mit feuchten Augen. »Nichts soll uns aufhalten, wenn wir noch einmal einen draufmachen.«

Aus der Tasche zog sie eine senfgelbe Wollmütze, dazu passende Handschuhe und einen riesigen Schal. Während Tränen über ihr Gesicht strömten, setzte sie sich die Mütze auf.

»Ich bin bereit für Edinburgh.«

Madeleine weinte, ich lächelte. So näherte ich mich ihr, um sie an meine Brust zu ziehen. Ich hätte ihr gern gesagt, dass ich sie liebte. Ich hoffte, sie ahnte, wie wundervoll sie war, wie sie irgendwie immer das tat, was ich am dringendsten brauchte. Mit ihr schienen die Schritte, die vor mir lagen, weniger angsteinflößend. Mit Madeleine an meiner Seite würde ich sie alle meistern.

Aus einem Bedürfnis heraus nahm ich Madeleines rechte Hand, drehte sie um, sodass ihre Handfläche nach oben zeigte, und strich mit dem benutzten Pinsel darüber. Sie ließ mich gewähren, folgte mir zur Leinwand, wo ich ihre Hand auf eine noch weiße Stelle presste. Das gleiche Prozedere vollführte ich mit meiner linken Hand. Zufrieden betrachtete ich das, was ich mit dieser Schnapsidee geschaffen hatte – einen optischen Beweis für unsere Zusammengehörigkeit, der für die Ewigkeit bestimmt war. Mit viel Fantasie bildeten unsere beiden Handabdrücke sogar ein Herz.

»Das erinnert mich an einen Vogel, der die Flügel ausbreitet und einfach davonfliegt«, sagte Madeleine neben mir.

Sie hatte eine ganz eigene Sicht auf die Dinge. Aus diesem Grund war sie vermutlich auch hier bei mir.

Sie trat dicht vor mich und presste ihre Lippen auf meine. Während ich sie küsste, schälte ich sie mit meiner farbverschmierten Hand aus ihrem schwarzen Kleid. Madeleine öffnete meine Hose, doch ich merkte, wie sie zögerte, weil sie Angst hatte, ich wäre nicht stark genug. Nach meinem Zusammenbruch am Wochenende fühlte ich mich zwar noch träge, aber ich musste Madeleine spüren. Mein Körper sehnte sich nach ihr.

Ihre Küsse wurden hungriger, als sie merkte, wie hart ich war. Mit einer Hand umfasste sie mich durch meine Boxershorts hindurch und bugsierte mich zu der alten Ledercouch unter dem vierglasigen Fenster.

»Geht das?«, fragte sie, nachdem ich mich hingesetzt hatte.

Ich lächelte und streckte meine Hand nach ihrer aus. *Ja*, formte ich mit meinen Lippen.

Sie kletterte auf mich, küsste mich und ging schließlich zwischen meinen Beinen zu Boden. Als sie mich in den Mund nahm, schloss ich die Augen und vergrub meine Hände in ihrem Haar.

Kurz darauf verschwand sie und kehrte mit einem Kondom zurück. Nun war sie nackt, und mein Blick glitt zu den farbigen Flecken auf ihrem Körper.

»Weißt du, ich habe mir vorgestellt, dass du irgendwann einmal ein Bild von mir malen würdest. Jetzt hast du auf mir gemalt, das finde ich aber auch … sexy … irgendwie«, sagte sie kichernd und warf mir das goldene Päckchen zu.

Ich grinste entschuldigend.

Als sie erneut auf meinen Schoß stieg, strich ich mit der Hand über ihren Hintern. Sie beugte sich zu mir hinab, empfing mich mit ihrem Mund. Wenige Sekunden später war ich in ihr. Ich umfasste ihr Gesicht, während Madeleine sich auf mir bewegte. Sie beugte den Rücken und legte ihre Stirn gegen meine.

Sie zu spüren, war gewaltig. Ihre Lust zu hören, war das Beste überhaupt.

Ich liebte, wie sie meinen Namen in mein Ohr stöhnte und mir ihren Höhepunkt ankündigte. Dabei konnte ich ihren Körper mittlerweile sehr gut lesen. Ich wusste, wie intensiv sie reagierte, wenn ich die Stelle unter ihrem linken Ohr küsste. Oder wie sie immer die Luft anhielt, wenn ich ihre Brustwarzen in den Mund nahm. Sie hatte mir verraten, dass ihre Oberlippe kribbelte, wenn sie kam. Das konnte ich zwar nicht spüren, aber ich fühlte, wie ihr Körper sich um meinen zusammenzog. So auch jetzt.

Im Grunde wollte ich nicht, dass es schon aufhörte. Doch ich war selbst kaum noch in der Lage, meine Erlösung hinauszuzögern. Aus diesem Grund fielen wir gemeinsam in die Tiefe.

Wie wir später bemerkten, war unsere Kleidung durch die Farbe völlig ruiniert. Doch Madeleine tat diesen Umstand mit einem Lächeln ab, küsste mich und zauberte aus dem Fach in meinem Kleiderschrank, das ich für sie leergeräumt hatte, Shirt und Hose. Danach schrubbten wir unsere Körper sauber. Ich setzte Tee auf,

Madeleine erzählte mir am Küchentisch sitzend von ihrem Tag. Während ich zwei Tassen mit kochendem Wasser befüllte, wurde mir erst so richtig bewusst, wie sehr sich mein Leben durch Madeleine verändert hatte und wie sehr ich diese Veränderung genoss.

Mit ihr war eine beruhigende Normalität bei mir eingekehrt. Ich dachte immer, um zufrieden sein zu können, bräuchte ich die Einsamkeit. Doch offensichtlich hatte sich an dieser Einstellung etwas verändert.

KAPITEL 20

Madeleine

In den Tagen, nachdem Eden seine Therapie abgebrochen hatte, brauchte es viel Überredungskraft seitens seiner Freunde und mir, ihn davon abzuhalten, zurück zur Arbeit zu gehen. Er verhandelte mit uns, ließ sich schließlich auf eine weitere Woche Auszeit ein, in der er Kraft tanken konnte.

Dennoch schlief er nachts schlecht, wobei er sich weigerte, Schlaftabletten einzunehmen. Aus solidarischen Gründen war auch ich häufig wach. In diesen unendlich lang scheinenden Nächten hatten wir Sex, lagen oft auch einfach nur nebeneinander, um uns anzusehen, oder ich las Eden aus Wilde vor. Die Geschichte gefiel ihm mittlerweile wirklich gut, was mich stolz machte.

Tagsüber, wenn ich aus der Bäckerei zurück war, gingen wir meistens spazieren. Auf dem Rückweg zu Edens Haus kauften wir uns dann entweder Zutaten für ein selbstgekochtes Abendessen oder nahmen auch mal einfach ein Sandwich mit.

Als ich am Freitag von der Arbeit kam, lag nicht nur ein anstrengender Tag, sondern auch ein strapaziöses Gespräch mit meiner Agentin hinter mir. Ich hatte wirklich versucht, ihr am Telefon meine Lage zu erklären. Ich wollte meine Zeit nicht auf der Bühne, sondern bei Eden verbringen. Persönlich schien sie dafür Verständnis zu haben, aus beruflicher Sicht aber schien ich ein wirtschaftlicher Totalschaden für sie zu sein. Sie erklärte mir, wie lang die Warteliste für einen ihrer Klientenplätze sei und dass sie mein Talent zwar erkannt, im Grunde aber keine Lust mehr hätte, dass ich jedes ihrer Angebote ablehnte.

Fakt war also, dass ich eine Entscheidung treffen musste. Entweder kehrte ich zurück zum Theater, oder ich riskierte meine gesamte Karriere – für die ich die letzten Jahre geschuftet hatte.

Mit Eden wollte ich nicht über diese Problematik sprechen, da er sich dann wohl schuldig fühlen würde, und das wollte ich vermeiden. Er durfte nicht das Gefühl haben, als würde er mir durch seine Krankheit die Zukunft verbauen. Ich wollte für ihn da sein.

Ich war also einerseits fürchterlich wütend über das rücksichtslose Verhalten meiner Agentin, andererseits auch stur genug, um meine Prioritäten klar zu definieren.

Dennoch verpasste es meiner Entschiedenheit einen Dämpfer, als ich Eden an diesem Tag in Julies Gesellschaft in seiner Küche antraf. Julie und ich wechselten einen abschätzenden Blick. Wer würde zuerst schießen?

Vor Eden lag ein Block, auf den er bereits eine ganze Menge geschrieben hatte. Während ich unsicher war, ob ich Eden küssen sollte oder nicht, fragte ich mich, ob es zwischen den beiden eine finale Aussprache gegeben hatte. Am Ende entschied ich mich gegen Aufmüpfigkeit und für Diplomatie, um die Stimmung nicht unnötig aufzuheizen. Ich reichte Julie die Hand und drückte Eden schlicht die Schulter. Er lächelte, während Julie an ihrem Glas nippte. Irgendetwas daran, wie glasig ihr Blick dabei war, störte mich. Ich hatte die Vermutung, dass dies nicht ihr erster Drink des Tages war, konnte aber nicht nachvollziehen, warum Eden ihr Alkohol anbot, anstatt sie davon fernzuhalten.

Dachte er, sie käme mit seiner Krankheit besser klar, wenn sie sich abschoss? Vielleicht war er auch zu sehr an die betrunkene Julie gewöhnt. Ich wusste es nicht.

Ich jedenfalls fand ihr Verhalten seltsam. Es regte mich auf. Ich hielt aber den Mund und setzte mich auf den Stuhl neben Eden.

»Störe ich euch?«, fragte ich aus purer Höflichkeit.

Doch sowohl Julie als auch ich wussten, dass ich das Feld nicht so einfach räumen würde.

Instinktiv wollte ich Eden vor dieser Frau schützen, die ihn hatte fallen lassen, als er sie am nötigsten gebraucht hatte. Julie mochte mit ihren ganz persönlichen Problemen kämpfen, doch diesen einen Fehler konnte ich ihr nicht verzeihen – auch wenn sie damit unweigerlich den Weg für mich geebnet hatte.

Eden schüttelte auf meine Frage hin den Kopf, was auch Julie zur Nachahmung verleitete. »Überhaupt nicht«, säuselte sie. »Du kommst wohl von der Arbeit?«

»Richtig.« Aber ich würde auch lieber feiern, dachte ich spitz. »Und ihr feiert eine kleine Party?«

»So was in der Art. Willst du auch einen? Eden mixt den besten Daiquiri der Welt.«

Diese simple Bemerkung verdeutlichte mir, wie viel mehr Eden und Julie verband. Sie war ihm so nahe, nicht zuletzt wegen des Wissens, wie seine Stimme einst geklungen hatte. Darauf war ich, glaubte ich, am meisten eifersüchtig. Mehr noch als auf die Tatsache, dass sie ihn verlassen hatte, und er die Beziehung also vielleicht niemals beendet hätte.

»Würdest du mir auch einen Cocktail machen?«, wandte ich mich an Eden. Dieser nickte und strich mir mit der Hand über die Wange, ehe er aufstand und das Zimmer verließ. »Die Ablenkung, die dein Besuch mitbringt, tut ihm sicher gut. Es war schwer, ihn dazu zu bringen, sich eine ganze Woche einzig auf seine Erholung zu konzentrieren.«

Mir war selbst nicht klar, warum ich unsere Zweisamkeit ausgerechnet mit einem Lob begann. Möglicherweise war ich eine hervorragende Diplomatin. Vielleicht aber versuchte ich, mich mit Julie irgendwie zu arrangieren. Denn eine Tatsache konnte ich nicht so einfach vom Tisch fegen: Sie war nun einmal Edens Freundin. Sie gehörte zu ihm. Und wollte ich stark für ihn sein, dann musste ich auch Julie akzeptieren.

»Wer mag das schon, eingesperrt zu sein und vorgeschrieben zu bekommen, was gut für einen ist.« Sie lachte affektiert. »Du bist wahrscheinlich nerviger als seine Mutter und Charlize zusammen«, sagte sie und spielte an einem goldenen Ring an ihrem Finger.

Während ich ihre Aussage verdaute, fragte ich mich, ob die kleinen roten Steinchen Rubine waren. »Es ist nicht meine Aufgabe, dich über seinen Zustand zu informieren. Ich glaube, das kann Eden sehr gut selbst erledigen. Aber ich möchte dir eine Sache sagen, Julie.« Ich holte Luft und reckte das Kinn. »Wir sind an einen Punkt gekommen, an dem man wirklich nur noch einen Fehler machen kann. Und dieser besteht darin, die Augen vor der Wahrheit zu verschließen und vor ihr wegzulaufen.«

»Weißt du, dass man Leute auch totreden kann?«, erwiderte sie daraufhin.

»Warum bist du dann nicht bei ihm geblieben, wenn du so großen Wert auf Edens Verteidigung legst?«

»Weil bei uns nie klar war, wer wen am meisten braucht. Viel zu oft hat auch Eden mich einfach fallen gelassen. Du kannst gern so tun, aber er ist kein verdammter Heiliger.«

»Und deswegen wolltest du ihm, als du ihn im Stich gelassen hast, alles, was er deiner Meinung nach versäumt hat, heimzahlen?«, meinte ich.

Julie schnaubte und hielt mich vermutlich für anmaßend. »Ich wollte mich selbst retten«, gestand sie. »Wenn ich bei ihm geblieben wäre … ich … früher oder später wäre ich daran zerbrochen.«

Ich fand, dass Julie es sich mit dieser Einstellung leicht machte, den Hässlichkeiten, die das Leben zu bieten hatte, aus dem Weg zu gehen. Sie schob unterschwellig ihr eigenes verkorkstes Leben als Entschuldigung vor, und das war wirklich anmaßend.

»Und ich möchte einfach mal klarstellen, dass ich nicht davongelaufen bin, sobald seine Krankheit ans Tageslicht kam«, fuhr sie mit ihrer Schilderung der zurückliegenden Ereignisse fort. »Ich war bei ihm, eine Weile zumindest, bis es mir zu viel wurde. Aber an diesem Tag, als er diese Operation hatte … als er seine Stimme verlor … da konnte ich nicht mehr. Ich habe mein Vertrauen in ihn verloren. Einst hat er mir geschworen, immer für mich stark zu sein, wenn ich es selbst nicht sein kann und dann war er … stumm. Das bekomme ich nicht in meinen Kopf hinein.«

»Es ist schwer, das weiß ich.«

»Du musstest nicht mit ansehen, wie er am Verlust seiner Stimme zerfiel. Der Eden, den du kennengelernt hast, unterscheidet sich gewaltig von dem Mann, der er früher war. Dir wurde so, so viel erspart«, warf sie mir entgegen.

An diesem Punkt war das Gespräch für mich beendet. Es entwickelte sich zunehmend in eine Richtung, die ich als falsch empfand. Es klang, als wäre Eden eine Last, die nun einmal irgendjemand zu tragen hatte. Wie ein unerzogenes Kind, dem man nicht Herr wurde.

Schon allein wegen dieses Blickwinkels würden Julie und ich uns niemals einig werden, geschweige denn eine Freundschaft entwickeln.

Später am Abend saßen Eden und ich auf der Couch. Eden hatte seinen Laptop auf seinem Schoß. Er gab vor, online nach Jeans zu stöbern, dabei wusste ich, dass er einige berufliche Mails schrieb. Ich las ein Buch, das ich mir vor wenigen Tagen erst gekauft hatte. Es war ein Thriller. Eigentlich gar nicht mein Genre, aber offenbar begann auch ich, mich zu wandeln, und erweiterte meinen Horizont.

Das Gespräch mit Julie lag mir aber immer noch im Magen, daher war ich unkonzentriert und frustriert. Irgendwann klappte ich das Buch zu, mein Blick schweifte zu Edens Platten- und CD-Sammlung. Ich wusste, dass sich darunter Aufnahmen seiner Band befanden. Und noch nie war mein Bedürfnis größer, seine Stimme zu hören.

Sie machte schließlich so viel von einem Menschen aus, gab ihm Ecken und Kanten, sie war persönlich und intim. Es herrschte ein Ungleichgewicht – Julie hatte diese Intimität kennenlernen dürfen, ich hingegen nicht.

»Hörst du dir eure Songs manchmal noch an?«, fragte ich schließlich.

Eden lehnte sich zurück und sah nun ebenfalls kurz zu seinem Wandregal. Schließlich schüttelte er ungerührt den Kopf. Das Zucken des Muskels unter seinem rechten Auge verriet mir aber, dass er wohl nicht ganz ehrlich zu mir war.

»Ich würde sie gern mal hören«, offenbarte ich. »Ich möchte wissen, in welche Richtung eure Musik ging, wie gut die Leute an den Instrumenten waren und wie du geklungen hast.«

Er schien über meinen Wunsch nachzudenken, wehrte diesen dann aber mit einem erneuten Kopfschütteln ab. *»Tu das nicht. Bitte.«* In einer bereits begonnenen Mail war er einige Zeilen nach unten gerutscht und hatte dort diese Worte geschrieben.

»Warum nicht?«

»Weil du dann bereits jetzt anfängst, mich zu betrauern.«

Ich verstand, was er meinte, war aber erstaunt, wie strikt er bei seiner Meinung blieb. »Es ist nur ... es würde mir unglaublich viel bedeuten, wenn ich deine Stimme hören könnte. Nur ein einziges Mal.«

Eden musterte mich prüfend. *»Es ist wegen Julie, richtig?«*

»Nein.« Das war gelogen und ich fühlte mich mies deswegen. »Doch. Sie war bei dir, hat sie erzählt. Am Tag deiner Operation.«

»Genau genommen hat sie mich zusammen mit Charlize ins Krankenhaus gebracht. Und das auch nur, weil Harry ihr am Abend zuvor gehörig die Leviten gelesen hat.«

»Trotzdem«, erwiderte ich. »Ich finde es unfair, dass du mir die Möglichkeit, deine Lieder zu hören, verweigerst.«

»Das kannst du danach machen.«

Danach. Ich wusste sofort, was er meinte, und mir wurde übel.

Ich betrachtete ihn und in diesem Moment traf ich eine Entscheidung. Ich konnte entweder einen Streit lostreten oder die Sache auf sich beruhen lassen. Ich überlegte, ob es mir das wert war, jetzt eine weitreichende Diskussion anzuzetteln.

»Okay, ich akzeptiere deinen Wunsch«, sagte ich.

Eden wirkte daraufhin erleichtert. Die Falte auf seiner Stirn verschwand, und er lehnte sich wieder zurück in die Kissen.

»Erinnerst du dich an die letzten Worte, die du gesprochen hast?« Das erschien mir plötzlich viel bedeutsamer.

Sein Nicken kam zögerlich. Möglicherweise hätte mich das in Alarmbereitschaft versetzen sollen. Doch ich fühlte mich gewappnet, die Wahrheit zu hören, auch wenn er vielleicht Julie seine ewige Liebe geschworen hatte.

»*Ich war in diesem Krankenzimmer und die Schwester hat erlaubt, dass mich Charlize und Julie begleiten. Julie wurde schlecht, weshalb sie sich entschuldigte, als ich gerade meine Tasche ausräumte. Ich konnte die Panik in ihren Augen sehen, und ich hoffte, dass sie diesmal zurückkommen und bei mir bleiben würde. Aber es kam anders, und sie lief erneut davon. Charlize hat später erzählt, sie habe sie auf einer Bank vorm Krankenhaus mit einer Flasche Whiskey entdeckt. Vielleicht war es sogar besser für mich, dass meine letzten Worte nicht Julie, sondern Charlize galten. Kurz bevor die Ärzte kamen, um mich noch einmal zu untersuchen, umarmte ich Charlize. Ich sah sie an und sagte, dass es mir leidtäte – für meine Familie, für meine Freunde und für mich. Ich versprach ihr, dass es von nun an bergauf gehen würde. Dahingehend habe ich mich getäuscht. Doch heute erscheint es mir wichtig, dass meine letzten Worte zuversichtlicher Natur waren. Es wird besser werden, klingt so viel positiver, als den Kopf in den Sand zu stecken und zu flennen. Am Ende wird alles gut – irgendwie. Viel zu oft bedauert man das, was man verloren hat, und vergisst dabei die Dinge, die einem geblieben sind. Ich habe meine Stimme gegeben, dafür aber Lebenszeit gewonnen. Zeit, die es mir ermöglicht hat, dich zu treffen. Meine Krankheit hat mich körperlich geschwächt, aber charakterlich stärker gemacht. Es mag stets zwei Seiten der Medaille geben, man entscheidet aber selbst, welche davon man betrachtet.*«

Diese Zeilen versöhnten mich. Mit Edens Schicksal, mit der Ungerechtigkeit und gewissermaßen auch mit Julie.

Ich konnte also entweder jeden Tag Angst davor haben, dass Eden sterben würde, oder ich genoss die Zeit, die uns blieb, und sammelte Erinnerungen, an die ich mich bis in alle Ewigkeit erinnern konnte.

KAPITEL 21

Eden

Die Rückkehr zur Arbeit trug dazu bei, dass ich mich weniger wie ein Schwächling und mehr wie ein selbstständiger, starker Mensch fühlte. Doch um im Job an alte Leistungen anknüpfen zu können, warf ich mir abends nun wieder Schlaftabletten ein. Madeleines Vorlesestunden kamen damit erst einmal zum Erliegen.

Lange hatte ich gedacht, das Projekt der Sanders wäre mein letztes. Doch nachdem ich nun wirklich nichts mehr zu verlieren hatte, beschloss ich, so lange zu arbeiten, wie es mein Gesundheitszustand zuließ. Ich brauchte eine Aufgabe, damit mein restliches Leben einen Sinn hatte.

In dieser Woche sprach ich mit meinem Boss Joseph darüber, wie es künftig mit meiner Position in der Firma weitergehen sollte. Joseph war ein verständnisvoller Mensch, der an mich glaubte – an meine Arbeit und meinen Kampfgeist.

Er schlug mir vor, sich um eine Vertretung für mich zu kümmern, sollte ich unerwartet ausfallen. Joseph umschrieb die Tatsache, dass ich nicht bloß ausfallen, sondern schlichtweg sterben könnte – und würde – dabei galant. Auch das war seine typische Art. Im Job war er eisern und knallhart, auf menschlicher Ebene fiel es ihm schwer, mein Schicksal zu akzeptieren.

Ich musste sagen, dass ich ehrlich froh war, jemanden an die Seite gestellt zu bekommen, der mich im schlimmsten Fall kurzfristig vertreten konnte. Dabei würde diese Person unweigerlich auch meine Nachfolge antreten, wenn ich mich dann tatsächlich irgendwann endgültig aus der Berufswelt zurückzog.

Charlize nahm Josephs Vorschlag weniger gelassen auf. Erst wurde ihre Haltung stocksteif und dann sackte sie in ihrem Stuhl zusammen. Für sie bedeutete dies, dass sie ihr Praktikum an der Seite eines anderen Architekten beenden musste. Dabei wollte sie so gern mit mir zusammenarbeiten.

»Es braucht Zeit, bis Joseph jemanden gefunden hat, der ins Team passt. Außerdem muss ich denjenigen auch noch in meine Projekte einarbeiten«, schrieb ich und war erstaunt, wie gefasst ich mittlerweile klang.

»Dafür ist ja noch Zeit.«

»Ich könnte spontan ausfallen. Wer übernimmt dann meine Arbeit?«

Charlize seufzte und knabberte an ihrem Daumennagel.

»Es geht mich nichts an, was Joseph aus seinem Geschäft macht. Ich will aber, dass du hier weiterhin gut aufgehoben bist, und deshalb will ich mich auch aktiv an der Suche nach einem Nachfolger beteiligen.«

Das rührte meine Schwester. Ihre Augen begannen, zu schimmern, und obwohl ich mittlerweile gelernt hatte, mit den unterschiedlichsten Emotionen anderer umzugehen, hoffte ich in diesem Moment, dass sie Haltung bewahren würde, denn immerhin würde sie die auch in Zukunft brauchen.

»Am besten aufgehoben bin ich bei dir«, sagte sie und zuckte entschuldigend mit den Schultern.

Ich lächelte, legte meinen Arm um sie und drückte sie an mich.

Uns trennten gerade einmal zwei Jahre. Schon als Kinder waren wir ein eingeschworenes Team gewesen. Charlize war meine Schwester und beste Freundin zugleich. Ich legte viel Wert auf ihre Ratschläge, erzählte ihr meist noch vor Harry oder Akim von meinen Problemen. Und auch der Tod unseres Vaters hatte uns emotional nur noch enger zusammengeschweißt.

Dass sie nun bald mich verlieren würde, brach mir das Herz, auch wenn ich wusste, dass Charlize über eine starke Persönlichkeit verfügte. Aber dennoch lag eine verdammt schwere Zeit vor ihr. Wenn es an der Art, wie ich starb, einen Vorteil gab, dann jenen, dass ich wusste, dass mein Leben bald zu Ende sein würde und ich deshalb Vorkehrungen treffen konnte. Ich konnte auf diese Weise versuchen, den Menschen, die mir wichtig waren, den Abschied so einfach wie möglich zu gestalten.

In Charlize' Fall bedeutete das zum Beispiel, dass ich dafür sorgte, dass sie ihr Studium beenden und ihren Praktikumsplatz behalten konnte. Dieser Umstand verschaffte mir, wann immer ich das Gefühl hatte, machtlos zu sein, eine gewisse Ruhe.

Ich redete mir ein, dass alles gut werden würde. Mittlerweile glaubte ich tatsächlich daran.

Durch die Zuversicht, die ich nun wiederentdeckt hatte, schien ich jeden Tag kräftiger zu werden. Mein Körper regenerierte sich von den Strapazen der Strahlentherapie und kehrte zurück zur alten Stärke.

Es fühlte sich zumindest so an, doch das Gespräch mit meinem Arzt schob ich dennoch vor mir her. Ein einfältiger Teil in mir befasste sich nun zunehmend mit der geringen Chance, dass ich den Krebs besiegt haben könnte. Mal abgesehen von dem üblichen Druckschmerz in meinem Hals ging es mir gut. Einzig die Befundbesprechung im Krankenhaus könnte mich aus dieser Illusion kicken.

Doch weil ich körperlich wieder ganz der Alte war, entschlossen sich meine Freunde eines Freitagmittags, in meinem Büro aufzukreuzen. Was aufgrund der räumlichen Größe unmöglich erschien, bewerkstelligten sie: Alle fünf versammelten sich um meinen Schreibtisch und blickten verschwörerisch zu mir hinab.

»Ich würde sagen, dass du für heute Feierabend machst.« Harry lieferte mir eine erste, wenn auch dürftige Erklärung. Erst da fiel mir meine dunkelblaue Sporttasche in seiner rechten Hand auf. Ich runzelte die Stirn. »Ja, es ist eine blöde Tasche. Ich hätte aber auch eine Plastiktüte nehmen können. Ich war zu abgelenkt, als ich bemerkt habe, dass du deinen Kleiderschrank nach Farben sortiert hast. Nach Farben, Eden. So was machen Kerle nicht!«

Grinsend fuhr ich meinen PC runter und war gespannt, welche Überraschung mir bevorstand.

»Bereit für einen Kurztrip?«, fragte Akim, während ich aufstand und mich auf die Kante meines Schreibtisches setzte.

Ich zog eine Augenbraue hoch und musterte die Gestalten vor mir.

»Du fragst jetzt zurecht, was zum Teufel wir mit dir vorhaben«, meinte Julie lachend und wirkte als Einzige wie immer zu overdressed für diesen Anlass. Sie trug ein schwarzes Kleid, das wirklich sehr kurz war, dazu kniehohe Stiefel und eine knallgelbe Jacke mit Fransen. »Darf ich es ihm verraten?« Blicke wurden gewechselt, doch schließlich wurde einstimmig genickt. Julie riss beide Hände in die Luft und streckt Zeige- und Mittelfinger hoch. »Es geht endlich nach Edinburgh. Wohoo.«

Nachdem es mir beim Abbruch meiner Therapie so schlecht gegangen war, hatte ich die Pläne bezüglich meines Urlaubs fallen gelassen und auch nicht weiter daran gedacht. Meine Freunde aber schienen sich gemerkt zu haben, wie stark mein Fernweh war. Dafür war ich ihnen wirklich dankbar.

Wie Julie ausflippte, brachte mich nur noch mehr zum Lachen. Für sie war dieser Urlaub eine einzige Party, die anderen aber schienen mit der Atmosphäre, die sie verströmte, nicht ganz so zufrieden zu sein. Allen voran Madeleine, die sich sichtlich Mühe gab, Julie einfach zu ignorieren.

»Eigentlich wird dieser Trip weniger wohoo und mehr Entspann-oo-ung«, meinte Akim sanft tadelnd.

Julie verzog das Gesicht und zwinkerte. »Wir werden sehen.«

Es mochte blöd sein von mir, aber ich war froh, dass Julie in der Hinsicht total rücksichtslos war. Denn so fühlte ich mich weniger wie die Spaßbremse der Runde.

Gott, ich würde total gern fünfzig Prozent von Julies versprochenem wohoo erleben. Ach was, ich würde mich auch schon mit zehn Prozent zufriedengeben.

Eine Stunde später saß ich bereits im Zug nach Schottland. Alles war penibel organisiert worden: vom Zugticket bis zu meinen wichtigsten Habseligkeiten, die sie eingepackt hatten. Als wir London hinter uns gelassen hatten, kramte Harry Bierflaschen aus seinem Rucksack und verteilte sie. Für mich gab es zur Feier des Tages sogar eine Flasche Cola – yeah.

Doch was zählte, waren andere Dinge: die Späße, die gemacht wurden, der Zusammenhalt, den ich schon lange nicht mehr so stark gefühlt hatte. Ich genoss wirklich jede einzelne Sekunde. Ich prägte mir die lachenden Gesichter meiner Freunde ein, als könnte ich die Erinnerung dorthin mitnehmen, wo auch immer ich bald hingehen würde.

Ich hoffte, dass sich Harry, Charlize, Madeleine, Akim und Julie später auch einmal an die überschwängliche Stimmung dieser Zugfahrt erinnern und mit einem Lächeln auf diesen Tag zurückblicken würden.

Bald schon verwandelte sich die graue Vorstadtlandschaft in grüne, saftige Wiesen. An der Küste entlang steuerten wir in Richtung Edinburgh, und als wir dort knapp fünf Stunden später ankamen, dämmerte es bereits.

Tatsächlich war es hier noch kälter als in London. Der Wind empfing uns zuerst, dann ein grantiger Busfahrer, der sich weigerte, Wechselgeld herauszurücken. Doch wir nahmen es mit Humor, zumindest der Großteil der Truppe. Julie war diejenige, die am meisten jammerte – das war schon immer so gewesen. Bei jedem Schritt meckerte sie, wie sehr ihr die Beine wehtaten, was mich bei den Absätzen, die sie trug, auch nicht wunderte. Außerdem brauchte sie erst einmal eine Zigarette, weswegen wir alle vor dem B&B warteten und Julie beim Qualmen zusahen. Während des Eincheckens wurde bereits eifrig über die Zimmeraufteilung diskutiert. Harry weigerte sich, mit Julie ein Zimmer zu beziehen, gleiches galt auch umgekehrt. Die Verhandlungen zogen sich in die Länge, unsere Geduld schwand. Bewundernswert fand ich es, dass Madeleine stur blieb und keinem von ihnen ihren Platz in meinem Zimmer anbot.

Am Ende gab Charlize nach und erklärte sich bereit, Harry bei Akim übernachten zu lassen. Charlize nahm die Schlüsselkarte entgegen, während Harry und Akim einschlugen. Vermutlich erkannten beide den Vorteil daran: Sie konnten nach Hause kommen, wann immer es ihnen beliebte, ohne sich unangenehmen Fragen zu stellen.

»Du weißt ja, was für ein Kontrollfreak deine Schwester ist«, murmelte Akim und zuckte entschuldigend mit den Achseln.

Grinsend schüttelte ich den Kopf. Natürlich wusste ich, was er meinte, würde das ihm gegenüber aber niemals zugeben. Das verbot der Geschwister-Kodex.

Am ersten Abend in Edinburgh aßen wir in unserer Unterkunft Burger mit unglaublich fettigen Pommes und jeder Menge Ketchup. Mindestens einer meiner Mitreisenden trank ein Bier zu viel, und daher wurden beim Frühstück fleißig Pillen verteilt. Jedem schmerzte der Kopf an einer anderen Stelle. Als wir uns aber in unsere Sightseeingtour stürzten, war von sämtlichen Wehwehchen nichts mehr zu vernehmen. Wir zogen den üblichen Touristenkram durch: eine Busfahrt durch die Stadt, eine Besichtigung des Castles und eine lange Pubtour am Abend. Harry traf dabei auf einen entfernten Cousin, was mir bestätigte, dass die Kontaktfreudigkeit definitiv in Harrys Familie lag.

Cam machte uns mit den Geheimtipps der Stadt vertraut. Darunter zum Beispiel eine hippe Bar in einem alten Keller, die neben typischen Getränken wie Bier und allerhand Hochprozentigem auch den besten Cocktail Schottlands verkaufte – zumindest warben sie damit. Die Mädels waren jedoch überzeugt und bestellten jede mindestens drei dieser überdimensionalen Kelche.

Auf dem Weg zurück in unsere Unterkunft hakte sich Madeleine bei mir unter. Eng schmiegte sie im Gehen ihr Gesicht an meine Schulter. »Genießt du es?«, flüsterte sie.

Ich nickte zuerst und küsste sie dann auf ihren Scheitel.

»Ich auch. Danke, dass ich mit dir hier sein kann.«

Später in unserem Zimmer drückte ich sie gegen die Tür, zog sie aus und küsste jeden Quadratmillimeter ihrer nackten Haut. Wie wir feststellten, gab das Bett fürchterliche und absolut eindeutige Geräusche von sich. Madeleine brach unter mir in schallendes Gelächter aus, als sie meinte, das ganze Hotel würde uns beim Vögeln zuhören. Und wahrscheinlich war es auch so. Aber in diesem Moment war es mir egal, da es wahrscheinlich das letzte Mal sein würde, dass ich mit Madeleine in einem quietschenden Bett in Schottland schlief.

Einem Besuch des National Museum of Scotland folgte am nächsten Tag ein Aufstieg auf den Calton Hill. Wir hatten an Decken, Getränke und Essen gedacht, und so machten wir es uns auf der Wiese bequem. Der Blick über die Stadt war herrlich, was mein Architektenherz natürlich augenblicklich schneller schlagen ließ. Außerdem schien uns das Schicksal gewogen zu sein. Irgendwann nämlich kreuzten Musiker mit Gitarren auf und spielten einige meiner Lieblingssongs. Während Akim über die Geschichte der Stadt philosophierte, hatte Madeleine ihren Kopf auf meinem Schoß gebettet und die Augen geschlossen. Obwohl sie Schal und Jacke anhatte, waren ihre Lippen blau, doch sie weigerte sich, zuzugeben, dass ihr kalt war. Sie würde eher erfrieren, als diesen Moment zu beenden, sagte sie mit einem schiefen Lächeln.

Jeder gab sich auf seine Weise der Musik hin, die den Eindruck der Stadt und das melancholische Gefühl dieser letzten Reise nur noch intensivierte. So zog Julie tief an ihrer Zigarette, ehe ihr einsamer Blick kurz zu mir glitt. Ich spürte, dass sie in diesem Moment nichts sehnlicher wollte, als an Madeleines Stelle zu sein.

Charlize wirkte beseelt. Ich konnte nicht sagen, ob dieser Trip sie näher zu Akim gebracht oder sie einmal mehr die Bestätigung dafür erhalten hatte, wie leichtsinnig er ihr Herz behandelte. Akim jedenfalls lag flach und ziemlich entspannt auf der Decke neben Charlize und starrte in den Himmel. Harry beobachtete die Musiker und studierte ihre Handgriffe, als würde er sich insgeheim mit ihnen duellieren.

Dieser Nachmittag auf dem geschichtsträchtigen Hügel hatte uns alle in eine nachdenkliche Stimmung versetzt. Ich fühlte mich den anderen durch dieses Erlebnis aber auch näher. Verbundener.

Abends ließen wir es wieder krachen. Ich merkte aber schnell, dass mir die stickige Luft der Pubs immer mehr zu schaffen machte. Ganz sicher waren auch der Schlafmangel und die körperliche Anstrengung schuld, dass ich bald das Gefühl hatte, keine Luft mehr zu bekommen. Mit dem Handy schrieb ich Madeleine, dass ich zurück ins Hotel fahren würde, sie aber noch bei den anderen bleiben sollte. Doch natürlich ließ sie sich nicht darauf ein und fuhr mit mir zurück.

Die letzte Nacht in Schottland war für mich früh zu Ende. Das Ziehen in meinem Hals kehrte zurück und war intensiver und beängstigender als je zuvor. Um Madeleine nicht zu wecken, zog ich mich vorsichtig an und verließ das B&B, um draußen ein Stück zu gehen.

Gerade erwachte auch die Stadt zum Leben. Hinter vormals schwarzen Fenstern gingen plötzlich Lichter an, Leute stiegen in ihre Autos und fuhren an mir vorbei. In einem kleinen Shop kaufte ich mir einen Kaffee und setzte mich auf eine Bank. In diesem Moment kam es mir so vor, als hätte mich meine Krankheit eingeholt. Vorbei war die Sorglosigkeit, vorbei der Urlaub. Jetzt ging es zurück in die Realität.

Ich konnte nur noch an den Auftrag der Sanders denken, den ich fertig bekommen wollte. Doch aus jetziger Sicht hatte ich keine Ahnung, wie ich morgen ins Büro fahren sollte. Ich war völlig kaputt, und die Schmerzen trieben mich in den Wahnsinn. Selbst die Schmerztablette, die ich mir eingeworfen hatte, brachte nicht viel – ein erster trister Ausblick auf meine Zukunft.

Irgendwann würde alles, was für mich zählte, die kurzen Lichtblicke sein, in denen ich halbwegs schmerzfrei war. Ich würde mich vom letzten zum nächsten hangeln, hinein in die Schmerzhölle und mit einem Bein hinaus. Durchatmen. Fallen.

Irgendetwas geschah mit mir, während ich einen kleinen Hügel hochging, von dem aus ich einen tollen Blick über die Stadt hatte. Gedanken formten sich in mir, die mir zwar fremd waren, die ich aber nicht loslassen konnte.

So zu gehen, wie ich es wollte, dieser Satz geisterte durch meinen benebelten Verstand. Obwohl ich wusste, dass die Palliativmedizin hervorragende Arbeit leistete und ich auf Menschen treffen würde, die alles in ihrer Macht Stehende versuchen würden, um mir Schmerzen und Ängste zu nehmen, blühte mir doch eine äußerst dunkle Aussicht.

Unter einem großen Baum, der seine Krone über mich spannte, hielt ich inne und legte meine Stirn gegen seine raue Rinde. In mir flimmerte und vibrierte es. Ich wollte schreien, ich wollte, dass der Druck in meinem Hals verschwand. Gleichzeitig empfand ich an diesem Ort absoluten Frieden. Die Vertrautheit der Stille umarmte mich und tröstete mich, wie auch schon in den letzten Monaten. Unwillkürlich liefen Tränen über meine Wangen, während ich die Hände zu Fäusten ballte.

Das hier mochte nicht das Ende sein, aber es war der Anfang davon.

KAPITEL 22
Madeleine

Es ging doch jedem so: unliebsamen Gesprächen geht man mit äußerst kreativen Ausreden aus dem Weg. Doch irgendwann erreicht man eine Sackgasse. Man steht mit dem Rücken an der Wand.

So ging es mir, als mir meine Agentin in der Woche nach unserer Reise nach Edinburgh eine für ihre Art recht aufgeregte Mail schrieb. Ich wusste, dass ich das Gespräch mit ihr suchen musste. Dabei durfte ich nicht einknicken. Ich musste für Eden da sein; das hatte oberste Priorität.

Ich stahl mich in meiner Mittagspause in den Hinterhof des Gebäudes, wo das Pflaster an den Ecken grün und in der Mitte von feinen Rissen durchzogen war. Mein Herz schlug viel zu schnell, meine Hände waren klamm.

Zuerst lauschte Carol geduldig, als ich ihr von Eden und meinem Wunsch, so viel Zeit wie möglich mit ihm zu verbringen, erzählte. Ich konnte mir sie aber auch gleichzeitig gut vorstellen, wie sie in ihrem klinisch sauberen Büro saß, die Nase rümpfte und den Kopf über meine Naivität schüttelte.

Während ich mit dem Fuß ein kleines Steinchen über das Pflaster schob, musste ich wie so oft an eine Stelle aus *Das Bildnis des Dorian Gray* denken, welche ich Eden erst vor Kurzem vorgelesen hatte. Dort hieß es, dass sich wohltätige Menschen vor allem durch eines auszeichnen würden. Und zwar, dass sie jeglichen Sinn für Menschlichkeit verloren hätten. Zweifelsohne hielt Carol mich für eine junge, dumme Wohltäterin, die sich für einen dem Tode geweihten Mann aufgab und ihre Karriere dadurch gefährdete. Carol mochte recht haben, doch ich fand, dass ich das Richtige tat. Dafür schien ich bereit zu sein, über Leichen zu gehen – sei es auch die meiner Karriere.

Am Ende bekam ich mehr Zeit, um mich, wie Carol es gesagt hatte, um diesen armen Burschen kümmern zu können. Danach sollte ich aber gefälligst wieder den Hintern hochbekommen und die Bühne zurückerobern.

Carol beendete das Gespräch mit den Worten: »Du bist ein aufgehender Stern, Maddy. Und dieser Junge … um Himmels willen, nimm es mir nicht übel, aber meiner Einschätzung nach ist er ein Komet, der auf dich hinabschnellen und dich zerstören wird.«

Bereits in diesem Augenblick befürchtete ich, dass Carol mit ihrer Vorhersage ins Schwarze getroffen hatte. Ich hoffte aber, dass ich, wenn ich erst einmal am Boden war, auch wieder aufstehen konnte.

Leona hatte nicht viel für Carol übrig, da sie sie für eine Aasfresserin hielt. Doch diesmal waren sie sich einig.

»Ich mache mir Sorgen«, teilte sie mir später in ihrem Büro mit. Wie immer herrschte Chaos und wie immer suchte sie nach irgendeinem Zettel, wodurch noch mehr Chaos entstand.

»Ich auch. Hier sieht es schrecklich aus«, sagte ich.

Leona winkte mit einer Hand ab. »Das meinte ich nicht. Ich meinte dich. Du veränderst dich. Du wirst … anders.«

Ich grinste. »Mach mal halblang!«

»Mach mal halblang«, ahmte sie mich mit affektierter Stimme nach, wobei sie wie eine der hochnäsigen, alten Damen aus Kensington klang. »Schau, das hättest du früher niemals gesagt. Und daran sind deine neuen Freunde schuld.«

»Ist da jemand eifersüchtig?«, zog ich sie auf und kniff sie spielerisch in die Hüfte.

Leona wich mir aus und verschränkte die Arme vor der Brust. Ich klang möglicherweise wie eine alte, hochnäsige Dame, aber sie benahm sich wie eine. »Ich bin besorgt, nicht eifersüchtig. Du weißt, dass Eden nicht gut für dich ist. Nicht in diesem Leben, Maddy. In unserem Alter sollten wir uns jedes Wochenende betrinken, Party machen, Typen aufgabeln, bereuen, weinen, lachen, singen und tanzen. Aber du … Du wirst mit ihm sterben. Einen Teil von dir wird es bald nicht mehr geben, und das macht mir als deine Freundin Angst. Das kannst du doch verstehen, oder?«

Ich verstand sie. Ich wusste nur nicht, wie ich ihr meine Gefühle erklären sollte. Leona war anders als ich. Sie war niemand, der sein Herz einfach so verschenkte, sondern an eine Beziehung wie an eines ihrer Rezepte heranging, daran feilte und schließlich entweder zufrieden war oder nicht.

»Das Schicksal kann man sich nicht aussuchen.«

»Das ist absoluter Blödsinn«, widersprach sie mir. »Du kannst aber sagen: ›Tut mir leid, für mich ist das nichts.‹ Das kannst du. Aber du hast es nicht getan, sondern dich auf ihn eingelassen.«

»Weil er mir etwas bedeutet.«

»Weil du eine unheilbare Weltverbesserin bist, Maddy. Du willst ihn retten. Du willst ihm eine wunderschöne Zeit schenken. Dafür opferst du dich selbst. Und das finde ich richtig scheiße – als deine Freundin, der du am Herzen liegst.«

Mir fehlten die Worte. Zuerst wollte ich mich gegen Leonas Stumpfsinnigkeit wehren, dann aber dachte ich darüber nach. Ich stellte mir vor, wie ich reagieren würde, wäre Leona an meiner Stelle. Für sie war alles, was Eden betraf, eine undurchsichtige Randerscheinung. Sie hatte keine Verbindung zu ihm, kein Gefühl für ihn und seine Welt. Ihre Rationalität verdrängte dabei die Tragödie, die sich vor ihren Augen abspielte. Sie sah lediglich die Gefahr, das Negative.

»Diese Leute … Eden und seine Freunde, sie sind keine Vampire, die mich aussaugen wollen. Sie sind total nett. Du würdest sie mögen.« Ich verschwieg, dass ich, neben Julie, auch meine Probleme mit Harry hatte. Vermutlich wollte auch er bloß seinen besten Kumpel beschützen. Er war wie Leona, nur saß er auf der anderen Seite des Spielfelds.

Plötzlich flammte in mir eine Idee auf, durch die ich hoffte, die Wogen glätten zu können. Es war ein Bauchgefühl, ein Gedanke, der aufkam und den ich aussprach. »In einem Punkt gebe ich dir recht. Ich habe dich wirklich vernachlässigt, was mir leidtut. Aber die Zeit mit Eden ist … unglaublich.«

Sie seufzte. »Weil du einen Haufen schmutzigen Sex hast«, witzelte sie.

Ich kicherte. »Das auch, ja. Unbestreitbar.«

»Unbestreitbar – und dabei wirst du nicht einmal rot«, unterbrach sie mich.

»Das liegt daran, dass ich andere Sorgen habe, aber egal. Worauf ich hinauswollte, ist, dass ich möchte, dass du mich heute Abend begleitest.«

»Ich stehe nicht auf Dreier.« Ihr Lachen war ansteckend, aber ich blieb immun dagegen.

»Die Gang kommt heute zu Eden … ich bin auch dort … du könntest auch kommen und … sie kennenlernen.«

Sie starrte mich an und drehte sich mit ihrem Schreibtischstuhl dabei leicht von links nach rechts. »Sie nennen sich selbst echt ›die Gang‹?«

»Ich nenne sie so.«

»Hm. Ich brauche keine neuen Freunde.«

»Schon klar«, erwiderte ich und kletterte von der Kante ihres Schreibtisches. »Immerhin steppt hier heute Abend ja der Bär. Gemeinsam mit deiner Kackhaufentorte kannst du eine richtige Party feiern.«

»Das ist ein Vulkan, du Hohlbirne.«

Ich hatte sie an der Angel. Sie würde mitkommen. Wegen mir und schlussendlich auch wegen Eden, weil sie verstehen wollte, weshalb ich zuließ, dass er mein Leben völlig durcheinanderbrachte.

KAPITEL 23

Madeleine

Leona begleitete mich mit dem Ziel, sich selbst und vermutlich auch mir zu beweisen, wie unsympathisch Edens Freunde waren, zu Eden nach Hause. Ihre Laune war nicht die beste. Sie kam mir wie ein trotziges Kind vor, das ich ermahnen musste, brav die Hände aller Leute zu schütteln. Ich würde mich für sie entschuldigen müssen, so viel stand fest. Doch eigentlich nahmen alle Leonas Verhalten ziemlich locker – alle bis auf Harry.

In ihm hatte Leona einen Gegner auf Augenhöhe gefunden. Sie fochten einen Krieg aus. Ein Gefecht auf Basis ihres Wunsches, für Eden oder für mich das Beste zu wollen.

Es wurden Dinge gesagt wie: »Eine Bäckerei, was? Also ich besorge mir immer diese Aufbackbrötchen aus dem Supermarkt. Die schmecken irre gut.« Zuerst lachten wir, sogar Leona, doch Harry setzte noch einen obendrauf. »Aber im Ernst: Kann man davon leben?«

Ich entschied, Leona zu Hilfe zu eilen, auch wenn sie selbst mit Harry klarkommen würde. Ich wollte aber vermeiden, dass die Stimmung kippte. »Sie hat sogar schon eine Geburtstagstorte für Elton John gebacken.«

Die anderen staunten, sogar Julie, die auf einem von Edens breiten Ledersesseln lümmelte und entweder an ihrem Handy hing oder an ihrer Zigarette zog. Ich wollte sie fragen, ob sie es gut fand, in Edens Nähe zu rauchen, wo er doch immer mal wieder mit der Luft zu kämpfen hatte, doch in diesem Moment sagte ich nichts. Ich hatte nicht den nötigen Mut dazu.

Stattdessen ergriff Harry das Wort. »Krass. Elton John. Na ja, dann viel Erfolg.« Er klang wie ein eingebildeter Klugscheißer, für den Menschen ohne akademischen Abschluss Idioten waren. Ich empfand so viel Verachtung für ihn, dass ich am liebsten aufgesprungen und gegangen wäre.

Leona hatte seit jeher um ihr Geschäft kämpfen müssen. Das hatte bereits bei ihren Eltern angefangen, die es besser gefunden hätten, wenn sie zuerst studiert und sich dann ihren Träumen gewidmet hätte. Niemand bedachte, wie talentiert Leona war. Niemand nahm sie je wirklich ernst. Warum also sollte sie Harrys Meinung dann verletzen? Doch ich sah ihr an, dass sie betroffen war.

Ich ertappte die beiden, wie sie einen langen Blick austauschten, ehe Harry an seinem Bier nippte und sich an einem Gespräch über eine Serie, die er und Akim zusammen angeschaut hatten, beteiligte.

Ich spürte es. Oder bildete mir das zumindest ein.

Ich fühlte, dass zwischen den beiden irgendeine Spannung herrschte. Ich schmiegte mich an Edens Seite, nahm seine Hand und beobachtete im Laufe des Abends, wie Leona auf Eden und seine Freunde reagierte. Zum Glück entspannte sie sich mit der Zeit. Irgendwann schien sie sich sogar wohlzufühlen. Sie lachte und trank mehr Gin, als gut für sie war.

Als sie mich bat, ihr die Toilette zu zeigen, begleitete ich sie den Flur hinunter. Unvermittelt zog sie mich in den kleinen Raum mit seinen schwarz-weißen Bodenfliesen. Sie schloss die Tür, legte zuerst ihren Hinterkopf dagegen und knöpfte sich dann ihre Jeans auf. »Dieser Typ ist unausstehlich.«

»Wer?«, fragte ich besorgt, während Leona sich an mir vorbeidrängte und auf der Kloschüssel Platz nahm.

»Harry.« Okay, sie meinte nicht Eden.

»Ich weiß. Aber ich glaube, er will nur das Beste für Eden.« Aus irgendeinem bestimmten Grund verteidigte ich Harry plötzlich. Ich wusste selbst nicht, weshalb.

Leona schloss die Augen. »Gott … ich … ich würde ihn so gern vögeln.«

»Was? Nein, Leona!«

Sie kicherte. Ein betrunkenes Kichern, das mir unglaublich hoch und unglaublich laut vorkam. »Ich werde es nicht tun – keine Panik auf der Titanic. Aber ich werde es mir vorstellen. In meinen Träumen.« Sie stand auf, hickste und knallte mit der Nase gegen meine Brust.

»Da kannst du mit ihm machen, was du willst. Aber nicht in der Realität. Er würde dich bestimmt schlecht behandeln.«

»Ich hasse … wie arrogant er ist«, fuhr sie fort, spülte ab und wusch sich die Hände. »Wie herablassend er ist. Er nimmt mich nicht ernst. Macht sich lächerlich über mich. Und du … du liebst ihn.«

»Ich liebe ihn?!«

Sie lachte. »Ich meinte Eden … du liebst ihn so sehr und er dich auch.«

»Ja, das tue ich.«

Leonas Blick wurde verträumt, dann unendlich traurig. »Aber ich finde, es war unverantwortlich von ihm, dass er zugelassen hat, dass du dich in ihn verliebst, Maddy. Das, was er dir damit antut, kann ich ihm nicht verzeihen.«

Leonas Vorstellung war die, dass Eden schlecht für mich war. Ihre Intuition verriet ihr aber, wie sehr ich ihn liebte. Doch keiner von uns beiden schien einen Ausweg aus dieser Situation zu kennen, bei dem mir nicht das Herz gebrochen wurde.

Später, als Leona, Harry und Julie bereits gegangen waren, half Charlize mir noch in der Küche. Akim und Eden hatten sich ins Wohnzimmer zurückgezogen.

Ich war still, schließlich hingen mir Leonas Worte noch nach.

Sie bedrückten mich unglaublich, was vermutlich daran lag, dass ich anfing, nach dem Wahrheitsgehalt darin zu suchen. Aber ich fühlte die Botschaft nicht, die Leona mir hatte vermitteln wollen.

»Harry hat sich ja heute mal wieder enorm zusammengerissen«, sagte ich, um mich selbst abzulenken und gleichzeitig mehr über Harry zu erfahren.

Charlize runzelte auch tatsächlich die Stirn und räumte einige Teller in einen Hängeschrank. »Harry ist Harry. Ginge es nach ihm, würden er und Eden noch immer allein abhängen und Songs schreiben. Harry ist ein Gewohnheitsmensch, ein Chaot, der nur zwei Menschen wirklich liebt: sich selbst und Eden.«

Ich fragte mich, ob Harry schlichtweg egoistisch war, so wie Charlize behauptete, oder ob mehr hinter seinem Verhalten steckte.

»Und ich stelle eine Gefahr für seine unendliche Treue Eden gegenüber dar«, sagte ich.

»Edens Krankheit stellt diese Gefahr dar.« Charlize wischte sich die Hände an einem blau-weiß karierten Geschirrtuch ab und leckte sich über die Lippen. »Man muss Harry zugutehalten, dass er eine unermessliche Stütze für Eden war. Es war schwer … die Diagnose, dann Julie, die ihn verlassen hat. Ich selbst war auch völlig geschockt und konnte nicht so reagieren, wie ich es mir gewünscht hätte. Einzig Harry stand Eden zur Seite.«

»Die beiden haben eine sehr tiefe Verbindung«, erwiderte ich und hoffte, ich klang nicht eifersüchtig. Doch ich glaubte, Charlize spürte an diesem Abend, wie verunsichert ich war.

»Harry denkt manchmal, dass du ihm wertvolle Zeit mit Eden stiehlst. Weißt du, es ist für uns alle eine Ausnahmesituation.«

Fühlte auch Charlize so oder freute sie sich, dass Eden mich hatte? Ich traute mich nicht, diese Frage auszusprechen.

»Gleichzeitig versucht er, ihm jeden Wunsch zu erfüllen«, sagte ich.

»Ja, das tut er.«

Zum Beispiel hatte Harry bloß genickt, als Eden uns mitgeteilt hatte, dass er für das Projekt der Sanders nach Eastbourne fahren wollte, um sich das Grundstück anzusehen. Alle waren skeptisch gewesen, Harry jedoch hatte sich auf Edens Seite geschmissen.

Als wir aus Edinburgh nach Hause gekommen waren, hatte Eden erhebliche Schmerzen gehabt. Ich hatte verzweifelt auf ihn eingeredet, um ihm klarzumachen, dass wir ins Krankenhaus fahren sollten. Eden hatte sich geweigert, und Harry hatte ihm dabei sogar die Stange gehalten. Er hatte mir sogar vorgeworfen, hysterisch zu sein. Wortwörtlich hatte er gesagt, ich würde Eden mit meiner hysterischen Panikmache zu sehr verunsichern.

»Er versucht nur, ihn zu beschützen«, erklärte Charlize schließlich. »Genauso wie Leona dich schützt.«

Ich atmete tief ein und wieder aus. »Sie übernimmt den Job einer großen Schwester, obwohl sie jünger ist als ich.«

»Nicht immer treffen wir Entscheidungen mit unserem Kopf. Manchmal übernimmt diese Aufgabe unser Herz. Und manchmal macht uns das, was uns eigentlich schwächen sollte, am Ende nur stärker. Möglicherweise verhält Harry sich manchmal idiotisch. Aber ich glaube, er muss erst einen Weg finden, mit dem drohenden Verlust umzugehen – das müssen wir schließlich alle. Tief in seinem Inneren ist er dankbar für all das, was du Eden gibst. Ich bin es jetzt schon.«

Dieser Satz bedeutete mir viel. Er half mir, diese ständigen Zweifel, ob ich das Richtige tat, zu verscheuchen.

Als Eden und Akim irgendwann zu uns kamen, brauchte es lediglich Edens warmes Lächeln, um mir sicher zu sein, mich am exakt richtigen Platz im Universum zu befinden.

KAPITEL 24
Eden

Für die Besichtigung des Hauses der Sanders, das ich umbauen sollte, fuhr ich nach Eastbourne. Die Reise war notwendig, dennoch lag sie mir schwer im Magen. Ich hätte es nicht zugegeben, aber wahrscheinlich befand ich mich in keiner perfekten gesundheitlichen Verfassung dafür. Eine Tatsache, die in den vergangenen Tagen zu einigen Diskussionen geführt hatte. Am Ende hatte ich mich geschlagen gegeben und Madeleine erlaubt, mich zu begleiten.

Als wir an diesem frühlingshaften Vormittag jedoch das Grundstück der Sanders erreichten, sah ich ihre Anwesenheit nicht länger als Zeichen für meine Schwäche, sondern war dankbar, mit ihr hier sein zu können.

Ich beobachtete grinsend, wie sie aus dem Wagen sprang und mit offenem Mund das Gebäude begutachtete. Der Bau, der direkt am Meer lag, war imposant, herrschaftlich und schien uns geradewegs in eine längst vergangene Zeit zu katapultieren. In den vergangenen Wochen hatte ich mich bereits lange mit der maroden Bausubstanz beschäftigt, die Statik studiert und versucht, die Wünsche der Sanders mit all diesen Fakten in Einklang zu bringen.

Von der geschotterten Zufahrtsstraße, auf der wir parkten, gelangte man zu der gut drei Meter hohen Eingangspforte. Der Kies knirschte unter Madeleines Füßen, als sie sich dieser näherte. »Es ist … wow. Prachtvoll und gruselig zugleich. Stell dir mal all die verlorenen Seelen vor, die darin leben.«

Irgendwie passte es zu Madeleine, dass sie an einem Ort wie

diesem nicht über die Bepflanzung des Vorgartens, sondern über irgendwelche spirituellen Wesen sprach. Doch wenn es hier Geister geben sollte, würden diese in Kürze durch erheblichen Baulärm gestört werden.

Ich holte die Utensilien, die ich für die Skizzierung brauchte, aus dem Kofferraum, während Madeleine das rostige Gartentor öffnete. Ich stoppte auf der Zufahrt, zückte meine Kamera und schoss ein Bild, das das wunderbare Licht einfing, das durch die Blätter der Bäume aufs Haus fiel. In meinem Kopf formten sich die ersten Ideen. Peter Sanders hatte mir zwar die Pläne schon sehr viel früher gemailt und dazu seine Wünsche notiert, doch der Trick an einem Umbau eines bereits bestehenden Gebäudes war es, sich an den bereits vorhandenen Motiven des Hauses zu orientieren. So fiel mir auf, dass die Eingangstür vom Sonnenlicht umrahmt wurde. Ich wusste, wo die Küche lag, stellte mir vor, dass es auch dort hell und warm sein würde. Vor mir stand ein jahrhundertealtes, ausgeklügeltes System, und ich wollte nicht der Trottel sein, der das vernichtete.

Der Garten war stark verwuchert. Wo früher einmal gepflegte Rosenbeete gewesen waren, herrschte nun ein Wirrwarr aus Unkraut und altem Laub. Die Terrasse wirkte instabil, Steinplatten fehlten oder waren zerbrochen. Die Treppe war schief, das Metallgeländer umgefallen. Hier gab es viel zu tun, keine Frage. Eine riesige Portion Arbeit, die ich mir hier aufhalste. Aber ich war wirklich motiviert. Dennoch bezweifelte ich, dass ich das fertige Ergebnis überhaupt noch zu Gesicht bekommen würde.

»Ich glaube, ich würde die Pflanzenbeete wiederherstellen. Rosen, Lavendel, Hortensien einsetzen und einen Irrgarten anlegen. Ein solches Haus braucht einen Irrgarten.«

Während ich Notizen und Fotos machte, musste ich über Madeleines Enthusiasmus lächeln. Ich selbst würde auch nur wenig an diesem Haus ändern. Die Sanders aber wollten einen modernen Anbau mit großen Fensterfronten und sterilem Design.

Nachdem ich mit den organisatorischen Arbeiten fertig war und Madeleine einen Platz mit Blick aufs Wasser auserkoren hatte, breitete sie dort die Decke, die wir mitgebracht hatten, aus. Ich holte unterdessen den Picknickkorb, den wir heute Morgen extra gekauft hatten. Madeleine wollte aus diesem Ausflug ein Spektakel machen, mit Mittagessen im Garten des Hauses. Wir aßen Erdbeeren, Sandwiches und tranken irgendeine Zitronenlimonade, von der Madeleine geschwärmt hatte. Unsere Gespräche beschränkten sich wie immer auf Fragen, die ich entweder mit einem Nicken oder einem Kopfschütteln beantworten konnte. Ich selbst bekam nicht viel hinunter, Madeleines Appetit war da deutlich ausgeprägter.

Irgendwann erzählte sie mir von einer Urlaubsreise, die sie zusammen mit ihrer Familie in ihrer Kindheit unternommen hatte. Damals hatten sie in einem ähnlichen Haus wie das der Sanders übernachtet – natürlich deutlich bewohnbarer und renovierter. Sie waren den ganzen Tag am Strand gewesen, im Keller hatte es sogar einen Pool gegeben, und abends war im Garten ein Lagerfeuer entfacht worden. Madeleine strahlte bei diesen Erzählungen, was ich absolut zauberhaft fand.

»Ich habe mir vorgestellt, irgendwann einmal in solch einem wunderbaren Haus zu leben«, gestand sie grinsend. »Ein bunter Garten, unzählige Räume, die man ehrlicherweise gar nicht braucht, eine Bibliothek und natürlich ein Pool im Keller. Doch eigentlich geht es mir eher um das Gefühl von Frieden, das man hier draußen auf dem Land hat. Die Weite, die Ruhe, die Arglosigkeit. Das möchte ich jeden Tag spüren.«

Während ich aufs Meer hinaussah, spürte ich tatsächlich so etwas wie Arglosigkeit. Das leise Pfeifen des Windes, das Rauschen der Wellen und die Natur um uns herum verdeutlichten mir einmal mehr, dass trotz der Ausweglosigkeit meiner Situation das große Ganze seinen Lauf nahm. Ich war bloß einer der Kieselsteine dort unten am Strand. Noch war ich hier im Garten, doch bald würde ich da draußen liegen, umgeben von unzähligen anderen. Irgendwie wäre es schön, wenn Madeleine mich bei sich behalten würde. Kieselsteine konnte man anmalen, man konnte sie in Hortensienbeete legen, so würden sie nicht in Vergessenheit geraten. Dass Madeleine, wohin auch immer sie im Laufe ihres Lebens auch gehen mochte, einen Teil von mir mitnehmen würde, war friedvoll für mich. Zumindest in ihren Erinnerungen würde ich hoffentlich immer Platz finden, wenn ich schon nicht körperlich bei ihr bleiben konnte.

Wir schienen beide ähnliche Gedanken zu haben, denn ich merkte, wie Madeleine tief durchatmete, sich an mich schmiegte und gemeinsam mit mir zum Meer blickte.

Ich legte meinen Arm um sie und küsste ihren Scheitel. Ich hoffte, dass Madeleines Wunsch irgendwann in Erfüllung gehen würde und sie in einem Haus wie diesem leben konnte. Ich hoffte, dass sie jemanden finden würde, der sie auch nur ansatzweise so lieben würde, wie ich es tat. Sollte das der Fall sein, stand ihrem Glück nichts mehr im Weg.

Später am Nachmittag, als ich meine Arbeit am Haus der Sanders beendet hatte, besuchten wir noch den Pier. Obwohl die Sonne sich verzogen hatte, bestand Madeleine darauf, ein Eis zu essen. Danach waren ihre Lippen blau, und ich bot ihr beim Marsch in Richtung des Kunstmuseums, das wir uns noch ansehen wollten, meine Jacke an.

Gemeinsam erkundeten wir die Towner Eastbourne Art Gallery mit ihren spektakulären Kunstwerken. Der Rundgang ließ mich an meine Gemälde zu Hause denken, und ich freute mich, bald wieder zu malen. Seit Madeleine und ich unseren Handabdruck auf der Leinwand hinterlassen hatten, stand die Arbeit an meinen Bildern still. Da ich damit ja auch kein Geld verdiente, verfügte ich über den Luxus, nur dann malen zu können, wenn ich Lust darauf hatte.

Ewig saßen wir auf der unbequemen Holzbank vor den Bildern und hingen unseren eigenen Gedanken nach.

Irgendwann spürte ich Madeleines Blick auf mir, noch bevor sie überhaupt etwas sagte. »Wenn du möchtest, kann ich dich nächste Woche begleiten«, bot sie leise an.

Augenblicklich fühlte ich das Ziehen in meinem Hals und erinnerte mich daran, dass ich am Anfang immer dachte, ich hätte eine Verspannung im Nacken. Ich wusste nicht, warum Madeleine ausgerechnet diesen Ort gewählt hatte, um mich auf den Termin bei meinem Arzt anzusprechen, aber mich erfasste sehr viel weniger Panik, als ich befürchtet hatte.

Ich zückte mein Handy und schrieb ihr. *»Das würde mir helfen. Danke.«*

Sie nickte. »Sehr gern. Ich werde mir freinehmen und im Anschluss unternehmen wir irgendetwas. Was immer du tun willst.«

Vermutlich würde ich nach dem Abschlussgespräch im Krankenhaus wohl eher das Bedürfnis haben, mich vor der ganzen Welt zu verstecken. Aber klüger wäre es, mich nicht meinen negativen Gedanken zu widmen, sondern mich abzulenken.

»Wir mieten uns ein Boot am See im Hyde Park oder besuchen diese Ausstellung über Teegeschirr, die meine Mum so toll fand«, schlug sie vor.

»Oder wir sehen uns den Tower an. Ich war dort seit meiner Schulzeit nicht mehr«, schrieb ich.

Es war doch wirklich so. Als Einheimischer kannte man sämtliche Geheimtipps der Stadt, die Bars mit den besten Burgern oder dem hippsten Bier. Aber um die weltberühmten Sehenswürdigkeiten machte man meistens einen Bogen und überließ sie den Touristen. Harry oder Akim würden sich diesen Wahnsinn niemals antun. Harry war ein Kulturbanause und Akim hatte eine natürliche Abneigung gegen Menschenansammlungen. Madeleine hingegen hätte bestimmt Spaß, wenn wir einen auf Touristen machten.

Das zeigte mir auch ihr abenteuerlustiges Grinsen. »Ich war auch das letzte Mal mit vierzehn oder so dort. Ich erinnere mich, wie einer meiner Mitschüler darüber sprach, die Geister der Hingerichteten würden durch den Tower wandern und die Besucher erschrecken. Penny Lane ist daraufhin umgekippt und musste von unserer Lehrerin nach draußen getragen werden. Das war ein Mordschaos.«

Beide lachten wir über diese Geschichte. In jeder Schulklasse gab es diesen einen Verrückten, der lediglich durch sein Fehlverhalten auffiel. Bei uns war das einst Harry gewesen. Wegen ihm hatten wir deswegen aber auch eine Menge Spaß gehabt.

»Tut es weh?«, erkundigte sich Madeleine, und erst da wurde mir bewusst, dass ich mit meinem Zeigefinger über die mittlerweile deutlich sichtbare Ausbuchtung an meinem Hals strich.

Ich nickte, senkte aber die Hand und rang mir ein weiteres Lächeln ab.

Madeleine blickte auf ihr Handy. »Es ist schon spät. Ich glaube, wir sollten nach Hause fahren.«

Noch einmal sah ich zu den Gemälden an den Wänden und verspürte den Wunsch, länger zu bleiben. Ich wusste, dass ich nicht noch einmal herkommen würde.

Madeleine gewährte mir einige weitere Momente, lehnte sich zurück und wartete, bis ich nach ihrer Hand griff und wir gemeinsam die Galerie verließen.

KAPITEL 25

Madeleine

Würde man mich irgendwann nach dem Tag fragen, als ich Eden ins Krankenhaus begleitet und wir später den Tower besucht hatten, würde mir jeglicher zeitlicher Zusammenhang fehlen. Ich war wie in Trance gewesen, gelähmt vor Angst und high von der winzigen Chance auf Hoffnung, die ich unter keinen Umständen aufgeben wollte.

Leona hatte am Vortag noch versucht, mich von der Anwesenheit bei dem Gespräch mit Edens Arzt abzuhalten. Tatsächlich fühlte es sich für mich dann so an, als wäre ich in tausend Metern Höhe aus einem Flugzeug gesprungen und würde nun in die Tiefe rasen. Ohne Fallschirm, ohne Rettung.

Ich saß neben Eden in diesem sterilen Untersuchungsraum. Der Arzt, ich erinnerte mich nicht einmal an seinen Namen, war kompetent. Er brachte die Dinge auf den Punkt, und dennoch spürte ich sein Mitgefühl. Er mochte diesen Job schon einige Jahre ausüben, doch inmitten all seines Fachwissens hatte er seinen Sinn für Edens Tragödie nicht verloren. Das mochte ich sehr an ihm. Weil es mich beruhigte und mir das Gefühl gab, Eden wäre in diesem Krankenhaus gut aufgehoben. Er wurde hier erstklassig versorgt – körperlich und seelisch.

Während die Untersuchungsergebnisse besprochen wurden, hielt ich Edens Hand ganz fest. Ich sah einmal auf unsere beiden sich berührenden Stuhllehnen, sie bestanden aus einem dunkel gestrichenen Holz und hatten die Form eines S. Jedenfalls waren unsere Hände so fest miteinander verschlungen, dass meine Knöchel weiß hervortraten. Ich wusste nicht, wer wen stützte. Vermutlich hatten wir die Anwesenheit des anderen beide gleichermaßen nötig.

Irgendwann schaltete mein Gehirn in einen Modus, in dem es nur noch Bruchstücke wahrnahm. Das war wohl eine Art Schutzfunktion.

Immerhin wurden schreckliche Dinge ausgesprochen. Tatsachen, vor denen Eden und ich in den vergangenen Wochen weggelaufen waren. Eden steckte die Neuigkeiten des Arztes mit einem simplen Zusammenkneifen der Augen weg. Ich wusste nicht, ob er tatsächlich derart gefasst war oder bloß mir zuliebe stark sein wollte.

Unter anderem meinte der Arzt, dass Edens Tumor zwischen der ersten Untersuchung vor der Strahlentherapie und der letzten stark gewachsen sei. Ganz unverhohlen wurde darüber gesprochen, dass Eden, sollte sich das Wachstum in diesem Tempo fortsetzen, nur noch sehr wenig Zeit bleiben würde.

Eden schilderte seinerseits die Veränderungen der vergangenen Wochen. Er berichtete über das Druckgefühl, das mittlerweile sein ständiger Begleiter war, und von den Schmerzen, woraufhin der Arzt eine stärkere Schmerzmedikation vorschlug. Auch wurde Edens weitere medizinische Betreuung geplant. Übelkeit machte sich in mir breit, als von Dingen wie Hospizen oder Patientenverfügungen die Rede war. Ich war kurz davor, aufzustehen und wegzulaufen. Doch dann erinnerte ich mich an Julie und daran, wie sehr es Eden damals verletzt hatte, von ihr im Stich gelassen worden zu sein.

Einzig aus diesem Grund blieb ich, auch wenn ich wusste, dass durch dieses Gespräch der motivierte Teil in mir, der an ein Happy End glaubte, starb. Es würde keine Rettung geben. Bald würde meine Zeit mit Eden vorüber sein. Bald würde seine Zeit vorüber sein.

Noch nie in meinem Leben kam ich mir machtloser vor. Ich

erinnerte mich daran, dass meine Mum ständig sagte, dass es für jedes Problem eine Lösung gab, wenn man nur gründlich nachdachte.

Doch was konnte die Lösung für Edens Problem sein? Welche Möglichkeiten blieben ihm?

Als der Arzt Eden ein Rezept für ein starkes Schmerzmittel über den Tisch schob, fiel es mir wie Schuppen von den Augen: der einzige Ausweg für Eden aus diesem Albtraum war der Tod. Für ihn würde er irgendwann einmal nicht mehr wie dieses beängstigende Unbekannte wirken, das uns allen blühte. Für ihn würde der Tod zur Erlösung werden. Bald schon würden sich unsere Ziele ändern – er würde gehen, ich ihn bei mir behalten wollen.

Während wir wenig später die Kronjuwelen im Jewel House besichtigten, war ich wie betrunken vor Verzweiflung. Ich folgte Eden durch die Räume und blieb wahllos vor Glasvitrinen stehen, doch ich registrierte nichts von dem, was ich sah. Niemanden von den anderen Besuchern, kein Stück dieser einmaligen Sammlung, die unserem Land so viel bedeutete. Alles, wofür ich Augen hatte, war Eden.

Ich wollte mir jeden Augenblick mit ihm einprägen. Ich wollte jede Regung in seinem Gesicht in mich aufsaugen, um mich für immer und ewig daran erinnern zu können.

Ich glaubte, das, was ich an diesem Tag erlebte, ließ sich so am besten beschreiben: Die ganze Zeit waren wir Edens Krankheit gedanklich einen Schritt voraus. Wir schlossen Türen hinter uns, versperrten sie und konnten so tun, als würde es das Unheil nicht wirklich geben. Doch nun wurden wir eingeholt. Türen waren eingetreten, Wände zerstört und unsere Welt aus den Angeln gehoben worden.

Eden hatte sich schon sehr viel früher mit der unausweichlichen Zukunft abgefunden. Mein Luftschloss stürzte passenderweise mitten im Tower of London ein und begrub mich unter einem Berg aus Angst.

KAPITEL 26

Eden

Auf der Rückfahrt mit dem Taxi vom Tower zu mir verhielt Madeleine sich schweigsam. Dies gab auch mir Zeit, das Gespräch mit meinem Arzt zu verdauen und mir zu überlegen, welche der vielen Möglichkeiten, die mir nun zur Verfügung standen, ich annehmen wollte.

Immer wieder ertappte ich mich dabei, wie meine Finger nach dem Knoten in meinem Hals tasteten, als müsste ich mir dessen Vorhandensein auf physische Weise vor Augen führen. Aber da war er, ich fühlte ihn, hasste ihn und hatte unglaubliche Angst vor ihm. So sehr wie nie zuvor.

All die Wochen hatte ich gewusst, dass dieser Moment kommen würde. Die Strahlentherapie hatte ich ja auch nur auf Drängen meiner Mum gemacht. Nun aber zu wissen, dass mir kein Mittel zum Kampf gegen meine Krankheit zur Verfügung stand, war niederschmetternder als alles zuvor.

Ich hatte aber auch gelernt, dass Ablenkung manchmal die beste Medizin war. Daher schlug ich Madeleine vor, mich ums Abendessen zu kümmern, als wir nach Hause kamen.

Ich gab mich ihr gegenüber zuversichtlich, verfrachtete sie mit einem beschwichtigenden Lächeln auf einen der Barhocker in meiner Küche und schnitt Zutaten klein – Zwiebeln, Karotten, Paprika, Tomaten. Madeleine beobachtete mich schweigend.

Nachdem ich das Hühnerfleisch in die Pfanne gelegt hatte, griff ich nach Madeleines Hand. Erst da hob sie den Blick und sah mich wirklich an.

Ich hoffte, sie spürte, wie viel Kraft sie mir gab. Nur wegen ihr stand ich das hier alles durch.

Selbst in ihren verzweifelten Momenten war sie unglaublich stark, mein Fels in der Brandung.

»Sag mir, wie es dir geht«, bat sie mich mit leiser Stimme, die wegen des Knisterns und Knackens aus der Pfanne kaum zu hören war.

Ich drehte die Temperatur am Herd runter, lehnte mich neben Madeleine und zog Notizblock und Stift heran. *»Das heute war nicht mein erstes Gespräch dieser Art. Ich habe mit exakt diesen Nachrichten gerechnet. Es war nicht überraschend für mich.«*

Ihre Augen weiteten sich zuerst, ehe sie seufzte. »Aber … hattest du denn nicht das kleinste bisschen Hoffnung?«

Ich legte den Stift beiseite, nahm Madeleines Gesicht in beide Hände und ging neben ihr leicht in die Knie.

Hatte ich Hoffnung? Ja. Aber nicht die, jemals wieder gesund werden zu können.

Meine Hoffnung saß hier vor mir – Madeleine. Sie war der einzige Grund, warum es mir nicht an der Kraft mangelte, jeden Tag aufs Neue aufzustehen und mich meinen Schmerzen und Ängsten zu stellen. Ich tat das nicht für sie, sondern wegen ihr.

»Für mich war es das erste Gespräch dieser Art«, sagte sie schließlich.

Ich nickte und senkte meine Arme. *»Ich weiß«*, kritzelte ich umständlich auf meinen Block.

»Es ist so ungerecht, Eden. Ungerecht deswegen, weil niemand etwas tun kann, um dir zu helfen. Man denkt immer, mithilfe der modernen Medizin müsste jede Krankheit heilbar, jedes Problem behebbar sein. Aber dem ist nicht so.« Krampfhaft versuchte sie, nicht zu weinen, weshalb ihre Stimme kratzig und zittrig klang.

Ich verfasste meine Antwort und während Madeleine diese las, hielt ich ihre Hand fest. *»Wir Menschen sind nun einmal nicht die Spitze der Nahrungskette. Ich finde es sogar gut, dass wir gewissen*

Dingen machtlos gegenüberstehen und nicht alles um uns herum kontrollieren können.«

»Ich komme mir nur so ausgeliefert vor«, gestand sie und nun kullerte doch eine Träne über ihre Wange.

Mit meinem Daumen wischte ich sie weg. *»Solange man am Leben ist, hat man die Wahl, jeden Tag so zu gestalten, wie man es sich wünscht. Ich bin überzeugt, dass uns noch einige gemeinsame Tage bleiben werden.«*

Madeleine senkte den Blick auf unsere Hände, als wäre sie unsicher, ob sie meiner Prophezeiung glauben sollte. Schließlich aber lächelte sie und berührte mit ihren Fingerspitzen sanft meine Wange. »Hast du Angst?«

Ich nickte und ließ zumindest dieses Mal zu, mich in Madeleines Mitgefühl zu baden.

Denn es war wahr – ich hatte Angst. Ich verspürte aber noch Hoffnung und Zuversicht. Noch war es nicht zu Ende. Noch war ich hier. Das war alles, was zählte.

»Ich habe dich. Und damit ist meine Angst erträglicher«, schrieb ich.

»Dass ich dir helfen kann, erleichtert mich.«

»Und wie kann ich dir heute helfen?«

Madeleine atmete durch und rang sich ein mutiges Lächeln ab. »Lass uns gemeinsam essen und danach steigen wir in die Badewanne. Meine Füße tun mir von unserer Tour durch den Tower weh, und ich glaube, warmes Wasser wirkt da wahre Wunder.«

Ich nickte – *das machen wir.*

Das restliche Abendessen bereiteten wir gemeinsam zu. Beim Essen war Madeleine zwar immer noch ruhiger als sonst, doch ich hatte das Gefühl, dass sie wieder etwas mehr Zuversicht hatte.

Später im Bett fiel mir das Einschlafen überraschenderweise nicht schwer. Vielmehr war es so, als hätte ich durch dieses letzte Arztgespräch einen Schlussstrich unter die unzähligen Behandlungen, die bereits hinter mir lagen, gesetzt. Dieser Gedanke befreite mich von einer schweren Last. Zum ersten Mal konnte ich wieder tief durchatmen.

Ich hoffte, dass ich durch dieses Freiheitsgefühl jede Menge Kraft in mir freisetzen konnte, die mir dabei half, noch viele Stunden an Madeleines Seite verbringen zu können.

KAPITEL 27

Madeleine

Eden und ich gingen eine Symbiose ein – eine Partnerschaft, in der wir uns gegenseitig unterstützten. Denn nicht immer war ich es, die für Eden stark war.

Mit jedem Tag, der verging, schien die unmittelbar drohende Gefahr näherzurücken. Wir beide taten alles dafür, unsere gemeinsame Zeit mit schönen Erinnerungen zu füllen.

Man sagt ja, dass der Wille Berge versetzen kann, und das war in unserem Fall auch so. Oder zumindest hatte ich den Eindruck. Denn sobald Eden und ich wieder zu dieser kämpferischen Einheit wurden, ging es tatsächlich bergauf mit ihm. Während um uns herum die Temperaturen anstiegen und in der Natur die Hyazinthen dem Klatschmohn Platz machten, musste Eden immer seltener von seinen Schmerztabletten Gebrauch machen.

Das Taubheitsgefühl in der Halsgegend, von dem er berichtete, wurde von uns als positive Veränderung angesehen. Nicht etwa, weil wir tatsächliche medizinische Belege dafür hatten, sondern weil Eden zum ersten Mal, seit ich ihn kannte, losgelöst und lebensfroh wirkte. Der Schmerz hatte ihn fest im Griff gehabt und dieser war nun weg.

Ich wusste auch, dass Eden mit seiner Palliativmedizinerin darüber gesprochen hatte. Von ihrer Einschätzung dieser Entwicklung hatte er mir allerdings nicht berichtet. Ich fragte auch nie nach, weil ich befürchtete, ihre Sicht der Dinge könnte meinen Optimismus zerstören.

Am ersten Abend des Jahres, der sich ein bisschen nach Sommer anfühlte, schmiss Eden eine Grillparty im Garten. Harry und er brieten Steaks, Akim mischte Cocktails und wir Mädels schnitten unter erheblichem Einfluss von Letzteren in der Küche Gemüse. Nebenbei versuchten wir, Leona über den Status quo in Sachen Harry auszuquetschen.

Erst vor zwei Wochen hatte mir Leona ziemlich aufgeregt erzählt, dass Harry ihr auf Instagram geschrieben hatte. Sie waren dann einige Tage schriftlich in Kontakt geblieben, schließlich hatte Harry vorgegeben, er würde Leonas fachliche Beratung in Sachen Tortengestaltung benötigen – was mit absoluter Sicherheit eine glatte Lüge gewesen war. Leona war aber willentlich auf seine Masche hereingefallen und hatte sich tatsächlich mit ihm verabredet. Der Abend schien positiv verlaufen zu sein, da die beiden miteinander im Bett gelandet waren. Seither tat Harry so, als wäre Leona Luft für ihn.

Ich riet ihr, ihn zu vergessen. Sie weigerte sich jedoch und betete mir vor, dass in Harry ein netter Kerl stecken würde. Der Klassiker. Man wusste gleich im Vorhinein, dass diese Beziehung zum Scheitern verurteilt war. Vorsorglich hätte ich wahrscheinlich gleich einige Flaschen Wein, Taschentücher und Süßkram besorgen sollen, um ihren Liebeskummer stillen zu können. Doch ich war bereit, Leonas Bauchgefühl eine Chance zu geben – anders als Charlize.

»Harry ist kein Mann, den man datet«, versuchte sie es mit einem Ratschlag, der zumindest bei mir auf Zuspruch stieß. »Er verhält sich seltsam dir gegenüber.« Leona verdrehte die Augen und spießte eine Tomate auf.

»Ähnlich wie Akim bei dir?«, warf Julie kichernd ein. Sie beteiligte sich nicht großartig an den Vorbereitungen fürs Essen, sondern saß am Tisch und nippte an ihrem Cosmopolitan.

»Akim und ich haben eine Basis gefunden«, setzte sich Charlize zur Wehr.

Julie kicherte übertrieben. »Okay, wie du meinst.«

Ich mochte weder, wie sie dort saß, noch wie sie uns ansah. Wenn schon, hatte ich in den vergangenen Wochen gelernt, Julie gekonnt zu ignorieren. Denn fast immer, wenn sie den Mund aufmachte, kam Blödsinn raus. Ich redete mir mittlerweile sogar ein, dass sie die Dinge, die sie sagte, nicht böse meinte, sondern es einfach nicht besser wusste. Julie war nicht dumm, sie schien bloß jemand zu sein, dem die Fähigkeit fehlte, sich in andere hineinzuversetzen. Ihr Interesse galt ihr selbst, ihrer Karriere, aber vor allem dem Alkohol.

Während Leona dementierte, von Harry verletzt worden zu sein, fragte ich mich, ob Julies ablehnende Art nicht vielmehr als Selbstschutzmechanismus zu verstehen war. Sie verscheuchte Menschen, damit diese ihre verletzliche Seite nicht zu Gesicht bekamen. Die einzige Person, die Zugang zu ihrer wahren Persönlichkeit bekam, war Eden. Das machte es mir zumindest begreiflich, warum Eden einst mit ihr eine Beziehung geführt hatte – er wusste, wer sie wirklich war.

Ich konnte Julies Verhalten noch nicht richtig begreifen und wusste auch nicht, ob wir jemals miteinander auskommen würden. Die ersten Vorboten des Friedens, den wir hoffentlich einmal miteinander schließen würden, erlebte ich, als ich rüber zum Tisch ging, um einen Schluck meines Cocktails zu trinken. Julie beobachtete mich, unsere Blicke trafen sich und anstelle ihrer üblichen Feindseligkeit schenkte sie mir ein knappes Lächeln. Ich erwiderte es, hätte gern etwas Nettes zu ihr gesagt, doch ich ließ es bleiben und kehrte zu den beiden anderen Mädels zurück.

Beim Essen war alles wie gewohnt und die Jungs zogen die Mädels auf. Wir waren zwar alle schon lange keine Kinder mehr, aber irgendwie hörte dieses Geplänkel wohl nie ganz auf.

Selbst Harry näherte sich Leona nonverbal an. Immer mal wieder sah er zu ihr rüber und betrachtete sie gedankenverloren. Diese Momente gaben mir Einblicke auf einen anderen Harry. Jenen, den Leona möglicherweise gesehen hatte. Ich glaubte, dass

Harry tatsächlich intensivere Gefühle für Leona hegte, sich diese aber selbst nicht eingestehen wollte. Ihm gefiel wohl die Idee nicht, sich an eine einzige Frau zu binden. Vermutlich dachte er, sein Herz zu verschenken, würde ihn angreifbar machen.

»Wer ist nächste Woche bei der Sommerstartparty mit dabei? Akim?«, fragte Harry und erhielt von Akim ein Nicken. »Eden?« Dieser hob den Daumen seiner rechten Hand. »Cool. Wie wär's mit einem reinen Männerabend?«

Ich war damit einverstanden. Leona senkte jedoch den Blick und auch Charlize wusste, wie gefährlich dieser Vorschlag für ihre momentan relativ harmonische Beziehung mit Akim werden könnte. Akim zögerte sogar, willigte aber schließlich ein, als Harry ihm sanft, aber bestimmt auf die Schulter schlug. »Okay, ich bin dabei.«

»Kein Meckern, kein Mädelsgequatsche – nur wir drei. Wie früher«, setzte Harry noch eine Schippe obendrauf.

»Wie fändet ihr eine Gegenveranstaltung?«, presste ich hervor. Erstens, um Leona zur Seite zu stehen, und zweitens, um Harry nicht alles durchgehen zu lassen. »Nur wir Mädels, ohne Jungs. Das bedeutet kein Stänkern und nicht zu vergessen: Wir bleiben zumindest einen Abend lang von Harrys schlechten Witzen verschont.« Ich zwinkerte Harry lächelnd zu, weil ich keinen Streit anzetteln wollte.

»Ich bin dabei«, rief Charlize.

»Coole Idee«, meldete sich nun auch Leona zu Wort, auch wenn sie eine Abneigung gegen wilde Partys hatte. Sie tat zwar immer so, als hätte sie das Feiern erfunden, in Wahrheit aber blieb sie lieber daheim und machte es sich vor dem Fernseher gemütlich.

»Wetten wir, dass spätestens um Mitternacht bei einem von uns das Telefon klingelt? ›Wo seid ihr?‹«, äffte Harry uns nach und lachte dabei lautstark.

»Ja, weil wir einen von euch Blödmännern aufsammeln müssen. So wie bei eurem letzten legendären Männerabend.« Charlize hatte auf diesem Gebiet wohl bereits leidige Erfahrungen sammeln dürfen.

Harry schnitt eine Grimasse. »Ich habe mir den Fuß verstaucht, Mann.«

»Und ich sagte dir noch, du sollst nicht deine ultrahohen High Heels anziehen, nur um die Mädels zu beeindrucken, Mann«, zog Charlize ihn weiter auf.

Wir lachten, Harry schüttelte bloß den Kopf. »Der Termin steht. Wir werden uns gekonnt besaufen und diese Tyranninnen mal vergessen.«

»Zumindest einen Vernünftigen wird es bei euch geben«, erwiderte Leona ganz lässig und zeigte auf Eden.

Harry musterte sie eindringlich, und sein Blick schweifte von ihren Augen zu ihren Lippen, und schließlich sah er zum v-förmigen Ausschnitt ihres Shirts. »Den werde ich höchstpersönlich abfüllen.«

Eden grinste kopfschüttelnd. Und obwohl Harry manchmal wirklich übertrieb, um so lässig wie möglich zu wirken, schätzte ich an ihm, dass er Eden nie anders behandelt hatte. Wir alle wussten, dass Eden keinen Tropfen Alkohol trinken und vermutlich sogar sehr viel früher als die anderen beiden nach Hause gehen würde. Doch einzig, weil Harry so tat, als wäre Eden noch ganz der Alte, gab er ihm das Gefühl, dazuzugehören.

Neben all den ungesagten Worten zwischen den Personen, die an diesem Abend in Edens Garten saßen, war dies die Botschaft, die mich glücklich machte.

Als unsere Gäste um halb zwei gingen, war ich etwas beschwipst, aber glücklich. Ich mochte diese Abende. Ich hatte so viel gelacht, dass mir der Bauch wehtat, was meist an Harrys Sprüchen gelegen hatte.

Da Leona es geschafft hatte, mir einen ganzen Cocktail über mein Shirt zu schütten, ging ich noch schnell duschen. Als ich fertig war, wickelte ich mich in ein weißes Badetuch und musste darüber nachdenken, wie sehnsüchtig Harry, je später der Abend geworden war, in Leonas Richtung geblickt hatte. Auf der einen Seite hoffte ich, dass sie ihn nicht zu uns nach Hause mitgenommen hatte. Andererseits hatte Leona natürlich auch etwas Spaß verdient, solange es dabei blieb und nicht in einem bitteren Tränenmeer endete.

»Was denkst du über Harry und Leona?«, fragte ich Eden, der vor dem Spiegel im Bad stand und sich die Zähne putzte.

Ich stellte mich neben ihn, während er mit einem schiefen Lächeln die Stirn runzelte. Er war also ebenfalls unschlüssig, ob das, was die beiden da am Laufen hatten, eine gute Idee war.

»Sie wird sich Hals über Kopf in ihn verlieben, und er wird ihr das Herz brechen. Ich kenne sie zu gut.«

Eden legte die Zahnbürste zur Seite und presste seine Lippen aufeinander. Auch er kannte Harry und ahnte vermutlich, wie die Geschichte ausgehen würde. Aber vielleicht hatte er Hoffnung, dass Leona diese eine Frau war, die seinen besten Freund verändern und zu einem glücklicheren Mann machen würde.

»Harry braucht vielleicht länger, um feste Entscheidungen zu treffen, aber wenn das geschehen ist, wird er ihr nicht mehr von der Seite weichen.« Ich fand es unglaublich loyal von ihm, dass er in diesem Augenblick nicht das schrieb, was ich hören wollte – nämlich, dass sie einen besseren Kerl finden würde –, sondern zu Harry stand. Denn Harry hielt ja auch zu ihm. Kein Blatt passte zwischen die beiden.

»Einem von beiden werde ich den Kopf abreißen. Wenn Leona sich in ihn verknallt, wird das böse enden. Ich sehe es schon kommen«, gestand ich.

»Alles wird gut.« Diese Worte schrieb er nicht, sondern formte sie bloß mit seinen Lippen. Mittlerweile konnte ich diesen Satz von seinem Mund ablesen. Manchmal reichte das Zucken eines Muskels und ich wusste, was in Eden vorging.

Ich glaubte ihm. Nicht etwa, weil es einfacher für mich war, sondern weil er so oft richtiglag. Er hatte ein Gespür für Veränderungen.

Er war stark – innerlich und äußerlich. Letzteres fiel mir in dieser Situation besonders auf, was vermutlich daran lag, dass er mit nacktem Oberkörper vor mir stand. Ich betrachtete seine feste Brust, die dunklen Härchen darauf und seinen flachen Bauch. Er grinste, streckte seine Hand nach meinem Kinn aus und küsste mich innig. Dieser Kuss verwandelte sich sehr schnell in etwas Stürmisches, das ich viel dringender brauchte, als mir Gedanken über Harry zu machen.

Als er mir das Badetuch abstreifte, meine Brüste umfasste und mich umdrehte, sah ich meine geröteten Wangen im Spiegel. Ich sah aber auch uns. Körper an Körper, Bauch an Rücken. Ich beobachtete ihn, während er Küsse auf meinem Hals und meinen Schultern verteilte. Seine Lippen waren weich, sein Bart kratzte. Diesen Kontrast fand ich besonders erregend. Ich wusste schließlich auch, wie sich dieser zwischen meinen Beinen anfühlte.

Schließlich griff er um mich herum, massierte mich und drang mit einem Finger in mich ein. Ich streckte meinen Rücken durch und schloss die Augen. Sein Mund wanderte von meinem Nacken an meinem Hals nach vorn. Er biss mich sanft ins Ohrläppchen und zog sich dabei seine Boxershorts aus. Nachdem er sich ein Kondom übergezogen hatte, glitt er in mich. Ich schrie auf, war für uns beide laut.

Ich stöhnte seinen Namen, flüsterte, wie gut er war, dass er weitermachen sollte, und schließlich kam ich. Ich zerfloss unter seinen Küssen und seinem Griff um meine Taille. Dabei riss ich Eden mit. Ich spürte, wie seine Fingerkuppen sich in meine Haut bohrten, er steifer und härter wurde, und am Ende sackte seine Stirn gegen meinen Nacken.

Es war eine von vielen Nächten, in denen ich neben Eden einschlief und es mir vorkam, als wäre mein Leben perfekt mit ihm an meiner Seite. Und das war es ja auch.

Nie zuvor war ich glücklicher. Nie erfüllter von Liebe und Zusammenhalt.

KAPITEL 28
Eden

Harry sagte immer, dass eine Frau viele Veränderungen mit sich brachte. Sie würde dich umkrempeln, von vorn bis hinten, ohne dass man es bemerkte. Und er hatte recht.

Madeleine hatte mein Leben verändert, jedoch, anders als von Harry prophezeit, auf eine gute Art und Weise. Sie hatte nicht nur Farbe, sondern auch Struktur gebracht.

Wir fingen an, unsere eigenen kleinen Rituale zu entwickeln. Zum Beispiel gehörte der Dienstagabend ganz uns. Wir kochten, sahen uns einen Film an oder saßen, da es die Temperaturen mittlerweile zuließen, stundenlang auf meiner Terrasse. Wir hatten unsere Lieblingsspazierroute gefunden. Sie führte uns von meiner Wohnung zum St. George's Park bis rüber zur Vauxhall Bridge und wieder zurück. Während wir einmal am Ufer der Themse standen, erzählte mir Madeleine, dass sie hierhergekommen war, als ich ihr die Wahrheit über meine Krankheit gesagt hatte. Hier habe sie gespürt, dass sie mich nicht verlassen möchte. Seither würde ihr dieser Park sehr viel bedeuten. Sie sagte sogar, dass er unser Park sei, und regte sich seither jedes Mal auf, wenn sie irgendeine Veränderung bemerkte, die ihr nicht gefiel.

Sie spürte, wenn es mir psychisch nicht gut ging. Dann packte sie eine Tasche mit Proviant zusammen, zerrte mich ins Auto und kutschierte mich an die wundervollsten Orte, an denen man gar nicht anders konnte, als das Leben zu feiern.

An einem Samstag, kurz vor Madeleines Geburtstag, waren wir sogar bis zum Yorkshire Dales Nationalpark gefahren. Wir machten eine kleine Wanderung, picknickten inmitten einer Ruine und aßen in einem nahegelegenen Pub den besten Apfelkuchen der Welt. Sogar für mich schmeckte er fruchtig – und das musste schon etwas heißen.

Ich selbst wäre wohl niemals auf die Idee gekommen, spontane Tagesausflüge zu machen. Dieser Einfall stammte natürlich von Madeleine. Doch auf diese Weise lernte ich meine Heimat auf eine völlig andere Art kennen. Früher hatten wir mit den Jungs hauptsächlich Saufreisen unternommen. Wir hatten eine Stadt besucht, alle Pubs kennengelernt und uns ein paar Attraktionen angesehen. Kaum zu glauben, was aus mir geworden war.

Zu Madeleines Geburtstag wurde ich sogar von ihren Eltern eingeladen. Eine weitere Veränderung, bei der ich mich noch vor Kurzem äußerst unwohl gefühlt hätte. Julies Familie hatte ich nie kennengelernt. Meist hatte sie nur über sie geflucht. Doch Madeleine schwärmte von ihrer Mum, und ich wusste, dass sie auch ihren Dad vergötterte.

Zu sagen, ich wäre nervös, als wir vor einem idyllischen Reihenhäuschen in Paddington standen, wäre untertrieben gewesen. Die Tulpen, die ich in meiner Hand hielt, kamen mir übertrieben vor, auch wenn Madeleine meinte, sie fände mein Mitbringsel *supersüß*. Das änderte aber nichts daran, dass ich der stumme Typ mit Loch im Hals war, der bald sterben würde. Mir blieben also nur wenige positive Hilfsmittel, um die Gunst der Familie Warrington zu gewinnen.

Madeleines Mum, Sandy, war die ältere Ausgabe der Frau, in die ich mich Hals über Kopf verliebt hatte. Selbst ihr Lächeln war genauso warmherzig. Unvermittelt umarmte sie mich zur Begrüßung und strahlte tatsächlich übers ganze Gesicht, als ich ihr die Blumen überreichte. Nick Warrington beäugte mich mit dem obligatorischen Vater-einer-Tochter-Blick, mit dem er mir mitteilte, mir mein bestes Stück abzureißen, sollte ich Madeleine wehtun.

Doch wir wussten beide, dass ich das tun würde, wenn ich starb.

Mit aufeinandergepressten Lippen bat er uns ins Wohnzimmer. Auf dem Weg dorthin hielt ich vor einigen Bildern von Madeleine. Mal lächelte sie darauf als Kleinkind, das im Sandkasten saß, auf anderen war sie älter. Ein Foto zeigte sie auf der Bühne. Sie trug ein funkelndes neongelbes Kleid, wilde Locken, und ihr Blick war verträumt in Richtung Himmel beziehungsweise der Decke des Theaters gerichtet.

»Das war mein erster Auftritt«, erklärte sie. »Das Stück war Trash pur. Schlechte Dialoge, schlechte Outfits, schlechte Umsetzung. Aber meine Eltern waren unglaublich stolz, mich auf der Bühne zu sehen.«

Ich würde sie nie auf der Bühne sehen, ging es mir durch den Kopf. Ein Gedanke, der meine Verbitterung nährte.

»Ich glaube, von einigen Auftritten gibt es sogar kurze Videos. Wenn du magst, können wir sie uns ja mal ansehen«, schlug sie vor, als könnte sie direkt in meinen Kopf hineinsehen. Mittlerweile glaubte ich das sogar auch. Sie kannte mich so gut, wusste fast immer, was ich fühlte.

Ich lächelte, nickte und legte meine Hand auf ihren Rücken. Sie küsste mich kurz, ehe wir zu ihren Partygästen stießen.

Leona war da, ihre Eltern und ihre Großeltern. Leona hatte sogar eine ziemlich beeindruckende Torte in Form einer Erdbeere mitgebracht, die mit Kerzen geschmückt war. Nach einem Geburtstagsständchen pustete Madeleine die Kerzen aus und die Torte wurde in kleine Stücke zerteilt. Kaffee wurde serviert, während wir uns um den Esstisch scharrten und keiner so recht zu wissen schien, wie er mit mir umgehen sollte. Vor allem Madeleines Dad mied meinen Blick. Er war unsicher und still und bestätigte damit aber nur Madeleines Prophezeiungen.

Ihre Mum hingegen überwand sich irgendwann und brach das Eis. »Maddy hat erzählt, dass du als Architekt arbeitest. Das ist ein spannender Job. Wirklich toll.«

»Ich hatte auch schon die Gelegenheit, ein paar seiner Projekte zu sehen. Er ist wirklich sehr talentiert«, antwortete Madeleine für mich. Und obwohl sie in diesem Moment wohlwollend über mich sprach, kam ich mir wie ein blöder, kleiner Wurm vor. Völlig unfähig. Unwürdig. Ja, das traf es.

»Sehr schön«, erwiderte Sandy. Damit schien ihr Gang auf unsicherem Terrain auch wieder beendet. Denn jede Frage, die meine Vergangenheit oder Zukunft beinhaltete, würde unweigerlich dazu führen, über meine Krankheit zu sprechen, und dafür schien hier keiner bereit zu sein.

Die Warringtons waren keineswegs unfreundlich, sondern vielmehr völlig überfordert mit der Situation. Man spürte die Liebe, die sie für Madeleine empfanden, und auch mir gegenüber waren sie nicht abwehrend. Trotzdem war ich etwas irritiert, und das schien Madeleine zu spüren. Denn als wir nach dem Besuch bei ihren Eltern kurz bei ihrer Wohnung hielten, damit sie frische Kleidung zusammenpacken konnte, sah sie mich eindringlich an.

»Sie mögen dich sehr, Eden. Es ist für alle eine … herausfordernde Situation. Ich habe in dem Kontext auch meine Zeit gebraucht, das weißt du.«

Zu gern würde ich ihr sagen, dass ich nicht böse war, bloß enttäuscht. Über mich selbst, über das Schicksal oder was auch immer. Jedenfalls entsprach die Rolle, die ich in dieser Beziehung darstellte, nicht meinen Vorstellungen. Aber die Schuld bei Madeleines Familie zu suchen, erschien mir nicht richtig.

Ich griff nach Madeleines Hand und hauchte einen Kuss auf ihren Handrücken. *Alles gut.*

»Ich liebe dich«, gestand sie. Es klang wie ein spontaner Entschluss, der aber aus tiefstem Herzen kam. Und vielleicht war er gerade wegen dieser Überraschung so bedeutsam für mich.

Ich lächelte und versuchte, meine Stummheit wie immer durch meine Mimik zu kompensieren. Aber in diesem Moment schien es mir nicht genug. Deshalb wiederholte ich Madeleines Worte. *»Ich liebe dich.«*

Mit geweiteten Augen sah sie auf meine Lippen, ehe sie seufzte und sich zu mir rüberbeugte. »In diesem Jahr bist du mein schönstes Geburtstagsgeschenk«, sagte sie. »Das müssen wir heute noch feiern.«

Ich musste an das Geschenk denken, das ich für sie gemacht hatte. Es lag eingepackt im Kofferraum, aber ich hatte keine Ahnung, wann ich es ihr geben sollte. Irgendwie kam es mir jetzt lächerlich vor.

Von ihren Eltern hatte sie Karten für ein Musical bekommen. Madeleine hatte gestrahlt, beide umarmt und so glücklich gewirkt. Wie würde sie auf mein Geschenk reagieren?

Wenig später waren wir beide umgezogen und bereit, zu unserem Rendezvous, wie Madeleine es nannte, aufzubrechen. Ich hatte uns einen Tisch im *Bandol* reserviert. Der Laden erschien mir nicht zu nobel, sondern modern und gemütlich. Ich war mir sicher, dass er Madeleine gefallen würde.

Als wir dort ankamen, stand bereits eine Flasche Champagner für uns bereit. Madeleine strahlte und sah in ihrem hellrosa Kleid einfach nur bezaubernd aus. Ihr gelocktes Haar fiel ihr über die Schultern und umrahmte ihre weichen Gesichtszüge.

Ich mochte beide Versionen von ihr – die elegante und die lockere Madeleine. Aber heute fand ich Erstere absolut verführerisch.

Wir schlugen uns den Bauch voll und unterhielten uns dabei auf unsere Art – ich mit Stift und Papier, immer bereit, Madeleine zum Lachen zu bringen. Heute gelang mir das erstaunlich leicht. Sie war regelrecht überdreht, was vielleicht auch an der halben Flasche Champagner lag, die sie getrunken hatte. Bei Madeleine störte mich das nicht mal, weil sie ihre Grenzen kannte. Mit Julie würde der Abend wohl anders aussehen. Sie hätte schon längst zu härteren Drinks gegriffen, und vermutlich müsste ich sie irgendwann raustragen.

In Madeleine aber begann durch den Konsum von Alkohol ein

Feuer zu leuchten, das mich in seinen Bann zog. Spätestens an diesem Abend hätte ich mich voll und ganz in sie verliebt.

»Letztes Jahr zu meinem Geburtstag bin ich mit ein paar Freunden weggegangen. Mein Erinnerungsvermögen an diesen Abend ist äußerst gering«, gestand sie kichernd. »Vor zwei Jahren wurde mir am Tag davor das Herz von einem wirklich miserablen Typen gebrochen. Eigentlich sollte ich ihm heute dankbar sein, dass er mich abserviert hat. Damals aber war ich am Boden zerstört und verkroch mich daheim, um mir *Bridget Jones*, Schokolade und Rotwein reinzuziehen. Einfach bemitleidenswert. Gott, ich sollte dir von keinem anderen Mann erzählen, das macht man nicht.«

Ich grinste und zuckte mit den Achseln. Zwar wurde ich dank Madeleines Schilderungen tatsächlich eifersüchtig, aber hey, ich war heute hier mit ihr. *»Schon okay. Ich werde dafür sorgen, dass dein Geburtstag heute anders aussieht.«*

»Das tust du schon.« Sie nahm einen Schluck Champagner, lächelte dann verschwörerisch und beugte sich leicht vor. »Wenn du mir jetzt versprichst, dass wir beide in einer Stunde nackt sein werden, lässt sich dieser Geburtstag vermutlich schwer toppen.«

»Falls sich dieses Nacktsein nicht einzig auf die Dusche beschränkt, bin ich gern dabei«, schrieb ich.

Ihr plötzliches Erröten fand ich niedlich.

»Wie wär's, wenn wir bezahlen und du diese leicht beschwipste Frau hier nach Hause bringst?«, schlug sie vor.

Und das tat ich. Wir fuhren zu mir, wo ich Madeleine ins Wohnzimmer verfrachtete, und sie bat, auf der Couch Platz zu nehmen. Ich eilte schnell hinaus, holte ihr Geschenk sowie meine Gitarre. Danach kehrte ich zu ihr zurück. Sie wirkte überrascht, als sie die Gitarre sah, und rutschte unruhig hin und her.

Sie hatte zwar etwas anderes im Sinn gehabt, doch es erschien mir sogar noch intimer, vor ihr zu spielen, als mit ihr zu schlafen.

Zum ersten Mal würde ich Musik für sie machen.

Gebannt betrachtete sie mich, während ich eine melancholische Version von *Happy Birthday* anstimmte. Die elegischen Klänge schwebten um uns herum, hüllten uns ein und verbanden uns auf eine Weise, wie es sonst lediglich Worten gelang. Während ich spielte, sahen wir uns in die Augen. Ich dehnte die Strophe aus, verdoppelte sie schließlich und beobachtete Madeleine. Ihr Mundwinkel zuckte zu einem Lächeln, dann verwandelte er sich wieder zu einer konzentrierten, dünnen Linie.

»Das war wunderschön«, sagte sie, nachdem ich das Lied beendet und die Gitarre zur Seite gelegt hatte.

Jetzt kam der schwierige Teil. Ich stand auf, schnappte mir das Geschenk, das ich für sie vorbereitet hatte, und setzte mich neben sie. Mit dem Kinn deutete ich in Richtung der roten Samtschleife, die mir nun plötzlich viel zu kitschig und übertrieben vorkam. Doch Madeleine lächelte glücklich und schälte das Bild aus dem dünnen Tuch, in das ich es gewickelt hatte.

Ich sah nicht auf ihr Portrait, sondern zu ihr. Ich wollte jede ihrer Regungen studieren. Wie fand sie es?

Das Bild, das ich gemalt hatte, zeigte eine schlichte schwarzweiße Skizze von ihr, die sie und ihre Persönlichkeit gut einfing. Es sollte aber auch meine Gefühle für sie wiedergeben. Dieses Bild sollte Madeleine widerspiegeln, wie ich sie sah. Deshalb hatte ich die Lippen besonders weich geformt, die Augen freundlich und klug, das Haar offen dargestellt und ihren Blick in die Ferne schweifen lassen.

Das Gemälde sollte Geschenk und Erinnerung zugleich sein. Und ich glaubte, Madeleine begriff auch, was ich ihr damit sagen wollte. Es war mein portraitiertes *Ich liebe dich*.

Gott, ich hoffte, ich erdrückte sie damit nicht.

»Das hast du gemalt?«

Ich nickte und schlang meine Hände ineinander.

»Eden … das … wow. Ich kann nicht glauben, dass du mich so siehst.« Sie schluckte, schaute zwischen dem Bild und mir hin und her. »Ich kann nicht glauben, dass du mich als so schön empfindest.«

Ich nickte erneut. *Das tue ich. Du bist schön.*

»Danke«, sagte sie, während eine Träne über ihre Wange lief. »So etwas hat noch nie jemand für mich gemacht.«

Für mich auch nicht, Madeleine. Nie hat mir ein Mensch mehr bedeutet, nie mehr für mich riskiert.

KAPITEL 29

Madeleine

Es kam mir vor, als hätten wir den Plan, den andere auf ein ganzes Leben aufteilten, innerhalb weniger Wochen durchgearbeitet – sonntägliche Familiendinner, gemeinsame Möbelkäufe und das Einpflanzen eines Baumes. Bei Letzterem handelte es sich zwar um einen älteren, etwas mickrigen Apfelbaum, der niemals höher als zwei Meter werden würde, aber ich glaubte dennoch fest an unser Ritual im Sinne von: baue ein Haus, pflanze einen Baum und zeuge Kinder. Eden hatte bereits ein Haus, ich brachte den Baum mit. Gemeinsame Kinder würden wir jedoch niemals bekommen.

Im Augenblick der freudigen Überschwänglichkeit aufgrund Edens für die Umstände außergewöhnlich guten gesundheitlichen Verfassung erschien mir das auch nicht weiter tragisch. Ich hatte irgendwann aufgehört, nicht erfüllbaren Träumen hinterherzutrauern, und vielmehr das wertzuschätzen gelernt, was wir hatten.

Stolz sah ich jeden Morgen aus dem Schlafzimmerfenster in Edens Garten, um zu prüfen, ob unser Baum noch alle Blätter trug. Im Herbst würden wir dann Äpfel ernten können. Irgendwie war das ein Ziel, ein unsichtbarer Vertrag, den ich mit Eden schloss, damit er, wenn die Apfelernte beginnen konnte, auch noch hier bei mir war.

Schließlich zog der Juni ins Land. Es wurde wärmer, die Tage länger und in mir erwachte das Bedürfnis nach Spaziergängen am Strand und kühlem Weißwein.

Ich nahm mir einige Tage frei. Auch Eden gönnte sich eine

Auszeit. Mittlerweile hatte er beim Projekt der Sanders große Fortschritte gemacht. Sein vorläufiger Plan war spektakulär. Ich war begeistert und unglaublich stolz auf ihn.

In der Woche, in der wir Urlaub hatten, fuhren wir mit Charlize und Akim nach Beadnell, wo wir uns ein Ferienhaus mieteten. Es lag direkt am Strand, sodass wir jeden Morgen vom Rauschen der Wellen geweckt wurden. Die Tage, die wir dort verbrachten, waren unglaublich friedlich, lustig und würden mir wohl für immer in Erinnerung bleiben.

Charlize und Akim schienen am Höhepunkt ihres Friedens angekommen. Sie zogen einander mit Blicken aus, hielten ununterbrochen Händchen und verließen das Bett oft erst gegen Mittag. Eden verdrehte immer die Augen, wenn die beiden aufkreuzten.

An unserem letzten Abend in Beadnell aßen wir Muscheln, tranken köstlichen Weißwein und saßen bis spät nachts auf der Terrasse hinter dem Haus. Die Jungs hatten uns zum Pokern überredet, wobei Charlize und ich sie gerade noch von der Idee, Strippoker zu spielen, abbringen konnten. Ich verlor haushoch, hatte aber trotzdem Spaß. Wie es aussah, war Eden unschlagbar im Bluffen. Keiner hatte gegen ihn eine Chance.

Später feierten wir seinen Sieg zu zweit, allein in unserem Bett, und lagen danach noch lange wach nebeneinander. Wir hatten die Fenster geöffnet, wodurch frische, kühle Luft ins Zimmer strömen konnte.

»Das ist genau die richtige Stelle. Kaum zu glauben, dass man vom Nichtstun Verspannungen bekommen kann«, sagte ich, während Eden meinen Rücken massierte. In der Spiegelung eines der Fenster sah ich, dass er lächelte. »Und fühlst du dich bereit, am Montag wieder zur Arbeit zurückzukehren?«, fragte ich und drehte mich zu ihm um. Meine Frage klang erst einmal unverfänglich, doch in ihr lag ein ernster Kern. Seit zwei Tagen hatte Eden immer wieder Probleme beim Luftholen. Zuerst hatte ich deswegen Panik bekommen, mich aber von Charlize und auch von Eden beruhigen lassen. Eden machte die feuchtere Luft dafür verantwortlich.

Ich glaubte ihm, etwas anderes blieb mir ja auch nicht übrig. Aber dennoch bekam ich Angst, dass sich sein Zustand nun wieder verschlechtern würde. Vielleicht hatte sich der Krebs sogar schon ausgebreitet. Keiner von uns konnte das mit Sicherheit sagen.

Die Zuversicht, die er mir vermittelte, beruhigte mich. Er würde weitermachen. Die Idylle war noch nicht zu Ende.

»Ich werde dich vermissen, wenn du wieder zur Arbeit musst«, murmelte ich. »Wahrscheinlich stehe ich andauernd in deinem Büro, weil ich es nach den vergangenen Tagen gar nicht mehr gewohnt bin, ohne dich auszukommen.«

Er schloss den Arm fester um mich.

Veränderungen waren noch nie mein Ding gewesen. Und nach der geballten Ladung gemeinsamer Zeit würde es mir verdammt schwerfallen, meinen Dienst in der Bäckerei anzutreten und Abstand zwischen Eden und mich zu bringen.

Außerdem fing mein Aushilfsjob an, mir überhaupt keinen Spaß mehr zu machen. Würde Eden nicht jeden Tag vorbeikommen, hätte ich meine Anstellung wohl schon längst an den Nagel gehangen. Ich war ein Künstlergeist und spürte, wie dieser zwischen Brötchen und Törtchen zu verkümmern drohte.

Im Grunde hatte ich mit meiner Entscheidung, meine Karriere zu pausieren, genau das erreicht, was ich wollte. Ich brannte plötzlich wieder darauf, zurück auf die Bühne zu kommen. Gewissermaßen war ich mir selbst und meiner Inspiration nähergekommen. Gleichzeitig konnte ich Eden nicht im Stich lassen. Ich wollte mich auf uns konzentrieren. Ich wollte bei ihm sein.

»Wenn du mit deinem Projekt fertig bist, fahren wir noch einmal hierher. Nur wird beide.«

Ich sah ihn an. Er runzelte die Stirn, lächelte und formte mit seinen Lippen ein »Okay«.

»Du fragst dich zurecht, was ich mit dir ganz allein vorhabe«, meinte ich todernst. »Ich würde sagen, das, was Charlize und Akim die ganze Zeit treiben, können wir schon lange. Aber ich will es überall tun – in der Küche, auf der Terrasse, überall.«

Er fuhr sich mit der Hand übers Gesicht, grinste aber weiterhin. Ich wusste, was er dachte, als er Daumen und Zeigefinger aneinanderrieb. *Ein teurer Spaß*.

»Ich lade dich ein, Mr Knauserig. Wir leben einfach einmal so richtig über unsere Verhältnisse. Deal?«

Er betrachtete mich schmunzelnd.

Ich brauchte dieses Abkommen mit ihm. Er musste bei mir bleiben und willigte er ein, mich irgendwann in diesem Sommer erneut nach Beadnell zu begleiten, war uns mehr Zeit miteinander gewiss. Mit meinem Verhalten gab ich allerdings vor, dass Eden die Zügel in der Hand hielt. Dass er entscheiden würde, wann es Zeit war, zu gehen.

Jedoch machte mir Eden nie irgendwelche Versprechen, weil er selbst nicht wusste, ob er sie halten würde können.

So auch diesmal.

Anstatt meinen Handschlag zu erwidern, rollte er sich auf mich. Er küsste zuerst mein rechtes Schlüsselbein, dann mein linkes. Ich kicherte, klammerte mich an seinen Rücken, spürte ihn jedoch hart zwischen meinen Beinen.

Besonders in diesen Momenten wünschte ich mir, Eden würde sprechen können und mir verführerische Dinge ins Ohr flüstern. Ich stellte mir vor, dass er sagte, wie wunderschön ich war und wie gut ich mich anfühlte.

Doch wie immer war es absolut still um uns. Lediglich mein Raunen, das sich zunehmend zu einem Stöhnen verwandelte, war zu hören.

Wir kamen erst spät aus Beadnell zurück, weshalb ich auch in dieser Nacht bei Eden übernachtete, anstatt nach Hause zu fahren. Ich hatte mittlerweile ohnehin eine Menge Kram bei ihm. Kleidung, Kosmetikartikel, Bücher, sogar mein Standmixer hatte es zu ihm geschafft. Mit dem Mixer bereitete Eden jeden Morgen ultraleckere Smoothies zu. Er kannte dafür eine Art Geheimrezept, das er mir nicht verraten wollte.

Bevor wir zur Arbeit fuhren, bat ich Eden, schnell seinen Drucker benutzen zu dürfen. Ich hatte mir vor unserer Reise einige Sommerkleider bestellt, wollte aber nur zwei behalten und die restlichen drei zurückschicken. Während sich Eden im Schlafzimmer anzog, setzte ich mich an seinen PC. Ich kannte mittlerweile sogar sein Passwort, was mir in diesem Moment unglaublich intim erschien. Als ich den Bildschirm entsperrte, landete ich auf jener Internetseite, die Eden zuletzt geöffnet hatte. Zuerst wollte ich sie einfach wegklicken, doch mein Blick blieb an einem einzigen Wort hängen. *Euthanasie.*

Ich sackte zusammen. Es war wie ein Schlag in die Magengrube.

Eden musste in der Nacht an seinen PC gegangen sein. Im Halbschlaf hatte ich mitbekommen, dass er mehrmals aufgestanden war und sich die restliche Zeit im Bett umhergewälzt hatte.

Während Übelkeit in mir hochstieg, überflog ich den Text, dessen Aussage deutlich war. Was gab es bei dem Thema Sterbehilfe auch schon falsch zu verstehen?

Ich fühlte mich betrogen, auch wenn ich nicht wusste, wieso. Es war, als wäre mir in diesem Moment klar geworden, dass Eden aufgegeben hatte. Nie verstand ich seine Angst mehr als dort in seinem Arbeitszimmer. Seine Verzweiflung war greifbar, und vermutlich hatte er in der schlaflosen Nacht lediglich nach einem Weg aus dieser Aussichtslosigkeit gesucht. Vielleicht bedeutete diese Suche nichts.

Ich hätte ihn darauf ansprechen sollen. Ich hätte versuchen sollen, seine Angst zu mildern, die zu dieser Zeit so ausgeprägt zu sein schien, dass er sich sogar mit dieser Möglichkeit beschäftigte.

Doch ich tat nichts.

In Wahrheit war ich verletzt. Ich – diejenige, die nicht wusste, welche Dämonen Eden verfolgten. Ich schwieg und ließ zu, dass die Zweifel an meiner Seele nagten. Möglicherweise war dies sein Hilfeschrei, dem ich nicht folgte, weil ich selbst zu verängstigt war.

Ich hätte ihn halten sollen, hätte stark sein sollen. Doch ich blieb stumm.

KAPITEL 30

Eden

Die medizinische Stiftung, mit der mich mein Arzt in Kontakt gebracht hatte, gewährleistete die allerbeste palliative Versorgung. Mir stand eine riesige Auswahl an Selbsthilfegruppen und Therapieeinrichtungen zur Verfügung. Bis jetzt waren diese Kontakte wie eine Art Joker für mich gewesen. Doch Ende Juni machte ich zum ersten Mal Gebrauch von der Broschüre und vereinbarte einen Termin mit einem Psychotherapeuten namens Roger Bloomfield.

Ich traf mich mit ihm in seiner Praxis in Chelsea. Er war sympathisch, jung und sprühte nur so vor Tatendrang. Ich hatte beschlossen, mich auf diese Erfahrung einzulassen, weil ich der Meinung war, dass ich früher oder später jemanden zum Reden brauchen würde, der nicht persönlich mit mir verwurzelt war. Und genau dort knüpfte Roger ja auch an.

Ich fühlte mich körperlich eigentlich gut – mal abgesehen von der gelegentlichen Luftnot. Ich wusste aber auch, dass dies bloß die Ruhe vor dem Sturm war, und ehrlich gesagt flößte mir dieses Warten auf das Ungewisse tierische Angst ein.

Roger zeigte mir Entspannungsübungen und half mir in unseren Gesprächen, meine rationale Sichtweise zurückzugewinnen. Er belehrte mich nicht, sondern unterstützte mich auf professioneller Ebene und mit viel Fingerspitzengefühl. Deshalb ging ich wirklich gern zu meinen Sitzungen mit Roger.

Am ersten Samstag im Juli feierte mein Kumpel Steve seinen Junggesellenabschied mit einer großen Party. Ich kannte Steve fast so lange wie Harry. Er war Schlagzeuger in unserer Band gewesen, war dann aber der Liebe wegen nach Wales gezogen, wodurch sich der Kontakt natürlicherweise reduziert hatte. Doch eine Woche vor seiner Hochzeit war er extra nach London gekommen, um den letzten Abend in Freiheit ausgiebig zu feiern.

Unsere Gruppe bestand aus acht Männern, die sich allerlei Bösartigkeiten ausgedacht hatten, um Steve ultimativ zu schikanieren. Doch er trug das rosafarbene Tutu mit Würde und fand es, glaube ich, selbst sogar toll, derart aus der Masse herauszustechen. Steve war schon immer ein wilder Vogel gewesen.

»Ich finde es echt cool, dass du dabei bist, Eden«, verkündete er bereits deutlich lallend, als wir den vierten Pub betraten.

Ich klopfte ihm auf die Schulter und lächelte.

Bei Steve merkte man, dass er Schwierigkeiten im Umgang mit mir hatte. Meine Freunde hatten sich an die Situation angepasst. Steve hingegen entspannte sich erst im betrunkenen Zustand und ließ sich zu Einfühlsamkeiten hinreißen.

»Was du durchmachst, ist richtig scheiße. Tut mir echt leid für dich.«

Wir quetschten uns auf eine lange Bank und beanspruchten drei Tische für uns. Die belustigten Blicke der anderen Gäste waren uns sicher, immerhin schlugen hier wohl selten Typen mit Wikingerhelmen auf dem Kopf auf. In ihrer Mitte ein erwachsener Mann, den man als rothaariges Mädchen mit Sommersprossen und Röckchen verkleidet hatte.

»Was ist mit der Frau, die du kennengelernt hast? Harry sagte, sie sei Schauspielerin oder so etwas.«

Ich zückte mein Handy, tippte in einem Dokument eine Antwort für Steve. *»Ihr Name ist Madeleine. Sie ist unglaublich und ja, Theaterschauspielerin.«*

»Schau an, schau an – war ja klar, dass du eine Künstlerin abbekommst. Aber ich freue mich für dich. Sie kommt doch hoffentlich mit zur Hochzeit nächste Woche?«

»Wenn sie eingeladen ist, wird sie mich bestimmt sehr gern begleiten.«

»Klar. Ich will ja die Frau kennenlernen, die es geschafft hat, dich überzeugten Single zu bändigen.« Steve lachte, während er dankend sein x-tes Bier entgegennahm. »Wir feiern eine richtige Party, so wie früher. Ich … Ich bin sehr froh, dass du dabei sein kannst, wenn ich die Frau, die ich über alles liebe, heiraten werde. Wer hätte das schon gedacht?«

Ob er damit meinte, dass er nie daran geglaubt hatte, die Liebe seines Lebens zu finden, oder dass ich bei seiner Hochzeit noch am Leben war, erklärte er nicht. Ich fragte auch nicht nach, sondern drückte seine rechte Hand und genoss diesen ausgelassenen Abend.

Früher waren wir ständig zusammen unterwegs gewesen. Harry, Steve, dann war irgendwann noch Akim dazugekommen. Wir hatten die Nächte zu Tagen gemacht, und tags darauf bis zur Dämmerung gepennt. Wir hatten mehr getrunken, als für irgendjemand gut war, unzählige Mädels abgeschleppt und uns im Vollrausch die ewige Liebe zueinander geschworen. Dabei hatten wir nie damit gerechnet, dass sich unsere Leben so verändern könnten. Steve, der nach Wales gezogen war, war das erste Bindeglied, das weggebrochen war. Ich würde das nächste sein. Früher hatten wir einmal gedacht, dass es für immer so unbeschwert weitergehen würde, doch das würde es nicht.

Erst gegen vier Uhr Früh machten sich Harry und ich gemeinsam auf den Nachhauseweg. Das Taxi, das wir uns teilten, hielt zuerst vor meinem Haus. Harry aber stieg schwankend aus, bat den Fahrer, kurz zu warten, und tapste auf dem Bürgersteig herum.

»Steve kommt unter die Haube«, lallte er schief grinsend. »Unfassbar. Er hat es ja auch verdient, dieser … Pisser.«

Ich grinste und spielte dabei mit dem Schlüssel in meinen Händen. Für Harry wäre eine Ehe wohl die Hölle auf Erden. Zweifelsohne.

Er senkte den Kopf, schüttelte diesen und stemmte eine Hand gegen die Taxitür. Ich wartete nur darauf, dass der Fahrer ausrastete, und wollte Harry bereits zügig ins Innere des Wagens verfrachten, als ich sein Schluchzen wahrnahm.

Gefühlsausbrüche waren eigentlich nicht sein Ding. Harry wollte immer der Coolste und Lustigste von allen sein. Aber jetzt weinte er. Das Gesicht schmerzhaft verzogen, kullerten dicke Tränen über seine Wangen.

Als ich meine Hand auf seine Schulter legte, schloss er mich unvermittelt in die Arme. »Ich weiß einfach nicht, wie ich ohne dich weitermachen soll, du Arsch. Ich kann das nicht. Ich kenne dich mein ganzes jämmerliches Leben lang. Wir hatten Träume – verrückte, große, kleine. Ich muss dauernd an eins unserer Gespräche denken«, meinte er und löste sich von mir. »Vor einigen Jahren sinnierten wir darüber, dass jeder von uns einmal verheiratet sein, und eine eigene Familie haben würde. Weißt du noch? Wir wären einer dieser Dads, die mit ihren Töchtern zusammen auf winzigen Stühlen sitzen, um Teeparty zu spielen. Wir würden ein verdammtes Trampolin im Garten stehen haben, dauernd Fahrräder reparieren und aufgeschlagene Knie verarzten. Am Wochenende würden wir gemeinsam den Grill anheizen und bei ein oder zwei Bier über die gute alte Zeit reden, in der wir einfach nur zwei Idioten mit keinerlei Verpflichtungen waren.«

Ich erinnerte mich daran. Wir waren damals fast genauso betrunken gewesen wie Harry jetzt gerade. Aber wir schienen in diesem Moment unsere Wünsche für das Leben exakt vor Augen gehabt zu haben. Wir hatten nur eins gewollt: eine eigene Familie.

»Und jetzt kommt uns dieser Arschlochkrebs dazwischen«, presste er zwischen zusammengebissenen Zähnen hervor und umfasste mein Gesicht. »Warum gerade du, Eden? Warum musste es dich treffen?«

Ich zuckte die Achseln, wie immer völlig tonlos. Doch ich dachte an Schicksal, an Bestimmung. Das würde Harry ausrasten lassen.

»Du bist mein Bruder, meine andere Hälfte. Manchmal … da sage ich Dinge, die mir wirklich leidtun. Aber ich habe eine Scheißangst vor dem, was dir bevorsteht. Irgendwie konnten wir uns immer gegenseitig aus der Patsche helfen. Bei der Sache kann ich das nicht. Ich fühle mich so nutzlos. Das ist echt kindisch, aber als Maddy kam … da war es, als würde sie mir zu viel von dem winzigen Rest an Zeit, der mir noch mit dir bleibt, wegnehmen. Ich war gemein zu ihr und das tut mir leid, Eden.«

Ich hoffte, dass irgendwann der Moment kam, in dem Harry diesen Fehler auch Madeleine gegenüber zugab. Ich glaubte, das würde beiden helfen, eine Freundschaft zu entwickeln.

»Aber sie ist echt stark, Mann. Sie bleibt unerschütterlich an deiner Seite. Vielleicht klingt das blöd, keine Ahnung. Ich bin mir jedoch sicher, dass sie die Eine für dich wäre, wenn ihr mehr Zeit hättet. Du würdest sie heiraten, ihr würdet Kinder bekommen und zusammen alt werden. Das Potenzial dazu hat diese Frau.«

Madeleine hätte all das für mich sein können, da gab ich Harry recht.

Wir hätten ein tolles Leben haben können. Aber das würden wir nicht. Dieser Gedanke stimmte mich unglaublich traurig. Ich bemühte mich, nicht ebenfalls in Tränen auszubrechen. In Wahrheit würde Madeleine all das mit einem anderen Mann erleben. Daran wollte ich im Moment lieber gar nicht denken.

Harry umarmte mich nun innig. »Ich liebe dich«, gestand er schief grinsend. »Und ich vertraue darauf, dass alles gut wird – irgendwie.«

Ich nickte langsam und drückte Harry fester an mich.

Nachdem er wieder ins Taxi gestiegen war, winkte ich ihm zum Abschied, schloss die Haustür auf und verharrte einen Moment in der Dunkelheit meines Flurs. Es war völlig still im Haus, doch ich wusste, dass Madeleine oben schlief. Ein äußerst beruhigender, warmer Gedanke. Wahrscheinlich wäre Einsamkeit in meiner Situation das Schlimmste, da so unweigerlich Raum für dunkle Gedankengänge entstehen würde. Mit Madeleine war mein Leben viel bunter, aufgeweckter und sinnvoller geworden.

Um sie nicht zu wecken, schlich ich die Treppe vorsichtig hoch. Im Schlafzimmer zog ich mich im Dunkeln aus, verschwand kurz im Bad und konnte es dann kaum erwarten, mich neben sie zu legen. Als ich unter die Decke schlüpfte, empfing mich ihr warmer Körper. Bis auf ein Shirt und ihren Slip trug sie nichts. Meine Hand glitt über ihre Hüfte zu ihrem Bauch, während ich meine Nase in ihrer Halsbeuge vergrub.

Einen schöneren Ort konnte ich mir gar nicht vorstellen.

»Hattest du Spaß?«, flüsterte sie, während sie ihren Hintern an mir rieb.

Ich küsste sie einmal – Ja. Zweimal hieß Nein. Diese Art der Kommunikation hatte Madeleine entwickelt und sie funktionierte echt gut. Denn wann immer ich keinen Stift oder mein Handy zur Hand hatte, war es schwer, mich auszudrücken. Im Bett zum Beispiel stellte mir Madeleine Fragen, die ich bejahen oder verneinen konnte.

»Habt ihr den armen Kerl leiden lassen?«

Zwei Küsse von mir.

Wir waren wirklich human. Steve musste, mal abgesehen von der kleinen Karaokeeinlage, nichts Peinliches machen.

»Ich freue mich zwar, dass du einen schönen Abend hattest, aber das Bett kam mir ohne dich mehr als einsam vor.«

Lächelnd ließ ich meine Hand unter Madeleines Shirt gleiten. Zuerst über ihren Bauch, dann weiter zu ihren Brüsten. Auch ganz ohne verbale Kommunikation spürte ich, wie sie sich mir öffnete. Während ich an ihrem Ohrläppchen knabberte, streifte ich ihr den Slip ab. Ich angelte mir ein Kondom aus der Schublade meines Nachttisches, zog es mir über und drang langsam in sie ein. Ich hielt sie fest, während wir miteinander schliefen, und saugte jeden ihrer Laute in mich auf.

KAPITEL 31

Madeleine

Eden und ich verbrachten in diesem heißen Sommer viel Zeit in seinem Atelier. Während er malte, las ich. Wenn es kühler war, hielten wir uns entweder im Garten auf oder unternahmen etwas gemeinsam.

Als eines der unerwartet schönsten Erlebnisse würde ich die Hochzeit, zu der ich spontan mit eingeladen wurde, bezeichnen. Selten hatte ich so herzliche Menschen getroffen wie dort.

Bei Steve fühlte es sich an, als würde ich ihn schon mein halbes Leben kennen. Und auch seine Frau Claire, die nebenbei gesagt das schönste Hochzeitskleid der Welt trug, umarmte mich öfter, als ich eine mir fremde Person umarmen würde. Entweder lag das an dem Adrenalin bedingt durch die Hochzeit oder sie war wirklich so offen, wie Eden sie beschrieben hatte.

Die Hochzeit stimmte mich glücklich und melancholisch zugleich. Denn wie es nun einmal so ist, ließ ich mich vom Zauber der Hochzeitsfeier mitreißen.

Das ist wohl ähnlich, wie wenn man ein Baby im Arm hält und plötzlich selbst den Wunsch verspürt, Kinder zu bekommen. Möglicherweise lag darin sehr viel weniger Magie, als ich mir einredete, sondern eher ein evolutionsbedingter Instinkt.

Aber was soll's, ich zumindest wusste am Tag von Claires und Steves Hochzeit, dass auch ich einmal heiraten wollte. Ich träumte von einer Hochzeit im Garten, Brautjungfernkleidern in Pastelltönen und weißen Luftballons, die in den Himmel stiegen.

Doch zu dieser warmen Vorfreude, dass ich diesen Traum vielleicht irgendwann einmal erleben dürfte, mischte sich sogleich Wehmut hinzu.

Denn der Mann, den ich heiraten würde, wäre nicht Eden – und damit zerfiel das Luftschloss meiner märchenhaften Trauung auf schmerzhafte Weise.

Es gab Momente, da sah ich Eden an und verspürte den Wunsch, ihm einen irrwitzigen Vorschlag zu machen. *Lass uns heiraten. Morgen. Übermorgen. Egal wann.*

Doch das konnten wir nicht tun. Ich hatte Angst, dass irgendjemand aus Edens Familie mich für eine Heiratsschwindlerin hielt, die bloß auf Edens Haus oder Geld aus war. Außerdem wusste ich, dass Eden nicht wollen würde, dass wir irgendwelche Kompromisse eingehen mussten.

Weil die Idee so übertrieben erschien, verwarf ich sie. Vielleicht würde ich mich später einmal ärgern, dass ich mich von irgendwelchen Pseudoregeln hatte einschüchtern lassen. Ich würde nie herausfinden, wie Edens Meinung dazu war. Möglicherweise wäre er begeistert. Könnte aber auch sein, dass er mich für völlig verrückt hielt.

Doch auch ohne Hochzeit liebte ich ihn abgöttisch. Und wahrscheinlich wäre unsere Liebe, die keine behördliche Bestätigung brauchte, auch Edens Argumentationsgrund dafür gewesen, nicht überstürzt zu heiraten.

An einem Sonntag, als Eden sein Gemälde, das unsere Händeabdrücke zeigte, fertiggestellt hatte, kam seine Mum zu Besuch. Sie brachte einen superleckeren Karottenkuchen mit und während ich Kaffee machte, nahmen Eden und sie im Garten Platz. Ich wollte den beiden Raum geben und ließ mir daher besonders viel Zeit, bevor ich zu ihnen zurückkehrte. Als ich zu ihnen stieß, war die Stimmung nicht gerade die beste, die Luft stand spürbar unter Spannung.

»Warst du zumindest schon einmal dort?«, fragte Diane in dem Moment, als ich das Tablett abstellte.

Eden schüttelte den Kopf, woraufhin Diane tief Luft holte.

Eden hatte mir einmal erklärt, dass ihm seine Mutter das Gefühl gab, das Leid seines Vaters wiedergutmachen zu müssen. Daher lastete ein enormer Druck auf ihm. Eine Erwartung, die er nicht erfüllen wollte und konnte.

»Diese Leute sind Spezialisten, Eden. Du wärst dort gut aufgehoben.«

Eden versteifte sich und ich konnte sehen, wie er seine Mum mit messerscharfen Blicken fixierte.

»Wo wäre er gut aufgehoben?«, fragte ich, um ihm zur Seite zu stehen, und setzte mich neben ihn.

»In einem Hospiz. Irgendwann einmal natürlich. Wir haben uns über die Liste unterhalten, die er von seinem Arzt erhalten hat. Darauf sind einige Kontakte zu wirklich hervorragenden Einrichtungen aufgeführt, deren Besuch sich zumindest einmal lohnen würde.«

»Ich bleibe hier«, schrieb Eden daraufhin auf den Block, der neben ihm lag.

Diane war zwar stets freundlich, doch konnte sie auch sehr stur sein. Ich glaubte, meine Mum hätte mich sanfter durch diese Krankheit hindurchbegleitet. Diane ging meist äußerst pragmatisch vor. Vielleicht hing das auch mit der leidvollen Erfahrung, die sie gemacht hatte, zusammen.

»Und wer kümmert sich hier um dich?«, hinterfragte sie Edens Aussage.

Im ersten Moment wollte ich sagen, dass ich mich um ihn kümmern würde. Doch in Wahrheit hatte ich keine Ahnung, was auf mich zukäme. Ich wusste nicht einmal, wie man Edens Tracheostoma säuberte. Ich war völlig nutzlos als Pflegerin.

Eden hingegen schrieb provokant: *»Ich brauche keine Hilfe.«*

Wir wussten alle drei, dass dies eine Lüge war. Doch jeder ging auf unterschiedliche Weise mit der Situation um. Eden glaubte an die Lüge, weil es für ihn wohl unerträglich wäre, sich mit der

Verschlechterung seines Zustands zu beschäftigen. Ich glaubte an die Lüge, weil ich Eden zu sehr liebte und ihn unter keinen Umständen verlieren wollte. Diane hingegen glaubte nicht an diese Lüge, sondern zeigte Eden ihr Entsetzen in Form von einem bestürzten, fast schon beleidigten Gesichtsausdruck.

»Manchmal verstehe ich dich nicht. Ich verstehe nicht, warum du es dir selbst und uns allen so schwer machst, Eden. Über alles machst du dir Gedanken – was mit deinen Bildern oder dem Haus geschehen soll, aber du selbst bist dir völlig egal.«

Ich kannte die Pläne zu Edens Bildern. Er hatte aber noch nicht mit mir über die bezüglich seines Hauses gesprochen.

Eden sah mich an, dabei wirkte er entschlossen. Ich verstand nicht, was er mir sagen wollte, und runzelte daher die Stirn.

»Du hast noch nicht einmal mit ihr darüber gesprochen«, hörte ich Diane sagen.

Eden schob den Teller mit dem unangetasteten Stück Kuchen beiseite, stand auf, ging ins Haus und kehrte nicht wieder zurück. Ich war mir sicher, dass er oben in seinem Atelier war, doch ich ging ihm nicht hinterher. Stattdessen unterhielt ich mich mit Diane, die ihren Kaffee trank und sich schließlich verabschiedete.

Irgendwie war ich erleichtert, als Diane weg war. Ich verstand mich gut mit ihr, sie hatte ein gutes Herz, aber sie brachte Spannungen in Edens Leben. Ich glaubte, das lag an ihrer bevormundenden Art von Liebe, der man sich nur schwer widersetzen konnte.

Ich fand Eden tatsächlich im Atelier. Er arbeitete jedoch nicht an einem Bild, sondern saß auf dem bequemen Stuhl in der Ecke und blickte zum Dachfenster hinaus. Auf seinem Schoß lagen Block und Stift, was ich als gutes Zeichen dafür sah, Antworten von ihm zu bekommen.

»Über was hast du nicht mit mir gesprochen?«, fragte ich leise und setzte mich auf den weißen, flauschigen Teppich zu Edens Füßen.

Eden drehte den Block, sodass ich seine Worte lesen konnte. *»Ich möchte, dass du in diesem Haus bleibst. Es ist unser gemeinsamer Ort, unser Zuhause.«*

Ich war gerührt, aber auch erschüttert von seiner Bitte. Eden hatte das Haus mit dem Erbe seines Vaters gekauft. Es gehörte ihm und nach seinem Tod sollte es nicht mir, sondern Diane oder Charlize gehören. »Eden, ich bin mir nicht sicher, ob deine Mum oder Charlize damit einverstanden wären. Was … Was passiert, wenn ich irgendwann nicht mehr hier leben kann oder möchte?«

Er zuckte kaum merklich zusammen, weil er verstand, was ich ihm da unterschwellig anzudeuten versuchte. Wollte er auch noch, dass ich hier irgendwann mit einem anderen Mann wohnte? Wie würde seine Familie damit umgehen? Hinter all dem lag mir ein zu enormes Konfliktpotenzial begraben.

Doch offenbar war Eden noch nicht fertig mit seiner Erklärung, denn prompt hielt er mir den Block erneut entgegen. *»Wenn du nicht mehr hier leben willst, dann verkauf das Haus.«*

So einfach war das für ihn? Für mich nicht. »Und dann mache ich mich mit deinem Geld vom Acker? So eine bin ich nicht. Ich will dein Geld nicht, deswegen bin ich nicht mit dir zusammen.« Obwohl ich wusste, dass er nicht glaubte, ich wäre nur aus wirtschaftlichen Gründen seine Freundin, schmerzte es mich, wie leicht er diesen Einwand abtat.

Ein Schulterzucken, dann fuhr er fort. *»Es ist nur Geld. Das ist mir scheißegal.«*

»Mir aber nicht. Es ist dein Geld. Es ist das Geld deiner Familie. Es ist das Haus deiner Familie.«

»Es sind unsere Erinnerungen«, widersprach er.

»Erinnerungen kann ich mitnehmen, sie sind nicht an Objekte gebunden, sondern existieren in meinem Kopf. Außerdem glaube ich, dass es zu schmerzhaft für mich wäre, weiterhin hier zu leben, wenn du … wenn du weg bist.«

»Auf die Art fällt es dir viel leichter, mich jämmerlichen Schwäch-

ling zu vergessen, wenn ich erst einmal verreckt bin. Ich stelle eine Belastung dar, die ihr von euch schieben wollt. Für dich bin ich doch nichts weiter als ein Bremsklotz an deinem Bein! Ich bin Verpflichtung genug, warum also solltest du mein gottverdammtes Geschenk annehmen?! Du und Mum seid doch beide gleich. Ihr könnt es kaum erwarten, mich in irgendeiner Anstalt zu parken, in der ich allein und elendig krepieren kann.«

Ich glaubte, dass mich niemals zuvor etwas derart verletzt hatte wie Edens harte Worte. Damit machte er alles, was wir füreinander waren, klitzeklein und nichtig. Ich hatte ihm geschworen, bis zum Ende an seiner Seite zu bleiben. Ich hatte ihm mein Herz und meine Seele geschenkt, und er trampelte derart eiskalt darauf herum.

Klar, aus ihm sprachen seine Wut, seine Enttäuschung und nicht erfüllte Vorstellungen. Dennoch fühlte ich als Antwort auf seine Beschuldigungen einen nahezu körperlichen Schmerz.

Eden schleuderte den Block zu Boden, der Stift kullerte hinterher, während sein Blick verbissen zur Seite glitt. Ich brauchte einige Augenblicke, um mich zu sammeln.

»So siehst du das?«, fragte ich rhetorisch, jedoch erstaunlich ruhig. »Als könnte ich es kaum erwarten, dass du endlich *verreckst*? Als wärst du ein Hindernis für mich?« Er reagierte nicht, sah mich nicht einmal mehr an, weshalb ich aufstand und meine Schultern durchdrückte. »Du willst in Wahrheit ja selbst nicht, dass ich dieses Haus erbe. Viel eher denkst du, dich auf irgendeine Weise bei mir entschuldigen zu müssen. Aber damit liegst du gewaltig daneben. Ich brauche für meine Liebe zu dir keine materielle Entlohnung. Wenn du tief in dir tatsächlich so fühlst, dann ... keine Ahnung ... haben wir beide ein völlig unterschiedliches Bild voneinander.«

Ich verließ Edens Atelier, ging ins Schlafzimmer und setzte mich eine Weile aufs Bett. Mein Herz hämmerte gegen meine Brust.

Möglicherweise hätte ich mich Edens Frust stellen sollen. Doch ich war ausgehöhlt, leer und verletzt. Ich packte einige Sachen in eine Tasche, sah im Flur noch einmal hoch zur geschlossenen Tür des Ateliers und fuhr dann in meine Wohnung. Zum ersten Mal seit Monaten übernachtete ich wieder einmal dort.

In dieser Nacht schlief ich jedoch kaum und hoffte auf eine SMS von Eden, auf irgendetwas, das diese Grundsatzdiskussion beenden würde. Doch Eden mied mich. Ich glaubte, dass er überfordert und enttäuscht von sich selbst war.

Ich wusste, dass er sich für mich verantwortlich fühlte und im Grunde nur für mich sorgen wollte. Doch erstens konnte ich das sehr gut allein, und zweitens brauchte er kein schlechtes Gewissen haben.

Ich war bei ihm, weil ich ihn liebte. Und deswegen war ich auch bereit, mit ihm durch gute und schlechte Zeiten zu gehen. Nicht sein Angebot, mir sein Haus schenken zu wollen, hatte das Fass zum Überlaufen gebracht, sondern die Wut, die er auf mich abgeladen hatte.

Offensichtlich schien ich dieser nicht gewachsen zu sein, und das beunruhigte mich zutiefst.

KAPITEL 32
Madeleine

Mit dem vorübergehenden Wiedereinzug in meine Wohnung stellte ich besonders das Leben zweier Menschen auf den Kopf – nämlich das von Leona und Harry.

Harry begegnete ich nach der ersten schlaflosen Nacht in der Küche. Ich wusste nicht, wem von uns beiden dieses Aufeinandertreffen unangenehmer war – Harry, der nichts weiter als Boxershorts und T-Shirt trug, oder mir, die nicht aufhören konnte, auf seine nackten Beine zu starren.

Ich wünschte wirklich, er würde sich eine Hose holen. Doch Harry nahm es gelassen und behielt sein luftiges Outfit an. Als wäre er der Herr im Haus, goss er sich Kaffee ein und setzte sich zu mir an den runden Küchentisch.

»Kommt mir irgendwie vor, als wäre Leonas Mum nach Hause gekommen«, witzelte er.

Mir war nicht nach Lachen. Mir war nach gar nichts. Ich wollte nicht hier in dieser Wohnung sein, ich wollte aber auch nicht bei Eden sein. Nicht jetzt. Nicht, wenn er so gemein war.

»Ich wusste gar nicht, dass ihr euch wieder trefft«, sagte ich.

Harry zuckte die Schultern. »Hat sich so ergeben.«

»Verstehe«, murmelte ich. Ich verstand gar nichts. Noch vor wenigen Wochen hatte mir Leona flennend geschworen, die Finger von Harry zu lassen. Aber jetzt saß er hier in unserer Wohnung.

Wo zum Teufel war eigentlich Leona? Warum ließ sie mich mit diesem Kerl allein?

»Und was ist mit dir?«

»Was soll schon sein? Das hier ist auch meine Wohnung. Ich weiß, das zu hören, wundert dich jetzt.«

Harry zeigte mir die Zunge. »Jaja, Schlaumeierin. Ich meinte, warum bist du hier und siehst aus, als würdest du dich von irgendeinem kranken Drogentrip erholen?«

Wie immer war Harry äußerst charmant. »Hat sich so ergeben«, griff ich seine Worte auf.

»Was hat er angestellt? Ist er durchgedreht und hat dich rausgeschmissen? So was kommt bei ihm schon mal vor. Das darfst du ihm nicht übel nehmen.«

Ich seufzte und schindete damit Zeit, weil ich nicht wusste, inwieweit ich mich Harry anvertrauen sollte. Unser Verhältnis war angespannt, und selbst das war noch untertrieben. Gleichzeitig war er Edens bester Freund. Darum sagte ich: »Wir hatten Streit. Aber nicht Eden hat mich rausgeschmissen, sondern ich bin gegangen.«

Meine Aussage machte Harry nervös. Er fuhr sich durch die Haare und runzelte die Stirn. »Wie jetzt? Du hast ihn verlassen?«

»Nein … ich habe ihn nicht verlassen. Ich brauche bloß mal ein wenig Abstand zu ihm.« Ich holte tief Luft. »Er hat ein paar Dinge gesagt, die mich sehr verletzt haben.«

»Aha.« Er dachte, ich würde bloß übertreiben.

Das motivierte mich, einen Schritt weiterzugehen. »Weißt du davon, dass er vorhat, mir sein Haus zu vermachen?«

»Nein, das hat er nie erwähnt.«

»So ist es aber. Das ist sein Plan. Und ich habe ihm gesagt, dass ich das nicht möchte, weil ich das Gefühl hätte, mich auf diese Weise finanziell zu bereichern. Daraufhin wurde er wütend und meinte, dass ich doch nur froh wäre, wenn er endlich verrecken würde. Nach allem, was wir durchgemacht haben, behauptet er so etwas.« Meine Stimme zitterte so stark, dass die letzten Worte kaum noch zu hören waren.

Doch Harry schien sie verstanden zu haben, denn er erwiderte:

»Hey, Maddy, Kopf hoch. Es ist doch nun mal so, dass Menschen Dinge sagen, die sie im Grunde nicht so meinen. Ich bin das beste Beispiel dafür. Immerhin gebe ich eine Menge Schrott von mir.«

»Aber so etwas, Harry? Wie kann er so etwas Böses sagen?« Ich setzte all meine Hoffnungen in Harry. Er würde hoffentlich wissen, was ich tun sollte. Immerhin kannte er Eden schon sehr viel länger.

»Manchmal ist er verzweifelt«, sagte Harry. »Es gibt Tage, da bricht die Last über ihm zusammen.«

»Und ich habe ihn immer aufgefangen.«

»Ja, das schon.«

»Es kommt mir so vor, als würde sein Lebenswille von Woche zu Woche weniger werden«, sprach ich diesen Gedanken zum ersten Mal laut aus.

Stumm betrachtete Harry mich einige Sekunden, dann stöhnte er. »Mir kommt es auch so vor. Wenn du dir vor Augen führst, dass die Ärzte zuerst meinten, er würde nur noch wenige Wochen leben, dann motiviert einen das am Anfang bestimmt. Aber jetzt sind Monate vergangen und nichts ist passiert. Ich glaube, dass er genug von dieser Anspannung hat, nicht aber vom Leben per se.«

Erstaunlicherweise ergab diese Erklärung Sinn für mich. Harry zeigte mir einmal mehr, wie gut er Eden verstand. Besser als ich vielleicht sogar. Der Unterschied zwischen Harry und mir schien der zu sein, dass ich an Eden klammerte, Harry aber bereit war, ihn gehen zu lassen, wenn es so weit wäre.

»Er schiebt jede Planung seine Zukunft betreffend von sich«, fuhr ich fort. »Da ist er so stur.«

»Na ja, noch hat er kaum Schmerzen, ist körperlich fit und kommt toll allein klar. Ich würde an seiner Stelle auch nicht darüber nachdenken wollen, wo ich sterben werde.«

»Das verlangt ja auch keiner von ihm.«

»Doch, seine Mum. Sie will mit aller Macht klüger vorgehen als bei Edens Dad damals. Aber auch wenn sie ihn schon morgen in ein Hospiz stecken würde, könnte sie ihn nicht beschützen. Weißt du, Maddy, Edens Worte mögen hart gewesen sein, aber ich finde, dass er gewissermaßen recht hat. Jeder tut so, als wäre er bereits tot, anstatt mit ihm das Leben zu genießen. Du bist da eine Ausnahme und hast leider seine Wut abbekommen. Sie war aber ganz bestimmt nicht gegen dich gerichtet.«

Während ich später einen Spaziergang machte, dachte ich weiter über Harrys Worte nach. Ich fragte mich, ob ich Eden jemals das Gefühl gegeben hatte, bereits tot zu sein. Hatte ich ihn je betrauert, obwohl er noch hier bei mir war?

Es hatte emotionale Momente gegeben, in denen wir beide geweint hatten. Doch ich fand, dass wir ein gutes Leben führten. Wir verreisten, lachten und machten auch weiterhin Pläne. Nichts davon kam einem ständigen Abschied gleich.

Ich wusste, dass ich mich entscheiden musste – wollte ich Eden diesen verbalen Ausrutscher, der mich verletzt hatte, verzeihen und von selbst einen Schritt auf ihn zu machen oder wollte ich warten, bis er sich entschuldigte?

Welches Statement wollte ich setzen, wohl wissend, dass mir die Zeit im Nacken saß?

KAPITEL 33

Eden

Ich stürzte mich in meine Arbeit, um zu verdrängen, wie leer mir das Haus ohne Madeleine erschien. Vor allem nachts verfolgten mich die Reue und die Angst, sie verloren zu haben.

Ganz im Namen des Feiglings, der ich geworden zu sein schien, verkroch ich mich, anstatt mich bei ihr zu entschuldigen.

Eine Woche nach unserer Auseinandersetzung brachte ich dann aber endlich den Mut auf, rüber in die Bäckerei zu gehen, um sie zumindest zu sehen. Ich traute meinem Herzen schon lange nicht mehr, hatte Angst, dass es bedingt durch die Aufregung seinen Dienst quittieren könnte. Ich ignorierte das Stechen in meiner Brust und näherte mich der breiten Glasfront des Ladens. Während ich die Straßenseite wechselte, ging die Schwingtür auf und Madeleine verließ die Bäckerei. Doch sie war nicht allein. Ihr folgte ein Kerl, mit dem sie angeregt plauderte.

Ich erstarrte bei Madeleines Lachen. Als sie sich schließlich sogar umarmten, hätte ich am liebsten auf den Bürgersteig gekotzt. Gleichzeitig versuchte ich, nicht zu viel in diese kurze Aufnahme hineinzuinterpretieren.

Als dieser Wichser allein in seinen Wagen einstieg und davonbrauste, war ich mehr als erleichtert. In diesem Moment entdeckte mich Madeleine. Ihre Augen weiteten sich, ihr Blick glitt über mich, und ich merkte, dass sie fieberhaft darüber nachdachte, ob sie vor mir weglaufen oder sich mir stellen sollte. Sie schien sich für eine Konfrontation entschieden zu haben, da sie an Ort und Stelle verharrte.

Jetzt war ich am Zug.

Ich schritt über die Straße zu ihr, schlängelte mich an parkenden Autos vorbei und unterdrückte den Drang, sie in den Arm zu nehmen.

»Ich wünsche mir gerade sehnlich, dass du sprechen könntest«, meinte sie und machte einen schüchternen Schritt in meine Richtung. »Nie wollte ich das mehr als jetzt.«

Zuerst war ich enttäuscht von ihr, schließlich hatte ich gedacht, wir wären über den Punkt des Bedauerns meiner Defizite längst hinaus. Doch als mein Blick zu jener Stelle an ihrer Wange glitt, auf die sie dieser Typ gerade geküsst hatte, wurde mir klar, warum sie jetzt plötzlich meine Stummheit ansprach.

»Weißt du, wieso?«, fragte sie und seufzte dann. »Weil ich hören möchte, wie herablassend du klingst, wenn du mir die eine Frage stellst, die dir inmitten all des Chaos, in dem wir uns befinden, am dringendsten unter den Nägeln brennt. ›Wer ist dieser Typ, mit dem du gerade zusammen warst, Maddy?‹ Oder nennst du mich Madeleine? Nicht mal das weiß ich. All das behältst du für dich. Offensichtlich genauso wie deine wahren Gefühle für mich.«

Das klang nicht nach meiner Madeleine. Möglicherweise hatte dieser Trottel ihr dieses Verhalten eingeredet.

»Soll ich dir sagen, wer er ist? Sein Name ist Tobias, er ist ein Schauspielkollege von mir. Wir kennen uns seit unserer gemeinsamen Ausbildung. Du hast Julie, die ausführlich mit dem alten Eden vertraut ist. Ich Tobias. Er kennt die Version von mir, als mein Leben noch einfach war. Als es nicht nur daraus bestand, mir Gedanken darüber zu machen, wann ich den Menschen, der mir am allerwichtigsten auf dieser Welt ist, verlieren werde. Damals gab es eine Madeleine, die sich nicht vorwerfen lassen musste, kaum erwarten zu können, dass der Mann, den sie liebt, endlich krepieren würde. Und das, obwohl du genau weißt, dass ich bereit bin, durch die Hölle zu gehen, um an deiner Seite bleiben zu können.«

Ihre Worte fühlten sich wie Messerstiche in meiner Brust an. Ich schloss kurz die Augen, streckte dann die Hand nach ihr aus und versuchte, ihren Namen auszusprechen. Doch natürlich war nichts zu hören.

»Du hast mir die Wahl gelassen, ich weiß. Ich hätte gehen können, aber ich bin geblieben. In den vergangenen Tagen habe ich diese Entscheidung manchmal bereut«, gestand sie mit schmerzverzerrtem Gesicht. »Tobias kam heute zu Besuch, weil er mich überreden wollte, zurück ans Theater zu kommen. Tatsächlich hat die Unterhaltung über meinen Job das Feuer in mir erneut entfacht. Die Vorstellung, schon bald wieder auf der Bühne stehen zu können, hat etwas Reizvolles an sich.«

Sie wird mich verlassen.

In diesem Augenblick war ich mir ganz sicher, dass ihre nächsten Worte eine Verabschiedung sein würden. Sie mochte nichts Körperliches mit diesem Tobias verbinden, dennoch stellte er für mich eine große Bedrohung dar.

Sein Auftauchen hatte ihr vor Augen geführt, was sie bereits alles für mich geopfert hatte und wie viel mehr sie noch opfern würde. Mein Tod würde sie möglicherweise traumatisieren. Schon jetzt hatte sie sich in ihren Augen verändert. Und in den Augen dieses Trottels wohl auch.

Wie viel mochte von ihrem Glanz übrig bleiben, wenn sie mir erst einmal beim Sterben zugesehen hatte?

»Gleichzeitig frage ich mich, wie wichtig ich dir bin, nachdem du mich fast eine Woche einfach links liegen lassen hast. Jetzt plötzlich tauchst du hier mitten auf der Straße mit geschwellter Brust auf, als würdest du dir dein Eigentum zurückholen. Dieses Verhalten finde ich richtig zum Kotzen.« Mit hartem Blick sah sie mich an.

Wie Butter unter der Sonne schmolz ich dahin – aber nicht vor Rührung, sondern vor Reue.

»Und ich weiß auch, warum du diese Location gewählt hast.

Du wusstest tief in dir nämlich genau, dass du einen Fehler begangen hast und ich weglaufen würde. Dein größtes Problem ist, dass du offenbar nicht in der Lage bist, dich zu entschuldigen. Du verletzt Menschen, aber anstatt zu deinen Aussagen zu stehen oder zu versuchen, den Schmerz zu lindern, schaffst du es irgendwie immer, dich selbst als Opfer darzustellen. Ich habe dich nie behandelt, als wärst du bereits tot. Niemals, Eden. Ist dir eigentlich bewusst, wie sehr mich deine Worte verletzt haben?«

Ich nickte. *Ich weiß, Madeleine. Du hast recht.*

Doch Madeleine schüttelte den Kopf. »Kaum wird es brenzlig, stürzt du dich selbst diesen emotionalen Abhang hinunter und ziehst damit alles, was wir haben, ins Lächerliche. Du begreifst nicht, dass ich nicht mit dir zusammen bin, weil es meine verdammte Pflicht ist oder weil ich einfach mal so aus einer Laune heraus beschlossen habe, einem todkranken Mann mein Herz zu schenken – schließlich macht sich das im Lebenslauf ja besonders ehrenvoll. Ich habe mich für dich entschieden, weil du mein Leben bereicherst, weil ich dich liebe, weil ich gern bei dir bin, weil ich dich schätze, weil ich dir völlig erlegen bin. Habe ich jemals infrage gestellt, warum du dich für mich entschieden hast? Habe ich dir vorgeworfen, du würdest mich bloß ausnutzen, Eden? Diesen Gedanken hatte ich zuvor nicht ein einziges Mal.«

Aber jetzt hatte sie ihn. Jetzt dachte sie darüber nach, wie aufrichtig ich ihr gegenüber war.

»Ich habe keine Ahnung, wie es mit uns weitergehen soll. Ich weiß nicht, wie oft ich es noch aushalte, von dir weggestoßen zu werden.«

Sie darf mich nicht verlassen, verdammt! Ich liebe sie. Begreift sie das denn nicht?

Verzweifelt kramte ich nach meinem Handy, doch noch ehe ich es fand, unterbrach mich Madeleine. »Bevor du irgendetwas antwortest, stell dir diese Fragen selbst. Dein Bauchgefühl war ja eindeutig, als wir uns kennengelernt haben. Du wolltest allein sein, du wusstest, dass du alle Kraft für dich selbst brauchst. Du solltest dich für mich nicht aufopfern müssen, Eden. Dafür ist die Zeit, die dir noch bleibt, zu wertvoll. Ich werde schon irgendwie darüber hinwegkommen … das muss ich doch sowieso«, sagte sie achselzuckend.

Sie verstummte, seufzte und kehrte schließlich zurück in die Bäckerei.

KAPITEL 34
Madeleine

Eine weitere Woche verging, in der ich nichts von Eden hörte. Ich hoffte, dass es ihm gut ging, er sich aber auch ausführlich mit seinen Gefühlen mir gegenüber beschäftigte.

Harry, der praktisch jeden Tag bei uns in der Wohnung war – mal morgens, mal abends –, hielt mich zum Glück auf dem Laufenden. Seine Einschätzung der Lage war enorm wichtig für mich. Ich wollte Eden nicht verlieren, gleichzeitig sehnte ich mich nach Aufrichtigkeit. Ich hatte es satt, dass er ständig versuchte, den Starken zu spielen. Anstatt zu zeigen, dass es ihm mental nicht gut ging, verschloss er sich mir gegenüber.

Am Samstag hatte ich frei. Ich lag morgens lange im Bett und beschäftigte mich mit der Frage, was ich tun sollte, wenn Eden sich dazu entschloss, unsere Beziehung zu beenden. Würde ich zurück zum Theater gehen, so wie Tobias es mir geraten hatte?

Leona stand zwar auch hinter mir, sie konnte aber nicht so recht verstehen, wieso ich so hart zu Eden war. Und ich glaubte, Harry war derselben Meinung. Ich fühlte mich also völlig hin- und hergerissen.

War ich wirklich zu kaltherzig mit Eden umgegangen?

Am Abend zuvor hatte Leona gemeint, ich würde meine Verzweiflung wegen Edens Erkrankung auf ihn spiegeln. Dass ich sozusagen aufgrund der nicht existenten gemeinsamen Zukunft grundfrustriert war. »Du tust manchmal so, als würde Eden dich absichtlich verlassen wollen. Als wäre es seine freie Entscheidung, zu gehen«, hatte Leona gesagt.

Dieser eine Satz brachte meine Vorstellung davon, mich richtig verhalten zu haben, erheblich ins Wanken.

Machte ich ihm sein ohnehin hartes Leben noch unerträglicher? Schadete ich mit meinem Verhalten vielleicht sogar seiner Gesundheit?

Oh Mann … Ich war so aufgebracht gewesen, so stur und uneinsichtig. Irgendwie hatten auch Tobias' Auftauchen und sein Überredungsversuch die Blase, in der ich saß, zum Platzen gebracht. Für einen kurzen Moment war es mir vorgekommen, als würde mich Eden ausbremsen. Dabei liebte ich ihn so sehr.

Ich hatte das Gefühl, wir würden auf dem Boden einer Sanduhr sitzen und nur darauf warten, bald vollständig begraben zu sein. Doch er würde gehen, ganz egal, was ich tat. Ich hatte es aber in der Hand, zu entscheiden, wie die Zeit bis dahin aussehen würde.

Als ich Schritte vor der geschlossenen Tür meines Schlafzimmers hörte, dachte ich zuerst, es wäre Harry. Leonas Schlafzimmer lag am Ende des Flurs, meines neben der Küche. Auf dem Weg dorthin versuchte er leise zu sein, doch selbst, wenn er sich vorbeischlich, konnte er damit Tote wecken. Den Schritten aber folgte ein kratzendes Geräusch, woraufhin ich die Augen öffnete und entgeistert zur Tür blickte. Auf dem dunklen Holzboden lag ein Blatt Papier.

Zuerst zögerte ich und bewegte mich keinen Millimeter. Aber dann kroch ich ans andere Ende meines Bettes, streckte mich und angelte nach dem Zettel. Ich erkannte Edens Handschrift sofort.

Zuerst konnte ich keine Worte, sondern lediglich unzusammenhängende schwarze Linien erkennen. Dann aber rieb ich mir die Augen und begann zu lesen.

Liebe Madeleine,

ich habe mir lange Zeit gelassen, um über deine Fragen nachzudenken. Ich gebe dir recht; tatsächlich hätte ich dich gefragt, wer dieser Mann ist, mit dem du die Bäckerei verlassen hast. Ich hätte vermutlich schroff geklungen, wütend, verletzt. Irgendwie verständlich, nachdem ich sehen musste, wie er dich zum Lachen gebracht hat, während es mir ohne dir so verdammt schlecht ging. Ich hatte Angst, dich bereits verloren zu haben. Nicht wegen dieses Kerls, sondern wegen mir. Selbst wenn ich sprechen könnte, wäre ich an diesem Tag sprachlos gewesen.

Du hast mich außerdem gefragt, warum ich mich für dich entschieden habe. Kaum zu glauben, aber mir ist es gelungen, diese Frage in den unterschiedlichsten Variationen auszulegen. Mal dachte ich, du würdest mich damit anflehen, bei dir zu bleiben. Ein anderes Mal hatte ich das Gefühl, du würdest mir vorwerfen, dich bloß auszunutzen. Du sagtest, dass du nicht aus einer Laune heraus beschlossen hast, dich in einen todkranken Mann zu verlieben. Ich wiederrum habe nicht entschieden, eine junge, lebensfrohe Frau wie dich mit auf diese zermürbende Reise zu nehmen. Glaub mir, wäre ich nur einen Tupfen verantwortungsvoller, hätte ich dich damals aus meinem Büro geworfen.

Aber ich habe mich Hals über Kopf in dich verliebt. Ich habe mich für dich entschieden, weil du das Beste bist, was mir jemals passiert ist. Weil ich dich mehr liebe, als ich je glaubte, irgendeinen Menschen lieben zu können. Du bist klug, witzig, einfühlsam und du bist mir in so vielen Dingen ähnlich. Manchmal habe ich einen Gedanken und eine Sekunde später sprichst du ihn laut aus. Das ist wirklich faszinierend. Ich glaube, das hast du selbst auch schon einige Male bemerkt.

Ich will nicht mit dir zusammen sein, weil ich sterben werde, sondern weil ich lebe, Madeleine. Ich möchte mit dir den Rest meines Lebens verbringen. An deiner Seite ist jeder Tag besonders. Wenn du da bist, habe ich weniger Angst und mehr Zuversicht. Es tut mir unglaublich leid, dass ich dich verletzt habe. Die Worte, die ich von mir gegeben habe, waren gemein und falsch. Woher auch immer sie stammten, sie treffen weder auf dich noch auf unsere Beziehung zu.

Im Leben passieren viele Dinge, auf die man keinen Einfluss hat; so geht es nicht nur mir, sondern allen Menschen. Das Schicksal schlägt zu, man wird krank, man verliebt sich, man stirbt. Doch ich habe es satt, mein Leben von den negativen Einflüssen des Schicksals bestimmen zu lassen. Ich möchte das Gute sehen, und das Gute bist du. Alles an dir.

Ich liebe dich, ganz egal, was passiert.
Eden

Ich presste mir den Brief an die Brust und wusste dann aber sofort, was zu tun war.

Ich sprang aus dem Bett, und auch wenn ich einen lächerlichen rosafarbenen Pyjama trug, zog ich die Schlafzimmertür auf. Mit dem Rücken an die Flurwand gelehnt stand dort Eden.

Unsere Blicke trafen sich. Eden wirkte verunsichert und auch ich war völlig unfähig, irgendetwas zu sagen. Ich musste ihn spüren, musste mich vergewissern, dass er wirklich hier war.

Ich lief zu ihm. Während Eden sich von der Wand abstieß, schlang ich die Arme um seinen Nacken.

»Es tut mir leid«, flüsterte ich und presste meine Lippen auf seine. »Ich dachte, du hättest dich aufgegeben … hättest uns aufgegeben. Ich habe mir eingebildet, du wärst unzufrieden. Ich will dich nicht verlieren. Ich will bei dir sein. Ich liebe dich, Eden.« Die Worte schossen aus mir heraus, und ich konnte nur hoffen, dass Eden den Zusammenhang irgendwie verstand.

Offensichtlich tat er das, denn er fing an, meine Küsse zu erwidern. Ich spürte, wie Tränen über meine Wangen liefen, als die Verzweiflung und die Sehnsucht aus mir herausbrachen. Mir wurde klar, dass uns dieser Streit zwar auch deutlicher vor Augen geführt hatte, wie sehr wir einander liebten, gleichzeitig hatte er uns zwei gemeinsame Wochen gekostet. Eden hätte sterben können, und ich hätte niemals die Gelegenheit gehabt, mich zu entschuldigen.

»Es tut mir leid … ich war zu hart zu dir«, sagte ich deshalb immer und immer wieder. »Ich brauche dein Haus nicht, um dich nicht zu vergessen. Glaub mir, ich werde jeden Moment, den wir gemeinsam erleben, für immer in meinem Herzen speichern. Ich werde dich nicht vergessen, werde dich immer lieben, Eden. Ich wusste beinahe von Anfang an, dass uns nur eine begrenzte Zeit zur Verfügung stehen würde. Versteh mich nicht falsch, aber ich brauche keine Entschädigung von dir. Glaubst du mir?«

Eden nickte, während er mit seinem Daumen über meine Wange strich. *Schon gut. Alles gut. Ich glaube dir. Jetzt bin ich ja hier. Bei dir.* Ich bildete mir ein, ihn diese Worte sagen gehört zu haben. Zumindest in meinem Kopf hatte ich Eden eine Stimme verschafft.

Irgendwie begriff ich in diesem Moment gar nicht, welch tragende Rolle Harry bei unserer Wiedervereinigung gespielt hatte. Erst später, als Eden und ich in meinem Bett lagen, dachte ich darüber nach, wie Eden überhaupt in die Wohnung gekommen war. Seine Antwort: Es war Harry gewesen, der ihn nicht nur hereingelassen, sondern ihn auch bestärkt hatte, mir diesen Brief zu schreiben. Ausgerechnet Harry setzte sich nun für mich ein, und das, obwohl ich immer gedacht hatte, er hätte nicht viel für mich übrig.

Tatsächlich verbesserte sich mein Verhältnis zu Harry von da an. Ich fing an, nicht jeden seiner Sprüche völlig ernst zu nehmen und gab mir Mühe, hinter seine Clownsfassade zu blicken.

Ich erkannte eine Parallele zwischen uns beiden: die Angst um Eden.

Eden und ich hatten diese schmerzhaften, dunklen Tage hinter uns gelassen. Diese Auseinandersetzung mochte kräftezerrend gewesen sein, sie war aber unglaublich wichtig für uns. Denn nur dadurch konnten wir unsere Gefühle sortieren und uns auf den gemeinsamen Weg fokussieren.

Glücklicherweise war ich nicht an meinem eigenen Stolz zerbrochen, sondern hatte gelernt, wie wichtig Vergebung war.

KAPITEL 35

Eden

Nach dem warmen Sommer wurde es schlagartig kühler, sodass ich eines Morgens meine Jacke hervorkramen musste. In der Tasche fand ich eine zusammengeknüllte Rechnung. Sofort erinnerte ich mich an den Tag, als ich sie da reingesteckt hatte. Es war jener, als Madeleine und ich in Eastbourne gewesen waren, um das Haus der Sanders zu besichtigen. Damals hätte ich nie gedacht, noch so viel Zeit zur Verfügung zu haben. Das war jetzt mehr als ein halbes Jahr her und mein Zustand hatte sich seitdem gewandelt – zwar nur langsam, aber eine merkliche Veränderung war vorhanden.

Das Luftholen war zunehmend mühsamer für mich geworden. Es fühlte sich an, als würde ein Teil meiner Lunge fehlen. Außerdem kämpfte ich nun auch in dieser Region mit einem mächtigen Druckschmerz. Mein Arzt nahm an, dass sich Metastasen in meiner Lunge gebildet hatten, was nicht unüblich war. Gänzliche Gewissheit würde ich nie bekommen, da ich mich weigerte, eine weitere Untersuchung über mich ergehen zu lassen. Meine Schmerzmitteldosis wurde daraufhin gesteigert, während ich mich stur bis zu meinem letzten Arbeitstag ins Büro schleppte.

Als ich an diesem Morgen den Knoten an meinem Hals im Spiegel betrachtete, kam er mir bedrohlicher und größer vor. In diesem Moment wurde mir klar, dass heute kein guter Tag werden würde. Mir war schwindelig, ich fühlte mich abgeschlagen und mein gesamter Oberkörper schmerzte. Dennoch zog ich mich an, fuhr gemeinsam mit Madeleine zur Arbeit und versuchte, mich auf die Übergabe des Bauplans zu konzentrieren. Ich redete mir ein, dass es ein ganz normaler Arbeitstag für mich sein würde. Nicht mein letzter, bloß irgendeiner.

Doch ich war mir bewusst, was es bedeutete, wenn ich den Sanders die Pläne überreichte. Ich würde mich aus dem Geschäft zurückziehen, Kraft sparen, aufhören, zu arbeiten. Ich glaubte, davor hatte ich im Moment mehr Angst als vor den möglichen Metastasen in meiner Lunge. Ich spürte, dass ich meinen Jobansprüchen körperlich nicht mehr gewachsen war. Ein neues Projekt hatte ich schon lange nicht mehr angenommen.

Während ich auf das Eintreffen der Sanders wartete, verharrte ich in meinem Büro und ließ die vielen Ereignisse, die hier stattgefunden hatten, Revue passieren. An diesem Ort hatte ich große Pläne geschmiedet und sie auch wieder begraben müssen.

Ich wünschte, ich könnte mit Stolz gehen, aber ich war einfach nur traurig. Gleichzeitig hatte ich meinem Körper bereits zu viel abverlangt; auch das war mir durchaus bewusst. Dazu brauchte es nicht einmal Madeleines Tadel.

Als die Sanders auftauchten, bemerkte ich deren erschrockene Blicke. Auch mein Äußeres hatte sich in den vergangenen Wochen verändert. Mein Gesicht war fahl geworden, und ich hatte stark abgenommen. Der kurzzeitige Stillstand, den meine Krankheit im Sommer hingelegt hatte, war endgültig vorbei. Ich wusste noch nicht, ob ich froh war, dass es nun bald zu Ende sein würde, oder ob ich mir vor Angst fast in die Hosen machte.

Die Sanders jedenfalls waren von meinen Plänen für ihr Haus begeistert. Charlize leitete sie durch die Animation, die ich vorbereitet hatte, und erinnerte sich an jedes noch so kleine Detail, das wir besprochen hatten. Ihre Sicherheit färbte auf mich ab. Ich glaubte fest an sie und daran, dass sie für uns beide den Traum vom Architektenberuf fortsetzen würde.

Völlig überraschend umarmten mich die Sanders bei der Verabschiedung und hinterließen ein warmes Gefühl. Der Umbau würde im Frühling beginnen, bis dahin wollten sie den Außenbereich planen und ans Haus anpassen. Mir war bewusst, dass ich weder die beiden noch ihr Haus jemals wieder zu Gesicht bekommen würde. Und irgendwie haute mich dieser erste bewusste Abschied völlig um. Ich musste sogar gegen meine aufkommenden Tränen ankämpfen und verkroch mich anschließend in meinem Büro, wo ich die ersten Habseligkeiten zusammenpackte. Zum letzten Mal fuhr ich meinen PC runter. Zum letzten Mal schaltete ich den Anrufbeantworter ein.

Als Charlize und mein Boss in der Tür erschienen, starrte ich gerade auf jene Wand, an der ich vorhatte, meine spektakulärsten Werke zu verewigen. »Du hast echt tolle Arbeit geleistet«, sagte meine Schwester.

Ich wusste jedoch nicht, worauf sie sich genau bezog. Auf das Projekt der Sanders oder mein Leben generell.

»In der Tat. Weitere zufriedene Kunden haben soeben unser Büro verlassen«, meinte Joseph stotternd.

Beide kamen mit einem um Zuversicht bemühten Gesichtsausdruck herein. Charlize seufzte tief und strich gedankenverloren über meinen Schreibtisch. »Du kannst stolz auf dich sein. Ich bin es jedenfalls.« Hastig wischte sie sich die Tränen vom Gesicht, als würde sie sonst nie heulen und sich jetzt dafür schämen. »Es wird komisch werden, wenn dein Büro leer ist. Wer rettet mich jetzt, wenn das Internet mal wieder streikt? Wer denkt daran, Druckerpatronen zu bestellen? Das ist dein Job.«

Lächelnd nahm ich sie in den Arm und küsste ihren Scheitel. Dabei spürte ich, wie Charlize bebte und sich dennoch krampfhaft bemühte, ihr Schluchzen vor mir zu verbergen.

Joseph betrachtete uns mit vor der Brust verschränkten Armen. Er mochte Gefühlskram nicht, wie er sehr oft betont hatte. Doch vor dieser Art von Gefühlen war selbst ein harter Bursche wie Joseph nicht gefeit.

Deutlich sichtbar schimmerten Tränen in seinen Augen, als er mir die Hand entgegenstreckte. »Du warst eine Bereicherung für diese Firma, Eden. Sehr viel von deiner Arbeit wird für eine sehr lange Zeit Bestand haben.«

Ich nickte und begriff, dass Joseph recht hatte.

Ich würde zwar gehen müssen, aber die Häuser, die ich geplant hatte, würden auch weiterhin von unzähligen Familien bewohnt sein. Sie waren mein Fußabdruck auf dieser Erde.

»Es wird schwer werden … jemanden zu finden, der es mit dir aufnehmen kann. Charlize wird mir bei der Auswahl hoffentlich helfen«, meinte er.

Meine Schwester nickte, wirkte aber bei Weitem nicht so überzeugt, wie Joseph es wohl gern hätte. Ich glaubte, sie würde nicht nur nach einem beruflichen Ersatz für mich suchen, sondern nach einem Brudersatz.

»Also«, murmelte Joseph nervös. »Unsere Pforten stehen dir weiterhin jederzeit offen, solltest du mal Lust haben, uns einen Besuch abzustatten.«

Ich umrundete den Schreibtisch, schnappte mir meine Jacke und hielt vor Joseph. Tausend Worte lagen mir auf der Zunge. Ich würde mich gern bei ihm für sein Vertrauen bedanken. Dafür, dass er mir die Chance gegeben hatte, mich beruflich entfalten zu können. Joseph hatte aber auch in den schweren Zeiten zu mir gehalten, als ich permanent ausgefallen war und Projekte an Kollegen abgeschoben werden mussten.

Nie hatte ich bei ihm das Gefühl gehabt, er würde mir meine Erkrankung und meine damit einhergehenden Fehlstunden nachtragen. Ich konnte mich immer auf ihn verlassen.

Die Chance, mich verbal auszudrücken, blieb mir aber auch diesmal verwehrt. Daher beschloss ich, ihn zu umarmen und ihm auf diese Art zu zeigen, wie bedeutsam und wichtig er für mich gewesen war. Joseph erwiderte meine Geste, drückte mich fest an sich und klopfte mit seiner Hand sachte auf meinen Rücken.

»Ich wünsche dir alles Gute der Welt. Bleib auch weiterhin

tapfer, mein Junge.« Nun liefen doch einige Tränen über Josephs Wangen.

Diese schienen eine ansteckende Wirkung auf mich zu haben, denn auch meine Augen drohten, überzulaufen. Es gelang mir jedoch, den Kloß hinunterzuschlucken. Stattdessen schenkte ich ihm ein selbstsicheres Lächeln, strich über seinen Oberarm und murmelte einen tonlosen Dank.

Mein Blick glitt zu Charlize, die uns gerührt beobachtete. »Bist du bereit? Wollen wir fahren?«, erkundigte sie sich.

Ich rieb mir übers Kinn und sah rüber zur Couch, auf der vor einer gefühlten Ewigkeit einmal Madeleine gesessen hatte, um sich bei mir für ihr Verhalten bei unserem Kennenlernen zu entschuldigen. Ich konnte mich gut erinnern, wie rot ihre Wangen gewesen waren, wie ihre Stimme gezittert und wie sehr sie mich fasziniert hatte.

Manchmal wünschte ich mir, ich könnte noch einmal genau dort anfangen, um jeden unserer Momente erneut zu erleben. Unseren ersten Kuss an meinem Geburtstag, unsere Rituale, der gemeinsame Urlaub und wie sie mir stundenlang vorgelesen hat. All das waren Momente, von denen ich vor allem in den kommenden Wochen zehren konnte. Erinnerungen, die mir Kraft geben und mir vor Augen führen würden, dass nach meiner Diagnose nicht alles nur schwarz gewesen war. Da war sehr viel Licht gewesen, sehr viel Madeleine und vor allem sehr viel Liebe.

Stumm verabschiedete ich mich von diesem Raum, der mehr als nur ein Büro für mich war. Ich legte meine Hand flach auf den Schreibtisch, schluckte die Tränen hinunter und schloss die Tür zu diesem Kapitel in meinem Leben hinter mir. Joseph folgte uns bis zur Eingangstür, drückte ein weiteres Mal meine Hand und winkte zum Abschied.

Charlize trug den Karton, den ich gepackt hatte, zu meinem Wagen – so weit war es schon gekommen. Sie bestand darauf, mich nach Hause zu begleiten. Zuerst war ich genervt von ihrer

Fürsorge, schließlich würde ich lieber mit meinen Gedanken allein sein. Als ich aber die Haustür aufschloss und mich eine Meute aus bekannten Gesichtern empfing, verflog jeglicher Gram und ich fiel Harry um den Hals.

Diese Verrückten hatten meine Bibliothek in eine Partylocation verwandelt.

Bunte Luftballons waren überall aufgehängt, irgendjemand hatte sogar eine Girlande besorgt. Es gab Essen und eine Menge Getränke. Und alle waren da, sogar Mum.

Ich vergaß kurz, wie ausgepowert ich war, und vergoss vor all den Leuten, die ich so sehr liebte, einige ehrliche Tränen. Doch es war mir egal, weil diese Emotionen so echt und tief aus mir kamen, dass sie verdient hatten, geteilt zu werden. Selbst Harry hatte zur Abwechslung mal keinen sarkastischen Spruch auf den Lippen, sondern feuchte Augen.

Und dann war da noch Madeleine, die sich zuerst im Hintergrund hielt, mir Zeit gab, all meine Freunde zu umarmen, ehe sie vor mich trat und sich mit zitterndem Kinn an einem Lächeln versuchte. »Überraschung«, flüsterte sie mir ins Ohr.

Ich wollte sie gar nicht mehr loslassen, doch schließlich lockerte ich meinen Griff, um eine Cola von Harry entgegenzunehmen.

Wir hoben unsere Gläser, Akim sprach ein paar Worte, weil weder meine Mum noch Charlize dazu in der Lage waren. Ich war happy über die Überraschung und dass mich keiner meiner Liebsten in dieser für mich so schweren Stunde allein ließ. Gleichzeitig fühlte es sich ein wenig so an, als wäre ich Gast auf meiner eigenen Beerdigung. Hier und heute wurde tatsächlich ein Teil von mir zu Grabe getragen. Ich ging den ersten Schritt in Richtung Ende, was sich angesichts des sich manifestierenden Schmerzes nicht mal ansatzweise so schrecklich anfühlte, wie ich noch vor einem Jahr gedacht hätte.

Im Leben gab es einige Hürden zu überstehen – ich befand mich vor meiner letzten Hürde.

Weil mir das Stehen furchtbar schwerfiel, war ich der Freak, der den ganzen Abend stumm auf der Couch saß und den Leuten beim Feiern zusah. Ich beobachtete, wie Harry keinen Millimeter von Leonas Seite wich. Ich sah Akim und Charlize dabei zu, wie sie Getränke mixten und Essen verteilten. Madeleine, die mit meiner Mum am Fenster stand und redete. Julie, die zuerst unentwegt an ihrem Drink nippte, ehe sie diesen nach einem Blickkontakt mit mir achselzuckend zur Seite stellte. Es waren auch noch einige andere hier, zu denen ich eher sporadischen Kontakt hatte. Aber über die Anwesenheit jedes Einzelnen war ich unglaublich dankbar.

Dauernd redete jemand mit mir, während ich versuchte, mich auf meine Weise in die Unterhaltung einzubringen. Doch der Schmerz in meiner Brust und der Schwindel nahmen im Laufe des Abends zu. Irgendwann war ich so geschwächt, dass ich es nicht einmal mehr schaffte, den Kopf gerade zu halten. Daraufhin warf Akim die Gäste raus und brachte mich gemeinsam mit Harry nach oben ins Schlafzimmer.

»Jetzt wird gepennt, mein Freund«, drohte Akim und beteiligte sich unvermittelt am Ausziehen meiner Klamotten. »Wir machen Klarschiff und du hältst deinen Schönheitsschlaf.«

Zu wissen, dass Madeleine irgendwann im Laufe des Abends zu mir ins Bett kommen würde, beruhigte mich. Doch als Akim und Harry gingen und ich ganz allein im dunklen Schlafzimmer lag, hatte ich zum ersten Mal die Befürchtung, einzuschlafen und nie wieder aufzuwachen. So sehr ich mich aber auch wehrte, meine Müdigkeit war stärker und riss mich mit sich. Ich glaubte und hoffte, dass es am Ende auch so sanft sein würde.

Gott, ich hoffte es wirklich.

KAPITEL 36

Madeleine

Edens Zustand blieb in den Wochen nach seinem Rückzug aus der Arbeit konstant schlecht. Er aß sehr wenig, kämpfte gegen die stärker werdenden Schmerzen und die immer größere Luftnot an. Die meiste Zeit des Tages verbrachte er auf der Couch oder im Bett. Nur sehr selten schaffte er es nach oben in sein Atelier oder gar vor die Tür.

Anfang Dezember verschrieb ihm seine Ärztin Morphium und ich spürte, dass sich von dort an etwas in ihm veränderte. Der Eden, den ich kennengelernt hatte, starb an diesem kalten, dunklen Tag. Überwältigt von den enormen Nebenwirkungen des Medikamentencocktails, der sein Leben erträglicher machen sollte.

Er wurde melancholisch, zog sich zunehmend vor mir zurück und reagierte viel gereizter als früher. Ich hatte die leidige Aufgabe, ihn zum Essen zu zwingen, was ihn wirklich wütend machte. Diese Tage waren schwer für uns beide – körperlich und psychisch. Ich wusste, dass ihm sein Verhalten gewissermaßen leidtat, gleichzeitig war uns allen bewusst, dass er salopp gesagt die Schnauze voll hatte.

Sein Kampfgeist war aufgebraucht, sein Wille gebrochen.

Ich fing wieder an, ihm aus Wildes Werken vorzulesen. Vorm Sommer hatten wir mittendrin aufgehört, nun aber schien Eden bereit, sich von der Geschichte erneut berieseln zu lassen. Dies war auch die einzige Möglichkeit, wie ich Zugang zu ihm finden konnte. Denn er ließ mich nun nicht einmal in schriftlicher Form in seine Gedanken blicken. Oft saß er im Wohnzimmer und blickte aus dem Fenster. Wenn ich ihn dann nach seinem Wohlbefinden fragte, zuckte er nur knapp mit den Schultern.

Ich wusste nicht, ob ich seine Mauer gewaltsam niederreißen sollte, um ihn aus seinem düsteren Gefängnis zu retten. Vielleicht war er auch glücklich in seiner gedanklichen Einsamkeit. Die Karten schienen völlig neu gemischt worden zu sein, und ich musste erst meine Position in diesem Spiel finden.

Nicht nur emotional, sondern auch körperlich veränderte sich etwas zwischen uns. Zum letzten Mal schliefen wir kurz nach Edens Rückzug aus der Arbeit miteinander. Wir waren nachts beide noch wach und ich konnte fühlen, dass Eden mich spüren wollte. Deshalb zog ich mich aus, kletterte auf ihn und brachte uns beide an einen Ort, den wir wohl nie wieder gemeinsam betreten würden. Ich bekam mit, dass Eden im Anschluss neben mir lag und weinte. Er wusste, dass er nie wieder auf diese Weise mit mir zusammen sein würde.

Und ab da kam es häufiger vor, dass ich ihn dabei ertappte, wie er mich nachts eng umschlang und in meine Halsbeuge weinte. Als ich am zweiten Adventssonntag in der Küche saß und über einer Liste potenzieller Geschenke brütete, musste ich ausgerechnet daran denken. Und genau in dem Moment betrat Eden den Raum. Mittlerweile konnte man ihn aufgrund seiner rasselnden Atmung aus großer Distanz hören. Jeder Atemzug schien unglaublich mühsam für ihn zu sein. Es kostete ihn sehr viel Kraft, das Bett zu verlassen, und jede Bewegung feuerte seine Schmerzen an.

Ich lächelte aufmunternd, als er mir gegenüber Platz nahm und nach meiner Hand griff. Offenbar hatte er einen guten Tag. Eine Weile betrachtete er mich, dann nahm er das Tablet und fing zu tippen an.

»Mit wem hast du vorhin telefoniert?«, fragte er.

Ich legte den Stift beiseite. »Mit meiner Mum.«

Edens rechte Augenbraue wanderte nach oben. *»Ich meinte da-*

nach. Ich habe ein paar Fetzen von dem Gespräch mitgehört. Es war jemand vom Theater, mit dem du geredet hast.«

»Ja, das stimmt. Das war Chloe Rosson. Sie ist Regisseurin am Theater und ich habe letztes Jahr ein Projekt mit ihr gemacht. Meine Agentin hat ihr meine Nummer gegeben und da hat sie durchgeklingelt.«

»Um dir frohe Weihnachten zu wünschen?«, bohrte Eden nach.

Wie viel von meinem Telefonat, das ich geführt hatte, als ich dachte, er würde schlafen, hatte er mit angehört? Ich hatte eigentlich nicht vorgehabt, ihm davon zu erzählen, weil ich wusste, dass er dann erst recht das Gefühl hätte, eine Bürde für mich zu sein. Was nicht stimmte. Aber in letzter Zeit plagten Eden Gedanken wie diese noch stärker.

»Das auch. Aber ... vergiss es. Ist nicht wichtig«, wimmelte ich ihn ab.

Ich merkte anhand seiner starren Körperhaltung sofort, dass er wütend wurde. *»Gewissermaßen gehen mich deine Pläne für kommendes Jahr ja nichts mehr an, aber ich fände es trotzdem ganz nett, wenn du mir die Wahrheit erzählen würdest.«*

Ich schluckte, weil ich nicht wollte, dass Eden sich belogen vorkam. »Unsere Zusammenarbeit war wirklich angenehm. Chloe ist lange im Geschäft und sagt immer, sie hätte ein Auge für Talent. Offensichtlich scheint sie dieses bei mir entdeckt zu haben und seither terrorisiert sie meine Agentin mit Anfragen für mich. Wegen meiner Auszeit habe ich alle abgelehnt. Nun scheint sie ein Stück vorzubereiten, für das ich, wie sie es ausdrückte, wie gemacht wäre. Diesmal wollte sie sich nicht von meiner Agentin abwimmeln lassen, sondern hat direkt mich angerufen, um mich zum Vorsprechen einzuladen.«

Ich wusste nicht, was ich erwartete oder wie ich an Edens Stelle reagiert hätte. Vermutlich wäre ich in Tränen ausgebrochen und hätte ihn angefleht, nicht über Dinge zu sprechen, die nach meinem Tod passieren würden. Doch Eden war wie so häufig gefasst und weitsichtig. Er dachte zuerst nach, dann nickte er einmal und schrieb: *»Das klingt toll. Diese Chance solltest du dir nicht entgehen lassen. Wann ist das Vorsprechen?«*

»Im neuen Jahr. Irgendwann nach den Feiertagen, so um den Fünften herum. Egal. Ich werde nicht hingehen, Eden.«

»Die Regisseurin hat dich persönlich angerufen. Selbstverständlich gehst du hin!!!!!«

Ich musste grinsen. »Wow, fünf Ausrufezeichen. Du meinst es wohl tatsächlich ernst.«

»Und wie. Ernster als ernst.«

»Das Stück soll aber im nächsten Sommer in New York aufgeführt werden«, gab ich zu bedenken.

Er betrachtete mich eingehend, und ich wusste sofort, was gleich kommen würde. Trotzdem tat es weh, die Worte dann schwarz auf weiß zu lesen. *»Im Sommer werde ich nicht mehr hier sein, das weißt du. Sieh diese Einladung als Chance, neue Wege zu gehen, wenn das hier vorbei ist. Du wirst eine Aufgabe brauchen, Madeleine, weil es nicht einfach werden wird. Ich spreche aus Erfahrung, schließlich habe ich meinen Dad verloren. Die Bäckerei ist keine langfristige Option für dich, es ist die Bühne, die dich retten wird.«*

»Eden«, flüsterte ich und rieb mir mit beiden Händen übers Gesicht.

»Ich habe mir geschworen, niemandem ein Versprechen abzuringen, weil ich nicht möchte, dass sich mir jemand bis in alle Ewigkeit verpflichtet fühlt. Aber denk zumindest darüber nach, auf welche Weise du dir dein Leben wertvoll gestalten kannst.«

Als ich explosionsartig zu weinen anfing, legte Eden zuerst den Kopf schief, ehe er zu mir kam und mich in den Arm nahm. »Ich werde darüber nachdenken«, versprach ich.

Tatsächlich dachte ich einen Tag lang nach, ehe ich Chloe anrief und ihr mitteilte, dass ich zu dem Vorsprechen erscheinen würde. Ich tat es, weil ich an Edens Versprechen glaubte. Ich hoffte, die Bühne würde mich retten, ansonsten wäre ich heillos verloren.

KAPITEL 37

Madeleine

Die Tage bis Weihnachten waren geprägt von Edens rasselnder Atmung, der absoluten Stille, die einkehrte, wenn er schlief, und den Stimmen der Leute, die für Edens Versorgung kamen. Einmal täglich erschien sein Arzt, der ihn untersuchte, ihm Medikamente gab und ein paar warme Worte für uns übrighatte.

Ich arbeitete nicht mehr, war ganz für Eden da. Ich wollte so viel Zeit wie möglich für ihn reservieren. Nur manchmal, wenn es ihm wirklich schlecht ging, wäre ich am liebsten weggelaufen, um sein Leid nicht mit ansehen zu müssen.

Die unbeschwerte Zeit, die wir gehabt hatten, schien eine Ewigkeit zurückzuliegen. Im Sommer waren wir durchs Land gereist, und nun lagen wir tagelang Seite an Seite im Bett und warteten gemeinsam auf Edens Erlösung. Oft wurde ich nachts wach, weil ich träumte, Eden wäre gestorben. Dann schaltete ich panisch das Licht an, vernahm aber sofort das leise Geräusch seiner Atemzüge und war froh und traurig zugleich.

Eines Tages stand Julie vor der Tür. Es musste sie ihre gesamte Überwindungskraft gekostet haben, zu uns zu fahren und sich Edens Zustand zu stellen. Man sah ihr das Unbehagen an. Gleichzeitig schien sie mir, seit ich sie kannte, nie so klar bei Verstand gewesen zu sein.

Ich bat sie ins Haus und bot an, sie zu Eden zu bringen. Auf der Treppe musste ich darüber nachdenken, wie oft Julie bereits in Edens Schlafzimmer gewesen sein mochte. Seltsamerweise war mir die Tatsache, dass sie Sex mit Eden gehabt hatte, in diesem

Moment egal. Es war nebensächlich. Unwichtig inmitten dieser Ausnahmesituation.

Während sie bei ihm war, saß ich mit einer Tasse Kaffee vor mir in der Küche. Ich spürte nicht mal den kleinsten Funken Eifersucht. Noch vor wenigen Wochen war Julie meine größte Konkurrentin gewesen, und nun schien sie sich zu meiner ultimativen Leidensgenossin gewandelt zu haben. Als sie nach einer guten halben Stunde in die Küche kam, waren ihre Augen gerötet und sie zitterte am ganzen Körper. Ich bat sie, sich zu setzen, was sie überraschenderweise tat.

»Ich mache eine Entziehungskur«, gestand sie.

»Wirklich?«

»Ja. Sie dauert ein paar Wochen, da bin ich dann die ganze Zeit in Wales und kann ein ganz neuer Mensch werden.«

Ich hoffte, sie hatte darüber auch mit Eden gesprochen. Er wäre stolz, wenn er wüsste, dass Julie endlich versuchte, ihr Leben in den Griff zu bekommen. »Du wirst das schaffen, Julie. Davon bin ich überzeugt.«

Sie lächelte und weinte zugleich. »Danke, dass du für ihn da bist.«

»Ich gebe mein Bestes«, sagte ich.

»Ich habe ihm von meinen Plänen erzählt, weil ich möchte, dass er spürt, dass ich nicht aufgeben werde. Er meinte, der Sinn im Leben wäre ja schließlich auch, nach vorn zu blicken. Das sagt ausgerechnet er. Das ist so typisch für ihn«, meinte sie mit bebender Stimme.

»Er ist unglaublich tapfer.«

In den vergangenen Tagen hatte ich gelernt, dass Tapferkeit und Kampfgeist nichts miteinander zu tun hatten. Ich hatte immer gedacht, man wäre tapfer, wenn man um sein Leben kämpfte. Aber Eden hatte den Kampf längst aufgegeben. Er ertrug sein Leid tapfer, doch jeder, der ihn sah, hätte wohl alles dafür getan, ihn endlich erlösen zu können.

Nachdem Julie weg war, ging ich nach oben. Eden schlief, als ich das Schlafzimmer betrat. Ich setzte mich auf die Bettkante und betrachtete ihn sehnsüchtig. Ich erwischte mich immer häufiger, wie ich bloß neben ihm saß und mir seine Gesichtszüge einzuprägen versuchte. Seine gerade Nase, die vollen Lippen, die leicht gelockten Haare. Zwar war von dem Mann, den ich kennengelernt hatte, optisch nur noch sehr wenig übrig, ich fand Eden aber immer noch wunderschön. Trotz der eingefallenen Wangen und den dunklen Schatten um seine Augen. Ich wusste, welch besonderer Mensch sich hinter der von Pein gezeichneten Hülle verbarg.

Während ich an diesem Tag neben ihm saß, öffnete er irgendwann die Augen, blinzelte und bemühte sich um ein Lächeln. Ich erwiderte es, griff nach seiner Hand und umschlang sie mit meiner. Eden wirkte in diesem Bett zerbrechlich und stark zugleich. Jedes Mal, wenn ich ihn anschaute, riss es mir das Herz in Stücke.

»Alles gut so weit?«, fragte ich.

Er nickte und tippte etwas ins Tablet, das mittlerweile zu unserem wichtigsten Kommunikationsmittel geworden war – wenn er die Kraft hatte, es zu bedienen. Mit einem Stift schreiben konnte er kaum noch, malen schon gar nicht.

»Ich habe heute Nacht von unserem Urlaub in Beadnell geträumt«, schrieb er. *»Ich habe das Haus am Strand gesehen, in dem wir übernachtet haben, habe den Wind gespürt, ich konnte sogar das Meer riechen. Zumindest glaube ich mich zu erinnern, dass es so riecht. Die Zeit, die wir dort hatten, war unglaublich schön.«*

»Das war sie. Ich denke auch sehr oft daran«, sagte ich und drückte seine Hand.

Ich sah ihm zu, wie er schrieb, bemerkte, wie viel Anstrengung ihn jeder Atemzug kostete. *»Ich wäre jetzt unglaublich gern in diesem Haus mit dir. Nur wir beide und das Meer. Die Freiheit und Sorglosigkeit.«*

Noch nicht mal vor allzu langer Zeit hätte ich gesagt: Ja, los.

Fahren wir. Doch dafür war es zu spät, Eden zu schwach. Er konnte kaum noch das Bett verlassen, geschweige denn die Stadt.

»Ich wäre auch gern gemeinsam mit dir dort. Erinnerst du dich an den großen Kamin im Wohnzimmer? Wir könnten darin Feuer machen, davorsitzen, Muscheln essen und Wein trinken«, spann ich seine Fantasie fort. Ich wollte einfach alles tun, damit es ihm besser ging.

»Wenn es das Paradies gibt, dann hoffe ich, dass es genau so aussieht. Ich wünsche mir wirklich nichts lieber, als endlich dorthin gehen zu können.« Ich hatte Eden nicht oft weinen sehen, doch in diesem Augenblick flossen dicke Tränen über seine Wangen.

Erstaunlicherweise konnte ich meine zurückhalten. Ich hielt durch, riss mich zusammen und streckte die Hand nach seinem Gesicht aus. »Das wirst du, Eden. Alles wird gut. Alles wird gut.«

Er schob das Tablet beiseite und bedeutete mir, mich neben ihn zu legen. Ich hielt ihn so lange fest, bis wir beide irgendwann langsam in den Schlaf glitten.

KAPITEL 38

Eden

An Weihnachten schleppten Madeleine und Harry einen etwa ein Meter großen Baum an, den sie im Schlafzimmer platzierten, sodass ich ihn vom Bett aus perfekt sehen konnte. Die Überraschung war ihnen damit gelungen. Ich konnte mich sogar zu einem freudigen Lächeln hinreißen lassen.

Während Harry dann auf dem Sessel neben dem Bett saß und sich dazu berufen sah, den Märchenonkel für mich zu geben, schmückte Madeleine unseren Weihnachtsbaum mit roten und weißen Kugeln, die sie extra gekauft hatte.

Nachdem der Baum fertig geschmückt war, verspürte selbst ich eine festliche Stimmung. Irgendwie gelang es mir sogar, mit Harrys Hilfe aufzustehen, um Madeleines und meinen ersten Weihnachtsbaum zu begutachten. Madeleine schlang die Arme seitlich um mich, Harry hakte sich bei mir unter. So standen wir drei eine Weile da und betrachteten stumm den Baum. Insgeheim hoffte ich, auf diese Weise für eine stabile Bindung zwischen Madeleine und Harry gesorgt zu haben. Dass beide auch in Zukunft befreundet blieben, war der einzige Wunsch, den ich dieses Jahr abschickte.

Am Weihnachtstag selbst veranstalteten Madeleine und ich keine große Feier. Schließlich war ich ein schlechter Gastgeber, schlief die meiste Zeit oder kämpfte gegen das Erstickungsgefühl und meine Schmerzen an. Aber zumindest meine Familie, Harry, Akim, Julie und Leona waren anwesend und brachten so mal wieder etwas Schwung in die Bude.

Während die anderen aßen, lag ich auf der Couch und lauschte ihren Gesprächen. Manchmal musste ich wegen Harrys dummen Sprüchen schmunzeln, manchmal weinte ich stumm vor mich hin. Auf meine Bitte hin gab es keine Geschenke. Das mochte zwar egoistisch, pessimistisch oder was auch immer erscheinen, aber ich wollte nicht, dass sich irgendjemand gezwungen fühlte, mir Schrott zu kaufen, den ich wirklich nicht mehr brauchte.

Na ja, einen Gnadenschuss würde ich vielleicht annehmen. Aber dazu ließ sich so schnell wohl niemand überreden. Und um Akim zu provozieren, war ich zu schwach.

Ich hielt nicht mal bis zehn Uhr durch. Die Couch war unbequem, die Stimmen zu laut und der Schmerz zu eindringlich. Ich bat daher Harry, mich nach oben zu begleiten. Früher hätte er mich aufgezogen, wenn ich ihn gefragt hätte, ob er mich ins Bett bringen würde. An diesem Abend legte er sehr viel Wert darauf, dass mein Kissen weich war, die Decke meine gesamten Beine bedeckte, und mich hätte es nicht gewundert, wenn er mir zur Krönung noch einen Gutenachtkuss gegeben hätte.

So änderten sich die verdammten Zeiten.

Doch als Harry im Begriff war, zu gehen, hielt ich ihn am Arm fest. Ich griff nach dem Tablet und deutete mit dem Kinn in Richtung des Stuhls neben dem Bett. Ich hatte vor, eine Sache hinter mich zu bringen, die ich schon die längste Zeit mit mir herumschleppte. Es gab nur eine Person, mit der ich darüber sprechen konnte, und das war Harry.

»Was ist los, Mann? Du solltest lieber schlafen«, meinte Harry und rieb seine Handflächen nervös aneinander.

Mühsam schüttelte ich den Kopf und berührte Buchstabe für Buchstabe. *»Ich will nicht mehr!«*

Harrys Augen weiteten sich, als er meine Worte las. Dann glitt sein Blick zu mir. Hilfesuchend fixierte er mich. Er wollte nicht mit mir über den Tod reden, das wusste ich.

Aber da mussten wir jetzt beide durch, Kumpel.

»Ich habe einen Entschluss gefasst. Schon vor langer Zeit. Und ich bin mir sicher, dass ich diesen umsetzen werde.«

»Eden … scheiße. Was für ein Entschluss?«, stotterte er.

»Die Schmerzen sind die Hölle. Ich bekomme kaum noch Luft. Jede Stunde ist eine Qual«, offenbarte ich ihm meine tiefsten Gedanken. *»Körperlich werde ich noch durchhalten. Das fühle ich einfach. Es wird noch dauern. Wochen vielleicht sogar. Es wird bestimmt schlimmer. Irgendwann werde ich so vollgepumpt sein mit Medikamenten, dass ich nicht mal mehr weiß, wo ich bin. Dann werden sie mich wegbringen. Ich will das nicht. Ich will, dass es hier passiert. Zu Hause.«*

»Ich weiß nicht … was ich sagen soll. Die Medikamente, die sollten es doch erträglicher machen.«

Daraufhin presste ich den Kopf an die Wand hinter mir und verzog meinen Mund zu einem zynischen Lächeln. Harry ließ sich dadurch nur noch mehr verunsichern. Er wurde nervöser. Aber ich ließ ihn nicht von der Angel. Ich musste mit jemandem darüber reden. Musste diesen seelischen Druck loswerden. Und laut ausgesprochen oder zumindest geschrieben waren meine Pläne auch gleich realer.

»Ich habe mein Schicksal angenommen. Ich habe diese beschissene Krankheit angenommen. Aber ich will entscheiden, wann und wo ich gehen werde. Ich habe es satt. So verdammt satt.«

Harry atmete durch. Tief und lange. »Okay«, sagte er schließlich, als hätte er in aller Eile seine Meinung über den Haufen geworfen – mir zuliebe vermutlich. »Ich verstehe, dass du an einem Punkt angelangt bist, an dem du die Schnauze voll hast. Es geht ja nur noch bergab für dich, oder?«

»Richtig. Glaub mir, ich hätte auch nie gedacht, dass mir der Tod mal so verlockend erscheint. Aber ich bin wirklich am Ende.«

»Okay … okay. Was willst du tun?«

»Ich werde es selbst beenden«, schrieb ich.

Harry wurde fahl im Gesicht und musterte mich ängstlich. »Eden, ehrlich?«

»Ja. Das zu tun, ist das letzte Stück Freiheit, das mir geblieben ist.«

»Scheiße«, murmelte er und senkte den Kopf. »Aber wie willst du das anstellen? Ich meine … wie willst du diese Überwindung aufbringen?«

Harry ahnte nicht mal ansatzweise, wie ausführlich ich mich mit diesem Thema beschäftigt hatte. Ich hatte sogar bereits Vorbereitungen getroffen. Schon jetzt könnte ich mich selbst erlösen. Aber noch würde ich es nicht tun. Noch wollte ich durchhalten. Ein wenig zumindest.

»Die Medikamente, die mir mein Leben erträglicher machen sollen, können bei richtiger Dosierung auch dazu benutzt werden, mich ins Jenseits zu befördern. Eine Überdosis davon und ich bin weg.«

Niemand von uns beiden hätte je gedacht, dass wir jemals über Suizid sprechen würden. Aber für mich hatte mein Plan, der bereits damals während unserer Reise in Edinburgh zu wachsen begonnen hatte, nichts mit Suizid, sondern mit Selbstbestimmung zu tun. Das Schicksal hatte mir unglaublich viele Entscheidungen genommen. Entscheidungen darüber, wie mein Leben aussehen sollte. Meine allerletzte wollte ich daher aus Trotz, Genugtuung und auch, um Frieden schließen zu können, selbst treffen.

»Aber … bekommst du davon etwas mit?«

»Nicht bei den Bomben, die ich mir einwerfen werde. Das geht ganz schnell. Ich schlafe ein und bin weg.«

Erneut starrte er lange Zeit aufs Display des Tablets. Irgendwann presste er die Lippen zusammen und nickte einmal, zweimal. »Vermutlich würde ich es auch machen an deiner Stelle«, gestand er.

»Versprich mir, dass du keinem davon erzählst.«

»Versprochen.«

»Danke dir, Harry«, schrieb ich. *»Ich habe außerdem ein paar andere Vorbereitungen getroffen. Wäre schön, wenn du dich darum kümmern könntest.«*

Ich deutete auf den Umschlag, der auf dem Nachttisch lag. Darin befanden sich Anweisungen darüber, was zum Beispiel mit meinen Gemälden oder dem Haus passieren sollte.

Nach der Diskussion, die entstanden war, als ich gedacht hatte, ich müsste Madeleine irgendetwas Materielles von mir hinterlassen, hatten wir erst vor Kurzem noch einmal ausführlich über meine Pläne bezüglich des Hauses gesprochen. Mittlerweile hatte ich entschieden, dass das Haus verkauft werden und der Erlös zwischen meiner Familie und all meinen Freunden, Madeleine eingeschlossen, zu gleichen Teilen aufgeteilt werden sollte.

Harry würde das Organisatorische für mich erledigen, da war ich mir sicher. Er würde das Haus und meine Bilder verkaufen, und meine Familie damit etwas entlasten.

Den Erlös der Bilder wollte ich zwischen einigen von mir aufgeführten Stiftungen aufteilen. Damit hätte ich die Bilder nicht nur für mich, sondern im Dienste der Wissenschaft gemalt. Durch sie würde es möglich sein, die Krankheit, die mich schlussendlich das Leben kosten würde, besser zu erforschen und vielleicht sogar irgendwann einmal besiegen zu können.

Wenn ich auch nur einen kleinen Teil dazu beitragen konnte, dann war zumindest nicht alles umsonst.

Harry steckte sich den Umschlag ein, umarmte mich noch einmal, bevor er das Schlafzimmer mit zerknirschter Miene verließ.

Wie erhofft, fühlte ich mich durch meine Beichte befreiter, als hätte ich eine schwere Last teilweise abgelegt. Gleichzeitig gab es jetzt kein Zurück mehr.

Doch dafür war es ohnehin zu spät.

KAPITEL 39

Eden

Ich machte weiter. Tag für Tag. So lange, bis ich das Gefühl hatte, mein Verstand hätte meinen Körper längst verlassen.

Als ich die Diagnose bekommen hatte, war ich jede Variation des Todes gedanklich durchgegangen. Nächtelang hatte ich mir vorgestellt, wie mein Ende daherkommen würde. Auf sanfte Weise, ebenso auf brutale. Doch niemals hätte ich gedacht, wie zermürbend die Schmerzen und die Hoffnungslosigkeit sein konnten.

Mittlerweile gelang es mir kaum noch, meine Aufmerksamkeit länger als ein paar Sekunden auf irgendetwas zu lenken, so dominant waren der Schmerz und die Atemnot. Ich nahm Gespräche nur noch am Rande wahr und schlief oft ein, während jemand mit mir redete. Alle Ängste, alle Sorgen waren wie weggeblasen. Ich war nicht mehr in der Lage, zu fühlen. Weder Trauer noch Wut. Weder Freude noch Sehnsucht.

Sterben war eine einsame Sache. Die Tatsache, dass man all die Menschen, die man liebte, zurücklassen musste, verlor ihre Schwere. Ich erreichte einen Punkt, an dem es irgendwie nur noch um mich selbst ging. Und jeden Morgen war ich aufs Neue frustriert, wenn ich die Augen öffnete und feststellte, dass ein weiterer Tag vor mir lag.

Von Weihnachten bis Silvester hielt ich durch. Die Dosis meiner Medikamente wurde erneut angepasst. Doch mittlerweile drängte auch meine Ärztin darauf, mich in stationäre Behandlung zu begeben. Ich lehnte ab, blieb meinem eisernen Willen treu und handelte mir damit eine Standpauke von Madeleine ein.

Alle mochten der Meinung sein, dass ich jeden Augenblick sterben könnte, aber ich spürte mein Herz kräftig pochen. Ich wusste, dass es noch weitergehen würde. Qualvolle, lange Tage.

Früher hatte ich zu Silvester immer eine riesige Party geschmissen. Bis in die Morgenstunden hatten wir gefeiert. An meinem letzten Silvesterabend war ich ganz allein mit Madeleine.

Madeleine hatte das Rollo am Schlafzimmerfenster hinaufgekurbelt, sodass wir vom Bett aus möglicherweise sogar das Feuerwerk sehen konnten. Während ich dalag und raus in den klaren Sternenhimmel sah, erzählte Madeleine von all unseren wundervollen, gemeinsamen Erlebnissen. Mal lachte sie dabei, mal weinte sie.

Ihre Stimme zu hören, war in letzter Zeit die beste Medizin für mich. Ich hangelte mich von Wort zu Wort durch die Zeit und versuchte die Gefühle von damals irgendwie wieder wachzurufen. Mein Innerstes war jedoch wie ausgehöhlt. Völlig leer.

Den Countdown vor Mitternacht verschlief ich und wurde erst durch das Böllern draußen wach. Tatsächlich entdeckte ich ein paar bunte Lichtkegel am Himmel, deren Strahlen innerhalb weniger Sekunden verschwand.

Madeleine beugte sich zu mir, küsste meine Wange und flüsterte: »Happy New Year.«

Sie schmiegte sich an mich und erneut dämmerte ich weg.

Als ich das nächste Mal erwachte, standen meine Freunde versammelt neben meinem Bett. Gläser klirrten, als alle anstießen. Ich, die lebende Leiche, im Zentrum ihrer Party. Weil ich immer wieder wegdöste, hatte ich kein Gespür dafür, wie viel Zeit vergangen war. Aber ich nutzte die wachen Augenblicke, um jeden noch einmal bewusst anzusehen.

Akim – Gott, ich hoffte, er unterstützte meine Schwester in der schweren Zeit, die vor ihr lag. Ich wünschte mir, dass er endlich begriff, wie sehr Charlize ihn liebte.

Charlize – Mögen all ihre beruflichen Ziele in Erfüllung gehen und glückliche Familien in den Häusern, die sie noch bauen wird, leben. Sie war nicht nur eine sehr gute Freundin für mich, sondern die allerbeste Schwester, die ich mir je hätte wünschen können.

Julie – Ich war mir sicher, dass sie die Entwöhnung durchziehen und auf eigenen Beinen stehen würde. Ich wusste einfach, dass in ihr etwas Großartiges steckte, das sie nur selbst entdecken musste.

Harry – Ihm verdankte ich so viel. Ich hatte mit ihm nicht nur die lustigsten Momente meines Lebens erlebt, sondern durch ihn auch eine Stütze in jeder noch so schweren Zeit gefunden.

Leona – Dank ihr hatte ich Madeleine kennengelernt. Sie hatte aber auch dafür gesorgt, dass Harry lernte, wie schön eine Beziehung zu einer Frau sein konnte. Vielleicht würden die beiden zu der Familie werden, die Harry sich für seine Zukunft vorstellte. Ich wünschte es mir zumindest für ihn.

Irgendwann berührte jemand meine Schulter. Es war Harry, der mittlerweile wieder Jacke und Mütze trug, bereit, aufzubrechen. »Wir machen uns auf den Weg«, sagte er.

Ich versuchte mich an einem Nicken, aber es schmerzte zu sehr. Gern hätte ich ihm zumindest schriftlich noch einmal mitgeteilt, wie wichtig er mein Leben lang für mich gewesen war. Aber ich konnte nicht.

Harry kniete sich neben mich, und erst da bemerkte ich die Tränen in seinen Augen. »Es ist so weit, richtig?«, fragte er.

Ich brauchte ihm keine Antwort zu geben, er wusste auch so, dass er mich nicht mehr wiedersehen würde. Alle wussten es.

»Du … Gott … du bist wie ein Bruder für mich. Ich hoffe, du weißt, wie sehr ich dich liebe. Wir hatten eine tolle Zeit. Verrückte, einmalige Jahre – wenn auch zu wenig davon.« Als er sich vorbeugte, um mich auf die Stirn zu küssen, betrachtete ich jene Narbe an seinem Hals, die ich ihm aus Versehen mit einem Dartpfeil verpasst hatte, als wir Teenager gewesen waren. Ein warmes Gefühl breitete sich daraufhin in mir aus und verdrängte den Rauschzustand für einen kurzen Augenblick. »Ich liebe dich, Eden. Mach's gut, Kumpel.«

Er richtete sich auf, legte seine Hand auf meine Schulter, drückte kurz zu und hastete dann aus dem Zimmer.

Als hätte sich Harrys Abdruck wie ein Bild dort an Ort und Stelle verewigt, starrte ich die ganze Zeit dorthin, wo er gerade noch gestanden hatte. Mein Entschluss geriet ins Wanken, gleichzeitig wusste ich, dass es für mich keine Alternative gab. Die Hoffnung, gesund zu werden, um mit Harry in einer Woche ein Bier trinken zu gehen, hatte ich längst verloren.

Mein Plan stand fest. Er war in Stein gemeißelt. Doch natürlich konnte ich nicht verhindern, Schuld zu empfinden, als Madeleine wenig später zu mir ins Bett kam.

Gewissermaßen kam ich mir wie ein Verräter vor, weil ich sie freiwillig frühzeitig im Stich ließ. Aber wie ich schon festgestellt hatte, verschoben sich die moralischen Werte relativ schnell, wenn es darum ging, Höllenqualen aushalten zu müssen.

KAPITEL 40
Eden

Am Tag des Castings war Madeleine nervös. Sie zog sich mehrmals um, ging dauernd im Schlafzimmer auf und ab und erklärte mir immer wieder, dass sie nicht wusste, ob sie tatsächlich hingehen sollte.

Wenn man ans Schicksal glaubte, könnte man meinen, dass es mir in diesen wenigen Stunden besonders wohlgesonnen war. Denn ich war klarer im Kopf als in letzter Zeit. Ich schaffte es sogar, länger wachzubleiben und jede Sekunde bewusst mit Madeleine zu genießen.

Als wäre ich ein Schwamm, saugte ich noch einmal alles von ihr in mich auf. Ihre Schönheit, ihre Anmut, den Klang ihrer Stimme. Wer weiß, vielleicht konnte ich irgendetwas davon als Erinnerung dorthin, wo ich bald hingehen würde, mitnehmen.

»Harry wird dann gleich da sein«, sagte sie und setzte sich zu mir aufs Bett.

Aber Harry würde nicht kommen. Ich hatte ihm geschrieben und ihn gebeten, nicht herzukommen, um auf mich aufzupassen. Nur wusste Madeleine davon nichts.

Ich hob meine Hand und strich über ihre Hüfte. »Wunderschön«, formte ich mit meinen Lippen. Sie sah wirklich atemberaubend aus in dem beerenfarbenen Kleid, das sie trug.

»Danke«, murmelte sie. »Ich werde sie hoffentlich alle verzaubern.«

Das wirst du. Genauso, wie du mich verzaubert und mein Leben so viel schöner gemacht hast.

Ich bündelte meine Energie und setzte mich sogar aufrecht hin. Dann umschloss ich mit meinen Händen ihr Gesicht und betrachtete sie, ehe ich sie küsste. Sie erwiderte den Kuss und ich glaubte, sie spürte, dass ich gehen würde. Aber sie verdrängte es wahrscheinlich, weil es zu schmerzhaft für sie war.

»Wir sehen uns später«, sagte sie, als würde sie mir ein Versprechen abnehmen, dass ich, wenn sie nach Hause kam, noch am Leben war.

Anstatt zu nicken, nahm ich ihre Hand in meine und küsste ihre Fingerspitzen.

Als sie vom Bett stieg, fraß mich der Schmerz, sie nie wiedersehen zu können, beinahe auf. Wir hätten so viel mehr haben können. Es erschien mir unglaublich unfair, sie zu verlieren. Gleichzeitig hatte Madeleine ein anderes Leben verdient als jenes, das sie im Moment an meiner Seite führte.

Als sie sich noch einmal herabbeugte, um mich zu küssen, bewegte ich meine Lippen zu einem stummen »Danke«. Genau wie damals bei ihrem ersten Besuch in meinem Büro, als alles zwischen uns angefangen hatte, sah sie mich aus großen, grünen Augen an und lächelte verstehend.

Zwischen meinem ersten euphorischen und diesem letzten Dank lagen Welten. Dazwischen lag unser gemeinsames Leben, all die Träume und Momente, die wir miteinander geteilt hatten. Und die ganze Aufopferung, die mir diese Frau entgegengebracht hatte.

Es tat verdammt weh, das ließ sich nicht abstreiten. Zu gern würde ich ihre Hand halten, sie ansehen … und das für immer. Aber ich ließ sie mit einem erlösenden Gefühl aus meinem Schlafzimmer und aus meinem Leben verschwinden. Ich hatte von Anfang an gewusst, dass dieser Moment kommen würde. Unsere gemeinsame Zeit hatte seit jeher ein Ablaufdatum gehabt.

Ich wartete, bis sie weg war und auch sicher so schnell nicht mehr zurückkommen würde. Erst dann kletterte ich mühselig aus dem Bett, holte die Briefe, die ich vorbereitet hatte, und kramte in der Schublade, in der ich alte Münzen aufbewahrte, nach dem Vorrat an Morphium- und Schlaftabletten, den ich mir still und heimlich angeschafft hatte.

Es fiel mir schwer, mich ohne Unterstützung auf den Beinen zu halten. In den vergangenen Tagen hatte ich mich nur mithilfe von Madeleine im Haus bewegen können. Diesmal aber schleppte ich mich eigenständig die Treppe zu meinem Atelier hoch. Dieses Unterfangen kostete nicht nur viel Zeit, sondern vor allem Kraft. Ich stolperte dabei sogar einmal und sammelte die Umschläge, die mir aus der Hand gefallen waren, mit fahrigen Bewegungen auf.

In der obersten Etage meines Hauses angekommen, warf ich meine Anlage an und legte *The Messenger* von Linkin Park ein. Auch über die Melodie, die mich in die ewigen Jagdgründe begleiten sollte, hatte ich mir ausführlich Gedanken gemacht. Am Ende hatte ich mich für jenes Lied entschieden, das mich nun in meinen letzten Momenten auf der Erde begleiten sollte. Die Botschaft über zu lang ertragenes Leid und einen gebrochenen Geist unterstrich durch ihre Bedeutung meinen Entschluss nur noch mehr.

Schwerfällig und wehmütig ließ ich meinen Blick durch das Zimmer schweifen. Ich hatte Angst gehabt, dass ich zögern könnte, doch als es so weit war, ich die Briefe platziert und mich auf den Boden gegenüber dem Gemälde, das Madeleines und meinen Handabdruck zeigte, gesetzt hatte, war ich entschlossener denn je.

Es war Zeit.

Es gab kein Zurück.

Es war vorbei.

Mit allerletzter Kraft schluckte ich so viele Tabletten, wie ich konnte, lehnte mich zurück und rief mir Madeleines Gesicht in Erinnerung. Ich versuchte, nicht an meine Krankheit zu denken, die mich in diese Lage gebracht hatte, sondern an jeden einzelnen besonderen Moment, den ich erlebt hatte. Während ich wartete, dass die Medikamente ihre Wirkung entfalteten, kroch doch noch bleierne Todesangst in mir hoch. Mein Körper wehrte sich zuerst gegen die Überdosis. Mein Puls raste und mir war übel, aber ich hielt durch. Ich überschritt den Punkt, an dem ich einen Rückzieher machen konnte.

Wärme breitete sich in mir aus, ehe ich spürte, wie sich mein Körper zu einem letzten verzweifelten Atemzug aufraffte und mich dann aber endlich gehen ließ.

Begleitet durch die Erinnerung an diese klaren, grünen Augen, übermannte mich die Bewusstlosigkeit.

KAPITEL 41
Madeleine

Danach

Man hört immer wieder von Leuten, die instinktiv spüren, dass etwas Tragisches geschieht. Sie halten einen Moment inne oder wachen mitten in der Nacht auf, während ihre Liebsten die letzten Atemzüge nehmen. Eine Tragödie, die oft so plötzlich kommt und sich dennoch wie ein unsichtbares Flimmern selbst über Hunderte Kilometer ausbreiten kann.

Auf dem Weg zum Casting halte ich an einer roten Fußgängerampel. Ich starre auf die ältere Dame vor mir, als mich ein Schaudern erfasst. Ich bekomme eine Gänsehaut, während alles um mich herum ruhig wird. Es ist, als würde die Zeit für einen Moment stillstehen.

Aber nur ganz kurz.

Im nächsten Augenblick kehren die Geräusche zurück, die Ampel springt auf Grün und ich setze meinen Weg fort.

Instinktiv weiß ich, dass etwas Schlimmes passiert ist. Ich überlege sogar, umzudrehen, das Casting sausen zu lassen und nach Eden zu sehen. Doch ich entscheide mich dagegen. Unbewusst. Es ist fast so, als würde eine übermächtige Kraft meine Füße fortbewegen. Einen vor den anderen. Ja nicht umdrehen. Weitergehen.

In Gedanken bin ich aber die ganze Zeit bei Eden. Nicht nur deshalb, weil ich ihn zum ersten Mal seit Wochen länger nicht sehe, sondern auch oder vielleicht sogar vor allem wegen dieses seltsamen Gefühls, das mich auch während des Castings nicht verlässt.

Ich will verstehen, weshalb sich Edens Kuss so sehr nach einem Abschied angefühlt hat, rede mir aber ein, lediglich nervös zu sein.

Einzelheiten des Castings dringen nicht zu mir durch, zu sehr bin ich damit beschäftigt, Eden mental daran zu hindern, mich zu verlassen. Ich glaube, meine Bewerbung läuft gut. Die Leute vom Theater sind begeistert. Aber all das verliert für mich an Wert, als ich am späten Nachmittag zurück nach Hause komme und Eden am Boden seines Ateliers finde.

Ich gerate in Panik, nachdem ich im Schlafzimmer erfolglos nach ihm gesucht habe. Zunächst stürme ich durchs Haus. Zuerst ins Bad, dann in die Küche, schließlich aber höre ich die Klänge von Linkin Park aus dem Dachgeschoss.

Nachdem ich die Tür zu Edens Atelier geöffnet habe, entdecke ich ihn sofort. Er wirkt friedlich, ruhig und erlöst. Sein Kopf ruht in seinem Nacken, Arme und Beine hat er von sich gestreckt.

Ich spüre gleich, dass er nicht mehr hier bei mir ist, dennoch laufe ich zu ihm, rüttele an seinen Schultern und rufe immer wieder seinen Namen. Irgendwann schreie ich sogar vor lauter Verzweiflung. Neben ihm liegen die leeren Blisterverpackungen jener starken Medikamente, die ihm sein Leid eigentlich einfacher machen sollten. Und das haben sie in gewisser Weise nun auch getan.

Augenblicklich erinnere ich mich an diesen einen Morgen, als ich Edens PC benutzt habe und die Seite über Sterbehilfe geöffnet war. Ich habe die Möglichkeit verdrängt, dass er seinen Tod selbst in die Hand nimmt. Zu schmerzhaft war sie für mich. Doch wie es nun scheint, hat er seinen Willen durchgesetzt.

»Eden, bitte. Du kannst mich nicht verlassen. Bitte. Eden.« Während ich den Notruf wähle, flehe ich ihn an, zurückzukommen, und lege meine Hand an seine Wange. Doch seine Haut ist längst kalt, seine Augen geschlossen.

Die Rettungskräfte platzieren mich auf Edens altem Holzstuhl, auf dem er zuletzt immer gesessen hat, um an seinen Bildern zu arbeiten. Ich frage mich, ob ich ihn hätte retten können. Hätte ich vor dem Eintreffen der Rettungskräfte irgendwelche Reanimationsmaßnahmen starten sollen? Ich habe es nicht einmal versucht. Ich zweifele jedoch daran, dass Eden zurückgeholt werden wollte. Aber für mich ist es, als hätte ich nicht genügend um ihn gekämpft. Diese Überlegungen scheinen meine Machtlosigkeit in diesem Moment zu unterstreichen. Meine Verzweiflung macht nur langsam dem Schmerz Platz, der mich überrollt, als mir der Notarzt mitteilt, er könne Eden nicht mehr helfen.

Irgendjemand scheint in diesen quälenden Minuten, die sich für mich wie Stunden anfühlen, Edens Mum verständigt zu haben. Denn plötzlich ist sie da und spricht mit dem Arzt. Ich verstehe kein Wort, kann den Blick nicht von Eden losreißen. Ich hoffe noch immer so sehr, dass er aufstehen und mich in den Arm nehmen wird.

Doch stattdessen kommt Diane zu mir und ist so viel gefasster als ich. »Es geht ihm besser, Maddy. Er ist nicht mehr stumm, dort, wo er jetzt ist. Alles ist jetzt gut für ihn. Er hat es geschafft.«

Dieser Satz wird sich wohl für immer in mein Gedächtnis einprägen. Ich stelle mir vor, dass er nun das Paradies erreicht hat, in das er sehnlich wollte. Und vielleicht wird er dort auf mich warten.

An diesem fünften Januar gleiche ich einer Puppe, die man von A nach B bringt. An mir wird gezogen, geschoben und ich werde öfter in den Arm genommen als je zuvor. Meine erste Nacht ohne ihn verbringe ich in Leonas Bett mit ihr an meiner Seite. Ich weine so viel, dass die Haut unterhalb meiner Augen irgendwann ganz wund ist. Ich schlafe kaum, meide alles, von dem ich die Uhrzeit ablesen kann. Ich habe das Gefühl, jede Stunde, die vergeht, bringt ihn weiter von mir weg. Ich habe eine solche Angst, dass die Erinnerung an ihn sich irgendwann genauso in Luft auflösen wird, wie er selbst es getan hat.

In einem Moment war er noch da, im nächsten verschwunden. Das kann und will ich nicht begreifen.

Das gesamte Ausmaß des Schmerzes, der an diesem fünften Januar über mir zusammenbricht, reißt mir buchstäblich den Boden unter den Füßen weg. Diese Verletzung scheint so tief, dass sie wohl nie wird heilen können.

Ein Teil von mir ist mit Eden gestorben, der Rest kämpft sich durch den Schmerz, durch unendlich lange Minuten und Stunden. Irgendwann glaube ich, nie wieder etwas anderes fühlen zu können, denn meine Trauer scheint ein unsichtbares Band zu Eden darzustellen.

Ich habe immer gewusst, dass mir dieser Verlust bevorsteht. Ihn zu erleben, zerreißt mich trotzdem. Ich kann nicht atmen, so sehr vermisse ich Eden in dieser ersten Nacht ohne ihn. In jeder Nacht der letzten Monate ist er bei mir gewesen. Ich habe seine Hand gehalten, ihn gespürt, gerochen, gehört. Doch plötzlich ist es still. Plötzlich ist er weg.

In der Nacht zum sechsten Januar wird mir auf tragische Weise die schmerzhafte Bedeutung der Ewigkeit bewusst. Denn Fakt ist, ich werde Eden niemals wiedersehen. Alles, was wir hatten, liegt nun hinter mir. Was mir bevorsteht, ist eine Zukunft ohne ihn.

Und diese beginnt jetzt. Nur weiß ich nicht, wie ich sie bewältigen soll.

KAPITEL 42

Madeleine

Am Abend nach Edens Beerdigung sitzen wir alle bei ihm daheim und trinken eine letzte Runde zu seinen Ehren. Wir sind still, keiner weiß, was er sagen soll. Nur Harry und Akim erzählen ab und an von früheren Erlebnissen mit Eden. Während ich den beiden zuhöre, warte ich hoffnungsvoll darauf, dass Eden jeden Moment durch die Tür kommt und sich neben mich setzt. Ich schaue zu der Stelle, an der wir bei seinem Geburtstag miteinander getanzt haben, und in diesem Augenblick ist sein Verlust so spürbar, dass ich kaum noch Luft bekomme.

Ich bin völlig in mich gekehrt. Seit vier Tagen ist er tot und seither habe ich kaum gegessen, geschlafen oder geredet. Ich habe es noch nicht einmal geschafft, Edens Brief zu lesen.

Immer, wenn ich die Augen schließe, sehe ich ihn in seinem Atelier auf dem Boden sitzen. Ich bin gefangen in diesem Moment, als mir bewusst wurde, dass ich ihn verloren habe. Schon allein in seinem Haus zu sein, ist die reinste seelische Qual für mich. Denn einerseits sehne ich mich nach ihm, seinem Geruch und auch danach, all den Dingen, die ihm gehören, nahe zu sein. Andererseits tut es schrecklich weh, an dem Ort zu sein, wo mich alles mit Eden verbindet.

Ich befinde mich in einem vernichtenden Kreislauf. Und ich weiß nicht, wie ich ohne Eden da rauskommen soll. Ich brauche ihn so sehr. Ich bin umgeben von Menschen, die mich lieben und die das Gleiche durchmachen wie ich. Und dennoch ist es, als wäre ich ganz allein auf der Welt.

Als ich nach diesem letzten Abend in Edens Haus zurück in meine Wohnung komme, spüre ich instinktiv, dass ich Edens Brief lesen muss. Ich hoffe, ihm auf diese Weise wieder näher zu sein. Und tatsächlich fühle ich mich ihm verbunden, als ich meinen Namen in seiner Handschrift auf der Außenseite des Umschlags lese.

Bevor ich das Kuvert öffne, atme ich mehrmals tief durch. Ich habe Angst vor Edens Worten. Angst, dass sie mich gänzlich vernichten oder vielleicht sogar enttäuschen könnten. Doch ich überwinde mich und ziehe die Lasche auf.

Der Inhalt besteht nicht nur aus einem Brief, sondern auch aus einem USB-Stick. Ich weiß sofort, was darauf gespeichert ist. Zuerst aber entscheide ich, den Brief zu lesen.

Liebste Madeleine,

ich weiß, wie unglaublich traurig du sein wirst, wenn du diese Zeilen liest. Aber ich bin sicher, du schaffst das. Du bist stark; vergiss das niemals.
Jeder Tag, der vergeht, wird es leichter für dich machen, glaub mir. Außerdem bin ich überzeugt, dass dir die Rolle in dem Theaterstück helfen wird, mit der Situation fertigzuwerden – also nimm sie auf alle Fälle an.
Falls du dir schon von mir keine Ratschläge erteilen lässt, dann hör wenigstens darauf, was Oscar Wilde einmal geschrieben hat: »Leben Sie! Leben Sie das wundervolle Leben, das in Ihnen ist. Lassen Sie nichts für Sie verloren sein. Seien Sie immer auf der Suche nach neuen Erlebnissen für Ihre Sinne. Fürchten Sie nichts.«
Du hast mir nicht nur gezeigt, dass Wilde ein ziemlich cooler Kerl war, sondern mir auch die Angst vor meinem Schicksal genommen. Du hast in den dunkelsten Stunden Licht in mein Leben gebracht. Ohne dich hätte ich nicht mal ansatzweise so lange durchgehalten. Du warst immer für mich da – in den schwersten und schönsten

Augenblicken des vergangenen Jahres. Dafür möchte ich mich aufrichtig bei dir bedanken.
Du hast meine Launen ertragen und mir deine ganze Liebe geschenkt. Ich hatte die beste Zeit meines Lebens mit dir, Madeleine. Danke, dass du den Mut gehabt hast, mich anzusprechen, obwohl ich anfangs so harsch zu dir war. Danke, dass du diesen schweren Weg mit mir gegangen bist. Aber du musst auch verstehen, dass ich diesen Schritt jetzt gewählt habe, weil ich es so furchtbar leid bin, zu kämpfen. Ich will einfach nur noch, dass es vorbei ist, auch wenn es bedeutet, dich verlassen zu müssen und unser beider Herzen zu brechen.
Was aber bleibt ganz am Ende zu sagen? Ich liebe dich – das weißt du hoffentlich.
Es tut mir leid, Madeleine. Nicht etwa, weil ich gegangen bin (wir wussten beide, dass dieser Tag kommen wird), sondern weil ich unglaublich gern mit dir alt geworden wäre. Ich habe mir oft vorgestellt, wie es wäre, dich eines Tages zu heiraten, Kinder mit dir zu bekommen und zusehen zu dürfen, wie diese groß werden. Mir bleibt dieser Wunsch verwehrt, du aber kannst ihn leben. Also tu das auch. Werde glücklich. Mach etwas aus deinem Leben.
Behalte mich in Erinnerung, aber lass mich trotzdem gehen. Da draußen gibt es jemanden, der dich auffangen wird, so wie du mich aufgefangen hast.
Ich werde auf dich aufpassen. Immer. Versprochen.
Wer weiß, vielleicht werde ich dort oben ein paar gepflegte Gläser Scotch mit Wilde trinken und ihm von seinem allergrößten Fan erzählen.

In ewiger Liebe
Eden

PS: Ich habe dir versprochen, dass du eines Tages meine Stimme hören wirst. Auf dem Stick findest du ein paar unserer Songs. Hör sie dir an. Hör mich, dann sind wir uns ganz nahe.

Ich tue es.

Ich stecke den USB-Stick in meinen Laptop, setze meine Kopfhörer auf und betrachte die Playlist vor mir. Ich kann es kaum erwarten, endlich Edens Stimme zu hören. Gleichzeitig bin ich überhaupt nicht darauf vorbereitet. Ich habe Angst vor der Welle, die mich überrollen wird, sobald ich eins der Lieder abspiele.

Doch ich spreche mir Mut zu und wähle einen der Songs aus. Es ist eine Coverversion von *Collide*. Die ersten Akkorde einer Gitarre erklingen, und ich weiß sofort, dass es Eden ist, der spielt. Unweigerlich taucht jenes Bild von ihm an meinem Geburtstag in meinen Gedanken auf. Damals hat er zum ersten und letzten Mal für mich gespielt. Nun aber habe ich eine Erinnerung an ihn, die ich immer wieder abspielen kann.

Ich kann Edens Stimme hören, wann immer ich möchte. Damit macht er mir ein Geschenk, das unsere Liebe zueinander repräsentiert. Selbst nach seinem Tod kann er mich noch überraschen.

Erwartungsvoll halte ich den Atem an, bis ich seine Stimme zum ersten Mal höre und er darüber singt, wie ein neuer Morgen anbricht.

Ich habe mir nie eine Vorstellung davon gemacht, wie Eden sich anhören würde. Vielmehr glaubte ich, ihn zu hören, wäre fremd für mich. Doch es ist, als wäre er schon immer auf diese Art für mich da gewesen. Als hätte es seine Stummheit nie gegeben. Ihn zu hören, ist intim und vertraut. Es kommt einer Berührung gleich, die er mir von wo auch immer er nun sein mag, übermittelt.

Ich verliebe mich augenblicklich in seine raue, tiefe und doch so sanfte Stimme. Sie ist warm, hüllt mich ein und gibt mir das Gefühl, Eden ganz nahe zu sein. Als würde er neben mir in meinem Schlafzimmer sitzen und für mich singen.

Obwohl Eden diesen Song nicht selbst geschrieben hat, ist es, als würde er unsere Geschichte erzählen. Eine letzte Liebeserklärung, ein letzter Kuss, bevor er wirklich gehen kann.

Es ist so schwer für mich, zu begreifen, dass ich ihn wirklich nie wiedersehen werde. Aber in diesem Moment macht mir das Geschenk, das Eden mir hinterlassen hat, den Abschied leichter.

In dieser Nacht liege ich mit Kopfhörern im Ohr im Bett, schlafe mit Edens Gesang ein und wache mit ihm auf.

Von da an hangele ich mich von Tag zu Tag, getragen von seiner tröstenden Stimme.

Sie ist das Einzige, was mich am Leben hält.

KAPITEL 43

Madeleine

Irgendwann werden aus Tagen Wochen. Wochen, in denen ich zwischen Trauer und Trübsal schwimme. Inmitten all meiner dunklen Gedanken erhalte ich die Zusage für das Theaterstück. Ich kann zwar keine Freude empfinden, spüre aber eine gewisse Erleichterung. Ich bin überzeugt, dass es gut für mich sein wird, eine Weile aus London wegzukommen. Denn alles dort erinnert mich an Eden. Jeder Einkauf, jede Fahrt mit der Tube und jeder Kontakt mit seinen Freunden, die längst zu meinen geworden sind, ist mit mehr Schmerz verbunden, als ich ertragen kann.

Ich meide sein Haus, weil es mir das Herz gebrochen hat, als es leer geräumt wurde. Bald wird es verkauft werden und nichts mehr wird an Edens Existenz erinnern. Wie unbarmherzig das Leben einfach weitergeht, erscheint mir besonders grausam.

Bemerkenswerte Unterstützung bekomme ich von Chloe Rosson, der Regisseurin, für deren Stück ich mich beworben habe. Sie kümmert sich um eine Bleibe für mich in New York und ruft fast jeden Tag an, um zu fragen, wie es mir geht. Es tut gut, mit jemandem zu sprechen, der nicht selbst direkt von der Trauer um Eden betroffen ist. Sie spricht mir Mut zu, heitert mich auf und obwohl ich es nicht zulassen wollte, beginne ich, mich auf New York zu freuen. Ich möchte, dass Eden recht behält und mich das Theater rettet. Ein Zurück in mein altes Leben gibt es nicht, aber einen neuen Weg muss ich erst mal finden.

Irgendwann teilt mir Chloe sogar ein fixes Datum mit, wann ich in die USA reisen muss, um rechtzeitig für die Proben anwesend zu sein. Ich bin froh, dass es genau in dem Zeitraum sein soll, wenn sich Eden und mein erstes Treffen jährt. Vor diesem Tag habe ich besonders große Angst, weil ich weiß, wie schmerzhaft die Auseinandersetzung damit für mich werden wird.

Ich spüre selbst, wie sehr sich mein Wesen mit der Zeit verändert hat. Es gibt Momente, in denen ich völlig überreagiere. Ich bin unausstehlich, schwanke zwischen Trauer und Wut, und jeder, der sich dann in meiner Nähe befindet, bekommt meine Emotionen zu spüren.

So gerate ich in einen heftigen Streit mit Harry, als er eines Abends mit Leona und mir zu Abend isst. Ich habe kaum einen Bissen gegessen, nur gerade so viel, dass Leona mich nicht tadeln muss. Stattdessen nippe ich fortwährend an meinem Weinglas. Leicht benebelt lässt sich mein Leben schlichtweg einfacher ertragen.

Irgendwann an diesem Abend kommt das Gespräch auf meine baldige Abreise. Leona und Harry machen keinen Hehl daraus, dass sie von meinem vorübergehenden Umzug nur wenig begeistert sind.

»Du kennst dort niemanden«, meint Leona.

»Ich kenne Chloe«, halte ich dagegen. Erst da fällt mir auf, wie schwer meine Zunge vom Alkohol ist und wie prüfend Harrys Blicke sind.

»Das ist eine Person. Du solltest hierbleiben, wirklich, Maddy.« Leona ist in der Hinsicht stur, doch ich bin sturer.

»Ich glaube nicht, dass es gut für dich ist, wenn du dort drüben ganz allein bist«, unterstreicht nun auch noch Harry die Aussage meiner Freundin.

Ich schnaube und trinke erneut einen Schluck Rotwein. »Ihr habt doch keine Ahnung, was das Beste für mich ist. Nur weil ich mental ein wenig angeschlagen bin, braucht ihr nicht zu meinen, über mich bestimmen zu dürfen. Was soll ich denn eurer Meinung nach tun?«

Die beiden wechseln einen vielsagenden Blick. Leona ist immer sanft zu mir und hat mich seit Edens Tod in Watte gepackt. Harry hingegen tut etwas, was er bei Eden nie getan hat, wenn der mal den Kopf hat hängen lassen – er tritt mir in den Hintern. Und möglicherweise bin ich deshalb auch so wütend auf ihn.

»Nimm dir noch ein wen…«

»Halt die Klappe, Harry!«, unterbreche ich ihn, getrieben von meinem Zorn und wohl auch vom Alkohol.

Harry schüttelt aber den Kopf. »Nein, sicher nicht. Ich werde nicht die Klappe halten, Maddy. Ich finde einfach nicht, dass du schon bereit bist, ganz allein in eine andere Stadt … verdammt, auf einen anderen Kontinent zu ziehen. Nicht jetzt. Du solltest noch ein wenig warten. Ich habe ihm geschworen, auf dich aufzupassen, und das werde ich auch tun.«

»Genauso, wie du ihm dabei geholfen hast, sich umzubringen«, brülle ich zurück. »Du hast … Du hast ihn umgebracht. Deinen besten Freund. Du hast nichts getan, um ihn von seinem Vorhaben abzubringen. Gar nichts.«

»Maddy«, flüstert Leona und greift nach meiner Hand, die ich ihr aber entreiße.

Harry hat mir einen Monat nach Edens Tod gestanden, dass Eden seinen Wunsch, sich selbst das Leben zu nehmen, an ihn herangetragen hat. Ich weiß nicht, ob ich wegen Harrys Mitwissenschaft wütend, verletzt oder erleichtert sein soll. Wenn ich nüchtern bin, fällt es mir leichter, mir selbst klarzumachen, dass Eden jemanden gebraucht hat, mit dem er seinen Entschluss teilen konnte. Harry war dafür sicher am geeignetsten.

Bin ich jedoch betrunken, mangelt es mir an der Fähigkeit, meine Emotionen auf sachliche Weise zu sortieren. Dann entwickeln sich Streitgespräche wie jenes, das ich gerade mit Harry führe. Unterhaltungen, in denen Dinge gesagt werden, die mir wahrscheinlich irgendwann leidtun werden.

Harry setzt sich indessen aufrecht hin und scheint bereit für einen weiteren verbalen Kampf. Er selbst mag überzeugt sein, das Richtige getan zu haben, ich hingegen halte ihn in diesem Moment aber bloß für ein feiges Arschloch.

»Auf diese Art zu gehen, war Edens eigene Entscheidung«, sagt er ruhig.

»Aber du wusstest genau, dass er es an dem Tag tun würde, und bist nicht hingefahren, um ihn davon abzuhalten. Das werde ich dir nie verzeihen, Harry. Niemals.«

Ich breche in Tränen aus, während Harry meinen ersten Schlag gelassen einsteckt. Wie aufgebracht er aber innerlich ist, zeigt mir das Trommeln seiner Finger gegen die Tischplatte.

»Du bist das größte, verräterischste Arschloch, das ich kenne. Man sollte dich einsperren.«

»Und du bist der selbstsüchtigste Mensch, den ich kenne«, feuert er durchdringend zurück. »Wenn du dann auch noch gesoffen hast, was in letzter Zeit meiner Meinung nach viel zu oft vorkommt, redest du eine Menge Bullshit.« Daraufhin schnappt er sich mein Weinglas und schleudert es in Richtung Spüle. Es zerschellt in tausend Scherben, die, untermalt von einem ohrenbetäubenden Knall, zu Boden rieseln. »Lieber hättest du ihn leiden sehen, nur damit er noch etwas länger bei dir sein kann. So ist es doch, Maddy? Wenn du ihm seine Entscheidung jetzt vorwirfst, hast du ihn nicht mal ansatzweise so geliebt, wie du immer getan hast. Dabei dachte ich, du warst das Beste, was ihm hätte passieren können. Ich habe mich wohl in dir getäuscht.«

Harry steht auf, fährt sich mit der Hand durchs Haar und tritt von einem Bein aufs andere. Leona starrt auf ihren Teller, ich fixiere Harry mit meinen Blicken. Ich bin zutiefst verletzt, auch wenn ich diesen Streit mehr oder weniger selbst angezettelt habe.

»Wir haben ihn alle verloren; nicht nur du. Wir alle trauern um ihn. Wir alle müssen aber lernen, mit Edens Tod umzugehen. Es wird dir nicht gelingen, wenn du vor der Auseinandersetzung mit dem, was passiert ist, wegläufst. Und es wird nicht besser, wenn du dich permanent volllaufen lässt. Dass du so wirst, hätte er nicht gewollt.«

Ich will ihm nicht glauben, spüre aber, dass er recht hat. Ich laufe vor meinem Schmerz weg. In New York wird er nicht weniger, sondern vielleicht sogar immer mehr werden, wenn ich nicht endlich aufhöre, die Schuld für Edens Tod jemandem in die Schuhe zu schieben.

Harry atmet schließlich tief durch und stemmt seine Hände gegen die Stuhllehne. »Hätte ich ihn an diesem Tag abhalten können, sich das Leben zu nehmen? Ja, wahrscheinlich. Möglicherweise wäre er dann erst vor einem Monat, gestern oder heute gestorben. Aber Eden wollte diese Entscheidung für sich treffen. Es war sein Leben, Maddy, und keinem steht es zu, über Edens Entschluss zu urteilen – weder dir noch mir, noch sonst wem. Ich glaube, wir alle können uns nicht mal ansatzweise in Edens Verzweiflung oder Angst hineinversetzen, und ich hoffe, bei allem, was mir lieb ist, dass ich das auch niemals tun muss.«

Harrys Rede hallt noch lange in mir nach. Ich höre sie tief in mir, wann immer die Wut stärker wird.

KAPITEL 44

Madeleine

Leona hilft mir beim Packen. Wir versuchen, so viel wie möglich in den riesigen Koffer, den ich mir extra gekauft habe, zu bekommen. Den Rest werden meine Eltern nachschicken.

Jedoch sind mir Kleidung oder irgendwelche Kosmetikartikel egal. Viel wichtiger sind mir die Dinge, die mich an Eden erinnern. Sein Brief, die Musik, die Notizen, die ich aufbewahrt und die Bilder von uns beiden, die ich ausgedruckt habe. All das reicht für mich, um überleben zu können. Nahrung oder Kleidung sind da völlig nebensächlich.

Am Abend vor meiner Abreise kommen Charlize und sogar Julie bei uns vorbei. Charlize erscheint mir so viel stärker als ich. Vielleicht liegt das daran, dass sie ihren Job hat. Eine Aufgabe, die sie davon abhält, permanent über das Geschehene nachzudenken. Von daher will ich dieser Theaterrolle wirklich eine Chance geben. Ich bin hoffnungsvoll und zuversichtlich.

Um Julie in ihrer Entwöhnung zu unterstützen, gibt es keine alkoholischen Drinks, sondern eine Eisteekreation von Leona, Kuchen und Sandwiches. Julies Verhalten mir gegenüber hat sich seit Edens Tod stark verändert. Ich weiß nicht, ob das etwas mit ihrem Entzug oder dem Verlust zu tun hat. Doch plötzlich habe ich eine stärkere Verbindung zu ihr. Irgendwie scheint sie zu verstehen, wie es mir geht, schließlich hat sie Eden auch auf eine ähnliche Weise wie ich geliebt.

»Ich finde es echt cool, dass du nach New York gehst«, sagt sie.

»Danke«, erwidere ich verlegen.

»Hey, wir könnten dich im Herbst ja mal besuchen kommen. Nur wir Mädels. Was sagt ihr?«, schlägt Julie vor.

»Wenn ich es bis Herbst aushalte.« Leona verzieht traurig das Gesicht. Auch ich vermisse sie schon jetzt. Aber vermutlich darf ich mir die Chance, die Chloe mir bietet, wirklich nicht entgehen lassen.

»Ich bin dabei. Unter zwei Bedingungen«, erklärt Charlize. »Erstens möchte ich mir das Stück, in dem du mitspielst, dann gern ansehen. Und zweitens muss ich sichergehen können, dass mein Boss Kylie in der Zeit, in der ich weg bin, nicht umbringt. Sie ist etwas, na ja, konfus.«

Während die drei über Edens berufliche Nachfolgerin sprechen, schnürt mir ein Kloß die Kehle zu. Es tut fürchterlich weh, zumindest ist es für mich so. Ich kann mich nicht damit auseinandersetzen, wer Edens Platz in der Firma übernehmen wird. Das ist mir zu viel.

Charlize scheint zu spüren, wie schlecht es mir geht, da sie die Unterhaltung mit einer Handbewegung beendet. »Wir werden dich besuchen, versprochen.«

»Das wäre echt toll«, sage ich leichthin, auch wenn ich zu diesem Zeitpunkt schon spüre, wie hart die kommenden Monate für mich sein werden.

Mal ganz abgesehen davon, dass ich in einer neuen Stadt arbeiten und wieder zurück ans Theater kehren werde, ist die Aussicht auf die bevorstehende Einsamkeit schrecklich. Damit wird der Verlust nur noch deutlicher.

Bevor Charlize und Julie kurz nach Mitternacht gehen, nehmen mich beide noch einmal fest in den Arm.

»Pass auf dich auf und genieß die Zeit«, meint Charlize.

Ich nicke bloß.

Julies Rat ist da weniger fürsorglich. »Führ das Leben eines Rockstars, Süße. Ich würde es jedenfalls tun.«

Im Anschluss räumen Leona und ich die Küche auf. Wir

schweigen beide, sind zu sehr mit unseren Gedanken beschäftigt. Leona kann mich nicht zum Flughafen begleiten, da sie eine riesige Auslieferung für eine Babyparty vorbereiten muss. Stattdessen werden mich meine Eltern hinbringen. Ich trödele, weil ich Angst vor dem bevorstehenden Abschied habe. Ich weiß, dass ich Leona auf der einen Seite brauche, um mich in dieser schweren Zeit nicht völlig zu verlieren. Gleichzeitig ist der Abstand zu London wichtig für mich, das bilde ich mir zumindest ein.

Ich räume den letzten abgetrockneten Teller in den Schrank über der Spüle, während Leona am Esstisch Platz nimmt. »Das war's«, sage ich und meine damit nicht nur den Abwasch.

Leona nickt träge. »Ja. Es … Es wird seltsam ohne dich werden.«

»Ich komme zurück.«

»Ich weiß. Aber wann waren wir jemals so lange voneinander getrennt?«

»Ich glaube, noch nie.«

»Eben«, murmelt sie. »Darum wird es so schwer. Es gibt tausend Gründe, warum ich dich davon abhalten sollte, nach New York zu gehen.«

Ich atme durch. »Wahrscheinlich gibt es aber genauso viele, warum ich gehen sollte.«

Wir schweigen eine Weile und sehen auf die hellbraune Tischplatte. Schließlich höre ich Leonas stockende Atmung, und mir wird klar, dass sie weint.

»Leona, was ist denn los?«, flüstere ich tröstend.

Sie schüttelt den Kopf. »Ich … Ich habe ihm versprochen, es dir nicht vor deiner Abreise zu sagen. Aber ich glaube, das bringe ich nicht übers Herz.«

»Wem hast du was versprochen?«

»Harry«, murmelt sie.

»Harry? Was sollst du mir nicht sagen?« Mein Verhältnis zu Harry ist nicht viel besser geworden. Aber der Umgang mit ihm fühlt sich aufrichtiger an. In etwa so wie zwischen einem großen Bruder und kleiner Schwester.

»Ich … scheiße … Ich bin schwanger, Maddy.«

Ich habe mit vielem gerechnet, nur nicht damit. »Was?«, frage ich daher ziemlich einsilbig.

»Es ist einfach so passiert … war nicht geplant. Gott. Ich habe es Harry schon gesagt und …«

»Du hast es ihm schon gesagt?«, unterbreche ich sie entrüstet.

Leona nickt schniefend. »Ja, das habe ich. Ich habe es eine Weile für mich behalten, aber ich konnte es ihm nicht länger verschweigen.«

»Und mir hast du es nicht gesagt?«

»Doch, jetzt.«

»Jetzt«, presse ich hervor. »Warum hast du nicht vorher mit mir darüber gesprochen?«

»Maddy, ich wollte ja, aber Eden war gerade gestorben und ich wollte dich nicht zusätzlich belasten.«

In diesem Moment bin ich so enttäuscht von Leona wie nie zuvor. Es mag zwar kindisch sein, aber ich bin immer der festen Überzeugung gewesen, wir würden dieses Ich-werde-Mutter-Ding gemeinsam durchziehen. Uns ein Bild vom positiven Schwangerschaftstest schicken, gemeinsam heulen und lachen. Doch Leona hat mir all das vorenthalten, mich ausgeschlossen.

»Ich weiß nicht, was ich sagen soll«, meine ich. Leona begreift nicht, wie sehr mich all das verletzt. Wie sehr es mich verletzt, dass die beiden ein Baby bekommen, während Eden hat sterben müssen. Während ich mitten im Wirbelsturm stand, haben die beiden munter ein Kind gezeugt. Ich will nicht, dass für sie das Leben weitergeht, während ich alles verloren habe.

»Bitte sag mir jetzt nicht, dass du deswegen beleidigt bist.«

Ich seufze. »Doch, das bin ich aber.«

»Maddy, das ist total egoistisch von dir. Hier geht es um mich und Harry.«

»Harry wird sich ja riesig über die Neuigkeit gefreut haben«, sage ich ziemlich giftig.

Leona runzelt ungläubig die Stirn. »Für uns beide war es ein Schock, aber wir wollen uns zusammen um unser Kind kümmern.«

»Und weil du so glücklich bist, heulst du jetzt?«

»Ich bin verunsichert und war darauf nicht vorbereitet, das stimmt. Aber ich dachte, gerade du würdest dich für mich freuen oder mich zumindest bestärken.«

Ehrlicherweise kann ich mich in diesem Augenblick wirklich nicht für Leona freuen. »Keine Ahnung.«

»Was ist nur los mit dir?«, fragt sie vorwurfsvoll. »Früher mal warst du mir so nahe und jetzt ... du bist einfach nur noch verbittert. Ich möchte dir ja wirklich helfen, aber ich weiß einfach nicht mehr, was ich tun soll. Ich dringe nicht mal mehr zu dir durch.«

Ich bin wohl schon so abgestumpft, dass selbst Leonas Tränen an mir abprallen. Ich zucke nicht einmal mit der Wimper, während sie mich um ein Quäntchen Empathie anfleht. »Es fällt mir einfach schwer, zu akzeptieren, dass das Leben für euch derart positiv weitergeht. Mir kommt es vor, als würde jeder so tun, als hätte es Eden niemals gegeben.«

»Das Leben geht aber auch für dich weiter.«

»Nein«, flüstere ich. »Tut es nicht.«

»Dieses Baby wird die Erinnerung an Eden ja nicht auslöschen. Es ist nun einmal der Lauf der Zeit. Auch du wirst irgendwann wieder glücklich werden, Maddy.«

»Sag das nicht!«, zische ich.

Leona seufzt traurig und steht auf. »Von Herzen wünsche ich dir das Beste. Ich möchte, dass du weißt, dass ich immer für dich da sein werde, wenn du mich brauchst. Vielleicht fühlst du ähnlich.«

Ich nicke, schaffe es aber kaum, ihr in die Augen zu sehen. Ich bin ein Miststück. Getrieben von meiner Verzweiflung, holze ich alles Gute um mich herum nieder.

»Mach's gut, Maddy«, wispert sie.

»Leona«, sage ich, als sie bereits im Türrahmen steht. Langsam dreht sie sich noch einmal zu mir um. »Wann soll das Baby geboren werden?«

»Im November.« Die Worte hängen wie ein stummes »Wirst du dann bei mir sein?« in der Luft. Ich spüre die Frage beinahe körperlich, doch ich schweige.

Später im Bett stelle ich mir vor, wie Eden auf die Nachricht reagiert hätte. Bestimmt hätte er sich gefreut. Und ganz sicher hätte er mich für mein Verhalten getadelt. Harry wird mir den Kopf abreißen, wenn er erfährt, wie fies ich war.

Ich verhalte mich so, wie es vielen Trauernden nachgesagt wird – ich gebe mich meiner Verbitterung hin. Ich lasse zu, dass mich meine Negativität steuert, und verletze damit die Menschen, die mich am meisten lieben.

Möglicherweise ist dies auch der Grund, warum Leona nie aufhören wird, um mich zu kämpfen – weil sie mich liebt und weiß, wie sehr ich mich eigentlich über ihre Schwangerschaft freue.

KAPITEL 45
Madeleine

Der Frühling und ich erreichen New York gleichzeitig. Die Stadt ist so viel lauter, bunter und geschäftiger als London. Ich liebe die Hektik, die mich sofort mit sich reißt und es mir unmöglich macht, mich in meinem Schmerz zu verlieren.

Die erste Zeit ist rasant und geprägt von fremden Gesichtern, mir unbekannten Namen, die ich mir irgendwie merken soll, und dem Gefühl, für all diese Leute ein unbeschriebenes Blatt zu sein. Für meine neuen Kollegen bin ich nicht das arme Mädchen, dessen Freund sich gerade das Leben genommen hat, weil er Krebs hatte. Für sie bin ich bloß Madeleine aus London, die nur wenig spricht, manchmal fürchterlich unkonzentriert ist und niemals zu irgendwelchen Partys mitgeht.

Ich bin still, traurig und schrecklich einsam. Am schlimmsten aber ist, dass ich meine Arbeit nicht auf die Art liebe, wie alle von mir erwartet haben.

Bei den Proben sagt Chloe manchmal zu mir, ich soll meine Leidenschaft reaktivieren, doch ich weiß nicht einmal mehr, was Leidenschaft bedeutet. Ich kenne nur Schmerz, Wut und Trauer.

Äußerlich werde ich immer dünner, innerlich schwillt das Bedürfnis, mit jemandem zu sprechen, der mich versteht, von Woche zu Woche an.

Ich will weg vom Theater, mich verkriechen. Ich will auf die Bühne, brauche diesen Kick. Ich will mich verstecken. Ich will nach Hause. Ich will fortlaufen. Alles gleichzeitig.

Schließlich vermittelt mir Chloe den Kontakt zu Dr. Witman.

Den Termin zur ersten Sitzung zögere ich so lange hinaus, bis Chloe mir mehr oder weniger die Pistole auf die Brust setzt. Erst dann gehe ich hin und bereue es sofort. Präzise wie ein Laser, mit dem Herzoperationen durchgeführt werden, zerlegt Dr. Witman meine angeschlagene Psyche. Alles, was sie sagt, tut weh und entspricht zu eintausend Prozent der Wahrheit.

Ich bin geschockt und erkenne die Person, die Dr. Witman mir da präsentiert, selbst kaum wieder. Ich bin zu einem Zombie geworden, einem Schatten meiner selbst. Dieser Schmerz will nicht verschwinden. Und vielleicht bin ich selbst auch noch gar nicht bereit, ihn gehen zu lassen, auch wenn er mich Stück für Stück verschlingt.

Ich gehe Anrufen aus der Heimat aus dem Weg, antworte spät bis kaum auf Nachrichten und habe es damit bis zum Sommer geschafft, alle Menschen, die irgendwann einmal alles für mich waren, zutiefst zu verunsichern.

Wer bin ich? Diese Frage stelle ich mir sehr oft.

Leona und ich führen etwa sechs Wochen nach meinem Umzug ein langes Videotelefonat, bei dem wir beide bitterliche Tränen vergießen. Ich entschuldige mich für mein unsensibles Verhalten, sage ihr außerdem, wie sehr ich mich auf das Baby freue. Das entspricht auch vollständig der Wahrheit.

Ich glaube, ich hätte besser auf die Neuigkeiten rund um Leonas ungeplante Schwangerschaft reagiert, wenn ich später davon erfahren hätte. Doch mit absoluter Gewissheit kann ich das nicht sagen. Manchmal flippe ich immer noch schnell aus, wenn ich irgendetwas sehe oder höre, dass ich mit Eden in Verbindung bringe. Ich bekomme dann eine regelrechte Panikattacke, schnappe nach Luft und vergrabe mich für einen Tag in meiner Wohnung.

Das ist echt übel. Ich traue mich nicht einmal, mit Dr. Witman über diese Marotte zu sprechen, da ich Angst habe, ihre Diagnose würde noch fataler ausfallen.

Kurz vor der Premiere im September kommen mich Charlize,

Julie und Leona besuchen. Ich glaube, sie sind entsetzt, wie dünn ich geworden bin, behalten ihre Sorge aber für sich, um mich nicht sofort wieder zu vertreiben. Immerhin bin ich völlig überfordert mit dem plötzlichen Aufeinandertreffen meiner zwei Leben – dem alten und dem neuen. Sie haben wohl gehofft, ich wäre über den Damm, dabei geht es mir immer noch schlecht. Dr. Witman hat mir zwar geholfen, besser mit Edens Tod umzugehen, ich stecke jedoch immer noch mitten im Trauerprozess.

Aber der Besuch der Mädels hilft. Wir gehen shoppen und plaudern stundenlang. Ich bewundere Leonas Babykugel und bringe mich sogar in die Diskussion um einen möglichen Namen rege mit ein.

Diese eine Woche, in der die drei bei mir sind, ist die glücklichste Zeit in New York für mich. Ich bin ein Teil ihrer Gruppe. Sie haben mich nicht fallen gelassen, auch wenn ich ihnen das Leben oft schwer gemacht habe. Sie sind für mich da, stützen mich und helfen mir schlussendlich dabei, eine sehr wichtige Entscheidung zu treffen.

Anfang September berichte ich Dr. Witman davon. »Ich habe vor, zurück nach London zu gehen«, verkünde ich und halte gespannt den Atem an.

Dr. Witman blinzelt mehrmals, ehe sie den Kopf schief legt. »Das hört sich sehr überzeugt an. Wie sind Sie zu diesem Entschluss gekommen?«

»Ich weiß es nicht … irgendwie … spüre ich es. Sie wissen ja, dass meine Freundinnen zu Besuch waren. Leona ist schwanger und wird das Baby im November bekommen. Deshalb …«

»Das ist schön. Ein positives Ziel«, sagt Dr. Witman. »Aber geht es Ihnen wirklich nur um das Baby Ihrer Freundin?«

Ich schüttele den Kopf. »Vor meiner Abreise habe ich ihr vorgeworfen, mit ihrer Schwangerschaft Edens Tod an Bedeutung zu nehmen. Wir gingen im Streit auseinander, haben uns zwar wieder versöhnt, aber … es geht mir nicht einzig um dieses Baby.«

»Hatten Sie Angst, dass er in Vergessenheit gerät?«

»Nein«, sage ich aus einem Bauchgefühl heraus. »Ich hatte Angst, dass ich Eden gegenüber illoyal wäre, wenn ich mich auf etwas freue, dass er nicht mehr miterleben kann. Ich habe aber gelernt, dass er seine Bedeutung selbst dann nicht für mich verlieren wird, wenn ich wieder Freude empfinde.«

Ich kann kaum fassen, was ich da gesagt habe. Besser noch: Ich fühle es auch wirklich. Es ist wahr.

»Richtig, Madeleine. Er wird stets ein Teil von Ihnen sein. Sehen Sie das Gefühl, das er bei Ihnen hinterlassen hat, nicht länger als Schmerz, sondern als ein Geschenk. Ein Geschenk, immer an Ihrer Seite sein zu können. Das, was Sie mit Eden verbunden hat, wird Sie auch in Zukunft mit ihm verbinden. Aber warum hat Sie der Besuch Ihrer Freundinnen zum Umdenken bezüglich Ihrer Wohnsituation gebracht? Wenn es nicht darum geht, bei der Geburt in London zu sein, was ist dann der Grund für Ihren Wunsch nach einer Heimkehr?«

»Na ja, es … es fühlt sich an, als wäre ich weggelaufen. Als hätte ich die Zeichen übersehen, die mir rieten, in London zu bleiben. Sogar meine Freunde haben mir von diesem Umzug abgeraten. Aber ich dachte, nur ich wüsste, was ich brauche. Doch ich war weder bereit für diese Rolle noch für die Einsamkeit. Im Grunde habe ich genau das Gegenteil von dem getan, was gut für mich gewesen wäre.«

Sie notiert sich etwas auf ihrem Block, und einzig mit dieser Geste schafft sie es, bittersüße Erinnerungen an Eden in mir zu wecken. Wie oft haben wir uns am Esstisch gegenübergesessen, Eden mit seinem Block oder dem Handy in der Hand, bereit, mir seine Gedanken in schriftlicher Form mitzuteilen. Auch das muss ich erst wieder lernen: verbale Kommunikation.

»Weil Sie Angst vor den Orten Ihrer Vergangenheit mit Eden haben?«, fragt Dr. Witman mit monotoner Stimme.

»Ja«, erwidere ich. »Ich sehe in so vielen Dingen nicht das Gute, sondern Schmerz. Ich frage mich, wie es seiner Schwester gelingt, jeden Tag in dieses Büro zu gehen. Ich wäre wohl längst durchgedreht. Aber vielleicht ist es genau die Konfrontation, die ihr hilft, aus dieser Leidensspirale herauszukommen.«

»Jeder Mensch trauert auf seine Weise«, wirft Dr. Witman ein.

»Was ist, wenn ich die falsche Entscheidung treffe – erneut? Was, wenn es mir noch schlechter geht, sollte ich meinen Plan tatsächlich durchziehen, die Rolle zu kündigen und zurück nach London zu ziehen? Ich habe wirklich Angst, dass mich die Erinnerungen dort auffressen werden.«

Dr. Witman setzt sich aufrechter hin und schenkt mir ein winziges Lächeln. Ich suhle mich darin. Es ist wie ein warmer Sonnenstrahl nach einem langen Gewitter. »Ich kann Ihnen nicht garantieren, dass Sie die richtige Entscheidung treffen, wenn Sie nach England zurückgehen. Aber ich weiß, dass es Ihnen hier nicht gut geht, Madeleine. Daheim aber haben Sie Menschen um sich, die das Gleiche erleben mussten wie Sie. Niemand ist gern Einzelkämpfer und schon gar nicht, wenn es um etwas so Monumentales wie den Verlust eines geliebten Menschen geht. Diese Zeit steht man am besten im Kreis seiner Liebsten durch.«

Nachdem mich Dr. Witman in meiner Entscheidung bestärkt, überlege ich fieberhaft, wie ich Chloe mitteilen soll, dass ich meine Rolle mitten in der Saison aufgeben möchte. Ich glaube aber, dass sie Verständnis haben wird. Oder zumindest rede ich mir das ein, um den nötigen Mut aufzubringen.

Mein Herz scheint zu wissen, was gut für mich ist. Ich bin zuversichtlich und spüre ein aufgeregtes Kribbeln in mir. Dies hält bis zu jenem Zeitpunkt an, als ich eines von Edens Bildern im Fernsehen sehe und völlig unerwartet aus der Bahn geworfen werde.

Der Beitrag über den sich verändernden Immobilienmarkt in London ist eher langweilig. Ich liege auf der Couch, kurz davor, einzudösen. Ich lausche der monotonen Stimme des Sprechers, als dieser einen Mann Ende fünfzig vors Mikro holt. Dieser Mann steht offensichtlich in einem unscheinbaren Bürogebäude. Mein Blick fällt sofort auf das Bild im Hintergrund – Edens Bild. Es ist ausgerechnet jenes, auf dem wir unsere Handabdrücke verewigt haben.

Zuerst bin ich völlig fertig, dann aber fange ich an, diesen Fernsehbeitrag als Zeichen zu sehen. Möglicherweise ist es ein Wink von Eden, der mich darauf hinweisen möchte, dass ich wirklich nach London zurückkehren soll. Als würde er dort auf mich warten.

Tatsächlich wächst mein Heimweh nach dieser Entdeckung schlagartig an. Ich halte es kaum noch aus in New York und würde am liebsten gleich mit dem nächsten Flieger nach Europa fliegen.

Meine Entscheidung steht also bereits fest, noch bevor ich mit irgendwem aus meiner Heimat darüber gesprochen habe. Ich hoffe, dass sie sich freuen werden, wenn ich zurückkehre. Und ich bete, dass mir ihre Nähe helfen wird, zumindest etwas dieser bedrückenden Trauer ablegen zu können.

KAPITEL 46

Madeleine

Um meinen Entschluss zu festigen, bin ich also Dr. Witmans Ratschlag gefolgt und habe meine Geschichte mit Eden noch einmal gedanklich erlebt. Jeden einzelnen Moment davon, an den ich mich erinnern kann.

Und während ich jetzt auf dem Bett sitze und die kompensierten, materiellen Erinnerungen an Eden in der Box auf meinem Schoß betrachte, wird mir klar, dass mich die allerkleinste Hürde zu Fall bringen wird. Wenn es selbst einem Fernsehbeitrag gelingt, mein Nervengerüst zum Einsturz zu bringen, wie werde ich dann erst reagieren, wenn ich die Orte betrete, die ich für alle Zeit mit Eden in Verbindung bringen werde?

Es wird schwer werden – und selbst das ist wohl noch untertrieben.

Ich muss aber versuchen, positiv in die Zukunft zu blicken. Ich darf keine Angst haben, mich jenen Dingen, vor denen ich ein halbes Jahr lang weggelaufen bin, nun zu stellen. Denn vielleicht ist das der Anstoß, den ich brauche, um ein bisschen Frieden zu finden.

In den vergangenen Monaten habe ich gedacht, je weiter weg ich von London bin, umso realistischer wäre eine Instandsetzung meines Herzens oder meiner Seele. Aber ich habe mich getäuscht und musste den Fehler wohl erst durchleben, um zu merken, dass ich einen begehe. Denn ich habe es satt, wegzulaufen. Aber vor allem habe ich es verdammt satt, allein zu sein.

Meiner Aufregung zum Trotz mache ich mich daran, meine Zelte in New York abzubrechen.

Mir schlottern die Knie, als ich das Gespräch mit Chloe suche. Aber ich spreche offen mit ihr, erkläre ihr die komplexen Gründe für meine Abreise.

»Maddy, ich verstehe dich. Gerade deshalb, weil auch ich einst das Gleiche durchmachen musste wie du jetzt«, sagt Chloe, während sie mir im Foyer des Theaters auf einer moosgrünen Couch gegenübersitzt.

Mein Mund ist staubtrocken, und meine Beine schlottern wie verrückt. »Du hast auch jemanden verloren?«

Chloe nickt. »Meine Mum ist gestorben, als ich siebzehn war. Sie hatte Krebs, und er wurde viel zu spät erkannt. Keiner konnte ihr helfen. Mein ganzes Leben stand schlagartig still, und alles drehte sich nur noch um meine Mutter. Ich wollte bei ihr sein, sie stützen und ihr das Gefühl geben, nicht allein zu sein.«

Chloe hat mir ihre Geschichte nie erzählt, während ich ihr mein Herz ausgeschüttet habe, wann immer ich die passende Gelegenheit fand. »Das tut mir leid«, sage ich.

»Danke. Es ist Jahre her, und trotzdem tut es immer noch weh. Zum Glück aber nicht mehr ununterbrochen. Nach ihrem Tod fiel ich in ein tiefes Loch. Ich hatte nicht nur meine Mutter verloren, sondern jenen Inhalt, der die Monate vor ihrem Tod mein Leben bestimmt hat. Plötzlich hatte ich keine Aufgabe mehr, das war schlimm.«

Auch ich habe alles für Eden gegeben. Gern, wie ich anmerken möchte. Ich habe jede Sekunde mit ihm genossen. Aber nachdem er gestorben ist, war es auch bei mir so, dass ich plötzlich mein ganzes Selbst neu definieren musste.

»Du hast eine Therapie gemacht, was wirklich wichtig war für dich, Maddy. Aber du musst wissen, dass es bei mir auch nicht funktioniert hat, meine Emotionen auf Knopfdruck abzustellen. Lange Zeit tat der Verlust meiner Mutter so weh, dass ich nicht ich selbst war.«

»Wie hast du es dann geschafft, wieder Herr über dein Leben

zu werden?«, hake ich nach, weil ich irgendetwas brauche, an dem ich mich festhalten kann.

»Etwa zwei Jahre nach dem Tod meiner Mutter habe ich meinen Mann Robert getroffen. Er hat mir stückweise vor Augen geführt, wie wunderbar das Leben ist.« Während sie verträumt lächelt, zupft sie sich einen Fussel von ihrem schwarzen Samtrock. »Es gab nicht diesen einen Moment zwischen uns, sondern wir machten zusammen eine Reise. Um es bildhaft auszudrücken, könnte man sagen, dass er zu mir hinab in die Höhle stieg, die ich mir gebaut hatte, und mit mir gemeinsam Sprosse für Sprosse nach oben erklomm, bis ich zurück im Sonnenlicht war. Alles, was ich tun musste, Maddy, war, diese Liebe zu Robert zuzulassen. Zu Hause mögen bedrückende Erinnerungen, aber vor allem ganz viel Liebe auf dich warten. Lass dich vom Positiven leiten und dich zurück ins Licht bringen.«

In vielerlei Hinsicht fällt mir ein Stein vom Herzen. Gleichzeitig bleibt das Gefühl, mein Team hängen zu lassen. »Und was ist mit der Besetzung? Ich schäme mich wirklich, so spontan abzuspringen.«

»Du brauchst dich nicht zu schämen, Maddy. Nicht dafür. Um ehrlich zu sein, habe ich diese Eventualität von Anfang an im Hinterkopf gehabt, als wir die Rolle vergeben haben. Wir finden Ersatz, mach dir darüber keine Gedanken.«

An diesem Abend teile ich nach der Vorstellung meinen Kollegen und Kolleginnen meine Entscheidung mit. Sie alle sind wirklich nett, umarmen mich, sprechen mir Mut zu. Zum ersten Mal seit meiner Ankunft in New York gehe ich mit meinem Team auf ein paar Drinks in eine Bar, um meinen Abschied zu feiern.

Als ich nach Hause komme, dusche ich, ziehe mir eins von Edens T-Shirts an und kuschele mich ins Bett. Begleitet von seiner Stimme, die durch die Lautsprecher meines Handys dringt, schlafe ich ein. Wenn ich ihn höre, fühle ich mich ihm jedes Mal unglaublich nahe.

Mittlerweile kann ich seine Musik aufdrehen, ohne diesen niederschmetternden Schmerz zu fühlen. Heute haben die Songs, die Eden mir hinterlassen hat, etwas Tröstliches für mich. Sie geben mir das Gefühl, zu Hause zu sein, ganz egal, wo ich mich auch aufhalten mag.

Manchmal kommt es mir vor, als wäre Eden gerade erst vor einer Sekunde gegangen. Dann wieder ist es, als läge unsere gemeinsame Zeit schon Jahre zurück. Bereits jetzt fällt es mir ab und an schwer, mich gezielt an Momente zu erinnern. Doch anstatt einige wenige zu konservieren, wie mir Dr. Witman geraten hat, halte ich an allem, was mich mit Eden verbindet, krampfhaft fest.

In New York werde ich ihn nicht gehen lassen können, da er hier alles ist, was ich habe. Aber vielleicht gelingt es mir in London, Eden den Frieden zu gewähren, den er verdient hat.

KAPITEL 47

Madeleine

Aufgrund eines Schneesturms wird mein Flug zweimal verschoben, sodass ich erst einen Tag später als geplant in London ankomme. Ich fühle mich körperlich ausgelaugt und in freudiger Erwartung zugleich. Endlich werde ich meine Eltern und meine Freunde wiedersehen.

Trotz des Chaos rund um meine Ankunft hat sich eine Traube aus bekannten Gesichtern in der Ankunftshalle des Flughafens eingefunden. Wie in einem Hollywoodfilm halten einige von ihnen sogar Plakate mit meinem Namen darauf in der Hand. Ich bin furchtbar gerührt und schäme mich, als ich schlagartig zu flennen anfange.

Ich hätte nie gedacht, dass es sich so gut anfühlen würde, ihnen allen endlich wieder nahe sein zu können. Als Erstes stürmt Leona zu mir. Ihr Bauch hat mittlerweile beträchtliche Maße angenommen. Ihre Wangen sind rosig, ihr Haar länger. Außerdem stehen ihr ein paar Kilo mehr auf den Rippen verdammt gut.

Wie erhofft fangen mich meine Freunde und meine Familie auf. Sie begegnen mir vorerst einmal mit sehr viel Verständnis und Freude, mich wiederzusehen. Ich weiß aber auch, dass einige von ihnen mir irgendwann einmal unter die Nase reiben werden, dass sie mir von Anfang an von dem Umzug nach New York abgeraten haben – Harry zum Beispiel. Dieser schleppt meinen überdimensionalen Koffer aus dem Terminal zu seinem Wagen. Er schweigt, während ich mit den anderen plaudere.

Ein Ich-hab-es-dir-gesagt schwebt in der Luft. Doch Harry

zwinkert mir zu, bevor ich einsteige, und klopft mir tröstend auf die Schulter. Er weiß, wie sehr ich dort drüben allein gelitten habe. Und das wohl nicht nur wegen Leonas Schilderungen. Er muss mich bloß ansehen, um der Wahrheit, die ich weiterhin hinter einem eisernen Lächeln verstecke, auf die Schliche zu kommen.

Aber wie mag es ihm gehen? Wie waren die letzten Monate für ihn?

Leona hat mir mal erzählt, dass er viel arbeiten würde und kaum über Eden spricht. Das ist wohl seine Art, mit Edens Tod umzugehen.

Aber Harry hat zumindest ein Ziel, auf das er sich freuen kann – die Geburt des Babys, das bereits in wenigen Wochen kommt.

Was habe ich? Was soll ich tun? Ich komme mir völlig planlos vor.

Doch bereits die Gespräche auf der Fahrt zu meiner ehemaligen Wohnung, in der Harry und Leona nun zusammenwohnen, tragen erheblich zu meiner seelischen Genesung bei.

Die Wohnungsfrage hat mich in den Tagen vor meiner Abreise extrem beschäftigt. Doch zurück in London schiebe ich sie erst einmal auf die lange Bank und genieße die Zeit mit den Gästen meiner Empfangsparty.

Leona und meine Mum haben für Essen und Getränke gesorgt. Harry und Akim tragen zur Unterhaltung bei. Julie quetscht mich über die wenigen Vorstellungen, die ich mitgemacht habe, aus. Sie hat sich bereits bei ihrem Besuch im Sommer in New York sehr für das Theater interessiert. Außerdem hat sie ihren Entzug mittlerweile hinter sich gebracht, weshalb ich wirklich stolz bin auf sie. Die neue Julie sieht nun viel lebendiger aus und strotzt nur so vor Energie. Anders als befürchtet, hat Edens Tod nicht zu Julies endgültigem Verfall, sondern vielmehr zu ihrer Heilung beigetragen.

Charlize hingegen ist ruhiger als üblich. Für sie scheint mein Anblick immer noch mit Schmerz verbunden zu sein, mit dem sie an diesem Abend zu kämpfen hat. Dennoch genieße ich meinen

Empfang, der mich in der Richtigkeit meiner Entscheidung bestärkt.

Erst kurz vor Mitternacht falle ich ins Bett. Zum ersten Mal seit Monaten verzichte ich beim Einschlafen auf Edens Musik. Möglicherweise ist das ein erster Schritt in Richtung Normalität. Was ich davon halten soll, kann ich allerdings noch nicht mit absoluter Gewissheit sagen.

Die ersten Tage nutze ich hauptsächlich zum Kampf gegen meinen fiesen Jetlag. Leona und ich quatschen aber auch eine Menge, kochen, backen und sortieren Babykleidung. Irgendwann fällt mir die Decke auf den Kopf und ich beschließe, mich meinen Ängsten zu stellen. Da ich dabei aber mit Bedacht vorgehen will, begleite ich Leona erst einmal in die Bäckerei und unterhalte mich dort mit meinen ehemaligen Kollegen. Mein Blick gleitet aber immer wieder rüber zur anderen Straßenseite, zu dem Haus, in dem Eden gearbeitet hat.

»Würde es dir etwas ausmachen, wenn du allein nach Hause fährst?«, frage ich, als wir die Bäckerei verlassen haben.

»Klar, kein Problem«, erwidert sie. »Was hast du vor?«

Ich atme einen Schwall kalter Novemberluft ein. »Ich glaube, ich statte Charlize einen Besuch ab. Sie war bei meiner Rückkehr so still, und ich möchte mich mal allein mit ihr unterhalten.«

Unsere Wege trennen sich, und als ich wenig später vor dem Haus mit der roten Tür stehe, genau an jener Stelle, an der ich Eden vor über eineinhalb Jahren das erste Mal angesprochen habe, dreht sich mir der Magen um.

Immer wieder gehen mir die Worte »Ich schaffe das nicht« durch den Kopf. Doch dann erinnere ich mich, dass Dr. Witman gesagt hat, ich solle zumindest versuchen, mich auf die Gefühle einzulassen, vor denen ich solch große Angst habe. Ich habe jene Orte, die ich so stark mit Eden in Verbindung bringe, in meinem Kopf zu einem Monster stilisiert. Doch in Wahrheit wartet dort nichts Böses auf mich. Wenn es mir gelingt, diesen negativen Kreislauf zu durchbrechen, wäre dies ein großer Fortschritt für mich.

Deshalb eise ich meinen Blick vom Bürgersteig los und steige die drei Stufen zur roten Tür hinauf. Als ich das letzte Mal hier war, war Eden noch am Leben. Doch anstatt niederschmetternder Pein erwartet mich im Foyer Wärme und Geborgenheit. Ein Gefühl, Eden auf fundamentale Weise näher zu sein, flammt in mir auf.

Siehst du, keine Dämonen.

Während ich erleichtert durchatme, streckt Charlize prüfend den Kopf aus Edens ehemaligem Büro heraus. Ihr Blick hellt sich auf, als sie mich entdeckt. »Hey, du bist es«, sagt sie, kommt näher und umarmt mich herzlich.

Ich lächele schulterzuckend. »Ich war drüben in der Bäckerei und dachte mir, ich komme dich besuchen. Hast du Zeit?«

»Klar, komm rein.«

Ich folge Charlize in eine kleine Küche am Ende des Flurs und nehme dort auf einem der vier schwarzen Stühle mit Lederbezug Platz. »Hast du im Moment viel zu tun?«

»Ja, sehr viel sogar, aber zum Glück habe ich Kylie, sie bringt sich echt toll ein«, erklärt sie und schenkt jedem von uns ein Glas Wasser ein.

»Kylie und du habt euch also schon eingespielt?«

»Wir ergänzen uns perfekt. Außerdem bringt sie eine Menge Erfahrung mit. Früher habe ich Eden gefragt, wenn ich unsicher war, jetzt stehe ich mindestens genauso oft bei Kylie im Büro.«

Ein paar Wochen nach Edens Tod hat sein Boss eine passende Nachfolgerin für ihn gefunden. Über die Mails, die ich mit Charlize ausgetauscht habe, hat sie mich immer auf dem Laufenden gehalten. Anhand ihrer Erzählungen über Kylie bin ich sicher, dass Eden zufrieden mit dieser Besetzung wäre.

»Und du? Konntest du dich wieder ein bisschen einleben?«, wechselt Charlize das Thema.

»Ich glaube schon. Zumindest den Jetlag habe ich mittlerweile besiegt.«

Unser Lächeln ist verkrampfter als üblich. »Und die Wohnungssache?«

»Leona und Harry haben zwar angeboten, dass ich weiterhin bei ihnen bleiben kann, aber ich möchte mich nicht zwischen sie und das Baby drängen. Ich werde mir irgendetwas suchen müssen. Vielleicht ziehe ich auch vorübergehend bei meinen Eltern ein. Im Augenblick bin ich da wirklich noch völlig planlos.«

»Also … ich hätte ein Gästezimmer. Nur für den Fall, dass du es mit deiner Family nicht in einer Wohnung aushältst. Ich zumindest könnte mit meiner Mum nicht auf Dauer zusammenleben.«

»Danke, das ist total lieb von dir«, erwidere ich gerührt.

»Sehr gern. Ich bin froh, dass du wieder hier bist.«

»Ich auch«, murmele ich.

»Ist dir die Entscheidung, New York zu verlassen, schwergefallen?«

»Ja und nein. Es gab diesen Moment, in dem mir bewusst wurde, dass ich schreckliches Heimweh habe, und da traf ich den Entschluss, die Zelte in den USA abzubrechen.«

»Welcher Moment war das?«

Auch Wochen später schnürt sich mir die Kehle zu, wenn ich daran denke. Ich hoffe, irgendwann wird mein Körper nicht mehr ganz so heftig reagieren. »Ich habe einen Beitrag im Fernsehen über den sich verändernden Immobilienmarkt gesehen – ein wahrer Nervenkitzel«, sage ich lächelnd. »Ich lag auf der Couch, döste vor mich hin und ließ mich vom TV berieseln. Plötzlich aber tauchte eins von Edens Bildern im Hintergrund auf. Es hing in einer Lobby oder so etwas Ähnlichem. Mir sackte das Herz in die Hose und schlagartig wurde mir klar, dass ich die falsche Entscheidung getroffen hatte. Im Grunde wollte ich London ja nie verlassen und beim Anblick des Bildes fühlte es sich an, als hätte ich Eden im Stich gelassen.«

An Charlize' gepresstem Gesichtsausdruck erkenne ich, dass auch sie noch immer Schwierigkeiten hat, von ihrem Bruder zu sprechen. Auf ihr lag nach seinem Tod sehr viel Verantwortung. Sie hat sich gemeinsam mit Harry um den Verkauf des Hauses und der Bilder gekümmert. Sie musste neben sich selbst auch für ihre Mum stark sein. Ich kann mir nicht einmal annähernd vorstellen, wie viel Kraft sie das die letzten Monate gekostet haben muss.

»Die Stiftung, die Edens ärztliche Betreuung organisiert hat, hat sich auf seinen Wunsch hin um die Versteigerung der Bilder gekümmert. Teile des Erlöses kamen der Krebsforschung, medizinischen Instituten und anderen Stiftungen zugute. Welches Bild war in diesem Beitrag zu sehen?«

»Dieses große, das er zuletzt gemalt hat und auf dem wir unsere Handabdrücke verewigt haben.«

»Ich erinnere mich. Würdest du das Bild noch einmal sehen wollen?«

Darüber habe ich mir noch keinerlei Gedanken gemacht. Ich weiß nicht einmal, ob ich dafür bereit bin. »Weißt du denn, wer es gekauft hat?«

»Ich müsste nachsehen. Einige der Käufer wollten anonym bleiben, von anderen habe ich die Kontaktdaten bekommen.«

»Ich … Keine Ahnung, ob ich dem gewachsen bin. In den letzten Monaten bin ich allem, was mit Eden in direktem Zusammenhang steht, aus dem Weg gegangen.« Aber das will ich jetzt ja eigentlich ändern. Dieses Bild wäre ein guter Anfang.

Charlize seufzt und reibt sich über die Stirn. »Das habe ich eine Zeit lang auch getan. Am schlimmsten war es, ständig sein Haus betreten zu müssen, bevor es dann verkauft wurde. Ich habe mich wie eine Verräterin gefühlt, die versucht, jede Erinnerung an ihn auszulöschen.«

»Du hast getan, was er wollte«, beschwichtige ich sie.

»Ja, das stimmt. Dennoch war es schmerzhaft. Aber ich habe mittlerweile begriffen, dass ihn der Verkauf einiger materieller Dinge, die ihm gehört haben, nicht in Vergessenheit geraten lässt. Wir alle werden die Erinnerung an ihn bewahren. Jeder auf seine Weise. Mir hat zum Beispiel geholfen, der Familie, die jetzt in seinem Haus lebt, einen Besuch abzustatten. Sie sind sehr freundlich und aufgeschlossen. Sie haben sogar für mich gekocht, und die beiden Mädchen, Olivia und Shona, haben mir stolz ihre Kinderzimmer gezeigt. Ich glaube, dass Eden glücklich über das freudige Leben wäre, das jetzt in sein Haus eingekehrt ist. So lange war es dort, bedingt durch seine Krankheit, ganz still, und nun hört man lautes Kinderlachen als absoluten Kontrast.«

Ihre Erzählung rührt mich zu Tränen. Ich hatte wirklich ein negatives Gefühl, wenn es darum ging, mir vorzustellen, dass nun andere Menschen in dem Haus leben, das für mich einmal der Inbegriff von Liebe war. Doch diese Empfindung konnte mir nun genommen werden.

»Vielleicht sollte ich mir das Bild noch ein letztes Mal ansehen«, überlege ich deshalb laut.

»Ich werde gerne nachsehen, ob ich die Adresse des Käufers habe.«

»Danke, Charlize. Danke für alles. Vor allem dafür, dass du mir weiterhin das Gefühl gibst, Teil eurer Familie zu sein.«

Lächelnd streckt Charlize ihre Hand nach meiner aus. »Du bist ein Teil von uns, Maddy. Das wirst du immer bleiben.«

KAPITEL 48

Madeleine

Mein Leben auf den Kopf zu stellen, ist ungefähr so befreiend, wie das Ausmisten eines vollgestopften Kleiderschranks. Anstatt einzelne Kleidungsstücke herauszuziehen, habe ich den gesamten Inhalt herausgekippt und kann diesen nun neu einsortieren.

Ich hatte Angst, mich deswegen verloren und heimatlos zu fühlen. Doch in Wahrheit kommt es mir so vor, als könnte ich Berge versetzen. Ein positiver Entwicklungsschritt – so etwas in der Art würde Dr. Witman wahrscheinlich sagen.

Wie sie es einstufen würde, dass ich an einem kalten Montagnachmittag zu der Adresse einer der Auktionskäufer fahre, kann ich nicht beurteilen. Vermutlich würde sie zuerst einmal fragen, was ich mir von diesem Besuch erhoffe.

Es ist verrückt, eine Wunde aufzureißen, die gerade anfängt, zu verheilen. Es ist verrückt, nach einem Entzug an einer Flasche Wein zu riechen. Es ist verrückt, sich in den Garten zu stellen, während ein Tornado durchs Land zieht. Gleichzeitig ist da aber ein Drang in mir, mich den vermeintlichen Gefahren für mein Herz zu stellen, und zu prüfen, ob sie denn wirklich derart niederschmetternd sind.

Während eiskalter Wind in mein Gesicht peitscht, stehe ich also in der New Oxford Road vor dem Schaufenster der Immobilienfirma, die bei der Auktion den Zuschlag für eines von Edens Gemälden erhalten hat. Einerseits will ich da rein – so schnell wie möglich. Andererseits fürchte ich mich vor meiner eigenen Reaktion. Ich könnte umkippen oder in Tränen ausbrechen.

Nichts davon beunruhigt mich so sehr wie das tiefe Loch, in dem ich mich in den vergangenen Monaten befunden habe. Nichts auf der Welt kann mir Angst machen, denn ich scheine das Schlimmste bereits durchlebt zu haben.

Als ich die Glastür aufziehe, schlägt mein Herz einen Takt schneller. Warme Luft empfängt mich, ebenso ein Duft nach Zitrone. Es ist erstaunlich still. Ich dachte, es wäre viel geschäftiger. Der Eingangsbereich ist wie ein großflächiges T angelegt. In der Mitte befinden sich Sitzgelegenheiten, dahinter der leere Empfangstresen. Zur linken und rechten Seite gehen Flure ab, über die man vermutlich zu den Büros der Makler gelangt.

Mutig mache ich einen weiteren Schritt in Richtung Raummitte. Ich drehe mich um die eigene Achse, und plötzlich entdecke ich es – Edens Bild. Es hängt an einer mit warmem Licht beleuchteten Wand und bildet einen wahren Eyecatcher.

Schlagartig werde ich von meinen Emotionen übermannt. Tränen verschleiern meinen Blick, während ich einen erstickten Laut ausstoße. Mit einer Hand taste ich nach der dunklen Ledercouch, setze mich und wage es kaum, zu blinzeln. Die Trauer um Eden, die ich zuerst mit nach New York und schließlich wieder mit zurück nach London gebracht habe, ist mir so vertraut. Trotzdem habe ich schon lange nicht mehr so intensiv reagiert. Aber dieses Bild löst in mir schon fast vergessene Erinnerungen aus. Die Farben, dieses Grün, das an meine Augen erinnern soll. Edens Handabdruck, auf ewig verbunden mit meinem. Es kommt mir vor, als würde ich damit einen Blick zurück auf Eden werfen können. Seine Präsenz ist greifbar und real.

Wahrscheinlich ist dieser Besuch zu viel für mich. Ich bin noch nicht stark genug, um mich diesen Emotionen zu stellen. Am liebsten möchte ich weglaufen vor dem Schmerz, der wie ein schlummerndes Tier nun wieder zum Leben erwacht.

Was zum Teufel habe ich auch erwartet? Dass ich das Bild betrachte, mit der Schulter zucke und munter zur Tür rausspaziere?

Ich bin ein Wrack und ein Freak obendrauf. Ich bin gefangen in dieser Spirale aus Sehnsucht und Einsamkeit. Es scheint, als bräuchte ich den Schmerz, weil er das Einzige ist, das von Eden noch übrig ist. Alles andere um mich herum hat sich zu sehr verändert.

Ein zögerliches »Entschuldigung« lässt mich zusammenzucken. Ich drehe den Kopf nach rechts und entdecke eine rothaarige Frau mit schrägen Ohrringen in Form von Eidechsen neben mir. Ich kann den Blick gar nicht von diesen Dingern losreißen.

»Wegen Ihnen weiß ich jetzt nicht mehr, ob ich weinen oder lachen soll«, murmele ich verlegen.

»Wie wäre es für den Anfang, wenn Sie mir erst einmal sagen, ob Sie einen Termin bei uns haben.« Gott, diese Frau ist eiskalt. Keine Regung ist ihrem Gesicht zu entnehmen, mal abgesehen von der immerwährend hochgezogenen Augenbraue.

Seufzend knete ich meine Fingerknöchel und versuche krampfhaft, die richtigen Worte zu finden.

»Äh … ja … so kann ich Ihnen auch nicht weiterhelfen.«

Die Eidechsenlady folgt schließlich meinem Blick in Richtung Edens Gemälde. Ich glaube, dass sich die losen Enden der Story nun langsam für sie verknoten. Zumindest hält sie kurz inne, anstatt mich rauszuwerfen.

»Ich bin gleich wieder da«, meldet sie, dreht sich um und sofort gleite ich zurück in diesen tranceartigen Zustand, der mich mithilfe des Bildes näher zu Eden bringt.

In mir findet jedoch ein Kampf statt – mein Verstand gegen meine unbändige Sehnsucht nach Eden. Ersterer teilt mir wenig charmant mit, dass ich völlig durchgedreht bin.

Während ich dort sitze, das Gemälde ansehe und mich an den Tag erinnere, als wir unsere farbbedeckten Hände darauf gepresst haben, verliere ich jegliches Gefühl für Zeit. Die Eidechsenlady könnte Minuten, aber auch Stunden weg sein. Es ist mir egal. Instinktiv weiß ich, dass mir nicht mehr viel Zeit mit Edens Bild bleiben wird. Die Leute, denen diese Firma gehört, werden mich rauswerfen und mir wahrscheinlich sogar Hausverbot erteilen.

Irgendwann spüre ich tatsächlich, wie sich die Couch neben mir senkt, als würde sich jemand hinsetzen. Die alte Madeleine hätte sich wohl für ihr Verhalten entschuldigt, wäre aufgestanden und hätte die Show beendet. Meine verletzte Seele ist zu solch klarem Denken nicht mehr imstande. Deshalb ignoriere ich die Person neben mir auch.

Dies gelingt mir so lange, bis die Eidechsenlady mit Mantel, Schirm und Mütze in meinem Blickfeld auftaucht. »Sind Sie sicher, dass ich nicht doch lieber die Polizei rufen soll?«

Redet sie mit mir? Vermutlich nicht.

Schließlich nickt sie und taxiert mich prüfend. »Gut, wie Sie möchten. Dann sehen wir uns morgen. Guten Abend, Mr Walhof.«

Als sie weg ist, kehrt absolute Stille ein. Etwas, das ich auch bis in alle Ewigkeit mit Eden verbinden werde.

»Wollen Sie mir sagen, was los ist?«, durchschneidet eine tiefe Männerstimme die Ruhe um mich herum.

Ich drehe den Kopf nach links und versinke in den klarsten blauen Augen, die ich jemals zu Gesicht bekommen habe. Ich wünschte wirklich, ich wäre stärker und weniger gruselig, aber ich bin nicht in der Lage, zu sprechen. Ich will mein Geheimnis für mich behalten.

Der Typ zerrt an seiner schwarzen Krawatte, während er nachdenklich mein Gesicht scannt. »Wissen Sie, es … es ist bereits nach fünf. Ich muss während des Feierabendverkehrs noch nach Chelsea fahren, duschen und mich umziehen, damit ich es rechtzeitig zu meinem Date schaffe. Das ist mir wirklich wichtig«, erklärt er ganz freimütig.

Ich runzele die Stirn. Weniger wegen der Erläuterung dieses Kerls, sondern vielmehr darüber, wie lange ich hier schon sitze.

»Also, wie kann ich Ihnen helfen?«, fragt er.

Erneut wende ich meine Aufmerksamkeit ihm zu. Blaue Augen, hellbraunes Haar, Dreitagebart und volle Lippen, die sich an einem unverbindlichen Lächeln versuchen. Ich nehme seine Attraktivität zwar wahr, verschließe mich aber ganz bewusst diesem elektrisierenden Flimmern, das von ihm ausgeht. Er scheint jemand zu sein, der in jeglicher Weise gesegnet ist. Gutes Aussehen, intelligent, immer einen coolen Spruch auf den Lippen. Dieser Typ hat keine Ahnung, wie schrecklich ungerecht das Leben sein kann. Und um die Macht dieses Kerls zu steigern, besitzt er auch noch Edens Bild.

»Mit reden haben Sie es wohl nicht so«, murmelt er und lehnt sich zurück. »Okay. Gut. Es ist das Bild, weswegen Sie hier sind, richtig?«

Anstatt zu nicken, kullert als Bestätigung eine Träne über meine Wange.

»Das hätten wir also geklärt. Zum Glück ist es zu groß und zu schwer, als dass Sie damit hier einfach rausspazieren könnten.«

Denkt er, er wäre besonders witzig? Dafür habe ich nichts übrig.

»Ich bin übrigens Scott. Und Sie?«

Ich zögere, mustere ihn erneut. Schließlich befeuchte ich meine Lippen mit der Zunge und wage einen ersten vorsichtigen Schritt raus aus meiner Höhle. »Mad ... Maddy.« Diesem Scott im Angesicht von Edens Bild meinen Namen zu nennen, kommt für mich einem Verrat gleich.

»Maddy als Kurzform von Madeleine?«

»Ja.«

Er senkt den Blick, ehe er ihn zu Edens Bild schnellen lässt. »Das habe ich mir gedacht. Dieses Grün ... die Farbe Ihrer Augen. Echt beeindruckend.«

Diese Bemerkung scheint zu intim. Sie kommt fast einer Berührung gleich und die steht diesem Scott ganz sicher nicht zu. Erst da wird mir klar, dass ich ganz allein mit einem fremden Mann in einem Bürogebäude mitten in London sitze und niemand weiß, dass ich hier bin. Scott könnte ein charismatischer Kerl von nebenan oder ein perverser Vergewaltiger sein.

»Ich wollte nur das Bild sehen«, presse ich hervor und merke, wie unbestimmte Panik in mir hochkocht.

»Ich weiß«, erwidert Scott. »Es bedeutet Ihnen viel, das verstehe ich. Aber wissen Sie, Maddy, das hier ist kein Museum, sondern der Empfangsbereich unserer Firma. Ich verdiene hier mein Geld, und wüsste mein Vater davon, dass ich Ihnen erlaubt habe, hier zu sitzen, befände sich mein Kopf nicht mehr länger dort, wo er jetzt gerade ist. Meinem Dad gehört der Laden, und er ist einer dieser Kerle, die Rugby spielen und daher tatsächlich die Muckis haben, mir den Schädel abzureißen.«

Ich blicke zu Scotts Armen, die in Hemd und Jackett stecken. Auch er sieht nicht unbedingt schwach aus. Möglicherweise spielt auch er Rugby. »Ich bin kein Freak«, versuche ich, mich zu erklären. »Ich … Es ist nur so schwer für mich, hier zu sein. Ganz schön kompliziert.«

Scott nickt. »Ich habe nie gedacht, dass Sie ein Freak sind.«

»Aber diese Frau … sie wollte die Polizei rufen«, sage ich.

Scott schmunzelt. »Sie würde auch schon die Polizei rufen, wenn der Lieferservice falsches Essen liefert. Sie ist da ein wenig sensibel.«

Ich lächele, vergewissere mich aber sofort, ob Edens Bild deswegen auch nicht in Flammen aufgegangen ist. »Die Firma gehört Ihrem Dad?«

»Ja. Ich bin bloß ein Fußsoldat.«

»Ich glaube, dann war es Ihr Dad, den ich im Fernsehen gesehen habe«, überlege ich laut.

»Gut möglich. Er steht gerne im Rampenlicht – das hätte ihm besser einfallen sollen, bevor sich sein Haupthaar verdünnisiert hat. Ich hoffe, Sie sind nicht wegen ihm hier. Nicht nur, dass er glücklich mit meiner Mum verheiratet ist, ich glaube, Sie sind auch zu jung für ihn.«

Scotts Aussage bringt mich nur noch mehr zum Lachen, während gleichzeitig einzelne Tränen über meine Wangen kullern. »Ich bin nicht wegen ihm hier.«

»Das ist die erste gute Nachricht des Tages«, meint Scott lächelnd. »Gleichzeitig steigern sich damit meine Chancen, Sie auf einen unverbindlichen Kaffee einladen zu dürfen.«

»Einen unverbindlichen Kaffee«, wiederhole ich leise.

»Unverbindlich und Kaffee. Zwei Worte, die gut zusammenpassen.«

Ich eise meinen Blick von Scott los und lasse ihn rüber zu dem Bild gleiten. »Ich glaube, mit keinem von beidem können Sie mich ködern.«

»Ich hatte auch nicht vor, Sie zu ködern. Vielmehr dachte ich, mit jemandem zu sprechen, würde Ihnen helfen.«

Mein Herz bleibt beinahe stehen. Exakt das Gleiche habe ich einst Eden vorgeschlagen. Nun bin ich diejenige, die sich wegen ihrer aufgewühlten Gefühle vor der Welt verschließt.

»Ich weiß nicht, ob ich schon so weit bin … mich neuen Menschen zu öffnen, meine ich«, murmele ich entschuldigend.

Scott nimmt meine Abfuhr mit Würde. Er nickt und deutet mit dem Kinn in Richtung Edens Bild. »Wenn es Ihnen auf irgendeine Weise hilft, dann kommen Sie her und sehen sich das Bild an.« Er atmet durch und reicht mir eine Visitenkarte. »Hier steht meine Telefonnummer drauf, genauso wie unsere Bürozeiten. Wenn es irgendwie machbar ist, wäre es toll, wenn Sie erst nach Dienstschluss hier auftauchen.«

Ich greife nach der Karte, und unweigerlich muss ich an Edens Botschaft damals in diesem Pub denken, nachdem ich ihn einen Idioten genannt hatte. Erst dort habe ich erfahren, dass er nicht sprechen konnte, während mir die Tragweite des Dramas, das ihn umgab, noch nicht bewusst war. Der Vorschlag, den Scott mir übermittelt, ist auf eine gewisse Weise ebenso als Offenbarung anzusehen. Er reicht mir damit eine Hand. Ich bräuchte nur danach greifen. Aber ich tue es nicht. Habe noch zu große Angst vor dem Neubeginn, der vor mir liegt.

»Danke«, murmele ich und verstaue das Kärtchen in meiner Handtasche.

»Sehr gern. Sie sind auf einem guten Weg, Maddy.«

»Das fühlt sich für mich nicht so an«, erwidere ich.

»Glauben Sie mir, wenn Sie den Mut hatten, hierherzukommen, dann schaffen Sie auch den Rest. Stück für Stück.« Scott erhebt sich und beinahe erwarte ich, dass er mir die Hand entgegenstreckt. »Es ist kein Sprint, sondern ein Marathon. Gehen Sie es langsam an, damit Ihnen nicht die Puste ausgeht.«

Dieser Mann scheint direkt in mein gebrochenes Herz blicken zu können. Das ist … aufwühlend und tröstlich zugleich. Weil ich ihn aber nicht noch näher an mich heranlassen will, stehe auch ich auf. Meine Knie zittern, mir ist heiß und kalt zugleich. »Tut mir leid für das Chaos, das ich verursacht habe. Ich hoffe, Sie kommen nicht zu spät zu Ihrem Date.«

»Zerbrechen Sie sich darüber nicht den Kopf. Fahren Sie mit der Tube?«

»Ja«, antworte ich.

»Schaffen Sie das auch?«

Warum wirft er mich nicht mit einem Arschtritt raus? Wieso ist dieser Mensch so verständnisvoll und nett zu mir? Ich begreife es nicht. Ich will die Wärme, die sich dank Scotts Fürsorge in mir ausbreitet, zulassen und gleichzeitig davor weglaufen.

Instinktiv entscheide ich mich, die Mauer um mein Herz nicht so schnell aufzugeben, sondern mich dahinter zu verbarrikadieren. »Natürlich schaffe ich das. Ich brauche Ihr Mitleid nicht.«

Er verschränkt die Arme vor der Brust und presst die Kiefer zusammen. Vielleicht ist das der Moment, in dem die Fassade des Gentlemans bricht und er auf mich losgeht. »Wie Sie wollen. Kommen Sie gut nach Hause, Maddy.«

Ich haste aus der Tür und auf direktem Weg in Richtung Tottenham Court Road, um so viel Abstand wie möglich zwischen mich und diesen mir unter die Haut gehenden Mann zu bringen. Seine Karte in meiner Handtasche wiegt schwer. Fast wie ein Versprechen, das ich diesem Scott gegeben habe. Ein Versprechen, wiederzukommen und an meinem Schmerz zu arbeiten.

Aber warum vertraue ich diesem Mann? Warum weiß ich schon jetzt, dass ich zu ihm zurückkehren werde?

KAPITEL 49
Scott

Jedes Mal, wenn ich an dem Bild im Eingangsbereich unseres Büros vorbeigehe, packt mich das schlechte Gewissen. Ich hätte diese Maddy nicht einfach so rausspazieren lassen dürfen. Sie war völlig aufgewühlt, durcheinander und verzweifelt.

Seit sie vor drei Tagen hier war, denke ich oft an sie. Ihr Schmerz schien noch ziemlich frisch und derart niederschmetternd, dass er alles, was sich in ihrer Nähe befand, verschlungen hat.

Irgendetwas erweckt diese Frau in mir, die Jamie als durchgeknallt bezeichnet hat. Ich will ihr helfen und gleichzeitig hoffe ich, dass sie mich mit ihrer ganzen Trostlosigkeit in Frieden lässt.

Hoffentlich taucht sie nicht mehr auf, das würde mir eine Menge Ärger ersparen. Vor allem, wenn mein Dad aus seinem Urlaub zurückkommt und täglich eine ihm fremde Person in unserem Foyer sitzen würde, um ein Bild anzustarren. Mit meiner Erlaubnis wohlgemerkt.

»Oh, guten Morgen, Mr Walhof«, trällert Jamie und erhebt sich hinter ihrem Empfangstresen.

»Morgen«, murmele ich und greife nach dem Stapel Briefe, den sie an mich weiterreicht. »Hat mein Dad angerufen?«

»Das hat er in der Tat. Vor exakt zweiundzwanzig Minuten.«

»Fuck«, stoße ich hervor und kann mich gerade so davon abhalten, die Umschläge in meiner Hand aufzufetzen. Zu lange habe ich darauf gewartet. »Was haben Sie ihm gesagt?«

»Ich sagte, dass Sie in einer Besprechung wären.«

»Sie retten mir das Leben, Jamie. Danke.«

»Gern.«

Jamie wird bald in Rente gehen, was ich dann ohne sie mache, steht in den Sternen. Sie als gute Seele des Hauses zu bezeichnen, wäre untertrieben. Jamie ist zwar weder besonders sanftmütig noch feinfühlig, doch sie hält die Dinge zusammen, wie sie immer behauptet. Wenn es ans Eingemachte geht, kann man auf Jamie zählen. Selbst mein Dad hat enormen Respekt vor ihr.

Schon als kleiner Junge verbrachte ich sehr viel Zeit in der Firma meiner Eltern. Damals fand ich besonders die Besichtigungen der Immobilien toll. Daran hat sich bis heute nichts geändert. Mir wurde der Job aber nicht nur in die Wiege gelegt, ich brenne wirklich dafür.

»Aber mal ganz ehrlich, Scott, warum sind Sie schon wieder zu spät? Gibt es da eine heiße Story, die Sie mir verheimlichen?«

Ich muss über Jamies direkte Frage grinsen. »Keine heiße Story, bloß Sport. Joggen, um genau zu sein.«

»Sie joggen?«

»Genau.«

»Bei der Kälte?«

»Das weckt den Verstand«, erwidere ich.

Jamie schnalzt mit der Zunge. »Das tut Sex auch und dabei friert man sich nicht den Allerwertesten ab.«

»Gott, Jamie«, meine ich seufzend und steuere grinsend auf mein Büro zu.

Dort angekommen, ziehe ich meine Jacke aus, werfe sie nachlässig auf die Couch neben der Tür und setze mich hinter meinen Schreibtisch aus Kirschholz. Mein Dad hat acht Angestellte, einer davon bin seit zwei Jahren ich. Ich habe mein eigenes Büro und meinen eigenen Kundenstamm. Ins Familienunternehmen einzusteigen, kam lange nicht für mich infrage, da es zwischen meinem Dad und mir immer mal wieder Reibereien gibt. Doch erstaunlicherweise hat er, seit ich für ihn arbeite, sehr viel mehr Geduld mit mir. Wir verstehen uns mittlerweile wirklich besser.

Beim Öffnen des einen, bestimmten Kuverts hat meine Ungeduld ihren Höhepunkt erreicht. Ich habe aber auch Schiss vor dem, was auf diesem zerknitterten Blatt stehen mag. Ihre Briefe sind meist besonders schmerzhaft, auch wenn ich glaube, dass ich sie brauche, um nicht den Verstand zu verlieren.

»Dann mal los«, flüstere ich und beginne zu lesen.

Lieber Scott,

ich bin in Sao Paulo, und du wirst nicht glauben, wie wundervoll es hier ist. Ich schlürfe Cocktails am Strand, lerne tolle Leute kennen und verdiene mir etwas Geld dazu, indem ich als Kellnerin arbeite. Wer hätte das je von mir erwartet?
Wenn ich nachmittags am Strand liege, frage ich mich, ob ich jemals wieder zurück nach London kommen werde. Würdest du mich vermissen? Ich tue es, ich vermisse dich. Aber ich glaube, dass mir die Version von uns beiden fehlt, die wir noch vor wenigen Jahren waren. Früher war ich mit meiner Heimat verbunden, heute fühle ich nichts mehr für sie – kein Heimweh, keine Sehnsucht. Letztere gilt der Ferne, dem unbeschwerten Leben und der Freiheit.
Hier bin ich frei von all dem, das uns widerfahren ist. Frei von der Pein, frei von den Vorwürfen.
Ich hoffe, auch du findest deinen Frieden. Möglicherweise hast du ihn bereits gefunden. Das wünsche ich mir wirklich für dich, Scott.

In Liebe
Eliza

Wenn Eliza und ich eins mittlerweile gelernt haben, dann ist es Vergebung. Noch vor zwei Jahren hätten wir uns wüst beschimpft. Doch wenn ich nun Elizas Brief lese, spüre ich eine versöhnliche Verbindung zu ihr.

Habe ich meinen Frieden gefunden? Ich denke schon. Auf

meine Art. Durch meine Arbeit und durch meine Familie. Aber ganz sicher nicht durch Eliza. Diese Anerkennung steht ihr nicht zu.

Nachdem ich Elizas Brief in die Schublade zu den anderen gelegt habe, die sie mir aus Kanada, den USA und Mexiko geschrieben hat, kümmere ich mich um meine nächsten Termine. Es stehen einige Besichtigungen sowie eine Wohnungsübergabe in Brixton an. Viel zu tun. Aber darüber bin ich ja immer dankbar.

Am späten Nachmittag kehre ich zurück ins Büro, um noch etwas Papierkram zu erledigen.

Um kurz vor fünf steckt jedoch Jamie den Kopf zur Tür herein. »Mr Walhof, diese … äh, diese Verrückte ist wieder da. Diesmal werde ich wirklich die Polizei rufen. Bestimmt ist sie aus irgendeiner Anstalt ausgebrochen.«

Ich weiß nicht, welche Reaktion ich von mir selbst in Bezug auf Maddys Wiederkehr erwartet habe, aber ich spüre sehr viel weniger Bestürzung und sehr viel mehr Enthusiasmus, als notwendig wäre. »Ich kümmere mich darum.«

»Echt jetzt? Tun Sie sich das wirklich noch einmal an?« Jamie verzieht skeptisch das Gesicht, folgt mir dann aber zum Eingangsbereich.

Ich entdecke Maddy auf exakt jenem Platz, an dem sie auch bei ihrem letzten Besuch saß. Ihr Haar ist diesmal zu einem Pferdeschwanz zusammengebunden, sie trägt eine dicke, schwarze Steppjacke, schwarze Winterstiefel und eine ausgewaschene Jeans. Genau wie beim letzten Mal richtet sich ihr ganzer Fokus auf das Bild.

Ich atme durch, nähere mich ihr und setze mich abermals neben sie. Diesmal aber dreht sie den Kopf nicht erst nach einigen Minuten, sondern sofort in meine Richtung. »Hey«, sage ich und versuche, unverbindlich zu klingen. »Sie halten sich an unsere Abmachung. Das finde ich gut.«

Ganz kurz zucken ihre Mundwinkel nach oben, ehe sie wieder

abwärts wandern. Trotzdem vermittelt mir dieses knappe Aufflackern eines Lächelns Hoffnung. Vielleicht kann ich ihr helfen. Vielleicht habe ich das sogar schon getan, indem ich ihr erlaube, hierherzukommen, wann ihr der Sinn danach steht.

»Haben Sie das Bild gekauft?«, fragt sie etwas unerwartet.

»Äh … ja. Genau genommen habe ich es bei einer Auktion ersteigert. Das Geld wurde für einen guten Zweck gespendet und das Bild hängt seither bei uns im Büro.«

Sie mustert mich zuerst skeptisch, ehe sie meint: »Ich weiß ehrlich nicht, was ich davon halten soll. Ich meine, ich wusste, dass die Bilder verkauft wurden, aber … es erscheint mir so ungerecht, so deplatziert.«

Du könntest es ihr schenken, wenn es so wichtig ist für sie. Sofort verdränge ich diesen Gedanken wieder. Auch mir bedeutet dieses Bild etwas. Es zeigt, dass ich einen wichtigen Schritt nach vorn machen konnte. Das Gemälde ist der Beweis dafür, dass ich einen Teil der Last, die ich seit zwei Jahren mit mir herumtrage, ablegen konnte.

»Es erscheint Ihnen ungerecht, weil ich das Bild habe?«

Sie schnaubt. »Es ist verrückt, aber dieses Bild erzählt meine Geschichte. Wenn ich es sehe, und einzig aus diesem Grund bin ich wieder hergekommen, dann ist es wie eine Reise in die Vergangenheit. Aber nun macht das Gemälde seinen eigenen Weg. Es wird Besitzer und Standorte wechseln, und irgendwann kennt niemand mehr die Geschichte dahinter. Dann wird es bloß als unbekanntes Bild in einem modrigen Keller stehen. Mir das vorzustellen, bricht mir das Herz.«

»Ich verspreche Ihnen, dass es bei mir niemals in einem modrigen Keller landen wird. Ich besitze nicht einmal einen, was die Umsetzung noch schwerer machen würde.« Ich bin der Einzige von uns beiden, der lächelt. Sofort bereue ich meinen Versuch, sie aufzuheitern. Dafür ist es wohl noch bedeutend zu früh. »Sein Name … war Eden, richtig?«

Ihre Augen weiten sich. »Woher wissen Sie das?«

»Er hat das Bild signiert. Außerdem trägt es Ihren Namen als Titel. Wussten Sie davon?«

Etwas perplex sieht sie zuerst rüber zur Wand, dann auf ihre fest aneinandergepressten Finger. »Nein. Darum haben Sie mich gefragt, ob Maddy die Kurzform von Madeleine ist.«

»Ja, instinktiv wusste ich, dass hinter diesem Bild eine echt tragische Liebesgeschichte steckt. Dass Sie tatsächlich hier auftauchen würden, war nie Teil meiner Überlegungen.«

»Ich war der Überzeugung, dass es mir helfen würde, wenn ich das Bild noch einmal sehe«, meint sie mit betrübter Stimme. »Aber irgendwie wurde damit der Verlust nur noch deutlicher.«

»Wann haben Sie ihn verloren?«, frage ich vorsichtig.

»Am fünften Januar. Dieses ganze vergangene Jahr war der absolute Horror. Ich weiß überhaupt nicht mehr, wie es mit mir weitergehen soll. Zuerst bin ich nach New York, dann wieder zurück mit der Hoffnung, in London würde es mir wieder besser gehen. Aber auch diese Hoffnung hat sich mittlerweile zerschlagen.«

Ich sehe so viel von mir in ihr, aber ich sage ihr das nicht, sondern gebe ihr Raum, sich mir zu öffnen. Während sie nach einem Taschentuch in ihrer Handtasche kramt, schleicht sich Jamie vorbei. Sie winkt aufmunternd, weil sie nicht versteht, wie gern ich eigentlich hier mit Maddy sitze.

»War er krank?«, nehme ich den Faden wieder auf.

»Er hatte Krebs. Schon zum zweiten Mal.«

»Wie lange waren Sie zusammen?«

Sie verzieht das Gesicht, als hätte sie in eine Zitrone gebissen. »Nur wenige Monate. Wir haben uns erst kennengelernt, nachdem er erfahren hat, dass es keine Heilungschancen für ihn gibt. Er … Er konnte nicht einmal sprechen, weil man ihm da bereits den Kehlkopf entfernt hatte. Von unserem Kennenlernen bis zu seinem Tod waren es gerade mal zehn Monate.«

»Wow«, sage ich. »Und Sie sind dennoch bei ihm geblieben. Das ist wirklich bemerkenswert, Maddy.«

»Ich meine, mir war von Anfang an klar, dass wir nie eine gemeinsame Zukunft haben würden. Dass es nun aber dennoch so schmerzt, ohne ihn leben zu müssen … darauf hätte mich nichts vorbereiten können.«

»Auf Gefühle kann man sich niemals vorbereiten. Man kann sie nicht rational vorprogrammieren.« Ich hoffe, ich klinge nicht besserwisserisch, aber immerhin spreche ich aus Erfahrung.

»Das nicht, aber manchmal wünsche ich mir nichts sehnlicher, als sie einfach abzustellen. Ich sollte akzeptieren, dass das Leben weitergeht, dass Eden auch wollte, dass ich glücklich werde. Ich finde den Weg zu diesem Zustand nur nicht.«

»Und manchmal macht Sie das wütend, richtig?«, frage ich.

Maddy schnaubt. »Und wie.«

Ich nicke, mustere ihr Profil und treffe eine Entscheidung, mit der ich sie entweder in die Flucht schlagen oder ihr helfen werde. »Bestimmt haben Sie schon tausend Ratschläge erhalten.«

»Mehr als ich zählen kann.«

»Ratschläge sind Mist«, ergänze ich. »Sie sind auf die Person zugeschnitten, die Ihnen den Tipp gibt, nicht aber auf Sie selbst. Nehmen wir mal Ihre Wut. Welches Bedürfnis haben Sie, wenn Sie besonders wütend sind und die Welt fürchterlich ungerecht finden?«

Sie denkt einige Sekunden nach, ehe sie das Gesicht zu einem entschuldigenden Lächeln verzieht. »Am liebsten würde ich in Momenten der völligen Verzweiflung irgendwo gegenschlagen. Mit der Hand, mit einem Schläger, ganz egal.«

»Haben Sie das schon mal gemacht? Irgendwo draufgedonnert?«

Nun kichert sie tatsächlich. Es ist das erste Mal, dass ich ein Strahlen an ihr sehe. Völlig unpassend in dieser Situation fällt mir auf, wie schön sie ist. Ihr Lächeln ist bezaubernd, ihre Augen faszinierend. Ich kann verstehen, warum dieser Eden ausgerechnet diese künstlerisch festgehalten hat.

»Bis jetzt konnte ich mich gut kontrollieren«, erwidert sie.

»Aber vielleicht ist das Ihr Problem. Wie wäre es, wenn Sie die Emotionen mal nicht unterdrücken, sondern Ihrem Bauchgefühl folgen?«

»Ich soll auf irgendjemanden einschlagen? Das raten Sie mir?« Sie mustert mich, als überlegte sie, es mal an mir zu probieren.

»Nicht auf irgendjemand, sondern auf irgendetwas. Auf einen Boxsack oder … mit einem Schläger auf einen Ball. Suchen Sie es sich aus.«

»Sie sind schräg. Ich glaube nicht, dass diese Methode meine Probleme löst.«

»Nicht ich sitze heulend im Eingangsbereich eines Maklerbüros und starre an die Wand, also bezeichnen Sie mich nicht als schräg«, werfe ich ein, weil ich ihre Aussage tatsächlich ein wenig beleidigend finde. »Ihre Sorgen werden sich auch nicht plötzlich in Luft auflösen, nachdem Sie einen Ball gegen eine Wand geschlagen haben. Aber einen Römerschatz legt man ja auch nicht mit der Baggerschaufel, sondern Schicht für Schicht mit filigranerem Werkzeug frei. Und ich weiß, ohne Sie großartig kennen zu müssen, dass in Ihnen etwas ganz Besonderes steckt, das bloß unter all der Trauer begraben wurde.«

Unsere Blicke haken sich ineinander fest. Es fällt mir schwer, Maddys Gedanken zu durchschauen. Sie hat sich für alles, was außerhalb ihrer Welt mit diesem Mann liegt, verschlossen. Gleichzeitig weckt sie mit ihrem Verhalten meinen Ehrgeiz, sie zu ergründen und zu verstehen.

»Einen Ratschlag werde ich Ihnen dennoch geben. Verschließt man sich zu lange vor den Menschen, die einem geblieben sind, ist man tatsächlich einsam. Manchmal braucht es keine Streicheleinheiten, sondern eine knallharte Kehrtwende. Wenn Sie die nicht hinbekommen …« Ich atme durch, stehe auf und blicke zu Maddy hinab. »Das ist harte Arbeit, keine Frage. Ich bin mir aber sicher, dass Sie das schaffen.«

Sie öffnet den Mund, bemüht sich um eine Erwiderung. Doch am Ende schüttelt sie bloß den Kopf und seufzt.

»Ich habe noch einige Mails zu schreiben. Das wird eine gute halbe Stunde dauern. So viel Zeit gebe ich Ihnen heute mit Ihrem Bild. Abgemacht?«

Zaghaft nickt sie. »Danke.«

Schwerer als erwartet löse ich mich von ihr und mache kehrt. Auf Höhe von Jamies Schreibtisch halte ich jedoch inne und drehe mich noch einmal zu Maddy um. »Squash«, sage ich, woraufhin Maddy die Stirn runzelt. »Ich spiele Squash. Für den Fall, dass Sie mal Lust darauf haben, einen Ball mit voller Wucht gegen eine Wand zu donnern, sagen Sie Bescheid.«

Ich glaube, der Vorschlag reizt sie, doch sie zeigt mir diese Emotion nur ganz kurz. Denn schon eine Sekunde später hat sie wieder die Stirn gerunzelt, den Mund zu einer Linie zusammengepresst und das Kinn gereckt.

Aber ich konnte mit meinem Angebot etwas in ihr säen. Einen Gedanken, der nun reifen und wachsen kann. Und wenn Maddy Glück hat, wird sie das Potenzial darin erkennen.

KAPITEL 50

Madeleine

Seit ich zurück in London bin, habe ich die Serie *The Crown* für mich entdeckt. Das hat nicht nur etwas mit der spannenden Story, sondern auch mit meiner nächtlichen Schlaflosigkeit zu tun, mit der ich in letzter Zeit zu kämpfen habe.

Da Leona der Produktion aber nicht viel abgewinnen kann und sich ständig darüber beschwert, wie geschmacklos sie die Inszenierung der Königsfamilie findet, schaue ich meist abends, wenn sie bereits im Bett ist.

Dann gehört die Couch ganz mir. Ich gönne mir ein Glas Wein, etwas Schokolade, manchmal auch Chips, und lasse mich von der aufregenden Geschichte berieseln. Das ist sozusagen meine Art, die Seele baumeln zu lassen. Für einen Moment vergesse ich dann, wie tragisch mein eigenes Leben ist, und folge stattdessen den Pfaden der Queen.

Während ich an diesem Abend in eine Decke gewickelt quer auf der Couch liege, kommt Harry ins Wohnzimmer. Etwas schläfrig setze ich mich auf, mache ihm Platz und stoppe die Folge. »Hi, ich dachte, du würdest auch bereits schlafen.«

»Ich war noch mit Akim unterwegs. Immerhin muss ich die letzten Tage auskosten, bevor ich völlig ins Dadlife eintauche. Sagen mir zumindest alle«, murmelt er und nimmt neben mir Platz. »*The Crown* – coole Sache.«

»Schaust du das auch?«

»Ab und zu. Ich stehe ja auf Klatsch und Tratsch.«

»Tust du gar nicht«, erwidere ich lachend.

Stöhnend streckt Harry die Beine von sich. »Zumindest gefällt mir das Setting der Serie. Wie war euer Shoppingtag?«

»Ganz gut, mal abgesehen davon, dass Leona in der Shampoo-Abteilung kurz durchgedreht ist, weil sie sich eingebildet hat, sie hätte Wehen. Dabei musste sie nur dringend pinkeln.«

»Mir gegenüber spielt sie ja immer die Coole, die nichts aus der Ruhe bringt. Ich glaube, langsam wird ihr auch selbst bewusst, dass wir bald ein Baby haben werden.«

Die Wehen könnten tatsächlich jeden Augenblick einsetzen. Wir sitzen alle schon auf heißen Kohlen, aber ich habe es mir zur Aufgabe gemacht, Leona zu beruhigen und abzulenken, bis es wirklich so weit ist und das Baby kommt.

»Es wird für alle eine Veränderung, aber eine der freudigen Sorte«, sage ich. »Ihr werdet das schon hinbekommen, davon bin ich überzeugt.«

»Ja, schon. Es ist … eine riesige Herausforderung. Ich hatte immer vor, irgendwann einmal Dad zu werden. In meinen Plänen sah es aber anders aus.« Wie so häufig, wenn Harry seine Emotionen zurückhalten möchte, wühlt er mit seiner Hand in seinen Haaren. Als meinen Mitbewohner habe ich ihn mittlerweile gut kennengelernt. Es gibt Tage, da sind wir ein Herz und eine Seele. Doch so harmonisch wir sein können, genauso leidenschaftlich können wir auch streiten.

Ich erinnere mich daran, dass Eden einmal meinte, Harry würde die große Klappe meist nur vortäuschen und in seinem Inneren ein ganz lieber Kerl sein. Diesem netten Typen bin ich mittlerweile oft begegnet. Harry behandelt vor allem Leona wie eine Königin. Zu ihr kann er besonders einfühlsam sein, wenn sie es braucht. Er kann aber auch stark, ehrlich und witzig sein.

Aber auch mir gegenüber hat er sich als enorme Stütze erwiesen, die ich nicht mehr missen möchte. Am Anfang, als ich mit Eden zusammenkam, war er gegen unsere Beziehung. Im Grunde waren wir zwei Rivalen. Mittlerweile zählt er zu einem meiner besten Freunde, und ich glaube, diese Empfindung beruht auf Gegenseitigkeit.

»Eden und ich wollten wie diese coolen Dads aus dem Fernsehen sein und gemeinsam am Spielplatz abhängen«, fährt er fort. »In unserer Vorstellung veranstalteten wir Grillfeste und fuhren zusammen mit unseren Kindern und Frauen in die Ferien. Das hatte irgendwie etwas Dekadentes.«

»Das wäre bestimmt unterhaltsam geworden.« Wieder einmal scheine ich völlig vergessen zu haben, dass nicht nur ich die Lücke, die Edens Tod hinterlassen hat, erst wieder füllen muss. Auch Harry hat sich verändert. Er ist nachdenklicher geworden, und gleichzeitig spricht er sehr viel offener über seine Gefühle.

»Manchmal komme ich mir wie ein Verräter vor, weil ich all das haben kann und er nicht«, gesteht er mit glasigem Blick.

Ich strecke die Hand nach Harrys Schulter aus und versuche, ihm etwas von dem winzigen bisschen Kraft, das noch in mir steckt, durch die Kraft meiner Gedanken zu übertragen. »Du bist kein Verräter, sondern lebst ein Leben, dass auch Eden gefallen hätte.« Anderen gegenüber scheine ich solche Weisheiten spontan vortragen zu können. Bei mir selbst tue ich mich da schwerer.

»Das stimmt«, murmelt er, lächelt dabei aber bereits wieder mit einem Mundwinkel. »Ich bin sehr dankbar, dich zu kennen, Maddy. Nicht nur, weil ich wegen dir Leona getroffen habe, sondern weil du ein guter Mensch bist. Die meiste Zeit geht es uns allen noch nicht besonders gut, aber ich schaue mit Respekt zu dir auf, wie du dein Leben ganz ohne ihn meisterst.«

»Es muss weitergehen«, sage ich.

Doch diese wenigen Worte drücken nicht einmal ansatzweise das aus, was ich fühle. Denn irgendwer von uns beiden täuscht sich in seiner Wahrnehmung – entweder Harry, der mir diese enorme Stärke beimisst, oder ich, die der Überzeugung ist, das schwächste, jämmerlichste und bedauernswerteste Wesen auf diesem Planeten zu sein.

»Es wird weitergehen. Das tut es immer. Wir müssen nur das Beste daraus machen«, meint Harry und schenkt mir ein aufmunterndes Lächeln.

Harrys Worte folgen mir in den nächsten beiden Tagen wie ein imaginärer Begleiter. Ich kann sie nicht loslassen, kette mich aber auch gleichzeitig daran fest, weil in dieser Aussage so viel Wahres steckt.

Und irgendwann erreiche ich auch wirklich den Punkt, an dem ich genug habe. Genug vom Nichtstun, genug vom Schmerz, genug von der Trauer. Ich sehne mich so sehr nach einem frohen Leben, das da irgendwo am Rand des Grauens, inmitten dessen ich mich befinde, auf mich wartet. Ich habe eine Entwicklung zurückgelegt – vom Schock kurz nach Edens Tod, zur Trauer, zur Wut und schließlich, zumindest glaube ich, mich nun dort zu befinden, zur Akzeptanz.

In mir ist noch immer ein Chaos, ein Durcheinander, das mich verrückt macht. Da ist zum einen die Angst vor dem Loslassen und dem Vergessen, zum anderen wächst da etwas in mir, das mir Hoffnung und Kraft gibt. Ein Gefühl, das ich seit fast einem Jahr nicht mehr hatte.

Nach dem Mittagessen räume ich das Feld, um Leona und Harry Zeit zu zweit zu geben. Ich schnappe mir ein Buch, gehe ins nächstgelegene Café und suche mir einen freien Platz. Doch so richtig genießen kann ich das Lesen nicht. Ich bin unruhig und mit roher Energie geladen.

Ich lege das Buch weg, wippe mit dem Bein und krame dann auf der Suche nach einem Bonbon in meiner Handtasche. Dabei fällt mir Scotts Karte in die Hände. Zuerst möchte ich sie zurückstecken, dann aber werfe ich einen näheren Blick darauf.

Sofort muss ich daran denken, wie überzeugt Scott versucht

hat, mich zum Kämpfen zu motivieren – im wörtlichen Sinne. Ich weiß nicht einmal, ob ich diesen Kerl leiden kann. Auf der einen Seite ist er supernett und schenkt mir nicht nur ein offenes Ohr, sondern lässt mich außerdem stundenlang im Vorzimmer seines Büros hocken. Andererseits besitzt er Edens Bild. Es gehört ihm. Dafür hasse ich ihn. Es kommt mir so vor, als hätte er mir mit dem Kauf des Bildes Eden entrissen, und nun darf ich ihn nur noch in winzigen Dosen besuchen.

Seufzend lege ich den Kopf in den Nacken, während mir Scotts Angebot in den Sinn kommt. Squash – was für ein Mist.

Aber wäre es nicht ein erstes Zeichen dafür, dass ich wirklich das Beste aus meinem Leben machen möchte, wenn ich dieses Angebot annehme? Und mal ehrlich, ich hätte wirklich Lust darauf, meine angestaute Frustration auf sportliche Weise herauszulassen.

Ich brauche eine Kehrtwende. Ich brauche Mut. Und vor allem brauche ich irgendetwas zu tun.

Ich schiebe meinen Entschluss auf Letzteres und nicht etwa darauf, dass Scott ein ziemlich netter Kerl ist. Mit tiefer Überzeugung tippe ich seine Nummer in mein Handy. Während mein Daumen über dem grünen Hörersymbol schwebt, zögere ich jedoch einen Augenblick. Schließlich aber murmele ich ein »Scheiß drauf« und lasse meinen Finger auf das Display meines Handys schnellen.

Als es klingelt, halte ich die Luft an und spüre, wie eine völlig unpassende Nervosität in mir hochsteigt.

Das ist nur Scott, nicht unser Premierminister. Also krieg dich ein, Mädchen!

Insgeheim hoffe ich, dass er nicht rangehen wird, und ich so tun kann, als hätte dieser pseudomäßige Versuch, mich einem wildfremden Menschen aufzuhalsen, nie stattgefunden. Doch wie es das Schicksal will, hebt er genau in diesem Moment ab. »Walhof, hallo«, donnert seine tiefe Stimme durchs Telefon.

Ich breche in Schweiß aus und wechsele mehrmals meine Sitzposition. »Hallo, hier ist Maddy. Sie … Sie wissen schon, die mit dem Bild.« Beschämt über mein eigenes Gestammel kneife ich die Augen zusammen.

»Natürlich erinnere ich mich. Es freut mich, dass Sie von meiner Karte Gebrauch machen. Wie geht es Ihnen?«

»Na ja, ganz gut, denke ich. Oder sagen wir lieber, den Umständen entsprechend.«

»Das hört sich ja schon viel besser an als bei unserem letzten Gespräch«, sagt er. So ruhig, wie er klingt, stelle ich mir vor, dass er in seinem Büro sitzt und gelassen die Beine von sich gestreckt hat. Er hat ein so intuitives Gespür für die Gefühle von Menschen, speziell meine Gefühle, dass er auch gut als Therapeut arbeiten könnte.

»Wissen Sie, ich habe mittlerweile verstanden, dass ich auf keine Wunderheilung hoffen darf. Die Zeit macht es auf eine Art einfacher, ja, aber ich muss meine Genesung selbst in die Hand nehmen. Dank Ihnen wurde mir das bewusst.«

»Es freut mich, dass Sie das erkannt haben«, erwidert er.

»Ich habe auch den Anreiz in Ihrem Angebot erkannt. Das mit dem Squash. Also … wenn … ich will Ihnen wirklich nicht zur Last fallen«, rede ich mich um Kopf und Kragen.

Ich schwöre, als ich mir zuvor überlegt habe, was ich sagen soll, klang ich weniger wie eine Idiotin und mehr wie eine selbstbewusste Frau, die weiß, was sie möchte.

»Ich hätte Ihnen den Vorschlag nicht gemacht, wenn ich das Gefühl hätte, durch Sie belastet zu werden.«

»Stimmt«, murmele ich und ziehe mit der Fingerspitze eine Schneise durch die Ansammlung von Krümeln auf der Tischplatte.

»Squash also. Na ja, ich bin bereit. Wie sieht es heute Abend bei Ihnen aus?«

»Heute gleich?«

»Wann denn sonst? Der erste Tag ist der beste Tag.«

»Ich habe noch nie Squash gespielt«, erwidere ich, als versuchte ich, uns beiden einzureden, wie schlecht die Idee war.

Scott bleibt jedoch unerschütterlich. »Wir fahren ja auch nicht gleich zu den Olympischen Spielen, sondern bei uns steht der Spaß im Vordergrund. Wie kompliziert kann es schon sein, einen Ball gegen eine Wand zu schlagen?«

Verdammt kompliziert, wie ich finde. Aber ich schweige.

»Wir treffen uns um achtzehn Uhr vor der Halle. Die Adresse schicke ich Ihnen per SMS. Geht das klar für Sie?«

Scott ist jemand, der die Führung übernimmt. Er fackelt nicht lange herum, sondern handelt. Das finde ich gleichermaßen bewundernswert wie auch nervig. »Einverstanden, ich stehe bereit.«

»Gut, dann bis später, Maddy.«

»Bis dann«, nuschele ich und lege auf.

Ich wünschte, ich könnte sagen, dass ich das Schlimmste bereits überstanden habe. Vielleicht ist dem auch tatsächlich so. Zumindest aber bin ich stolz auf mich, derart die Initiative ergriffen zu haben.

So sehr mein Geist im letzten Jahr auch verkümmert ist, tief in mir steckt die alte, starke und optimistische Madeleine vergraben. Und gerade ist sie dabei, sich zurück an die Oberfläche zu kämpfen.

KAPITEL 51

Scott

Vor dem Eingang der Sporthalle in Hammersmith warte ich auf sie. Es ist bereits dunkel und eiskalt. Doch pünktlich um achtzehn Uhr kreuzt sie tatsächlich auf. Irgendwie bin ich davon ausgegangen, dass sie kneifen wird. Umso stolzer bin ich, sie nun zu sehen.

Ich mag es grundsätzlich, wenn Menschen ihre Komfortzone verlassen und Neues probieren. Vor allem, wenn sich das Wagnis, wie in Maddys Fall, auch noch derart positiv auf ihre seelische Gesundheit auswirken kann.

»Bereit für ein kleines Match?«, frage ich zur Begrüßung.

Maddy druckst zwar etwas herum, aber sie verströmt eine Portion Optimismus, für die ich sie wirklich bewundere. »Ich habe schon ewig keinen Sport mehr gemacht. Seien Sie also gnädig mit mir.«

»Das kann ich nicht versprechen, aber Sie werden überrascht sein, welche Energie in Ihnen steckt. Unsere Körper sind auf Leistung ausgelegt«, erkläre ich, während wir die Halle betreten. »Jetzt, wo wir offiziell Sportbuddys sind, kannst du mich gern Scott nennen«, schlage ich vor.

Sie lächelt und streckt mir ihre Hand entgegen. »Maddy«, sagt sie, während ich ihren Handschlag erwidere.

Maddy folgt mir in das erste Kellergeschoß, wo sich neben einigen Räumen, in denen Gymnastikunterricht abgehalten wird, auch die Squashfelder befinden. In der Garderobe räume ich mein Zeug in einen Spint und verabschiede mich kurz in die Umkleidekabine, um meine Businesskleidung gegen Sportkleidung zu tauschen. Als ich umgezogen aus der Kabine komme, ist Maddy bereits fertig.

Auf dem Weg hierher habe ich mir fest vorgenommen, die Tatsache, wie attraktiv ich sie finde, beiseitezuschieben. Es soll heute ausschließlich darum gehen, ihr dabei zu helfen, zurück zu ihrem alten Selbst zu finden. Dabei sollten mir meine Hormone nicht im Weg stehen.

Wie schwer dieser Vorsatz umzusetzen ist, wird mir klar, als ich sie in engen, schwarzen Sporthosen und Trägertop sehe. Ich bin völlig geflasht von ihrem nackten Hals, auf den man einen guten Blick hat, da sie die Haare zu einem Knoten auf ihrem Hinterkopf gebunden hat.

Innerlich verfluche ich Maddy und auch mich selbst, nach außen gebe ich mich unbeeindruckt. »Dann besorgen wir uns mal das nötige Equipment.«

»Cool«, meint sie und folgt mir in den abgetrennten Squashbereich. »Wie lange spielst du schon?«

»Seitdem ich fünfzehn bin, elf Jahre also mittlerweile.«

»Wie motivierend.« Mit ihrem Grinsen zieht sie mich in ihren Bann.

Ich wende den Blick ab, kümmere mich um unsere Ausstattung und sehe nach, welches Feld frei ist.

Nachdem wir den Court betreten haben, bemühe ich mich um eine knappe und verständliche Erklärung der Spielregeln. Ball, Mauer, Linien, Aufprall, Aufschlag. »Eigentlich ganz easy«, schließe ich meine Einschulung ab und demonstriere Maddy einen Probeschlag. Ich treffe die Schlagwand oberhalb der Service-Line und deute dann mit dem Schläger auf jene Stelle, auf der der Ball am Boden aufprallt. »Auf deiner Seite darf er jetzt nur einmal aufschlagen, danach musst du ihn abwehren und eine der drei Wände treffen. Verstanden?«

»Ich glaube schon. Spielt Kraft eine Rolle?«

Ich grinse. »Finde es heraus.«

Als sie ihre Augen zusammenkneift, frage ich mich, ob dieser Spruch zu sehr nach einem Flirt klang, rudere aber auch nicht mehr zurück, sondern stelle mich auf meine Seite des Spielfelds. »Ich fange an, das macht es einfacher für dich.«

»Setze keine allzu hohen Erwartungen in mich. Ich hatte noch nie einen Schläger in der Hand.«

Wie sich nach einer halben Stunde jedoch herausstellt, ist Maddy gar nicht mal so schlecht. Sie schiebt es zwar darauf, bloß Glück gehabt zu haben, aber sie hat eine gute Körperbeherrschung, versteht das richtige Tempo sowie den richtigen Abschlagspunkt zu wählen.

Ich habe mich auf eine etwas holprige Runde Squash eingestellt, bin aber überrascht, wie viel Dynamik sich während des Spiels zwischen uns entwickelt.

»Respekt, Maddy. Du hast es echt drauf«, sage ich dann auch wahrheitsgetreu in unserer ersten Pause, in der wir nebeneinander auf dem Boden sitzen.

»Danke, es macht auch wirklich Spaß. Das hätte ich nicht erwartet.«

Ich nehme einen Schluck aus meiner Wasserflasche und lehne mich mit dem Rücken an die Wand. Ich bin stolz darauf, Maddy zumindest für einen Moment glücklich gemacht zu haben. Ihr Strahlen steht ihr verdammt gut. So viel besser als jede Traurigkeit. »Arbeitest du beruflich viel mit deinem Körper? Ich meine, du hast ein Händchen für Timing und Ausdruck.«

»Ich arbeite beim Theater als Schauspielerin«, führt sie aus.

»Wow, echt cool.« Schauspielerin – das passt irgendwie zu ihr. Ich hätte sie auch in einem kreativen Job gesehen.

»Ja, eigentlich ist das ja auch mein Traumjob, aber schon bevor ich Eden traf, habe ich meine Leidenschaft für den Beruf verloren. Ich habe mir eine Auszeit gegönnt und diese dann auch genutzt, um ganz für Eden da zu sein. Nach seinem Tod ging ich nach New York, um dort beruflich wieder durchzustarten, muss aber zugeben, eine echt miserable Leistung abgeliefert zu haben«, erzählt sie seufzend und verzieht ihren Mund zu einem zynischen Lächeln.

»Die Schauspielerei ist ja eine sehr emotionale Sache. Denkst du, du bist schon so weit, dich fremden, einem Skript folgenden Gefühlen zu stellen? Immerhin scheinst du ja mit deinem eigenen Verlust noch so sehr zu kämpfen zu haben.«

Sie runzelt zwar zuerst die Stirn, aber es kommt mir vor, als würde sie sich mir mehr öffnen. Sie stößt einen fast schon erleichterten Seufzer aus und meint dann: »Exakt darin sehe auch ich das Problem. Ich habe mir da wirklich zu viel aufgehalst und das auch noch zur völlig falschen Zeit.«

»Menschen betäuben sich mit Arbeit, um diese starken Gefühle in ihnen nicht zulassen zu müssen.«

»Dann bin ich wohl auch einer dieser Menschen.«

Ich schenke ihr ein aufmunterndes Lächeln. »Es gibt kein Handbuch dafür, wie man mit Trauer umgehen soll. In meinen Augen ist es egal, wie alt der Mensch war, den man verloren hat, oder wie lange man ihn kannte. Es tut einfach nur höllisch weh, und vor allem gibt es keine Alternative zum Verlust. Es gibt ein Davor und ein Danach. Beides muss man für sich selbst definieren.«

Wir lassen beide meine Worte sacken, schweigen und starren zur gegenüberliegenden Wand. Schließlich räuspert sich Maddy. »Eden hat selbst entschieden, dass er sterben möchte. Ich war an dem Tag bei einem Casting und als ich nach Hause kam, fand ich ihn. Er war da bereits tot, ich konnte ihm nicht mehr helfen.«

Das ist echt heftig und es tut mir unglaublich leid für sie. Aber auch für Eden. Diesen Schritt geht man nicht unbegründet. Es erfordert viel Mut und Überzeugung. »Wie hat er es gemacht?«

»Er hat eine Kombination aus starken Schmerz- und Schlafmitteln geschluckt. Offenbar hat er sich in den Wochen davor gezielt auf diese … auf diese Situation vorbereitet.«

»Belastet es dich, dass er auf diese Weise gestorben ist?«, frage ich vorsichtig.

»Nicht mehr. Mittlerweile ist mir klar geworden, dass er sich dadurch viel Leid erspart hat. Aber ich habe damit zu kämpfen, dass er dabei ganz allein war. Welche Angst er gehabt haben muss. Wie schmerzhaft es für ihn gewesen sein muss, sich an diesem Morgen von mir zu verabschieden und zu wissen, dass er mich niemals wiedersehen wird. Ich glaube, ich wäre einfach gern bei ihm gewesen, um ihm beizustehen. Diese Einsamkeit, in der er starb, erscheint mir so würdelos.«

»Ich glaube, er wollte dich vor den rechtlichen Konsequenzen, die so ein Freitod mit sich bringen kann, bewahren«, spreche ich meine erste Überlegung laut aus. »Vielleicht wollte er den endgültigen Abschied auch mit sich allein ausmachen. Maddy, du musst das so sehen, dass er im Augenblick, als er starb, ganz sicher nicht allein war. Mit seinen Gedanken war er bei dir, bei seiner Familie, bei seinen Freunden. So war es für ihn einfacher, als dich diesem Prozess auszusetzen.«

Ihr Blick gleitet zu mir, und obwohl gerade noch Tränen über ihre Wangen liefen, lächelt sie nun. »Du verstehst es wirklich, die richtigen Worte zu finden, Scott. Es tut mir unheimlich gut, mit dir zu sprechen. Woher hast du die Gabe, dich so effektiv in mich hineinfühlen zu können?«

Eine Welle aus Emotionen, die ich schon lange nicht mehr gespürt habe, überrollt mich in dem Moment, als Maddy erwartungsvoll zu mir sieht. Ich war all die Zeit stabil, doch nun zerfällt meine mühsam aufgebaute Mauer. »Das ist einfach so. Lass uns jetzt weiterspielen, wir können das Feld nur noch zwanzig Minuten nutzen.«

Ich springe auf, umfasse den Griff des Schlägers und donnere die Bälle mit mehr Wucht als nötig gegen die Wand. Nach dem Spiel rast mein Herz. Eigentlich habe ich vorgehabt, Maddy anzubieten, sie nach Hause zu bringen. Immerhin ist es mittlerweile dunkel und kalt. Aber in dem Moment, als wir die Sporthalle verlassen, ist mir der Abstand zu ihr wichtiger, als mit meinen Fähigkeiten als netter Kerl zu brillieren.

»Es hat wirklich Spaß gemacht«, sagt Maddy in die kühle Nachtluft hinaus.

»Finde ich auch.«

Sie lächelt, senkt kurz den Blick und meint dann: »Wollen … Wollen wir uns bald mal wieder hier treffen?«

Ich habe Schiss davor, dass unsere Zusammenkünfte zu etwas führen könnten, dass für keinen von uns beiden gut ist. Maddy ist mit ihrem Herzen noch so tief mit diesem Eden verbunden und ich … ich habe keine Ahnung, ob ich bereit für eine Frau wie Maddy bin. Ich weiß nicht einmal, ob ich mit ihr befreundet sein kann.

»Okay … ich … Gott, wie peinlich«, flüstert sie und reibt sich mit der Handfläche über die Stirn. »Ich hatte nicht vor, derart aufdringlich zu sein.«

»Darum geht es nicht«, erwidere ich.

»Worum dann? Offensichtlich haderst du mit dir selbst, ob du mich wiedersehen möchtest.«

Ich seufze und trete von einem Bein aufs andere. »Ich weiß nicht, ob ich gut für dich bin, Maddy. Möglicherweise bin ich gut darin, dir aufmunternde Ratschläge zu geben, aber mein Leben ist der reinste Irrsinn, und immer, wenn ich dich sehe, werde ich daran erinnert.«

Sie weicht einen Schritt zurück und blickt aus geweiteten Augen zu mir. »So etwas Ähnliches habe ich vor knapp zwei Jahren schon einmal zu hören bekommen. Du weißt ja, wie die Story geendet ist.«

»Mir geht es gut … körperlich«, beeile ich mich zu sagen.

»Aber?«

»Aber ich glaube nicht, dass wir uns noch einmal sehen sollten. Tut mir leid.«

Ihre Verletzung bricht aus ihr heraus. Für einen kurzen Moment werde ich von Maddys Schmerz überrollt. Dann aber macht sie seufzend kehrt und läuft in die Nacht davon.

Ich fühle mich wirklich schlecht, denke aber auch gleichzeitig, das Richtige getan zu haben. Maddy braucht einen Freund, der ihr zeigt, dass das Leben nicht nur aus Grausamkeiten besteht. Ich kann ihr das jedoch nicht bieten.

KAPITEL 52
Madeleine

Ich versuche zu schlafen.

Und ich versuche zu verstehen, wieso mir die Ablehnung eines Menschen, den ich im Grunde gar nicht kenne, so wehtun kann.

Ich dachte, dass es Schicksal wäre, dass ausgerechnet Scott Edens Bild gekauft hat. Dass Eden ihn zu mir geschickt hat, um mir neue Kraft zu geben. Doch offensichtlich habe ich mich geirrt.

Während ich gegen meine Gedanken und für tröstlichen Schlaf kämpfe, höre ich, wie Leona durch die Wohnung tigert – was in letzter Zeit häufig vorkommt. Aufgrund ihres Bauches mangelt es auch ihr am Luxus erholsamen Schlafes. Sie hat nachts öfter sogar schon gebügelt. Meist aber liest sie im Wohnzimmer, wo sie auf der Couch dann irgendwann doch meist einschläft.

Diesmal aber kann ich sie abwechselnd im Bad und in der Küche hören. Seufzend schlage ich die Decke zurück, schlüpfe in meine flauschigen Hausschuhe und folge den Geräuschen. Durch die geschlossene Badezimmertür werde ich gebremst. Zögernd hebe ich die Hand, bin mir nicht sicher, ob ich anklopfen oder Leona in Ruhe lassen soll. Schließlich entscheide ich mich für meine Aufdringlichkeit. Glaubt man Scott, scheint dies ja ohnehin meine Stärke zu sein.

»Leona, alles okay?«, frage ich gepresst.

Einen Augenblick später wird die Tür geöffnet. Leona steht mit zerzausten Haaren und verzerrtem Gesicht vor mir. »Maddy, ich glaube, keine Ahnung, aber ich glaube, ich habe Wehen.«

»Diesmal wirklich?«, sage ich mit einem winzigen Lächeln.

Sie versucht mich zu boxen, zuckt dann aber zusammen und hält sich mit beiden Händen den Bauch. »Mach dich nicht über mich lustig. Nicht jetzt.«

Okay, das hier ist wirklich ernst.

Schlagartig bin ich hellwach und krame gedanklich nach dem Notfallplan, den wir uns zurechtgelegt haben. »Harry – wo ist er?«

»Er schläft noch.«

Was? »Dann weck ihn!«, erwidere ich mit aufgedrehter Stimme.

»Warte«, bittet mich Leona und hält mich am Arm fest. »Ich habe Angst. Ich meine, wirklich richtig, richtig Angst.«

Als Tränen über ihre Wangen laufen, vergesse ich, dass ich Harry versprochen habe, die Nerven zu behalten und mich nicht von Leona bequatschen zu lassen. Mein Mitgefühl ist einfach größer, und ich nehme sie in den Arm. »Alles wird gut.«

»Du hast leicht reden. In allen Ratgebern, die ich gelesen habe, steht, dass man vor der Geburt ganz mit sich selbst im Reinen sein wird. Ich bin anders. Ich kann nur an das Bild einer Melone denken, die man durch ein Schlüsselloch quetschen muss.«

Inmitten all der Aufgebrachtheit breche ich in schallendes Gelächter aus. Weinend stimmt Leona mit ein. »Du bist verrückt, meine Liebe.«

»Ich bin mir sicher, dass ich nicht in der Lage bin, ein Kind zu bekommen.«

»Dann wärst du die erste Schwangere in der Geschichte der Menschheit.«

Sie stöhnt, kneift ihre Augen zusammen und umklammert meinen Unterarm so fest, als wollte sie mir etwas von ihrem Schmerz abgeben. »Du musst ins Krankenhaus, Leona!«

»Ich kann das nicht«, jammert sie.

Doch diesmal ignoriere ich sie. Ich zerre sie ins Wohnzimmer, drücke sie auf die Couch und eile dann in Richtung des zweiten Schlafzimmers. Harry liegt auf dem Bauch im Bett und schnarcht friedlich.

Gott, das Leben dieses Kerls wird sich gleich grundlegend ändern. Und ich bin die Überbringerin der Botschaft.

Ich bleibe neben dem Bett stehen und strecke die Hand nach seiner Schulter aus. »Harry«, flüstere ich zuerst. Er reagiert nicht, bewegt sich keinen Millimeter. »Harry.«

Mit einem Ohr nehme ich Geräusche aus der Küche wahr und stöhne innerlich.

Kann diese Frau nicht ein einziges Mal machen, was man ihr sagt?!

»Harry«, brülle ich jetzt.

Diesmal erreiche ich mein Ziel: Harry sitzt kerzengerade im Bett.

»Was … zum … Maddy?«

»Leona hat Wehen«, erkläre ich.

Harry mustert zuerst mich, ehe er sich mit der Hand übers Gesicht fährt. »Wehen?«, fragt er, als hätte er das Wort noch nie zuvor gehört.

»Ich meine es ernst. Sie hat versucht, mit mir zu verhandeln. Außerdem sortiert sie da draußen gerade die Küchenschränke neu ein. Ihr müsst ins Krankenhaus fahren, bevor sie sich Pinsel und Farbe besorgen kann, um die Wände zu streichen.«

»Das werden wir. Wir werden fahren. Sofort«, erwidert er. »Kannst … Kannst du rausgehen? Ich bin nackt und habe nicht vor, dir meinen Arsch ins Gesicht zu halten.«

Mit hochrotem Kopf haste ich aus dem Schlafzimmer und treffe Leona in der Küche. Sie kämpft abermals gerade mit einer Wehe, wobei sie ihr Becken kreist und lautstark Luft auspustet. Sie sieht meinen entsetzten Gesichtsausdruck und meint mit einem verschmitzten Grinsen: »Sex kann die Wehen auslösen.«

»In jeder Hinsicht hat Sex die Lage, in der du dich gerade befindest, verursacht.«

Sie zeigt mir die Zunge, versucht aber gleichzeitig, ihre Atmung in den Griff zu bekommen.

Als kurze Zeit später endlich Harry aufkreuzt, bin ich mehr als erleichtert. Er hat nicht nur an Leonas Tasche, sondern auch an ihren Mantel und Socken gedacht. Harry und ich teilen uns die Aufgabe, Leona abfahrbereit zu machen. Ich ziehe ihr die linke, Harry die rechte Socke an. Danach zwängen wir sie unter Protest in ihren Mantel.

An der Wohnungstür wird Leona noch einmal etwas rührselig. »Ich liebe dich, Maddy«, sagt sie, als würde sie in den Krieg ziehen.

»Ich dich auch«, erwidere ich und umarme sie. »Meldet euch, ja?«

»Ich rufe an, sobald es Neuigkeiten gibt«, verspricht Harry, während er Leona sanft aus der Wohnung schiebt.

Bevor ich die Tür schließe, winke ich beiden noch hinterher. Danach kehre ich ins Wohnzimmer zurück, sinke auf die Couch und versuche zu verarbeiten, was hier gerade passiert ist. Leona wird ein Baby bekommen. Jetzt. Gerade in diesem Moment.

Unsere Leben verliefen seit jeher parallel, doch nun wird sich ihres drastisch ändern. Leona und Harry werden zu einer Familie. Sie werden zu Eltern.

Und ich?

Ich freue mich für sie. Wirklich.

Ich freue mich auf das Baby. Ich freue mich darauf, all die schönen Momente im Leben meiner Freundin miterleben zu dürfen. Gleichzeitig zeigt mir diese Veränderung deutlich, dass das Leben immer weitergeht. Alles um uns herum verändert sich ständig und weigert man sich, diesen Wandel mitzumachen, bleibt man unweigerlich auf der Strecke.

Die Geburt dieses Babys wird die erste gravierende Veränderung in unserem Freundeskreis sein, von der Eden nichts mehr mitbekommt. Und entweder, ich verbinde das für immer und ewig mit Bedauern, oder ich sehe all den Zauber, der darin liegt.

Acht Stunden, nachdem Harry und Leona ins Krankenhaus aufgebrochen sind, erhalte ich den langersehnten Anruf. Mein Puls schnellt in die Höhe, als ich Leonas Namen auf dem Display meines Handys lese. Ich lege das Messer, mit dem ich gerade eine Tomate halbiert habe, zur Seite und gehe ran.

»Na, du?«, sage ich ganz bedächtig und vielleicht auch etwas überfordert mit den Emotionen, die schwallartig aus mir herausbrechen.

»Hey«, murmelt Leona am anderen Ende der Leitung.

»Wie geht es dir?«, frage ich.

»Gut. Sie ist wunderschön, Maddy. Mein Baby ist wunderschön. Mein Baby – kannst du das glauben?«

Ich setze mich an den Esstisch und wische mir eine Träne aus dem Augenwinkel. »Ich freue mich schon so darauf, sie kennenzulernen.«

»Ich glaube, Emma freut sich auch. Im Moment schläft sie noch friedlich. Sie ist so winzig und gleichzeitig so perfekt. Kaum zu glauben, dass Harry und ich so etwas Wundervolles zustande gebracht haben.«

»Ich bin stolz auf dich, Süße.« Ich habe mich vor Emmas Geburt gleichermaßen gefürchtet wie gefreut.

Ich hatte Angst, dass durch sie der Schmerz, Eden verloren zu haben, noch deutlicher spürbar werden könnte. Gleichzeitig habe ich gewusst, dass durch das Entstehen neuen Lebens seelische Wunden heilen können. Und ich glaube, dass mir nun klar ist, dass die Freude überwiegt.

»Es war ein wilder Ritt«, meint Leona ächzend. »Harry war aber die ganze Zeit an meiner Seite. Er hat das wirklich toll gemacht.«

»Also gab es keine Ohnmachtsanfälle seinerseits und wüste Beschimpfungen deinerseits?«

»Nicht mal ansatzweise«, antwortet Leona kichernd. »Wenn schon, dann liebe ich ihn nun nur noch mehr.«

Trotz all der Freude, die ich empfinde, komme ich nun nicht umhin, Eifersucht, Neid oder was auch immer zu fühlen. Auch Eden und ich hätten so werden können wie die beiden. Auch wir hätten ein Baby bekommen und uns als Familie eine Zukunft aufbauen können. In Wahrheit stand diese Option für uns aber nie zur Verfügung. Sie existierte lediglich in meinen Träumen.

»Ich glaube, ich werde die ersten Tage bei meinen Eltern oder Charlize übernachten«, sage ich.

»Warum?«

»Ich möchte euch die Eingewöhnungsphase so leicht wie möglich machen.«

»Wir wollen dich nicht vertreiben, Maddy.«

Das weiß ich. Aber es ist auch klar, dass ich nicht länger bei den dreien wohnen kann. Sie müssen ihre eigene Geschichte schreiben, brauchen Platz und vor allem brauchen sie Privatsphäre. Solange ich in der Wohnung bin, kann Leona nicht ausziehen, weil ich mir die Miete sonst nicht leisten kann. Mir zuliebe ist Harry zu uns gezogen. Sie haben so viel für mich getan, und jetzt muss ich mich zur Abwechslung mal ihnen gegenüber selbstlos verhalten.

»Ich helfe dir bei allem, was anfällt. Du kannst mich jederzeit anrufen; egal ob Tag oder Nacht«, versichere ich Leona.

»Gut«, meint sie leise. »Danke, Maddy. Ich hab dich lieb.«

»Ich dich auch.«

Im Anschluss an unser Telefonat packe ich meine Tasche für ein paar Tage. Nach dem Mittagessen kaufe ich einen Strauß Rosen beim Blumenladen gleich um die Ecke. Ich platziere die Vase mit den Blumen in der Mitte unseres Esstisches, lege Leona eine Packung ihrer Lieblingsschokolade dazu und schreibe einen Zettel mit einer kurzen Willkommensbotschaft.

Dann fahre ich los, und erneut fühlt es sich wie ein Aufbruch in ein neues Leben an.

KAPITEL 53

Scott

In der ersten Woche, nachdem ich den Kontakt zu Maddy abgebrochen habe, bin ich fest überzeugt, das Richtige getan zu haben. Ich weiß, dass es unfair von mir war, sie über den Grund meiner Entscheidung gänzlich im Dunkeln zu lassen. Es mag der feigere, wenn auch für mich erträglichere Weg sein. Ich hätte es in dem Moment, als sie über Edens Tod sprach, nicht ertragen, ihr meine Geschichte zu erzählen.

In der zweiten Woche gleitet mein Blick häufig durch die schmale Glasscheibe an der Tür meines Büros raus in den Flur. Ich fürchte und hoffe zugleich, dass sie herkommen wird, um Edens Bild anzusehen. Doch sie kommt nicht. Sie ruft nicht an, ist wie vom Erdboden verschluckt.

Genau das wollte ich doch.

Weg vom Leid, sei es ihres oder meines.

Ich brauche schöne Dinge, erfreuliche Dinge, hoffnungsvolle Dinge. Wie lange hätte ich für sie schon stark sein können, ehe meine Fassade in sich zusammenbricht? Sie denkt, ich wäre besonders feinfühlig, dabei weiß ich selbst nur zu genau, wovon Maddy spricht.

Ich kenne ihre Sorgen und bin vertraut mit ihrem Schmerz. Alles, was sie erlebt hat, habe auch ich auf ähnliche Weise erlebt. In dieser zweiten Woche frage ich mich oft, welche unserer beiden Geschichten tragischer ist – meine oder ihre. Aber darum geht es nicht.

Dann kommt Weihnachten, das ich im Kreis meiner Familie

feiere. Meine Mum verzaubert uns mit köstlichem Essen, während meine beiden jüngeren Brüder ihre geschwisterlichen Kämpfe austragen. Jason ist siebzehn, Peter zwanzig. Beide könnten unterschiedlicher nicht sein. Jason ist ein wahrer Computerfreak, Peter hingegen hat die musikalische Liebe unserer Mutter geerbt.

Als wir jünger waren, haben er und Mum an Weihnachten immer gemeinsam musiziert. Peter saß am Klavier, während Mum gesungen hat. Mittlerweile steht Peter auf Rock und hat mit Weihnachtsliedern nicht mehr viel am Hut.

Nach den Feiertagen habe ich noch ein paar Tage frei. Ich verbringe sie damit, zu Hause zu relaxen und mit Freunden zum Sport oder in Pubs zu gehen. Doch ständig folgt mir der Gedanke, einen Fehler begangen zu haben. Ich frage mich nun immer häufiger, was ich mir selbst vor zwei Jahren gewünscht hätte.

Was hätte mir in der Situation, in der ich mich befand, gutgetan? Was hätte verhindert, dass ich nicht nur den Glauben an das Gute in der Welt, sondern auch meinen ganzen Mut verliere? Möglicherweise hätte mir damals jemand wie Maddy helfen können. Eine Gleichgesinnte. Jemand, der mich versteht.

Mein Weg raus aus der Lethargie war schwer, lang und steinig. Maddy befindet sich noch mitten in dieser Verzweiflung, aus der ich mich mühsam rausgekämpft habe. Doch anstatt ihr mit meinen Erfahrungen zu helfen, lasse ich sie fallen. Ich weiß nicht, ob ich mir das selbst verzeihen kann.

Über Silvester fliege ich mit meinen Freunden nach Island. Die Party in Reykjavik ist laut und dauert bis in die frühen Morgenstunden. Mein Schädel dröhnt vom isländischen Bier, und die Müdigkeit verwandelt mein Gehirn in Brei. Während mein Kumpel Paul schnarchend ins Hotelbett fällt, greife ich nach meinem Handy und öffne meinen und Maddys spärlich gefüllten Chatverlauf. Schließlich tippe ich etwas fahrig eine neue Nachricht.

Happy New Year!

Es ist fünf Uhr morgens, die Chance, dass sie noch wach ist, ist gering. Dennoch halte ich mein Telefon in der Hand, lege mich ins Bett und warte. Irgendwann werde ich durch ein Vibrieren auf der Brust geweckt. Mein Kopf schmerzt höllisch, und meine Augenlider wollen partout nicht aufgehen. Durch einen winzigen Schlitz gelingt es mir, zumindest die Uhrzeit abzulesen – halb neun.

Verdammt früh.

Stöhnend reibe ich mir mit der Handfläche übers Gesicht und werfe einen schnellen Blick zu Paul, der unverändert auf dem Bauch liegt und ein stetes Schnarchen von sich gibt. Nachdem ich das Kopfkissen weiter nach oben gezogen habe, sodass mein Hinterkopf nicht mehr länger gegen das harte Kopfende des Bettes gepresst wird, sehe ich Maddys Nachricht.

Maddy: Happy New Year zurück.

Scott: Danke. Bei dir gab es wohl keine Party, wenn du um diese Zeit schon wach bist.

Maddy: Es gab eine kleine Party. Bloß ein paar Freunde und ich. Und bei dir?

Scott: Neben mir im Bett liegt mein komatöser Kumpel, der so laut schnarcht, dass selbst die Leute im Nebenzimmer davon beschallt werden. Ich glaube, das sagt alles. Wie bei vielen Dingen kommt die Reue erst im Nachhinein auf.

Maddy: Tatsächlich?

Scott: Ja. Das ist so, wenn man zu viel getrunken hat oder völlig verblödet einer anderen Person mitteilt, den Kontakt abbrechen zu wollen …

Maddy: Und jetzt spricht aus dir die erhebliche Menge Alkohol, die du zu dir genommen hast, oder deine echte Reue?

Scott: Ersteres war der Anstoß, mir meine Reue selbst einzugestehen. Es tut mir leid, was ich zu dir gesagt habe. Ich würde dir gern meine Gründe dafür erklären. Lässt du mich?

Maddy: Ich denke schon.

Scott: Ja?

Maddy: Ja.

Scott: Lust auf eine Runde Squash?

Maddy: Jetzt?

Scott: Noch bin ich in Island. Aber wie wäre es mit morgen?

Maddy: Keine Termine. Sieht gut aus bei mir.

Scott: Ich freue mich.

Maddy: Ich mich auch.

Keiner von uns beiden scheint bereit für eine Affäre oder Beziehung zu sein, aber ich kann definitiv eine neue Freundin in meinem Leben gebrauchen, und diesen Platz würde ich wirklich gern an Maddy vergeben.

KAPITEL 54

Madeleine

Die Anspannung, die ich vor dem Treffen mit Scott gefühlt habe, verflüchtigt sich in dem Moment, als er mich zur Begrüßung umarmt. Von ihm geht irgendetwas Tröstliches aus. Etwas, das mich mit verlässlicher Präzision jedes Mal trifft, wenn ich in seiner Nähe bin.

Ich verzeihe ihm zwar nicht auf der Stelle, wie ungnädig er mich abgewiesen hat, aber ich merke, dass ich bereit bin, ihm eine zweite Chance zu geben. Denn offensichtlich existiert da etwas in Scotts Leben, das ihn belastet. Und zwar so sehr, dass er, anders als ich, nicht bereit war, seine Geschichte sofort einer Wildfremden auf die Nase zu binden.

Auf dem Weg zum Squash-Feld erzählt er von seinem Kurztrip nach Island und berichtet über seine beiden Kumpels, Paul und Lucas, die mit von der Partie waren. Ich glaube, dass Scott nervös ist und seine Aufregung mit witzigen Anekdoten zu überspielen versucht.

Während des Matches ist er dann aber hochkonzentriert. Ich bemerke stolz, dass sich meine Squash-Fähigkeiten verbessert haben. Nicht mehr ganz so viele Bälle wie bei unserem letzten Spiel gehen flöten, und ein paar Punkte kann ich tatsächlich einheimsen. Dennoch gewinnt Scott, auch wenn ich überzeugt davon bin, dass er extra schlechter gespielt hat, damit ich nicht heulend davonlaufe.

»Das war gut«, sagt er, nachdem er einen großen Schluck aus seiner Wasserflasche genommen hat.

»Hat auch echt Spaß gemacht, gegen dich zu verlieren.«

»Von Mal zu Mal wird es besser, du wirst sehen.«

Im Erdgeschoß des Fitnesscenters befindet sich eine Cafeteria, in der wir uns Kaffee besorgen. Beladen mit unseren Bechern, steuern wir einen der wenigen freien Tische an. Scott nimmt mit dem Rücken zum Eingang auf einem Plastikstuhl Platz, ich setze mich auf die Bank.

Eine Weile betrachtet Scott nicht mich, sondern seinen weißen Pappbecher. »Du hast mich letztes Mal gefragt, warum es mir so gut gelingt, mich in dich hineinzuversetzen. Der Grund dafür ist derselbe, weshalb ich dachte, es wäre besser, wenn wir den Kontakt zueinander abbrechen.«

»Genau deswegen wolltest du auch heute mit mir sprechen«, wispere ich, weil ich deutlich spüre, wie sehr es Scott innerlich zerreißt.

Er nickt knapp und fährt sich mit der Hand übers Kinn. »Maddy, ich fühle genau wie du, weil auch ich jemanden verloren habe.« Scott atmet durch, bevor sein schmerzerfüllter Blick zurück zu mir gleitet. »Ich habe vor zwei Jahren meinen Sohn verloren.«

»Deinen Sohn«, wiederhole ich bestürzt.

»Ich werde dir die Geschichte von Anfang an erzählen. Okay?«

Mein Kopf bewegt sich zwar nickend, mir hat es aber gänzlich die Sprache verschlagen. Ich überlege, wie jung Scott damals noch war. Vierundzwanzig. Wie alt mag sein Sohn gewesen sein, als er starb?

Erstaunlicherweise taucht auf Scotts Gesicht nun ein kleines Lächeln auf, das mir Zuversicht und Stärke gibt, mich Scotts Schicksal zu stellen. Genauso, wie er es bei mir gemacht hat.

»Ich habe Eliza auf der Uni kennengelernt. Ich war schon zwei Jahre dort, sie hatte gerade erst angefangen, als ich sie auf einer Party traf. Sie stammt aus einem winzigen Ort in Cornwall und genoss die Vorzüge des Stadtlebens, inklusive der ausschweifenden Partys, die gefeiert wurden. Auf einer solchen trafen wir uns auch. Jedenfalls war ich von Anfang an hin und weg von ihr. Sie war klug, witzig und abenteuerlustig. Eines Tages lud ich sie auf einen Kaffee ein und gewann ihr Herz damit, indem ich so tat, als würde ich mich mit griechischer Mythologie auskennen. Was natürlich nicht der Fall war.«

»Hat dein Täuschungsmanöver funktioniert?«, frage ich.

Erneut verzieht Scott seinen linken Mundwinkel zu einem Lächeln. »Hat es. Wir haben uns Hals über Kopf ineinander verliebt. Nachdem ich meinen Abschluss gemacht hatte, wurde Eliza ungeplant schwanger. Es war für uns beide ein Schock, weil wir uns noch viel zu jung fühlten, um diese Verantwortung zu tragen. Wir waren uns uneinig, wie wir mit der Situation umgehen sollten. Da gab es zum einen Vorfreude, aber auch sehr viel Angst. Ich hatte keine Ahnung, wie ich eine Familie ernähren sollte. Eliza wusste nicht, ob sie ihren Abschluss würde machen können. Doch es gab da auch diese hoffnungsvollen Momente, in denen wir überzeugt waren, der Aufgabe gewachsen zu sein.«

Ich weiß nicht, was ich sagen soll. Deshalb schweige ich, als Scott einen Schluck Kaffee nimmt und nachdenklich mit den Fingerspitzen über die Tischplatte streicht. Er scheint versunken in den Erinnerungen dieser Zeit zu sein. Auch ich selbst ertappe mich oft in ähnlicher Pose, wenn ich an gemeinsame Ereignisse mit Eden zurückdenke.

»In Windeseile zogen wir in unsere erste gemeinsame Wohnung. Weißt du, heute lebe ich allein dort. Ich bringe es nicht übers Herz, die Möbel auszuräumen und diese Tür hinter mir zu verschließen«, gesteht er. »Die Gegend ist perfekt für Familien. Ein Spielplatz in der Nähe, Schulen, Kindergärten, alles ist vorhanden. Die Schwangerschaft verlief unproblematisch, und eines Nachts im April, drei Tage vor dem errechneten Geburtstermin, setzten bei Eliza die Wehen ein. Wir fuhren ins Krankenhaus, und ich gebe zu, dass mich die Eindrücke dort zuerst völlig überfordert haben. Die Geburt dauerte lange. Zwölf Stunden. Und plötzlich brach die Vorstellung, die wir uns für unser künftiges Leben geschaffen hatten, in sich zusammen. Die Ärzte trugen das Baby nach der Geburt sofort aus dem Kreißsaal. Eliza und ich blieben mit einer uns beschwichtigenden Hebamme zurück. Wir waren beide wie gelähmt aufgrund der Hektik, die um uns herum ausgebrochen war. Irgendwann kam ein Arzt zu uns, und bat mich, ihm zu folgen. In einem separaten Raum lag unser Baby, angeschlossen an Kabel und Maschinen. Ich hatte das Gefühl, dass meine Beine nachgeben würden, doch ich stellte mich den knallharten Fakten. Wie es aussah, hatte sein Gehirn während der Geburt über einen längeren Zeitraum keinen Sauerstoff erhalten. Das ganze fatale Ausmaß dessen war zu diesem Zeitpunkt noch nicht klar. Fest stand aber, dass er zumindest nicht selbstständig atmen konnte und sein Gehirn stark angeschwollen war. Wir würden ihn nicht gleich verlieren, sondern es würde sich erst mit der Zeit herausstellen, wie er sich entwickelte. So erklärte es mir der Arzt. Wir mussten also abwarten, danebenstehen und hoffen. Stunden- oder tagelang.«

Einem Instinkt folgend, greife ich nach Scotts Hand. Seine Haut ist kühl, sein Griff aber fest. »Es tut mir leid«, sage ich, erfasse aber damit nicht einmal annähernd das, was ich ausdrücken will.

»In den drei Nächten, die wir mit Jake im Krankenhaus verbracht haben, hat sich Eliza schreckliche Vorwürfe gemacht, irgendetwas übersehen zu haben. Ich kam nicht mehr zu ihr durch, daran hat sich bis heute nichts geändert. Verwandte kamen und gingen. Wir wollten, dass sie Jake kennenlernten und er zumindest kurze Zeit Teil unserer beiden Familien war. Im Grunde wussten wir, dass wir ihn verlieren würden. Er sah so schwach aus. Kein bisschen wie jene Babys aus Elizas Ratgebern, die sie in der Schwangerschaft verschlungen hat. Neuerliche Untersuchungen bestätigten dann unsere schlimmsten Vermutungen. Jake konnte ohne lebenserhaltende Maßnahmen nicht überleben. Es lag an uns, die Maschinen abstellen zu lassen. Wir warteten damit bis zum Abend, als würden wir ihn bloß ins Bett bringen. Eliza hielt ihn, als er starb. Ich weiß noch, dass ich meine Hand auf seinen Kopf gelegt und gedacht habe, dass es mir als Jakes Dad doch gelingen sollte, ihn zu beschützen. Aber es gelang mir nicht. Er war weg. Das Zimmer, das wir für ihn eingerichtet hatten, blieb unbenutzt. All die Hürden, von denen wir während der Schwangerschaft dachten, dass sie auf uns zukommen würden, waren nichts, im Gegensatz zu dem Schicksal, das uns blühte. Was sind Kohle oder ein toller Abschluss im Vergleich zu einem gesunden Kind schon wert? Nichts, Maddy. Einfach gar nichts.«

»Nichts ist wichtiger als die Gesundheit«, erwidere ich schniefend.

Scott nickt und presst dabei die Lippen fest aufeinander. »Wir beide haben das am eigenen Leib und auf unterschiedliche Weise miterlebt.«

»Eliza und du? Was … Was ist passiert?«, frage ich.

»Wir gingen mit der Trauer völlig unterschiedlich um. Ich behielt das Gefühl dieser Schockstarre und wollte mich am liebsten zu Hause einigeln. Eliza hielt das nicht aus. Sie musste raus und mit anderen darüber sprechen. Sie besuchte einige Selbsthilfegruppen, war psychisch zwar auf einem guten Weg, jedoch verschloss sie sich mir gegenüber. Ich war ihre lebendige Erinnerung an den Verlust, den sie erlitten hat. Innerhalb eines halben Jahres verloren wir die Verbindung zueinander. Es wurde wirklich hässlich, Maddy. So sehr, dass Eliza sich von mir trennte. Seitdem tourt sie durch die Welt. Sie schickt mir Briefe von ihren Aufenthaltsorten. Im Moment ist sie in Sao Paulo und sie hat geschrieben, dass sie vorhat, dort nun länger zu bleiben. Für sie hat sich herausgestellt, dass sie am besten mit Jakes Tod umgehen kann, wenn sie Abstand zwischen sich und London bringt.«

»Und wie konntest du seinen Tod verarbeiten?«, frage ich sanft.

»Indem ich in der Wohnung bleibe, in der Jake eigentlich leben sollte. Mir hat geholfen, an meinem alten Leben festzuhalten, so gut es geht.« Erst als sein Blick zu unseren Händen wandert, wird mir bewusst, dass wir uns immer noch festhalten. Mittlerweile aber umschließen seine Finger meine, als wäre nicht er derjenige, der Halt braucht, sondern ich. »Ich habe das Bild, Edens Bild, gekauft, weil der Erlös an jenes Krankenhaus ging, in dem Jake zur Welt kam. Alle Menschen, die wir dort in dieser schweren Zeit kennengelernt haben, waren unglaublich nett und aufopferungsvoll. Ich wollte mit der Spende etwas zurückgeben, damit auch weiterhin andere Familien die Unterstützung erhalten, die wir erhalten haben.«

»Ich glaube, Eden wäre mehr als dankbar, dich bei deinem Vorhaben unterstützt zu haben«, meine ich und freue mich, weil ich Eden zu dem Bild inspiriert habe und damit selbst zu einem kleinen Teil dieser Geschichte geworden bin.

Scott lächelt kurz, dann wird sein Blick trüb. »Ich habe gesagt, dass Jakes Tod gewissermaßen auch der Grund dafür ist, warum ich den Kontakt zu dir abbrechen wollte. Als ich gesehen habe, wie sehr du leidest, war ich überzeugt, der falsche Umgang für dich zu sein. Ich dachte, du bräuchtest einen Freund, der keinen so schweren Seitenhieb des Schicksals erfahren musste, wie ich ihn erlebt habe, und der dir durch seine Unbefangenheit zeigen kann, wie bunt das Leben ist.«

»Aber das tust du ja, Scott«, widerspreche ich ihm. »Du hast mir geholfen, eine neue Perspektive zu sehen. Vieles, das du mir gesagt hast, hat erst den Anstoß dazu gegeben, an eine gute Zukunft zu glauben. Daran, dass der Schmerz irgendwann weniger wird, das Leben freudiger und die Nächte sorgenloser. Das konntest du nur, weil du genau verstehst, wie es in mir aussieht. Weil du diesen schrecklichen Ort, an dem ich mich noch immer befinde, bereits verlassen konntest.«

»Das wirst du auch«, versichert er mir.

»Aber ich brauche Hilfe dabei. Ich … Ich brauche dich dazu, Scott.«

Ich erinnere mich daran, dass Eden schrieb, ich würde jemanden finden, der mich glücklich machen wird. Vielleicht war sein Wunsch nicht auf eine Person fixiert, sondern auf viele Menschen, die ich im Laufe meines Lebens treffen und die mich mit ihrer Anwesenheit bereichern würden. Ich bin mir sicher, dass Scott einer dieser Menschen ist, und darum darf ich ihn unter keinen Umständen verlieren.

»Was soll ich tun, Maddy? Dich jeden Tag dieses Bild ansehen lassen? Das wird nicht helfen«, meint er hart.

Ich nicke. »Ich weiß. Das will ich auch gar nicht. Ich möchte lediglich mit dir sprechen. Zeit mit dir verbringen. Das ist unglaublich egoistisch von mir, tut mir leid.«

Er seufzt und pustet die Luft aus. »Nimm etwas, das du von Herzen meinst, nicht zurück. Es tut dir nicht leid.«

»Stimmt. Ich glaube, dass das keine Einbahnstraße ist, Scott, sondern wir beide von unserer Freundschaft profitieren können.«

»Von der Freundschaft profitieren«, wiederholt er, und ich bin mir unsicher, wie ich seine Worte deuten soll. Klingt er spöttisch? Skeptisch? Wohlwollend?

»Ja, dass unsere Gespräche auch dir helfen, Jakes Tod zu verarbeiten«, präzisiere ich meine Aussage deshalb eilig. »Mit jemandem von außerhalb zu reden, der zwar den gleichen, aber nicht denselben Schmerz wie du spürt. Verstehst du?«

»Keine Ahnung. Ich glaube schon.«

»In drei Tagen ist Edens erster Todestag«, sage ich, und allein die Erwähnung dieses Ereignisses treibt mir die Tränen in die Augen. »Ich habe wirklich Angst davor, wie schrecklich das für mich wird. Wenn ich meine Freunde und Edens Familie an diesem Tag treffe, ist klar, dass wieder einmal die Trauer im Mittelpunkt stehen wird. Alle werden weinen und den Verlust bedauern. Das tue ich jetzt schon ein Jahr lang. Ich habe einfach das Gefühl, dass ich etwas anderes brauche, etwas, das nicht an Edens Tod, sondern an sein Leben erinnert.«

»An was hast du gedacht?«, fragt Scott und knüllt seinen leeren Pappbecher zusammen.

»Eden war Architekt, und als sein letztes Projekt hat er das Haus der Sanders in Eastbourne betreut. Wir waren einmal zusammen dort, um das Grundstück zu besichtigen. Damals war der Garten noch total verwildert und das Gebäude heruntergekommen. Mittlerweile ist der Bau abgeschlossen und die Sanders sind eingezogen. Ich würde gerne dorthin fahren, um Edens Idee, die verwirklicht wurde, zu sehen. Begleitest du mich?«

»Das mache ich sehr gern.« Scott ahnt vermutlich nicht, wie viel es mir bedeutet, dass er keine Sekunde gezögert oder mich gefragt hat, ob ich den Verstand verloren habe. Er willigt ein, ist für mich da und damit trifft er einen Punkt in meinem Herzen, an dem zuvor lediglich Platz für Eden war.

KAPITEL 55

Scott

Für den fünften Januar nehme ich mir extra frei. Ich hole Maddy vormittags ab, und gemeinsam fahren wir nach Eastbourne. Lange habe ich überlegt, wie ich diesen Tag für sie bedeutsam, aber dennoch positiv gestalten kann. Eden soll im Mittelpunkt stehen. Die Geschichte der beiden zählt. Aber es gilt auch, neue, schöne Erinnerungen zu sammeln, um diesem Tag den Schrecken zu nehmen.

Stocksteif sitzt Maddy auf dem Beifahrersitz, redet kaum und bittet mich sogar, die Musik auszuschalten. »Er hat früher einmal in einer Band gesungen«, erklärt sie. »Bevor er seine Stimme verloren hat.«

»Hast du Lieder von ihm gehört?«, frage ich, während wir London in Richtung Süden verlassen.

»Ja, hab ich.«

Dann verfällt sie erneut in Schweigen, und mir wird klar, wie nervenaufreibend dieser Tag für uns beide werden wird. Maddy setzt all ihre Hoffnungen in mich, und ich befürchte, dass ich sie auf irgendeine Weise enttäuschen könnte.

»Hier am Pier waren wir damals auch«, sagt sie, und ich kann mir ein kleines, wissendes Lächeln nicht verkneifen.

»Verstehe«, murmele ich und biege, den Anweisungen des Navis folgend, in eine Seitenstraße ein.

Das Haus der Sanders taucht in unserem Blickfeld auf. Es hebt sich nahezu majestätisch vom Rest der eher schlichten Strandhäuser ab. Maddy versteift sich auf dem Beifahrersitz und krallt ihre Fingernägel in den flauschigen Baumwollstoff ihres Schals, den sie in ihrem Schoß zusammengeknüllt hat.

»Ganz schön beeindruckend«, meine ich und parke vor der Doppelgarage.

Sie spricht nicht, löst ihren Gurt und steigt langsam aus. Ich tue es ihr gleich und bewundere das Haus, das durch die weiße Fassade und die dunklen, großen Fenster modern und klassisch zugleich wirkt. Ich halte Abstand zu ihr, begebe mich bewusst in den Hintergrund, um Maddy diesen Moment allein erleben zu lassen.

Dann aber öffnet sich die Haustür, und die Sanders kommen uns entgegen. Beide eingepackt in dicke Jacken, begrüßen sie zuerst Maddy. Sie wird von Mrs Sanders sogar umarmt. Maddy lächelt zwar, doch ich sehe ihr ihre Verwirrung an.

»Es freut mich, dass Sie hier sind«, meint Mrs Sanders und reicht nun auch mir die Hand.

»Eisiges Wetter, das Sie da mitgebracht haben. Wollen wir zuerst einmal eine Tasse Tee trinken, ehe wir Ihnen das Haus zeigen?«, schlägt Mr Sanders vor.

»Kommen Sie, Liebes.« Mrs Sanders legt ihren Arm um Maddys Schultern, zwinkert mir zu und geleitet uns ins Innere des Hauses.

Die Wahrheit ist, dass ich die Sanders im Vorfeld kontaktiert habe. Ich hielt es für keine gute Idee, einfach hier aufzukreuzen, sondern wollte, dass Maddy das Haus ausführlich bestaunen kann. Über ein paar Umwege gelang es mir, Mr Sanders Telefonnummer zu ergattern – meinen Maklerkontakten sei Dank. Ich schilderte ihm mein Anliegen, und er war sofort Feuer und Flamme. Er erlaubte uns nicht nur, sein Grundstück zu betreten, wenig später rief er mich sogar noch einmal an, um mir mitzuteilen, dass seine Frau uns sehr gern zum Dinner einladen würde.

Nachdem wir unsere Jacken abgelegt haben, führen uns die Sanders in eine moderne Küche. Die Schränke sind weiß, der

Boden schiefergrau. Warmes Licht scheint von der Decke, während mir der Geruch von frischer Farbe und neuen Möbeln in die Nase steigt. Ich empfinde die Einrichtung des Hauses als sehr schlicht, zurückhaltend und modern. Gleichzeitig spürt man aber den Charme des alten Gemäuers, dessen Antlitz hier und da noch zu erkennen ist.

Auf dem wuchtigen Esstisch steht auch schon Tee bereit. Nun scheint Maddy klar zu werden, dass das hier ein abgekartetes Spiel ist, denn sie sieht mit gerunzelter Stirn zu mir. Ich zucke mit den Achseln, zwinkere und setze mich neben sie.

»Ich weiß ehrlich nicht, was ich davon halten soll«, flüstert sie, während die Sanders in der Küche hantieren.

Ich grinse. »Halt das Beste davon.«

»Du bist verrückt«, meint sie kopfschüttelnd, lächelt aber ebenfalls. »Danke, Scott.«

Ich drücke zur Bestätigung ihre Hand, als die Sanders schließlich uns gegenüber Platz nehmen.

»Die Idee mit den großen Fenstern stammt von Eden und wir sind unglaublich froh, uns von ihm überzeugen haben zu lassen«, bricht Mrs Sanders das Eis, und die Wertschätzung, die darin mitschwingt, ist nicht zu überhören.

»Es ist wirklich schön hier. Hell, offen, freundlich«, erwidert Maddy.

»Das ist es. Wir fühlen uns sehr wohl.«

Mr Sanders gießt Tee in unsere Tassen, seine Frau bietet uns Minztörtchen an, als Maddy fragt: »Seit wann wohnen Sie hier?«

»Wir sind im November eingezogen. Weihnachten konnten wir also schon in unserem neuen Zuhause feiern.« Mrs Sanders' Gesicht strahlt vor Freude.

Mit viel Feingefühl erzählen die Sanders von größeren und kleineren Problemen während der Bauphase und davon, wie glücklich sie waren, als der letzte Handwerker abgezogen ist. Sie erkundigen sich auch danach, wie Maddy das Jahr nach Edens Tod verbracht hat. Etwas von dem Strahlen, das früher wohl einmal Teil von Maddy gewesen sein muss, kehrt zurück, als sie vom Theater erzählt. Sie lächelt dann viel häufiger, gestikuliert mit ihren Händen und schwärmt von der Rolle, die sie eigentlich hätte spielen sollen.

»Wissen Sie denn schon, wann Sie wieder ans Theater zurückkehren? Wir würden uns sehr gern einmal ein Stück mit Ihnen ansehen«, eröffnet ihr Mr Sanders.

Maddy aber zuckt mit den Schultern. »Nein, das weiß ich noch nicht.«

»Manche Entscheidungen brauchen Zeit, damit man mit ihnen zufrieden ist«, meint Mr Sanders. »Dieses Haus zum Beispiel ist seit vielen Jahren in meinem Besitz. Noch bevor ich meine wunderbare Frau kennengelernt habe, dachte ich, ich würde es abreißen und ein Hotel errichten. Ich konnte mir nicht vorstellen, so abgelegen zu wohnen. Heute bin ich froh, meine Meinung schließlich revidiert zu haben. Es wäre tragisch, wenn dieses Gebäude zerstört worden wäre.«

Maddy knabbert nachdenklich an ihrem Daumennagel. Schließlich nickt sie. »Das stimmt. Manche Entscheidungen benötigen Zeit. Aber ein winziger Tritt in den Hintern schadet manchmal auch nicht.«

»Oh, davon erhalte ich eine Menge«, erwidert Mr Sanders, woraufhin seine Frau amüsiert schnaubt.

»Ich glaube, dass mein Mann eigentlich sagen wollte, dass das Glück oftmals sehr viel näher ist, als man vermutet. Man verbringt meist sehr viel Zeit damit, nach seiner Bestimmung im Unbekannten zu suchen, während diese oftmals schon lange vor einem steht.«

Beschämt wende ich den Blick ab, als Mrs Sanders wissend zu mir sieht. Offenbar denkt sie, Maddy und ich wären füreinander bestimmt. Und es ist nicht diese Vermutung, die mir die Schamesröte ins Gesicht treibt, sondern mein Wunsch, dass es wirklich so wäre und Maddy das für mich sein könnte – mein Schicksal. Tief in mir spüre ich, dass dem so ist. Und vielleicht wollte ich wegen dieser starken Verbindung unsere Bekanntschaft am Anfang abbrechen. Ich wusste wohl gleich, Maddy würde mich ganz easy erobern. Und obwohl meine Emotionen ihr gegenüber anders gestellt sind, würde ich es aber niemals wagen, unsere Freundschaft aufs Spiel zu setzen.

»Das hat mir mein Aufenthalt in New York gezeigt«, wirft Maddy ein. Ihr Blick auf die Dinge ist anders, das weiß ich. Sie ist noch zu tief mit Eden und ihrem Schmerz verwurzelt, als dass sie erkennt, was das mit uns sein könnte. »Ich dachte, ich brauche etwas Neues, dabei hilft es mir viel mehr, in der Nähe meiner Familie und meiner Freunde zu sein.«

»Das ist schön«, murmelt Mrs Sanders. »Einander durch schwere Zeiten zu helfen, zeugt von großer Liebe. Schätzen Sie sich glücklich, dass Sie solche Menschen an Ihrer Seite haben.«

Nickend blickt Maddy zu mir. Ich bemühe mich um ein aufmunterndes Grinsen, das mir jedoch schwerfällt, denn ich wünsche mir insgeheim, Maddy würde verstehen, was in mir vorgeht.

Nach der Besichtigung des Hauses spazieren wir gemeinsam mit den Sanders zum Pier. Immer mal wieder gleitet mein Blick prüfend zu Maddy. Ich möchte sie mit meiner Überraschung keineswegs überfordern, aber sie sieht glücklich aus und lächelt sehr viel häufiger als zu Hause.

Ihre Wangen sind vom kalten Wind gerötet, ihr Haar zerzaust und immer, wenn ihr Blick zum Meer schweift, glaube ich, dass sie winzige Stücke der Last, die auf ihrer Seele ruhen, ziehen lässt.

»Geht es dir gut?«, erkundige ich mich in einem Moment allein mit ihr, als die Sanders bereits ein Stück vor uns gehen.

Maddy nickt. »Ja, danke für den Aufwand, den du meinetwegen betrieben hast.«

»Gern geschehen.«

»Die Sanders zu treffen und mit ihnen in ihrem Haus zu plaudern, das Eden für sie entworfen hat, übersteigt meine Vorstellung von diesem Tag. Meine Ängste diesbezüglich sind beinahe weggeblasen.«

»Das war der Plan«, sage ich leichthin. »Die Hauptsache ist, dass du glücklich bist.«

»Das ist dir gelungen. Danke dafür.«

Ihre Worte versetzen auch mich in einen Zustand purer Glückseligkeit. Ich werde wagemutig, lege meinen Arm um sie und spüre, wie schnell mein Herz schlägt, als Maddy diese Berührung tatsächlich zulässt. Den gesamten Weg zurück zum Haus legen wir eng aneinandergeschmiegt zurück. Ich rede mir ein, dass ich die Nähe nur suche, um uns beide warmzuhalten. In Wahrheit aber hat sich schon lange nichts mehr so gut angefühlt, wie Maddy im Arm zu halten.

Aber auch das Essen, das die Sanders für uns vorbereitet haben, trägt nicht nur zum leiblichen, sondern auch zum seelischen Wohl bei. Zum Dinner gibt es gegrillten Lammrücken, der dezent nach Knoblauch, Rosmarin und Basilikum duftet. Dazu werden allerlei Beilagen serviert – gedünstete Möhren, Ofenkartoffeln und Pak Choi.

Pappsatt verabschieden wir uns abends von den Sanders, welche uns jedoch das Versprechen abringen, bald wiederzukommen.

Als wir im Auto sitzen, atmet Maddy tief durch. »Es war gut, hierherzufahren, wo die Erinnerung an Edens Arbeit erhalten geblieben ist. Die Sanders sind so nett und schwärmen in den höchsten Tönen von ihm.«

»Er hat ihnen ein sehr schönes Zuhause erschaffen«, erwidere ich.

»Mir auch.« Maddys Blick ist verhangen, aber irgendwie auch glücklich. »Ohne ihn würde ich im Leben vieles anders sehen. Genauso wie ohne dich.«

Als sie das sagt, bin ich tief gerührt und nicht mehr in der Lage, mich von ihr abzuwenden. Das mag zum einen an der Aufrichtigkeit ihrer Worte liegen, zum anderen aber auch daran, dass Maddy verletzlich und so unglaublich stark zugleich ist.

Ich bin kurz davor, meine Hand nach ihr auszustrecken und über ihre Wange zu streichen. Das wäre nicht nur völlig unangemessen von mir, sondern am Todestag ihres Freundes auch mehr als respektlos. Glücklicherweise kann ich diesen Fehler vermeiden, indem ich den Wagen starte und rückwärts aus der Einfahrt der Sanders fahre.

Als wir in London ankommen, ist es bereits spät. Ich parke vor Maddys Wohnhaus und werfe einen Blick in Richtung der hellgrauen Fassade. »Da sind wir«, sage ich, wahrscheinlich, um Zeit zu schinden.

»Hast du noch irgendwelche Pläne für heute Abend?«

Mir ist zuerst nicht klar, wie ich reagieren soll, falls sie mich zu sich einladen sollte. Wir sind Freunde, das sollte eigentlich kein Problem sein. Dennoch bin ich immer noch erstaunt, welche Saltos die Schmetterlinge in meinem Bauch an diesem Tag in Maddys Gegenwart schon hingelegt haben.

»Keine Pläne meinerseits. Und bei dir?«

»Ich werde schauen, ob Charlize noch wach ist. Möglicherweise trinke ich mit ihr ein Glas Wein.« Sie schluckt und umfasst ihre schwarze Handtasche. »Der Tag war wirklich besonders, aber im Augenblick kann ich noch nicht allein sein.«

»Das verstehe ich«, erwidere ich, biete ihr aber auch nicht meine Gesellschaft an.

»Wie gesagt, Scott, ich kann dir für das, was du für mich machst, nicht genug danken.«

»Ich tue das sehr gern. Es ist keine Pflicht, die ich erfüllen muss. Keine Therapie, sondern … es fühlt sich gut an, bei dir zu sein.«

Ihr Blick gleitet über mein Gesicht, ehe sie ihre Lippen aufeinanderpresst. »Geht mir genauso.«

Unausgesprochen scheint zwischen uns zu schweben, dass wir beide nicht wissen, wohin das mit uns führt. Was können wir füreinander sein und was nicht?

Eliza und ich sind seit über einem Jahr getrennt, mein Herz hängt nicht mehr an ihr. Ich bin offen für Neues. Offen für einen Menschen, mit dem ich mein Glück finden kann. Aber ich spüre, dass Maddy noch nicht in der Lage ist, einen neuen Mann in ihr Leben zu lassen. Noch käme es für sie einem Verrat an Eden gleich.

Während sie meine Hand nimmt und mit ihrem Daumen über meine Fingerknöchel streicht, schließe ich einen Deal mit mir selbst. Ich werde geduldig sein. Ich werde Maddy die Zeit geben, die sie zur Regeneration benötigt. Doch ich werde auch an dem, was ich bei ihr fühle, festhalten.

»Mach's gut«, flüstert sie mit einem dankbaren Lächeln auf den Lippen.

»Du auch«, erwidere ich und sehe ihr dabei zu, wie sie aussteigt. Bevor sie die Wagentür zuschlagen kann, sage ich: »Wie wär's kommende Woche mit einer Partie Squash?«

Sie beugt sich herab, um mich ansehen zu können. Ihr Grinsen ist breiter, ihre Augen etwas strahlender. »Ich bin dabei.«

»Gut. Kopf hoch.«

»Du auch.« Dann schlägt sie die Tür zu und eilt zur dunkelgrauen Eingangstür. Nachdem sie den Schlüssel ins Schloss gesteckt hat, dreht sie sich noch einmal zu mir um und winkt zum Abschied. Und auch ich hebe meine Hand, atme mehrmals tief durch und fahre los.

KAPITEL 56

Madeleine

In der Wohnung ist es still, lediglich das Ticken der Uhr im Flur ist zu hören. Ich streife mir meine warmen Winterstiefel ab, schäle mich aus der Jacke und knipse die kleine, weiße Tischlampe in der Küche an. Im Kühlschrank finde ich eine geöffnete Flasche Chardonnay. Ich gieße mir ein Glas ein, schnuppere am süßlichen Inhalt und nehme dann einen Schluck.

Der Tag war nervenaufreibend und schön zugleich. Scott hat so eine liebe, einfühlsame Art. Damit macht er es mir leicht, auf meine Gefühle zu hören. In seiner Nähe scheine ich immer zu spüren, was mir guttut. Erst wenn ich allein bin, verfalle ich wieder der Lethargie. Nur dann scheint mir die Zukunft plötzlich wieder trist und aussichtslos.

So viele Fragezeichen in meinem Leben, so viel Leere, die ich nicht in der Lage bin, wieder zu füllen.

Heute habe ich viel übers Theater gesprochen und dabei einen Drang verspürt, sofort in meinen Job zurückzukehren. Es war wie eine Initialzündung. Letztes Jahr war es zu früh, aber jetzt … jetzt scheint der Moment ideal zu sein. Weil ich mir vorgenommen habe, positive Empfindungen aufzuschreiben, um sie mir immer und immer wieder vor Augen führen zu können, wechsele ich mit meinem Weinglas in der Hand ins Gästezimmer, wo ich auf einem provisorisch eingerichteten Schreibtisch Stift und Papier aufbewahre.

Nach Emmas Geburt bin ich vorübergehend bei meinen Eltern eingezogen, was sich als Fehlentscheidung herausgestellt hat.

Meine Mum war überfürsorglich und behandelte mich wie ein kleines Kind.

Mein Dad konnte mit der neuen, in sich gekehrten Version seiner Tochter nur schwer umgehen, weswegen es sehr häufig zu Diskussionen zwischen uns kam. Er scheint mir und auch Eden insgeheim Vorwürfe zu machen. Einmal sagte er sogar, wie fahrlässig er es fände, dass ich mich für Eden derart aufgegeben hätte. »Für diese paar Wochen, die er in deinem Leben war, schmeißt du deine ganze Zukunft weg.« So der exakte Wortlaut.

Zu sagen, ich bin erschüttert über die Kaltschnäuzigkeit meines Vaters, wäre untertrieben. Ich weiß zwar, dass er mich nur schützen möchte, verstehe aber nicht, wie er dabei so eiskalt sein kann.

Noch vor Weihnachten zog ich deshalb bei Charlize ein. Diese ist in Sachen Motivation eine wahre Meisterin. Sie geht gleichermaßen streng wie einfühlsam mit mir um. An ihrer Schulter kann ich mich ausheulen, sie ist für mich aber auch das beste Beispiel dafür, wie ich mein Leben auch nach Edens Tod wieder in den Griff bekommen kann.

Ich glaube, all diese Faktoren – das Unverständnis meines Vaters, Emmas Geburt, Charlize' Funktion als mein Motivationscoach und nicht zuletzt Scotts Feinfühligkeit – tragen dazu bei, dass ich raus aus diesem Pausenmodus will. Rein ins Leben. Oder besser … zurück ins Leben.

Dementsprechend enthusiastisch fallen dann auch meine Notizen aus. All die Vorteile, die einer Rückkehr zum Theater folgen würden, erscheinen mir in geschriebener Form gleich viel einleuchtender und greifbarer.

Ich brauche Erfolge. Das steht erstaunlicherweise an oberster Stelle. Mein erster Gedanke. Und der scheint im Kern völlig richtig zu sein. Zu überleben, das war in den vergangenen Monaten die einzige Art der Erfüllung, die ich gefunden habe. Mehr schlecht als recht. Ich habe mich durchgeschlängelt, bin aber immer wieder hingefallen.

Sicherheit. Das Theater würde mir Sicherheit geben.

Eine Aufgabe.

»Was würdest du mir raten?«, murmele ich eine imaginäre Frage an Eden.

Die Antwort schießt in mich wie ein Geistesblitz. Sofort muss ich an seinen Abschiedsbrief denken. Darin riet er mir, mithilfe eines Zitats von Wilde das Leben zu leben, das in mir schlummert. In mir ruht auf jeden Fall ein immer stärker werdender Wunsch, zurück auf die Bühne zu kehren. Meinen Schmerz in Kunst zu verwandeln – genau wie Eden es mit seinen Bildern tat, als er seine Stimme verlor.

Ich habe aber auch Angst, wieder alle zu enttäuschen und gerade wegen meines Schmerzes abbrechen zu müssen. Das kann ich mir nicht noch einmal erlauben.

Ein Klopfen an der Tür lässt mich zusammenzucken. Nur eine Sekunde später steckt Charlize den Kopf herein. »Wir scheinen beide denselben Gedanken gehabt zu haben.« Sie schwenkt ihr eigenes Weinglas und setzt sich auf die Bettkante. »Schönen Gruß von meiner Mum.«

»Danke«, erwidere ich.

»Wie war's heute bei deinen Eltern?«

Die Lüge, die ich Charlize serviert habe, bereue ich mittlerweile. Ich sollte reinen Tisch machen, auch wenn es unangenehm ist. »Ich … Ich war gar nicht bei meinen Eltern.«

»Wirklich nicht? Warst du hier?«

»Nein«, hauche ich in Richtung Boden. »Ich war in Eastbourne … um genau zu sein, war ich beim Haus der Sanders.«

Charlize' Augen weiten sich, ehe sie einen Schluck Wein nimmt. »Bei den Sanders? Bist du allein hingefahren?«

»Jemand hat mich begleitet.«

»Du machst da ja echt ein Geheimnis draus. Es ist okay für mich, wenn du den Tag so verbracht hast, wie es für dich angenehm war.«

Ich glaube ihr. Trotzdem habe ich Schwierigkeiten, Scotts Existenz gegenüber Edens Schwester überhaupt zu erwähnen. Selbst mir gegenüber kann ich diese tiefe Verbundenheit, die ich zu ihm spüre, meist nicht rechtfertigen. Ich komme mir wie eine Verräterin vor. Als würde ich vorhaben, Eden einfach auszutauschen, um seinen Platz neu zu besetzen. Das ist doch schrecklich.

»Ich wurde von demjenigen begleitet, der Edens Bild gekauft hat.«

»Von dem ich dir die Adresse gegeben habe?«, hakt sie nach.

»Ja.«

Nach meiner Bestätigung unterbricht sie den Blickkontakt und kneift kaum merklich die Augen zusammen.

Es wirft sie aus der Bahn. Die unerschütterliche Charlize.

Gott, was tue ich den Menschen immer nur an?!

»Er … Scott, so heißt er, hat selbst jemanden verloren. Sein Baby. Es ist ein paar Tage nach der Geburt gestorben. Er versteht mich, verfügt über eine Menge Geduld und noch viel mehr Einfühlungsvermögen.«

Sie seufzt, ringt sich dann aber ein Lächeln ab. »Er hat sein Kind verloren? Das ist schrecklich.« Aber eigentlich findet sie es schrecklicher, dass es da diesen geheimnisvollen neuen Mann in meinem Leben gibt.

»Wir sind nur Freunde«, sage ich, ärgere mich aber sogleich darüber.

»Das geht mich wirklich nichts an.« Als meine Freundin sollte sie nicht so denken. Vielleicht sagt sie das auch nur, weil sie verletzt ist. Oder um mich zu verletzen. Ich weiß es nicht.

»Charlize, ich bin nicht auf der Suche nach einem Mann. Scott begegnet mir mit so viel Verständnis. Dass er sich zum Beispiel heute dazu bereit erklärt hat, mich zu den Sanders zu begleiten, zeigt doch, wie viel Empathie er für mich hat.«

»Und du denkst nicht, dass er deine Situation ausnutzt?«, stellt sie eine provokante Gegenfrage.

»Was meinst du?«

»Für manche bist du ein gebrochenes, trauerndes Mädchen. Möglicherweise will er dich bloß ins Bett bekommen.«

»So etwas würde Scott niemals tun«, verteidige ich ihn vehement. »Wir sind wirklich bloß Freunde. Genau wie du und ich.«

Es ist das erste Mal, dass ich Charlize aufbrausend erlebe. Üblicherweise ist sie die Ruhe in Person. Sanft, rücksichtsvoll und gütig. »Tut mir leid, Maddy, aber ich will nichts über diesen Scott hören. Schon gar nicht heute. Ich möchte ja, dass du glücklich wirst, aber …«

»Aber was?«

Schnaubend steht sie auf und zuckt lediglich mit der Schulter. »Eden ist erst vor einem Jahr gestorben. Ein Jahr, Maddy, und schon tauchst du mit einem Neuen auf. Sehe ich dich, dann sehe ich Eden. Und ich weiß einfach nicht, ob ich für einen anderen Mann als meinen Bruder an deiner Seite gewappnet bin.«

»Es geht hier aber nicht um dich, sondern um mein Leben, Charlize!«

»Ja, schon klar. Ich will bloß ehrlich sein zu dir.«

»Das ist nicht ehrlich, sondern gemein«, halte ich dagegen. »Mit deinem Verhalten legst du mir riesengroße Steine in den Weg.«

Sie öffnet den Mund, will mir irgendetwas entgegenschleudern. Doch schließlich atmet sie durch und meint dann: »Lass uns nicht streiten. Nicht heute. Trinken wir gemeinsam den restlichen Wein, der noch in der Flasche übrig ist.«

Ihr Friedensangebot lässt mich jedoch kalt. Ich bin einfach zu verletzt von ihren Vorwürfen und der Last, die sie damit auf meinen Schultern platziert hat. »Ich würde jetzt lieber schlafen gehen.«

»Okay«, murmelt sie verhalten, geht aber zur Tür und öffnet diese. »Gute Nacht.«

»Nacht«, nuschele ich. Als Charlize weg ist, werfe ich mich aufs Bett und weine bitterliche Tränen in mein Kopfkissen.

Ihre Anschuldigungen, die sie mir als ehrliche Sorgen verkaufen wollte, gehen nicht spurlos an mir vorbei. Sie nähren meine eigenen Befürchtungen, Eden könnte in Vergessenheit geraten und das Magische zwischen uns könnte sich in etwas Banales verwandeln. Gleichzeitig wird die Gewissheit, dass Eden für immer ein Teil von mir sein wird, von Tag zu Tag stärker. Die Erinnerungen mögen verblassen, neue hinzukommen, aber meine Liebe zu ihm wird weiterbestehen. Unverändert.

Daran wird weder meine Freundschaft zu Scott noch sonst irgendjemand etwas ändern.

KAPITEL 57

Scott

Nachdem ich eine halbe Stunde vor dem Wohnhaus in Chelsea auf die Leute, die mit mir einen Besichtigungstermin vereinbart haben, gewartet habe, sagen diese mir telefonisch ab. Zuerst bin ich darüber fürchterlich verärgert, aber dann checke ich meinen Terminplan und stelle fest, dass mir so zumindest Zeit für eine ausgiebige Pause bleibt.

Ich schreibe Maddy und verabrede mit ihr ein Treffen in einem Pub, der zwischen meinem Standort und ihrer Wohnung liegt. Eine halbe Stunde später sitze ich an einem Zweiertisch, als sie ins Lokal kommt.

»Na, wurdest du versetzt, Süßer?«, zieht sie mich auf.

Ich lache, stehe auf und erwidere ihre Umarmung. »Jaja. So bleibt Zeit, mich mit meiner zweiten Wahl abzugeben.«

»Ich weiß nicht, ob ich mir deinen Stundensatz leisten kann, schließlich bin ich eine arme, mittellose Schauspielerin.«

»Für dich mache ich es sogar kostenlos«, erwidere ich, während wir uns setzen.

Maddy krallt sich die Getränkekarte und blättert sie grinsend durch. »Wie großzügig von Ihnen, Mr Walhof. Bedauerlicherweise nehme ich keine Almosen entgegen.«

»Schade. Du ahnst nicht, was du dir damit entgehen lässt«, sage ich eine Spur zu aufreizend, wie mir bewusst wird, als Maddy mich mit ihrem Blick fixiert.

Doch sie sieht auch nicht weg, sondern lächelt, als würde sie mit mir flirten. »Ja, schade.«

Wir werden vom Kellner unterbrochen, der sich nach unseren Bestellwünschen erkundigt. Ich bestelle eine Tasse Kaffee und ein Glas Wasser.

Maddy hingegen meint: »Ist es für Alkohol noch zu früh?«

Der Kerl und ich sind uns einig. Unisono antworten wir: »Niemals.« Wir haben wohl alle schon Zeiten erlebt, die Alkohol um diese Uhrzeit rechtfertigen.

»Okay, dann nehme ich ein Glas Riesling, aber geben Sie mir unbedingt ein Glas Wasser dazu.«

»Unbedingt. Wenn sie Weißwein pur trinkt, schlägt sie immer gleich über die Stränge«, gebe ich meinen Senf dazu.

Maddy kichert, ein Geräusch, das ich so noch nie von ihr gehört habe.

»Ich glaube, du solltest doch keinen Alkohol trinken. Wie viel hast du denn heute schon intus?«

»Keinen einzigen Tropfen.« Zum Schwur hebt Maddy beide Hände und kreuzt Zeige- und Mittelfinger. »Irgendwie bin ich heute nur etwas aufgedreht.«

»Merkt man kaum«, murmele ich schmunzelnd und lehne mich zurück.

Seit dem Besuch bei den Sanders vor einem Monat sind Maddy und ich wirklich gute Freunde geworden. Wann immer wir Zeit haben, sehen wir uns oder telefonieren miteinander. Auch unsere wöchentlichen Treffen zum Squashspielen haben sich zu einer Routine entwickelt, auf die ich mich jedes Mal aufs Neue freue. Einmal hat Maddy mich zu einer stinklangweiligen Geburtstagsparty eines Geschäftspartners begleitet. Wir haben an diesem Abend beide mindestens ein Glas Champagner zu viel getrunken, die Tanzfläche unsicher gemacht und im Taxi auf der Heimfahrt ununterbrochen gelacht. Als Maddy an diesem Abend mit roten Wangen, leuchtenden Augen und wilden Locken auf der Treppe vor ihrem Wohnhaus vor mir stand, war ich nur einen Atemzug davon entfernt, sie zu küssen. Das wäre zweifelsohne meinem nicht mehr gänzlich nüchternen Verstand zuzuschreiben gewesen. Eine einfache Ausrede, sollten bei irgendwem von uns beiden Bedenken über die Richtigkeit dieses Kusses aufkommen. Doch auch wenn wir beide wohl irgendwann einmal darüber gelacht hätten, weiß ich, wie sehr ich Maddys Vertrauen mit diesem Fehltritt missbraucht hätte.

Deshalb bin ich froh, mich eingekriegt zu haben. Es gelang mir, tief durchzuatmen, ihr eine gute Nacht zu wünschen und abzuhauen.

Meine Gefühle Maddy gegenüber haben sich vertieft. Sie sind aber auch komplizierter geworden.

Einerseits sehe ich in ihr eine wirklich gute Freundin, andererseits kann ich nicht abstreiten, mich hochkant in sie verknallt zu haben. Doch gerade, weil sie mir so wichtig ist, und ich weiß, dass sie absolut noch nicht bereit für etwas Neues ist, halte ich mich zurück. Ich unterdrücke meine Emotionen, versuche, ihr körperlich nicht zu nahe zu kommen, damit ja nicht die Gefahr besteht, etwas Unüberlegtes zu tun.

»Heute ist irgendwie ein guter Tag«, sagt sie.

»Das freut mich. Meiner könnte besser sein.«

»Ja, das mit deinem verpatzten Termin tut mir leid. Was steht denn sonst noch auf dem Programm?«

Ich überlege kurz. »Noch mehr Termine. Und bei dir?«

»Charlize und ich wollen später shoppen gehen. Ich brauche echt ein paar neue Sommersachen und vor allem Bikinis.«

»Bikinis, mhm?«, wiederhole ich und wackele mit den Augenbrauen.

Tadelnd schüttelnd sie den Kopf, kichert jedoch auch dabei. »Wie alt bist du? Zwölf?«

»Na, du weißt schon, ab einem gewissen Alter wachsen Männer nur noch und so«, füge ich an und bin froh, dass Maddy mir meinen Kommentar nicht übel nimmt.

Ich mag ihre kluge, nachdenkliche Seite wirklich sehr gern.

Aber ich liebe es, wenn sie lacht und ihr gesamtes Umfeld damit einnimmt.

Das gelingt ihr auch beim Kellner, der ihr Lächeln erwidert, als er unsere Getränke serviert. Ich komme nicht umhin, etwas eifersüchtig zu werden. Schließlich hat Maddy mich augenscheinlich in die Friendzone verfrachtet, während sie sich nun schrittweise für andere Typen zu öffnen scheint.

Wie zum Teufel soll ich aus meiner Rolle rauskommen?

»Möglicherweise wirst du meinen neuen Bikini ja sogar mal live sehen. Wenn wir zum Beispiel im Sommer mal gemeinsam am Strand liegen, uns die Sonne auf den Bauch scheinen lassen und uns die Mägen mit Hot Dogs vollschlagen.«

Ich stöhne und verdrehe affektiert die Augen. »Gerade hast du den Inbegriff des perfekten freien Sommertages beschrieben. Du versteckst nicht irgendwo eine geheime Zwillingsschwester, die genauso denkt wie du und die ich heiraten kann?«

»Nicht dass ich wüsste«, erwidert Maddy.

Ich hebe meine Tasse über den Tisch zu ihr. Maddy stößt an, beobachtet mich nun aber genau. »Dann, liebe Madeleine Warrington, scheint dein Schicksal als meine Zukünftige besiegelt zu sein.«

Maddy lacht zwar, aber ich wünsche mir nichts sehnlicher, als dass sich ihre Gefühle für mich irgendwann einmal ändern werden. Denn ich bin überzeugt, dass wir beide eine echt gute Basis hätten.

Doch noch schlägt ihr Herz für Eden – einen Mann, der zwar nicht mehr körperlich anwesend ist, dem wohl aber bis in alle Ewigkeit ein Teil von Maddys Liebe zugesichert sein wird. Will ich Maddys Herz für mich gewinnen, werde ich mich zuerst einmal mit diesem Teil von ihr anfreunden müssen. Daran scheint kein Weg vorbeizuführen.

KAPITEL 58
Scott

Häufig nutzt mein Dad die ruhigen Minuten, bevor sich alle in den Feierabend verabschieden, für ernste Gespräche. Gespräche zwischen Vater und Sohn, wie er ständig behauptet.

In Wahrheit beklagt er sich über meinen Bruder Peter, der ohne die finanzielle Unterstützung meiner Eltern wohl schon unter einer Brücke hausen müsste. Oder er jammert wegen meiner Mum. Ich glaube nicht, dass die Ehe meiner Eltern erfüllt von Liebe und Zufriedenheit ist. Viel eher haben die beiden sich miteinander arrangiert. Sie sind zweifelsohne ein starkes Team, haben drei Kinder miteinander großgezogen und ein solides Vermögen angehäuft. Aber nach gegenseitiger Zuneigung würde man erfolglos suchen.

Meine Mum ist da eher pragmatisch, mein Dad hingegen leidet unter der maroden Beziehung. Aber ausgerechnet auf meine Meinung zählt er. Ich bezweifele stark, dass ich ihm irgendwelche weisen Ratschläge geben kann, schließlich habe ich selbst all meine bisherigen Beziehungen gegen die Wand gefahren.

Heute aber rettet mich Jamie davor, Überstunden zu schieben. »Entschuldigen Sie, aber diese … Kunstliebhaberin ist wieder da draußen.«

Sofort wird mein gesamter Körper von Aufregung durchflutet. Ich setze mich gerade hin und trommele mit den Fingern auf meinen Schreibtisch. »Sagen Sie ihr bitte, dass ich gleich fertig bin.«

»Welche Kunstliebhaberin?«, erkundigt sich mein Dad, nachdem Jamie mein Büro verlassen hat.

»Sie ist eine Freundin«, erkläre ich und bemerke, wie komisch meine Stimme klingt.

»Eine Freundin und Kunstliebhaberin?«

»Das ist bloß ein Spitzname, den Jamie ihr gegeben hat.« Ich stehe auf, packe meine Sachen zusammen und ziehe meinen Mantel an. »Sie kommt öfter her, um sich das Bild im Eingangsbereich anzusehen, weil es ihr Freund gemalt hat.«

»Den Zusammenhang muss ich wohl nicht verstehen. Hauptsache, du hast Spaß.«

Ich lache. »Ja, Dad.«

Er scheint sich zwar nicht für die Zusammenhänge zu interessieren, folgt mir aber dennoch ins Foyer, wo Maddy bereits wartet. Als sie meinen Dad bemerkt, gerät ihr Lächeln ins Wanken.

»Hi.« Ich begrüße sie mit einem Kuss auf die Wange und einer Umarmung. Irgendwie hat sich das in den vergangenen Wochen so bei uns eingebürgert. »Maddy, das ist James, mein Dad.«

»Freut mich«, sagt sie mit diesem Lächeln, das ich so atemberaubend finde, und reicht meinem Dad die Hand.

»Freut mich ebenfalls, Maddy.« Ich glaube, auch mein Vater ist fasziniert von ihr. Zumindest wirft er mir einen von Stolz erfüllten Blick zu und nickt bestätigend. »Was ist euer Plan für heute?«

»Wir gehen zum Squash. Maddy muss noch ein bisschen trainieren, damit sie fit ist für die Meisterschaften«, sage ich.

»Tatsächlich?«, fragt mein Dad erstaunt.

Maddy lacht und schubst mich an der Schulter. »Glauben Sie ihm den Unsinn nicht. Bei den Meisterschaften wäre ich allerhöchstens für die Getränkeausgabe geeignet. Wir spielen bloß zum Spaß und vielleicht auch, um das Ego Ihres Sohnes zu streicheln.«

Dad lacht und auch ich werde von Maddys Charme gänzlich eingenommen. »Um Scotts Ego mache ich mir keine Sorgen. Vielleicht sollten Sie ihn heute mal nicht gewinnen lassen.«

»Ich werde darüber nachdenken«, neckt mich Maddy und scheint darin großes Unterhaltungspotenzial zu sehen.

Ich mag, wie sie in letzter Zeit immer lockerer wird, mir mehr vertraut und sich mir so auch weiter öffnet. Zwischen uns besteht ein dichtes Band, das zwar schnell, aber auch robust gewachsen ist.

Nachdem wir uns von meinem Dad verabschiedet haben, fahren wir gemeinsam zur Sporthalle. Während wir an einer roten Ampel warten, dreht Maddy ihren Oberkörper in meine Richtung und meint dann: »Ich habe übrigens nächste Woche ein Vorsprechen.«

»Echt jetzt?«

»Ja, echt.« Sie lächelt und schüttelt den Kopf. »Ich will wieder zurück zur Arbeit.«

»Ich drück dir jedenfalls die Daumen. Aber ich bin sicher, dass du den Job locker einsackst.«

»Du meinst, dass ich sie mit meinem eingerosteten Können überzeugen kann?«, fragt sie mit hochgezogenen Augenbrauen.

»Nächster Punkt auf meiner Liste: Maddys Selbstvertrauen aufpolieren.«

Der Feierabendverkehr ist wie immer chaotisch und nervenaufreibend. Aber ich habe mir schon lange abgewöhnt, mich von banalen äußeren Einflüssen stressen zu lassen, und ziehe das Positive aus der Situation: mehr Zeit allein mit Maddy.

»Welche Punkte stehen denn noch auf deiner Liste?«, fragt diese mit prüfendem Blick zu mir.

»Dir beibringen, wie man einen Schläger hält – erledigt. Dich mit Essstäbchen vertraut machen – gescheitert.«

Beide lachen wir, während ich die Spur wechsele, weil ich hoffe, dass es auf der anderen Seite schneller vorwärtsgeht. »Scheint fast so, als hätte ich Probleme mit harten, langen Gegenständen.«

Hat sie das echt gerade gesagt? Ich sehe kurz zu ihr rüber, weiß im ersten Moment aber nicht, ob ich lachen oder knurren soll. »Hm«, mache ich daher und konzentriere mich sofort wieder auf den schwarzen Ford vor uns.

»Was ›hm‹? Wirst du tatsächlich verlegen, weil ich die Wörter hart und lang in den Mund genommen habe?«

»Werde ich gar nicht«, verteidige ich mich.

»Sondern?«

»Dieser Spruch kam für mich unerwartet.«

Aus den Augenwinkeln nehme ich wahr, wie sie am Gurt zerrt, um sich noch weiter in meine Richtung drehen zu können. »Weil du denkst, dass ich ein zerbrechliches, verkrampftes Mädchen mit keinerlei körperlichen Bedürfnissen bin?«

»Neeein«, erwidere ich langgezogen. »Weil du bis vor Kurzem bei jedem unserer Treffen geweint hast und ich dich nicht mit irgendwelchen schmierigen Sprüchen aufmuntern wollte.«

»Aber merkst du nicht, dass ich mich verändert habe?«

»Doch, das habe ich dir ja auch schon mehrmals gesagt. Ich finde das echt top.«

»Na, also«, meint sie spitz. »Dann sollte dir ja auch bewusst sein, dass ich trotz Edens Tod bestimmte Bedürfnisse habe und keineswegs verklemmt bin. Ich kann sehr wohl zwischen Liebe und Körperlichkeit unterscheiden.«

»Hm«, mache ich erneut und umklammere das Lenkrad fest mit beiden Händen.

Schnaubend wirft sie sich zurück in den Beifahrersitz. »Hm – du machst es schon wieder.«

»Ja … und? Was soll ich sagen? Cool, dass du so aufgeschlossen bist?«

»Zum Beispiel«, äußert sie.

»Cool, dass du so aufgeschlossen bist«, wiederhole ich mit gepresster Stimme. »Die Stadt quillt über vor Bars und Clubs. Reiß dir irgendeinen Kerl auf, meinen Segen hast du.«

Ich spüre ihren anklagenden Blick und dass sie der Meinung ist, ich würde überreagieren. Und verdammt, sie hat recht. Aber ich möchte mir nicht vorstellen, dass sie von Sex mit irgendwelchen Typen träumt, die nicht ich sind.

»Vielleicht werde ich das auch tatsächlich machen. Ein nächster Schritt in ein neues Leben.«

Für sie klingt das nach einem Lichtblick, für mich wie eine Drohung.

Zu lange hatte ich genau vor dieser Situation Angst, nun scheint der Augenblick aber gekommen, in dem Maddy die Trauer ein weiteres Stück ablegt und sich nach einem lockeren, sexuellen Abenteuer sehnt. Ich kreuze in ihren Träumen nicht auf. Allerhöchstens als Ratgeber oder Taxifahrer, der sie heulend vor dem Haus eines fremden Kerls aufsammelt.

»Viel Spaß dabei«, brumme ich gekränkt. Panisch überlege ich, wie ich sie davon abhalten kann, gleich dieses Wochenende in ihre High Heels zu schlüpfen und auf Männerjagd zu gehen. Doch mir fällt nichts ein, bei dem ich mich nicht völlig lächerlich machen würde.

Bei der folgenden Squash-Runde nehme ich keine Rücksicht auf Maddy. Ich spiele aggressiv und dränge sie in die Defensive. Ich breche meine eigenen Regeln, spiele nicht mit Bedacht, sondern mit Wut und unnötiger Kraftaufbringung.

Irgendwann schleudert sie mir frustriert einen Ball entgegen und zuckt mit den Schultern. »Was soll das werden, Scott?«

»Wir spielen heute mal härter. Auch das gehört dazu.«

»Du drischt so fest auf den Ball ein, dass ich überhaupt keine Chance habe, ihn zu erwischen.«

»Das hängt vielleicht mit deiner mangelnden Erfahrung zusammen«, halte ich dagegen und nähere mich ihr, wobei ich den kleinen, blauen Ball von einer Hand in die andere werfe. »Oder kann es sein, dass du gedanklich schon dein Wochenende planst und deshalb unkonzentriert bist? Stellst du dir vor, wie du dich aufbrezelst, in eine Bar spazierst und dich von irgendeinem Arschloch abschleppen lässt?«

Zischend weicht sie mir aus. »Lass es gut sein, Scott. Reite nicht auf dieser einen Sache herum. Das war … bloß dahingesagt.«

Ich glaube ihr nicht und finde ihren Rückzieher ehrlich gesagt jämmerlich. »Bloß dahingesagt oder aus der Tiefe deiner Gedanken kommend.«

»Selbst wenn, ich verstehe nicht, was dich daran so stört«, sagt sie, als ich vor ihr halte und uns nur noch wenige Zentimeter voneinander trennen. Jedes Mal, wenn sie tief ausatmet, berührt ihr Oberkörper meinen. Ich weiß, dass ich Abstand zwischen uns bringen sollte, doch ich kann nicht. Ich bin gefangen von ihrem Blick, ihrer Nähe und der unausgesprochenen Herausforderung.

Wie weit gehst du? Was traust du dich? Wie reagierst du, wenn ich dich noch einmal berühre?

»Bist du eifersüchtig? Ist es das, Scott?«, fragt sie mit gerunzelter Stirn. »Ich … Ich dachte, wir wären Freunde.«

Ich senke kurz den Blick und hole tief Luft. »Es widerstrebt mir einfach, dass du dich mutwillig von irgendjemanden ausnutzen lassen willst.« Was für einen Scheiß labere ich da eigentlich?!

Das scheint auch Maddy so zu sehen. »Die Frage ist am Ende doch, wer wen ausnutzt.«

Sie klingt anklagend, und irgendwie brennen daraufhin die Sicherungen bei mir durch. Ich lasse den Ball fallen und greife nach ihrem Kinn.

Maddys erwartungsvoller Blick durchbohrt mich. Ich glaube zu erkennen, was sie von mir möchte. Ich schließe aber die Augen, um die Kontrolle zurückzuerlangen.

Doch gerade als ich mich dazu durchringen kann, meine Hand zu senken, umschließt Maddy mit ihren Fingern meinen Unterarm und beugt sich mir entgegen. »Du bist also nicht eifersüchtig?«, fordert sie mich verbal heraus, als wollte sie, dass ich den nächsten Schritt gehe.

Als ich nichts dergleichen mache, übernimmt sie die Initiative. Sie reckt das Kinn, das ich immer noch festhalte, und presst ihre Lippen ungestüm auf meine. Dieser Kuss fühlt sich längst überfällig, aber dennoch unglaublich niederschmetternd an.

In den vergangenen Wochen habe ich oft sehnsüchtig zu Maddys Mund gesehen und mir vorgestellt, wie es wäre, diese Lippen zu küssen. Doch wie es scheint, ist die Realität noch viel besser als meine Vorstellung.

Während meine geöffneten Lippen über ihre gleiten, klammert sich Maddy an meinen Schultern fest. Unter dem Mantel des Entsetzens spüre ich all ihr Begehren, und ich fordere sie weiter heraus, indem ich unseren Kuss vorantreibe. Ich denke nicht über die Konsequenzen dieses Kusses nach, will mir gar nicht vorstellen, was ich tun soll, wenn Maddy den Kontakt zu mir abbricht. Wir überschreiten eine weitere Grenze, als ihre Zunge meine begrüßt.

Dieser Moment ist aber auch jener, in dem die Illusion platzt, Maddy sich von mir zurückzieht und ihr reumütiger Blick auf mich trifft.

»Maddy«, stammele ich und nehme meine Hände von ihr.

»Warum hast du das zugelassen? Warum hast du meinen Kuss nicht unterbunden, sondern weitergemacht? Ich dachte, wir wären Freunde.«

»Das sind wir auch«, beharre ich felsenfest. »Jetzt bin ich der Schuldige, oder wie? Das kann doch nicht dein Ernst sein, Maddy.«

Sie sieht nicht einmal wütend aus, sondern eher verletzt. »Nein, darauf hast du es angelegt. Mich zu trösten, mein Vertrauen zu gewinnen und mich dann ins Bett zu bekommen. Charlize hat es prophezeit.«

»Charlize hat es prophezeit? Du meinst Edens Schwester Charlize?«, bohre ich nach und fahre mir mit der Hand durchs Haar.

Maddy nickt, sagt aber zuerst nichts. Irgendwann sieht sie auf die winzige Fläche des grauen Bodens, die mich von ihr trennt. »Ja, sie hatte recht. Und ich habe mich von dir dazu auch noch anstacheln lassen. Zuerst erzähle ich dir, dass ich mal wieder eine rein körperliche Erfahrung brauche und schon bringst du mich dazu, dass ich mich dir an den Hals werfe.«

»Das stimmt einfach nicht, Maddy. Mir ging es nie darum, dass du dich mir an den Hals werfen solltst. Ich wollte dir helfen, wollte mit dir Zeit verbringen, weil ich dich mag. Auf freundschaftliche Art. Das hier war, wie gesagt, ein Ausrutscher. Ein Fehler.« Kaum ausgesprochen, bereue ich es sofort. Maddys Blick bestätigt diese Empfindung nur noch.

»Ein Fehler?«, wiederholt sie ungläubig.

Ich stöhne frustriert. »Lass uns diese Sache vergessen. Bitte.«

»Du hast keine Ahnung, was *diese Sache* für mich bedeutet. Ich habe meinen Freund verloren, habe dir mein Herz ausgeschüttet, ich habe dir vertraut, Scott, und plötzlich küsse ich dich. Ich weiß überhaupt nicht, was mit mir los ist. Ich habe mich getäuscht – in mir selbst und auch in dir. Du warst nur deshalb so wütend, als es hieß, dass ich einen anderen Mann kennenlernen möchte, weil es dir die ganze Zeit nur darum ging, mich zu erobern. Das war dein Ziel, deine Feinfühligkeit war nur ein Mittel, das du brauchtest, um mich flachzulegen. Und den allerersten schwachen Moment nutzt du aus.«

Habe ich wirklich den Anschein vermittelt, es wäre mir die ganze Zeit nur um Sex gegangen? Wollte ich Maddy helfen oder mir selbst?

Ich lasse mich von ihrer Wut anstecken und drehe einige stumme Runden. »Das stimmt nicht«, knurre ich schließlich, nicht zuletzt, um mich selbst zu überzeugen. »Du liegst falsch. Ich würde dich niemals ausnutzen. Niemals!«

Maddy schüttelt jedoch den Kopf. »Denk, was immer du möchtest, Scott.«

Im Moment denke ich nur eins: Ich muss hier raus.

Hastig sammele ich meine Habseligkeiten ein und lasse Maddy einfach stehen. Ich versuche, ihren wirklich entsetzten Gesichtsausdruck aus meinem Blickfeld zu verbannen. Versuche, irgendwie die Trümmer in mir zusammenzusetzen. Dabei tragen mich meine Beine in die Parkgarage zu meinem Wagen, wo ich mit der Faust gegen die Fahrertür schlage und einen erstickten Laut ausstoße.

KAPITEL 59

Madeleine

Meine alte Wohnung hat sich mittlerweile in ein Familiennest verwandelt. Möbel wurden getauscht und Wände neu gestrichen. So musste unsere alte Billigcouch einem hochwertigen Modell in Dunkelgrau weichen. Mein ehemaliges Zimmer ist nun ein Kinderzimmer und der wahr gewordene Mädchentraum. Leona hat Stunden damit verbracht, die Wände zu bemalen und die Dekoration zu wählen.

Noch scheint Emma ihr hübsches Zuhause kaltzulassen. Die meiste Zeit schläft sie oder trinkt Milch. Ein einfaches Leben. Nicht so kompliziert wie meins.

Während Leona und ich auf der neuen Couch sitzen und sie Emma stillt, berichtet sie über die personellen Schwierigkeiten in der Bäckerei. Seit Emmas Geburt ist Leona nur noch sporadisch im Laden und hat daher eine Vertretung auserkoren. Leider aber häufen sich seitdem Lieferverzögerungen und Kundenbeschwerden. »Ich muss so bald wie möglich wieder zurück ins Geschäft. Zumindest für ein paar Stunden die Woche.«

»Wenn du Hilfe wegen Emma brauchst, sag gern Bescheid. Meine Unterstützung hast du in jedem Fall.«

Dankbar drückt Leona daraufhin meine Hand. Was sind meine amourösen Sorgen schon gegen Leonas existenzielle? Dennoch belastet mich die Situation mit Scott, und da es nur einen Menschen gibt, mit dem ich über wirklich alles reden kann, beschließe ich, Leona um Rat zu bitten, solange Emma beschäftigt ist.

»Darf ich dich etwas fragen?«, beginne ich unverfänglich.

»Klar, nur zu.«

Ich spüre Panik, das kurze Aufflackern der Bestürzung wegen Scotts und meinem Verhalten. Ich glaube aber, dass das Problem nicht erst in diesem Kuss, sondern schon viel früher seinen Anfang nahm. »Findest du, dass ich bei der Verarbeitung von Edens Tod mittlerweile Fortschritte gemacht habe?«

Ich schätze an Leona ihre Loyalität, aber vor allem auch ihre Ehrlichkeit. Denn sie denkt wirklich über meine Frage nach, nimmt sie ernst und versucht, sich in mich hineinzuversetzen. »Ja, davon bin ich überzeugt. Seit ein paar Wochen geht es merklich bergauf.«

»Ich habe das Gefühl, dass ich mich zu öffnen beginne.«

»Für etwas Neues? Einen neuen Mann?«, hakt sie vorsichtig nach.

»Möglicherweise hängt es mit dem Frühling zusammen, aber ich denke auch, dass ich tief in mir das Bedürfnis verspüre, mich Hals über Kopf zu verlieben. Ich sehne mich so sehr nach diesem euphorischen Gefühl des Verliebtseins, nach diesem Knistern«, seufzend unterbreche ich mich selbst.

Leona lächelt erleichtert. »Das ist doch prima, Maddy.«

»Findest du nicht, dass es noch zu früh ist?«

»Maddy, es gibt kein Richtig oder Falsch. Du solltest einfach in dich hineinhören.«

Ich schnaube. »Noch finde ich in mir eine beträchtliche Menge an schlechtem Gewissen. Ich fühle mich wie eine Verräterin Eden gegenüber, wie eine Betrügerin. Und ich glaube, das ist mein Problem: dass ich mich schuldig fühle. Was, wenn sich daran niemals etwas ändert?«

Leona streichelt Emmas blonden Hinterkopf, während diese Schmatzgeräusche von sich gibt. »Eden würde wollen, dass du glücklich wirst.«

»Vielleicht wäre etwas Körperliches im Augenblick einfacher für mich«, überlege ich laut und ignoriere Leonas Einwand.

»Warum nicht? Es gibt keine Regeln dafür.«

»Für so etwas bin ich aber zu angreifbar«, werfe ich ein.

Leona verzieht nachdenklich das Gesicht. »Du musst das ja nicht jetzt entscheiden, Maddy. Der richtige Moment wird kommen.«

»Scott … wir haben uns geküsst«, platze ich mit der Wahrheit heraus und bin überrascht, wie viel weniger dramatisch dieser Umstand mittlerweile für meine eigenen Ohren klingt.

»Darum geht es also«, sagt sie und wirkt erleichtert.

Ich habe wohl gehofft, dass sie mir predigt, wie falsch unser Verhalten war. Doch stattdessen scheint sie Freude zu empfinden.

»Ja, darum geht es«, erwidere ich ein wenig schnippisch. »Ich dachte, er und ich … sind nur Freunde.«

»Das seid ihr ja auch. Offensichtlich empfindet ihr aber mehr füreinander.«

Ich verziehe das Gesicht abwertend. »Nein, ich nicht. Und Scott … Ich glaube, ihm geht es eher darum, meine Verletzlichkeit auszunutzen, um mich flachzulegen.«

»Glaubst du das wirklich?«

Nein. Scott ist kein Mann, der Spielchen treibt. Er ist ehrlich, warmherzig und loyal. Jedes Mal, wenn ich hingefallen bin, hat er mir die Hand gereicht. Lediglich aufgrund meiner Reue habe ich ihn zu einem frauenfressenden Monster gemacht.

»Verbringst du gern Zeit mit ihm?«, fragt Leona und legt ihre Hand nun auf meine Schulter.

»Ja.«

»Hast du das Gefühl, Scotts Präsenz beflügelt dich, stärkt dich und öffnet dir manchmal die Augen?«

»Ja.«

»Erinnerst du dich, in welch psychischem Zustand Eden war, als du ihn kennengelernt hast?«

Wie könnte ich das vergessen? Ich erinnere mich an jedes Wort, an jeden Blick, an jede Berührung. »Es ging ihm nicht gut.«

»Richtig. Er hatte gerade diese schlimme Diagnose bekommen und sich selbst völlig aufgegeben. Er war verbittert und gebrochen, doch dann kamst du, Maddy. Du hast ihn aus dieser Dunkelheit herausgeführt. Du warst in seiner Verzweiflung bei ihm, hast aber auch versucht, ihm die Schönheit des Lebens näherzubringen. Die Art, wie du für ihn da warst, stark warst, wenn er es nicht sein konnte, hat euch mehr verbunden als alles Körperliche dieser Welt.«

Der Schmerz, der dieser Erinnerung folgt, ist noch immer prägnant, aber mittlerweile zum Glück etwas schwächer geworden. Nun wird er aber häufiger von Dankbarkeit begleitet. So schwer der Weg, den ich mit Eden gegangen bin, auch war, ich möchte diese Zeit nicht missen. Ich würde es immer wieder genauso machen.

»Scott hat den Part, den du damals für Eden erbracht hast, für dich übernommen«, meint Leona sanft lächelnd. »Er hat dir durch deine Verzweiflung, deine Trauer und deine Ohnmacht hindurchgeholfen, was ganz bestimmt nicht immer einfach war, für keinen von euch. Aber mittlerweile strahlst du wieder viel häufiger, du bist aufgeblüht, fröhlicher, glücklicher. Wenn du denkst, Scott hätte all das nur getan, um dich ins Bett zu bekommen, dann muss ich dir als deine beste Freundin sagen, dass du ziemlich dämlich bist.«

»Da hast du vermutlich recht«, stelle ich kleinlaut fest.

Doch Leona lächelt und zwinkert mir zu, womit sie dem Druck, den sie mit ihrer freundschaftlichen Ansprache aufgebaut hat, die Härte nimmt. »Gefühle kann man nicht erzwingen oder abstellen. Und wenn du Scott bloß als Freund siehst und eure Beziehung nicht auf ein körperliches Level bringen willst, dann muss er das auch akzeptieren.«

Was fühle ich? Was will ich von Scott?

Seit ich ihn kenne, habe ich krampfhaft versucht, ihn in die freundschaftliche Ecke zu drängen. Ich habe so getan, als würde ich nicht bemerken, wie charismatisch und attraktiv ich ihn insgeheim finde. Er sollte auf mich neutral wirken.

Ich beginne mich nun aber zu fragen, ob die Lust darauf, mich in ein sexuelles Abenteuer zu stürzen, nicht sogar von Scotts Wirkung auf mich ausgeht. Ich erinnere mich an Momente beim Squash, als ich seinen Bizeps begafft habe und mich dafür sofort selbst rügte. Oder einmal hat er mir die Tür in einem Restaurant aufgehalten. Als ich an ihm vorbeiging und seinen herben Männerduft einatmete, spürte ich ein plötzliches Verlangen, ihn zu berühren.

Irgendetwas ist da die ganze Zeit zwischen uns, das über das Freundschaftliche hinausgeht. Es gelingt mir wohl einfach besser als Scott, meine Emotionen zu kontrollieren.

Bevor ich mich später von Leona verabschiede, meint diese: »Du hast dir antrainiert, deine Gefühle zu unterdrücken, weil du daran gewöhnt warst, dass diese schmerzhaft für dich sind. Dieser Kuss hat etwas in dir freigesetzt. Finde heraus, was es ist.«

Dass mein Herz eine andere Sprache als mein Verstand spricht, wird mir klar, als ich am späten Nachmittag mit einer Einkaufstüte in der Hand bei Charlize' Wohnung ankomme und Scott auf der Treppe vor der Eingangstür sitzt.

KAPITEL 60

Madeleine

Obwohl die Sonne scheint, ist es kühl, dementsprechend durchgefroren wirkt er auch.

Meine Schritte geraten aus dem Takt, ebenso mein Herzschlag. Doch ich atme durch und nähere mich ihm. Meine Schritte verraten mich, sodass er den Kopf hebt, mich entdeckt und aufsteht. Erst da bemerke ich den Strauß Hyazinthen in seiner Hand.

»Maddy«, raunt er und ringt dabei um ein entschuldigendes Lächeln.

»Wie lange sitzt du hier schon?«, frage ich das Erstbeste, das mir in den Kopf kommt.

Scott zuckt mit den Schultern. »Eine Weile.«

»Warum hast du nicht angerufen?«

»Weil … Weil ich befürchtet habe, dass du nicht rangehst.« Was nicht mal so abwegig ist. Ich wäre einer Konfrontation wohl gern noch eine Weile aus dem Weg gegangen. Doch nun muss ich mich ihr stellen.

Ich krame den Schlüssel aus meiner Tasche und deute mit dem Kinn in Richtung Tür. »Möchtest du mit nach oben kommen?«

Sein Zögern ist nicht mir, sondern Charlize geschuldet. Er ahnt vermutlich, wie schwer seine Anwesenheit für Edens Schwester sein wird. Doch nachdem sein Blick über mich gleitet und an meinen Lippen haften bleibt, nickt er.

Schweigend folgt er mir nach oben in den zweiten Stock. Ich schließe die Wohnungstür auf und bete, dass sich Charlize' Einkauf noch hinzieht und sie nicht bereits daheim ist. Tatsächlich ist die Wohnung menschenleer, was sich als äußerst förderlich für meine innere Ruhe erweist.

Scott war noch nie hier. Ebenso wenig war ich bei ihm. Wir überschreiten eine weitere Grenze, dringen tiefer in die Privatsphäre des anderen ein. Scott würde in meinem Schlafzimmer von Erinnerungsstücken an Eden erschlagen werden. Das Bild, das Eden für mich zum Geburtstag gemalt hat, hängt über meinem Bett, Fotos von uns beiden an der Wand daneben und seine Briefe liegen im obersten Fach meines Nachttisches.

Ich atme durch und lasse nicht zu, dass mich mein schlechtes Gewissen übermannt. »Magst du eine Tasse Kaffee?«, frage ich.

»Sehr gern.«

Kaffee zu machen beschäftigt mich, lenkt mich ab und gibt mir Zeit, mit meiner Nervosität umzugehen. Als ich zwei Tassen auf den Tisch stelle und Scott bedeute, sich zu setzen, fühle ich mich schon ein wenig gefasster.

»Die sind für dich«, ergreift Scott das Wort und schiebt die Blumen in die Mitte des Tisches.

Ich presse die Lippen aufeinander, sage nichts und greife auch nicht nach den Hyazinthen.

»Maddy, ich kann nachvollziehen, dass du enttäuscht bist von mir. Ich habe Dinge gesagt, die ich so nicht meinte. Aber ich habe dein Vertrauen nicht deswegen gewonnen, um dich ins Bett zu bekommen. Denk von mir, was immer du willst, aber diese letzte Anschuldigung werde ich bis in alle Ewigkeit abstreiten.«

»Ich denke, davon war ich selbst auch niemals so wirklich überzeugt.«

Scotts Nasenflügel blähen sich auf, als er durchatmet und schließlich nach der weißen Tasse vor ihm greift. »Du bedeutest mir sehr viel. Ich würde unsere Freundschaft niemals missen wollen, weil sich, seit ich dich kenne, in vielerlei Hinsicht mein Blickwinkel verändert hat. Das, was uns verbindet, hat mehr Bedeutung als das, was vorgestern passiert ist.«

Ich folge Leonas Ratschlag und versuche, zu verstehen, was dieser Kuss ausgelöst hat. Was fühle ich für Scott, wenn er, wie jetzt, in meiner Nähe ist?

Es lässt sich nicht vermeiden, dass ich in seiner Gegenwart etwas empfinde. Nicht ausschließlich Freundschaft, sondern mehr. Nie zuvor haben mich seine Blicke so nervös gemacht wie heute. Ich sehe seinen Mund und kann nur daran denken, wie er sich auf meinem angefühlt hat. Das ist verrückt und schön zugleich.

»Ich habe gesagt, dass ich etwas Platonisches suche, aber eigentlich bin ich gar nicht der Typ dafür. Es kam mir so vor, als hättest du diese Äußerung als Chance gesehen«, erwidere ich.

»Als Chance wofür?«

»Keine Ahnung. Unsere Beziehung zu verändern. Weswegen hast du diesen Kuss erwidert, Scott?«

»Es war eine Affekthandlung.«

»Das glaube ich nicht. So etwas passiert nicht mal eben so aus einer Laune heraus.«

Scott nickt. »Das stimmt. Von Anfang an hast du mich auch als Frau fasziniert. Aber ich habe mir Mühe gegeben, alles Sexuelle aus unserer Beziehung herauszuhalten. Als du anfingst, darüber zu sprechen, dich mit Männern treffen zu wollen, da wurde mir schlagartig klar, wie sehr ich dich begehre.«

Ich bewundere seinen Mut, den ihm seine Ehrlichkeit abverlangt haben muss. Wie stolz er dennoch dasitzt, und gleichzeitig sieht man ihm an, dass er Angst hat, mich zu verlieren. »Also war es doch deine Eifersucht, die dich hat handeln lassen?«

»Es war mein Wunsch, dir zu zeigen, dass ich dir all das, nach dem du suchst, bereit bin zu geben.«

Ich schnaube. »Wie gönnerhaft von dir.«

»Maddy«, wispert er und reibt sich mit der Hand übers Gesicht. »So meinte ich es nicht. Ich habe wohl einfach gehofft, du würdest meine Gefühle erwidern.«

Ich blicke mich in der kleinen, modern gestalteten Küche um.

Weiße Fliesen am Boden sowie an der Wand hinter der schwarzen Küchenzeile. Auf einem Regal, in dem Charlize Teller und Essbesteck aufbewahrt, steht ein Bild der Familie Bail. Charlize, Diane und Eden vor dem Hintergrund einer Rosenhecke. Edens Lächeln auf dem Bild ist ganz so wie in meiner Erinnerung – spitzbübisch, ehrlich und einnehmend.

Ich stelle mir vor, wie er über die knifflige Situation, in der ich mich befinde, urteilen würde. Was würde er von Scott halten? Was würde er von mir halten?

Scott erhebt sich seufzend von seinem Stuhl, kommt zu mir rüber und kniet sich vor mich. Damit versperrt er mir den Blick auf Eden. »Wenn du dir von nun an dein Leben lang seine Erlaubnis einholst, wirst du niemals von der Stelle kommen.«

»Das tue ich nicht«, lüge ich.

Scott runzelt die Stirn, glaubt mir nicht. »Maddy, erklär mir, was in deinem Kopf vorgeht. Was fühlst du?«

Ich lecke über meine Lippen und balle meine rechte Hand zur Faust. Einerseits will ich die Wahrheit laut aussprechen, andererseits habe ich Angst, Eden dadurch zu verlieren. »Ich … Gott, Scott.« Erneut verstumme ich und schließe kurz die Augen. Danach hebe ich meine Hand und lege sie an Scotts Wange. »Es ist, als wäre ich gefangen zwischen meiner Vergangenheit und der Zukunft, und ich kann es keinem recht machen.«

»Weil du denkst, dass du Eden untreu bist?«

»Keine Ahnung. Ja. Nein. Vielleicht.« Meine Verzweiflung übernimmt das Ruder und ich verfranze mich erneut in meiner negativen Denkweise.

Scott lässt sich davon nicht aus der Ruhe bringen, er kennt mich mittlerweile zu gut. »Es ist okay für mich, solltest du anders fühlen. Wir können Freunde bleiben. Ich schaffe das. Hauptsache, ich kann bei dir sein.«

Traurig lächelnd senke ich den Kopf. »Du bist wundervoll, Scott. Ich würde nicht wollen, dass du das Gefühl hast, du wärst meine zweite Wahl. Wie eine Notlösung oder ein Kompromiss, den ich eingegangen bin.«

»Warum sollte ich das glauben?«, hakt er nach und greift nach meiner Hand.

Meine Kehle ist wie ausgetrocknet. Vielleicht ist das der Moment, in dem ich alle Karten auf den Tisch legen muss. »Weil auch ich das für dich bin. Unter normalen Umständen wärst du jetzt glücklich mit Eliza und Jake. Ihr wärt eine Familie.«

Sein Gesicht verzieht sich, als hätte ich ihn geohrfeigt. »Aber so läuft das Leben nun einmal nicht. Pläne scheitern, Träume zerplatzen und Menschen sterben. Zu behaupten, ich würde mir nicht wünschen, Jake wäre an meiner Seite, wäre eine glatte Lüge. Es ist aber naiv von dir, zu glauben, dass du mir deswegen weniger bedeutest. Im Leben hat man immer eine Wahl.«

»Das stimmt so nicht. Ganz oft hat man keine Wahl, sondern steht vor vollendeten Tatsachen«, widerspreche ich ihm, woraufhin Scott betrübt den Kopf schüttelt.

»Hatte ich die Wahl, heute zu dir zu kommen, um mit dir zu sprechen, oder zu Hause zu bleiben, um mich in meinen Zweifeln zu baden?«

»Die hattest du«, murmele ich.

»Und wie habe ich mich entschieden?«

»Ich habe keine Lust auf diese Rethorikmasche, Scott.«

»Und ich habe keine Lust auf dein von Selbstvorwürfen bestimmtes Denken«, behauptet er schroff. »Also – ich bin hergekommen, zu dir, weil du mir sehr viel bedeutest. Und das nicht als zweite Wahl, sondern als meine allererste.«

Ich senke den Blick, ertrage die Wahrheit nicht. Scott hat recht. Niemals würde es sich anfühlen, als wäre er eine Notlösung für mich. Denn das ist weder unsere Freundschaft noch das, was sich unbewusst zwischen uns entwickelt hat.

»Und auch jetzt hast du die Wahl, Maddy. Freundschaft oder mehr. Sag mir, was du fühlst.«

Instinktiv weiß ich, dass Scott ein wundervoller Mann ist und ich ihn unabhängig dessen, was er in meiner Trauer für mich getan hat, wirklich sehr mag. Von Liebe kann noch nicht die Rede sein. Aber darum geht es Scott, glaube ich, auch nicht. Wir sind auf der Suche nach einer Basis, einem Nenner, auf dem wir etwas Ernsthaftes aufbauen können.

»Ich … Ich fühle etwas. Ich fühle uns, Scott. Ich fühle, wie viel du mir bedeutest. Gleichzeitig ist da diese mächtige Angst in mir.«

»Angst wovor?«, flüstert er.

»Dich zu verlieren. Ich habe Angst, erneut zu fallen, nachdem ich den Mut aufgebracht habe, den Schmerz hinter mir zu lassen.«

»Oh, Maddy.« Unvermittelt zieht er mich an sich. Scott schlingt die Arme um mich und ich meine um ihn. Meine Angst ist greifbar, aber Scotts Nähe schafft es, ihr den Schrecken zu nehmen. »Ich bin hier. Ich werde dich nicht verlassen.«

»Das kannst du nicht mit hundertprozentiger Gewissheit sagen.«

»Richtig. Aber nicht alle Menschen sterben frühzeitig. Sehr viele werden alt und grau und führen ein erfülltes, langes Leben.«

Er löst sich ein Stück aus unserer Umarmung, legt seine Lippen auf meine Stirn und streicht mit seiner Hand über meinen bebenden Rücken.

»Ist das so?«, frage ich erstickt.

»Ja, und ich werde mir Mühe geben, es dir zu beweisen.«

Wir besiegeln unseren Pakt nicht mit einem überschwänglichen Kuss, sondern damit, uns gegenseitig zu halten, zu riechen und die Atmung des anderen zu fühlen. Als ich einen Blick auf das Bild an der Wand werfe, sehe ich in Edens Lächeln nicht mehr länger die Last der Schuld, sondern Wohlwollen dem gegenüber, was hier mit Scott und mir passiert. Meinem Glück gegenüber.

Diesen Schritt zu gehen und mir meine wahren Gefühle einzugestehen, hat mich sehr viel Mut gekostet, nun aber werde ich mit purer Glückseligkeit belohnt.

KAPITEL 61
Scott

Ich habe verstanden, was Maddy braucht: Zeit.

Sie muss lernen, dass wir eine Menge davon zur Verfügung haben. Wir haben Zeit, uns kennenzulernen. Zeit, um an unserem Fundament zu arbeiten.

Langsam tragen wir Maddys Schuldgefühle ab und bauen etwas darauf auf, das meiner Meinung nach Potenzial hat, großartig zu werden. Mein Vater sagt immer, dass er, wenn er ein Haus besichtigt, um es in unser Portfolio aufzunehmen, bei der Besichtigung jene Stellen genauer unter die Lupe nimmt, die aussehen, als wären sie neu gemacht worden. Denn dort liegt meist der Hund begraben. Grab dort, wo es am meisten wehtut und du kommst der Wahrheit auf die Schliche.

Maddy und ich mögen abseits ihres vertrauten Umfelds ein wahres Dreamteam sein, eine strahlend weiße Wand. Doch ich weiß, dass dahinter die tonnenschwere Last ihrer Ängste lauert. Allen voran die Verbindlichkeiten, die sie Edens Schwester gegenüber empfindet. Das ist auch der Grund, weshalb ich nach unserem Gespräch in ihrer Küche kein weiteres Mal bei Maddy daheim zu Besuch bin. In den Wochen danach treffen wir uns meist bei mir, in der Sporthalle oder in einem Restaurant. Maddy meidet akribisch das Umfeld ihrer Wohnung. Genauso wie ich mir sicher bin, dass sie mit Charlize nicht über uns spricht und ein Riesengeheimnis um ihren Verbleib macht.

Würde sich unser Schicksal nicht auf solch prägnante Art gleichen, könnte ich Maddys Verhalten wohl nicht verstehen. Ich wäre beleidigt, verletzt und würde wahrscheinlich keine Zukunft für uns sehen. Ich weiß aber genau, wie schwer es für sie ist, Edens Freunden von uns zu erzählen. Immerhin sehen einige von ihnen in ihr eine lebendige Erinnerung an Eden. Sie ist trauernde Freundin und Mahnmal zugleich.

Als Maddy das erste Mal bei mir zu Besuch war, hatte ich einen dicken Kloß im Hals. An dem Abend kochten wir gemeinsam Muscheln mit Risotto. Wir deckten den Tisch festlich, als würden wir irgendetwas feiern. Die Stimmung war heiter, Maddy lächelte und erzählte aufgeregt von dem Casting, zu dem sie eingeladen worden war. Für mich aber war dieser Abend ein Wendepunkt. Sie war die erste Frau, die mein Zuhause betrat, seit Eliza und ich uns getrennt hatten, die nicht nur eine Freundin war. Die erste Frau, die ich an mich ranließ, seit Jake gestorben war. Es kam mir vor, als würde ich durch Maddys Besuch den Stempel des trauernden Vaters, den am Ende auch noch die Freundin verlassen hatte, endgültig abwaschen.

Dieses Abendessen war euphorisierend. Ich sah darin einen Neuanfang. Aber trotzdem war ich nicht in der Lage, Maddy Jakes Zimmer am Ende des Flurs zu zeigen. Dort ist alles noch genau so, wie Eliza und ich es für ihn vorbereitet hatten. Lediglich ein paar Dinge fehlen – ein Kuscheltier und ein Paar Socken hat Eliza mit auf ihre Weltreise genommen.

Dieser Raum ist mein wunder Punkt. Lasse ich Maddy dahinterblicken, entblöße ist alles: meine Seele und mein Herz.

Umso erstaunlicher ist es, dass Maddy mich im Mai zu ihrer Geburtstagsparty einlädt. Ich glaube, sie hat deswegen lange mit sich gehadert, am Ende aber ein Statement setzen wollen. Sie möchte mir zeigen, wie wichtig ich für sie bin. Sie scheint es sattzuhaben, sich verstecken zu müssen.

Geht mir genauso, Maddy.

Ich bin allerdings auch fürchterlich nervös, als ich an diesem warmen Tag, der bereits nach Sommer duftet, vor ihrer Wohnungstür stehe. Ein Strauß roter Rosen in der einen, ein in gelbes Papier eingewickeltes Geschenk in der anderen Hand.

Das ist er. Der Moment, in dem wir die scheinbar idyllische weiße Wand entkernen, um den Blick dahinter zu wagen. Alles scheint möglich. Ihre Freunde – Edens Freunde – könnten mich verjagen oder mir freundlich gesonnen sein.

Gott, ich hoffe, es ist Letzteres.

Als sich die Tür öffnet, stehe ich einer lächelnden Maddy gegenüber. Sie trägt ein bezauberndes, hellblaues Kleid und hat ihre Haare zu einem Pferdeschwanz gebunden. »Hi«, murmelt sie und schlingt ihre Arme um meinen Hals, um mich im Anschluss auf die Wange zu küssen.

»Happy Birthday.«

»Danke.«

»Gut siehst du aus«, sage ich, während ich ihr in den Flur folge.

»Danke«, wiederholt sie. Ich reiche ihr die Blumen, an denen sie zuerst schnuppert, ehe sie sie an ihre Brust drückt. »Ich mag den Duft von Rosen so gern. Meine Mum kauft heute noch jeden Samstag frische Blumen, die sie auf den Küchentisch stellt.«

Lächelnd betrachtet sie zuerst das Päckchen in ihrer anderen Hand, dann mich. Sie schafft es mit nur einer Berührung, mir vor Augen zu führen, warum ich bereit bin, für uns beide zu kämpfen.

Als sie nach der dicken Schleife greift, halte ich sie auf. Mein Geschenk ist nichts Weltbewegendes, ich will aber auch nicht, dass sie es hier im Flur öffnet. »Mach das andere später auf.« Sie verschwindet kurz, legt ihr Geschenk in ihr Zimmer. Ich warte im Flur und versuche anhand der Stimmen aus dem Wohnzimmer herauszufinden, wie viele Leute schon da sind.

Selten war ich dermaßen nervös. Maddy, die ihr Lächeln abgelegt hat und mit zu einem dünnen Strich zusammengepressten Lippen zurück in den Flur kommt, trägt nicht zu meiner Beruhigung bei.

»Bevor wir reingehen, möchte ich, dass du weißt, dass … Leona und Harry … sie … sie haben ein Baby. Emma. Es ist ein Mädchen und sie heißt Emma.«

Zuerst weiß ich nicht, ob ich lachen oder sie küssen soll. Schließlich entscheide ich mich für beides. Ich nehme sie in den Arm, hebe ihr Gesicht an und hauche ihr einen sanften Kuss auf die Lippen. »Deswegen machst du dir Gedanken?«

»Ich wollte dich nicht ins kalte Wasser schmeißen, immerhin muss es schwer sein für dich.«

»Es wird sich nie vermeiden lassen, dass ich an Jake denke, wenn ich Babys sehe. Es lässt sich aber auch nicht vermeiden, Babys zu sehen. Verstehst du?«, erwidere ich lächelnd.

Maddy stimmt ein. Zum Glück. »Ich glaube schon.«

»Wenn das deine größte Sorge ist, dann sind wir ja beide gerettet.«

Sie nimmt meine Hand und hält sie, bis wir an der Tür zum Wohnzimmer angelangt sind, wo sie den Körperkontakt beendet. Dieser kurze Moment im Flur aber war unserer, und er hat mir das nötige Selbstvertrauen gegeben, um mich Maddys Liebsten zum Fraß vorzuwerfen.

Wie ein schlechter Showclown crashe ich die Party. Erschreckenderweise wird es mucksmäuschenstill, und man könnte eine Stecknadel fallen hören. Einzig das kleine Mädchen, bei dem es sich wohl um Emma handelt, die auf einem Fell liegend unverständlich brabbelt, durchbricht dieses nervtötende Schweigen.

Die dunkelhaarige Frau, es muss Charlize sein, meidet meinen Blick. Okay, das tut weh, aber ich stecke es ein. Maddy zuliebe. Schließlich ist es Emmas Mum, Leona, die vom Boden aufsteht, zu uns kommt und mir die Hand reicht. »Hi, ich bin Leona.«

»Scott, freut mich«, erwidere ich.

Ihr Freund folgt ihrem Beispiel. Harry ist sein Name. Er lächelt zerknirscht, gibt sich aber freundlich. Auch Akim wechselt ein paar Worte mit mir, macht dann aber Platz für Julie, die als Einzige wirklich glücklich zu sein scheint, mich kennenzulernen.

Ganz zum Schluss rafft Charlize sich dazu auf, mir die Hand zu schütteln. Ich bemerke den Schmerz in ihren Augen, kann ihr dieses Verhalten deswegen nicht einmal übel nehmen.

Eden war ihr Bruder und natürlich machen ihr Begegnungen wie diese bewusst, dass er tot ist. Gleichzeitig sollte sie Maddy die Chance auf eine neue Beziehung aber auch gönnen.

Nach der allgemeinen Begrüßung teilt mir Maddy einen Platz auf der Couch zu. Während sie sich um mein Getränk kümmert, spüre ich die Anspannung meines Sitznachbarn Harry, als wäre sie meine eigene. »Wie alt ist sie?« Fragen rund um seine Tochter scheinen mir ein probates Mittel, um das Eis zu brechen. Nicht heikel und von positiven Emotionen behaftet. Zumindest aufseiten von Maddys Freunden.

»Sie wird jetzt bald sechs Monate.«

»Eine Zeit, in der sie jeden Tag etwas Neues zu lernen scheinen.«

Grinsend nickt er. »Das stimmt. Wäre schön, wenn sie mal lernt, wie man schläft. Mit einem Baby erfährt man erst, was Müdigkeit wirklich bedeutet.«

»Harry holt seinen Schönheitsschlaf jetzt immer im Büro nach«, meldet Akim dazwischen, der auf einem grauen Ohrensessel neben Charlize sitzt.

Harry verdreht die Augen, kichert aber lautstark. »Ich war hundemüde.«

»Du hast im Büro geschlafen?« Leona nimmt ihre quengelnde Tochter in den Arm und steht auf.

»Kann sein.«

»Hat er. Sein Gesicht lag auf der Tastatur, als ich zu ihm ins Büro kam. Auf seiner Stirn war der Abdruck einiger Buchstaben zu erkennen. Dein Tiefpunkt, Mann«, zieht Akim ihn auf.

»Was für ein Verräter«, brummt Harry, aber ich kann die Belustigung in seiner Stimme hören.

Als ich zu dem Schluss komme, dass Harry und Akim wirklich nette Kerle sind, kehrt Maddy mit einer Flasche Wychwood zurück. Sie stellt sie ab und setzt sich auf den winzigen Polsterhocker neben mir.

»Wir können Plätze tauschen«, biete ich an.

Sie winkt ab. »Schon gut. Bleib sitzen.«

Instinktiv greife ich nach ihrer Hand und nehme sie in meine. Erst dann fällt mir ein, wie viel mehr ich damit von unserer Verbindung preisgebe. Tatsächlich fokussiert Charlize unsere Hände. Abgeschreckt von ihrem Blick beende ich den Körperkontakt, schimpfe mich innerlich selbst aber ein Weichei.

»Scott könnte euch übrigens helfen«, meint Maddy da und lenkt erneut alle Aufmerksamkeit auf mich.

Akim rettet mich, als er fragt: »Dabei, Harry wachzuhalten?«

Alle lachen, auch ich ringe mir ein kleines Lächeln ab, nicht sicher, ob ich mich schon in der Position befinde, einen aus dieser Freundesgruppe aufzuziehen. Immerhin will ich es mir ja nicht gleich zu Beginn verscherzen.

»Nein, ich meinte bei eurem Wohnungsproblem. Scott arbeitet als Immobilienmakler.«

»Echt?«, erkundigt sich Leona, als würde sie Maddy nicht glauben.

Ich nicke. »Seid ihr gerade auf der Suche?«

»Na ja, bis jetzt haben wir uns ein paar Wohnungen im Internet angeschaut.«

»Ein paar? Leona ist regelrecht besessen davon. Sie kennt jedes Gebäude im Umkreis von fünf Kilometern von innen.« Harry erntet für seine Bemerkung Leonas bösen Blick. Seine Tochter lacht, als würde sie schon jetzt mit ihm unter einer Decke stecken.

»Ideal wäre eine größere Wohnung mit Garten oder vielleicht sogar ein Haus zur Miete, das zwischen unseren Arbeitsplätzen, aber auch im Grünen liegt«, plappert Leona drauflos und reicht Emma an Maddy weiter.

Maddy lächelt, als sie das Baby nimmt und auf ihrem Schoß

absetzt. Ich kann den Blick kaum von diesem Bild abwenden und spüre einen Stich in der Brust.

Diese Szene wirft mich aus der Bahn. Ich vergesse sogar Leonas Ansprüche, die sie an eine Wohnung stellt, bis Harry meint: »Sie betreibt eine Bäckerei und denkt deshalb, dass man sich jeden Wunsch ganz einfach backen kann. Ein wenig Mehl, ein paar Eier, Wasser und schon ist die perfekte Wohnung erschaffen.«

Grinsend reibe ich meine Handflächen aneinander und löse den Blick von Emma und Maddy. »Auf dem Immobilienmarkt ist nichts unmöglich. Leider sind Raritäten wie diese, nach der ihr sucht, sehr beliebt.«

»Was so viel heißt wie: verdammt teuer.«

»Das auch, aber meist werden sie unter der Hand vergeben. Ich kann mich aber gern mal umhören.« Ich krame nach meiner Brieftasche, hole eine Visitenkarte heraus und reiche sie Harry. »Schickt mir mal all eure Eckdaten. Die Adresse eurer Arbeitsplätze, euer Budget und so weiter.«

»Das machen wir. Ich freue mich«, verspricht Leona, reißt Harry die Karte aus den Fingern und lässt sie in ihrer eigenen Tasche verschwinden.

Das Gespräch wendet sich Julie zu, die von einer gerade bestandenen Prüfung berichtet. Wie sich im Laufe der Unterhaltung herausstellt, scheint sie aufs College zu gehen, um Fotografie zu studieren. Ich erinnere mich daran, dass Maddy mir mal erzählt hat, wie turbulent Julies Leben bis jetzt verlaufen ist. Die Rede war von zerrütteten Familienverhältnissen, Alkohol, Drogen, einem unbeständigen Leben, das auf der finanziellen Abhängigkeit von ihren Eltern beruhte. Schlussendlich hat sie einen Entzug gemacht, und offenbar schlägt sie nun völlig neue Wege ein.

Als ich erneut einen Blick zu Maddy werfe, haucht diese der kleinen Emma gerade einen Kuss auf den Hinterkopf. Emma wackelt dabei unaufhörlich mit den Ärmchen und versucht, irgendwie meine Hand zu erreichen.

»Sie mag dich offenbar«, wispert Maddy lächelnd.

»Scheint so«, erwidere ich und strecke zwei Finger nach Emma aus. Zielsicher packt sie zu und umfasst sie mit ihrer kleinen Hand. »Hallo, Emma.«

Emma quiekt als Antwort, und selbst der abgebrühteste Kerl der Welt würde bei diesem Lachen dahinschmelzen.

»Das ist ihr Spezialgebiet – klammere dich an Finger fest.«

»Ja, ich merke, da ist ein Profi am Werk. Guter Griff, Emma.«

»Ihren Dad hat sie schon erfolgreich um den Finger gewickelt«, verrät Maddy.

Ich lächele, als Emma versucht, meine Finger in den Mund zu stecken. »Dir jedenfalls steht ein Baby auch äußerst gut.«

»Belassen wir es vorerst einmal beim Babysitten. Dann kann ich sie dann wieder abgeben, wenn es ans Schlafen geht.«

Nach Jakes Tod habe ich mir geschworen, kein weiteres Kind in die Welt zu setzen, aus Angst, so etwas Schreckliches könnte noch einmal passieren. Im Laufe der Zeit hat sich meine Einstellung dazu relativiert. Wie ich auch zu Maddy bereits sagte, passieren im Leben zwar schlimme, aber zum Glück auch sehr viele wunderbare Dinge. Man muss immer nur auf das Beste hoffen, weshalb ich davon überzeugt bin, dass ich solch einen tragischen Verlust nicht noch ein zweites Mal erleben muss.

Und ganz ehrlich, beim Anblick von Maddy mit Emma auf ihrem Arm erscheint mir die Vorstellung, eines Tages eine eigene Familie zu haben, überhaupt nicht mehr furchterregend, sondern absolut wunderbar. Mit Maddy ist alles einfacher, bunter, verrückter.

Für sie ertrage ich sogar Charlize' abweisende Art. Vielleicht, weil ich weiß, dass sie sich irgendwann an mich gewöhnen wird. Irgendwann wird mir Charlize eine Chance geben, Teil dieser Gruppe und Maddys Leben zu werden. Bis dahin brauche ich ein dickes Fell. Aber zumindest die Gunst der anderen scheint mir sicher zu sein. Harry und ich verstehen uns prima, und auch

Akim öffnet sich mir im Laufe des Abends. Möglicherweise sind dafür auch die Cocktails verantwortlich, die er irgendwann auftischt. Die Musik wird aufgedreht, und Pink dröhnt durch die Lautsprecher im Wohnzimmer – ein Wunsch von Julie, die lautstark mitsingt.

Gegen zehn löst Leona die Party auf, indem sie Harry zwingt, auszutrinken, um nach Hause zu fahren. Julie schließt sich ihnen an, und auch Charlize erklärt, dass sie heute bei Akim übernachten werde.

Ob sie uns das Feld räumt, um nett zu sein, oder bloß flüchtet, kann ich nicht genau sagen. Ich bin aber trotzdem erleichtert, als Maddys Gäste irgendwann weg sind und wir in Ruhe die Spülmaschine einräumen.

»Ich gehe schnell ins Bad, bin gleich wieder da«, verabschiedet sich Maddy schließlich und streicht im Vorbeigehen über meinen Rücken.

Unglaublich gern würde ich sie an mich ziehen, sie küssen, vielleicht sogar mehr. Aber bis jetzt sind wir die Sache langsam angegangen. Kein Sex, nur knutschen. Mittlerweile komme ich mir aber vor wie ein an einer Hormonüberdosis leidender Fünfzehnjähriger, der kaum noch an etwas anderes als an Brüste und Sex denken kann.

Weil ich nicht an Maddys Geburtstag eine Diskussion darüber anfangen möchte, wann wir endlich miteinander schlafen, beschäftige ich mich anderweitig. Ich räume gerade noch einige leere Gläser in die Spülmaschine, als es an der Wohnungstür klingelt. Ich öffne und finde mich einem um Luft ringenden, müde grinsenden Harry gegenüber.

»Sorry für die Störung. Wir haben Emmas Fläschchen vergessen«, erklärt er.

Ich mache ihm Platz und folge ihm in die Küche, wo wir die Flasche neben dem Kühlschrank finden. »Hier ist sie«, sage ich und reiche sie ihm.

»Danke, Scott.« Triumphierend hebt er sie hoch, was mich schmunzeln lässt. »Du bist echt ein cooler Typ, machst Maddy glücklich und so. Es ist … Ich weiß, dass dir heute manche nicht den warmen Empfang spendiert haben, den du verdient hast. Das wird sich ändern.«

Ich glaube, dass wir diese offene Unterhaltung nicht führen würden, hätte Harry nicht dieselbe Dosis Alkohol intus wie ich. »Ich habe vollstes Verständnis und werde mich schon nicht unterkriegen lassen.«

»Das ist gut. Sehr gut.« Bereits auf dem Weg in den Flur, zögert er und dreht sich noch einmal zu mir um. »Ich habe auch gedacht, dass ich dich verabscheuen sollte, schließlich nimmst du den Platz meines toten Kumpels ein. Aber ich habe schnell kapiert, dass du ein guter Kerl bist. Am Ende ist Maddys Wohlergehen das, was zählt.«

»Sie bedeutet mir wirklich sehr viel«, versichere ich ihm mit einer Überzeugung, als stünde ich Maddys Dad gegenüber und würde um die Hand seiner Tochter anhalten.

Harrys Lächeln wirkt erleichtert, als er sich gegen den Türrahmen lehnt. »Eden würde wollen, dass ich klarstelle, dass ich dir verdammt wehtun werde, solltest du Maddy das Herz brechen.«

Ich nicke, fühle mich auf eine Art zwar eingeschüchtert, aber gleichzeitig auch dankbar, dass Maddy solch treue Freunde um sich hat. »Ich habe nicht vor, sie zu verletzen.«

»Ich weiß, Mann. Ich wollte nur ein paar Dinge offenlegen. Für Eden und für mich selbst.«

Kurz nachdem Harry weg ist, kehrt Maddy zurück. Sie hat sich umgezogen, trägt jetzt Hose und Shirt. Nun gebe ich dem Verlangen nach, sie zu berühren. Sanft streiche ich mit meiner Hand über ihre Hüfte und vergrabe meine Nase in ihrem offenen Haar. »Willst du dein Geschenk öffnen?«, hauche ich in ihr Ohr.

KAPITEL 62
Madeleine

Meine Hand liegt auf der Türklinke, doch ich zögere und klammere mich am kühlen Metall fest.

Meine beiden Leben werden kollidieren. Das Davor und das Danach werden miteinander verschmelzen. Noch mehr, als es ohnehin schon passiert ist. Gänzlich. Unveränderbar.

Als ich die Tür zu meinem Schlafzimmer öffne, studiere ich Scotts Reaktion. Zuerst gleitet sein Blick zu dem Gemälde über meinem Bett, das Eden mir vor zwei Jahren zum Geburtstag geschenkt hat. »Wunderschön. Er hat genau das hervorgebracht, was auch ich in dir sehe«, meint Scott andächtig.

Ich lächele, aber wage es nicht, zu sprechen, weil ich meiner Stimme nicht wirklich traue.

Währenddessen setzt Scott seine Erkundung fort. Sie führt ihn zu den wenigen Bildern, die ich besitze, die Eden und mich gemeinsam zeigen. Einige davon sind dilettantische Selfies. Eden und ich an einem verregneten Tag auf der Couch. Sein Haar steht ihm zu Berge, mein Blick ist verträumt, aber glücklich. Eins davon zeigt uns am Strand, während unseres gemeinsamen Urlaubs. Wir sitzen auf der Treppe, die zum Haus hochführt. Eden hat den Arm um mich, ich meinen Kopf auf seine Schulter gelegt. Dieses Bild wurde von Charlize gemacht. Ich erinnere mich noch an den Moment, als es entstanden ist.

Wenn ich mir die Fotos jetzt im Beisein von Scott ansehe, haftet an ihnen immer noch eine Menge Trauer und Sehnsucht. Ich kann aber auf eine Art loslassen, wie ich es in meinen einsamsten Momenten nie für möglich gehalten hätte. Mit Dankbarkeit kann ich darauf zurückblicken, da diese Erinnerungen immer ein Teil von mir sein werden. Sie werden niemals verschwinden, ganz gleich, wie sich mein Leben verändert.

Das ist doch genau das, was ich erreichen wollte.

Ich wollte meinen Frieden mit dem Schicksal schließen. Ich glaube, ich bin wirklich auf einem guten Weg. Dieser Gedanke bringt etwas so Befreiendes mit sich, als hätte ich einen Teil der Last, der so lange auf meinen Schultern liegt, endlich ablegen können. Nun kann ich wieder atmen, fühlen, leben.

»Darf ich dein Geschenk jetzt öffnen?« Mit dem Päckchen in der Hand setze ich mich aufs Bett.

Scott nimmt lächelnd neben mir Platz und nickt schließlich.

Zuerst ziehe ich das goldene Band ab, dann entferne ich das gelbe Papier. Darunter verbirgt sich ein königsblaues Kästchen mit Klappdeckel. Darin befindet sich eine Halskette in Gelbgold mit einem Anhänger aus Citrin. Er funkelt wie die Sonne. Das war es auch, was ich zu Scott sagte, als ich das Schmuckstück vor einigen Wochen zufällig in der Auslage eines Juweliers entdeckt habe. Dieser Stein scheint den Weg, den ich gegangen bin, perfekt widerzuspiegeln. Denn nicht immer funkelt oder glänzt er, nur dann, wenn Licht auf ihn trifft, zeigt er sich von seiner ganzen Pracht.

Und vielleicht ist es im Leben auch so – selbst wenn die Sonne mal nicht scheint, ist jeder Tag kostbar und schön. Es gibt aber auch Tage, die sind heller und damit besonders magisch.

»Sie ist wunderschön, danke«, wispere ich und streiche mit dem Finger über den glatten Stein. »Ich kann nicht fassen, dass du dir gemerkt hast, wie sehr mir diese Kette gefallen hat.«

»Dinge, die dir wichtig sind, registriere ich völlig selbstverständlich. Willst du sie anziehen?«

Ich nicke. »Unbedingt.«

Während ich meine Haare beiseiteschiebe, schließt Scott den

Verschluss der Kette an meinem Nacken. Seine Berührung fühlt sich gut an. Warm, vertraut und sie weckt eine Sehnsucht in mir, die ich bereits viel zu lang unterdrücke.

»Fertig«, flüstert er und streicht mit seinen Fingerspitzen sanft über meine Haut.

Ich atme tief ein, nehme den Citrin in meine Hand und drehe den Kopf dann seitlich, um Scott ansehen zu können. »Danke für das Geschenk, es ist wirklich atemberaubend schön. Ich bin aber auch unglaublich dankbar, dass du heute hergekommen bist und dich der ganzen Horde auf einmal gestellt hast.«

Grinsend zeichnet er mit seiner Fingerkuppe Kreise auf meinen Nacken. »Du weißt hoffentlich, wie sehr ich zu schätzen weiß, dass du mich hier zu dir nach Hause eingeladen hast.«

Einmal mehr beweist er mir, wie wundervoll er ist.

Wenn Scott in den vergangenen Wochen eins gezeigt hat, dann ist es Rücksichtnahme. Er hat viel einstecken müssen. Ich habe ihn von mir gestoßen, ihm vorgeworfen, er würde mich nur ins Bett bekommen wollen, und mich zäh von ihm erobern lassen. Dabei hat gerade er gezeigt, wie viel wichtiger eine stabile emotionale Bindung im Vergleich zu Sex für ihn ist.

Hinter uns liegt ein langer Prozess, den wir wohl beide gleichermaßen benötigt haben, um dorthin zu kommen, wo wir heute sind. Die Gewissheit, Scott an meiner Seite zu haben, füllt mich nicht nur mit Glück, sondern vor allem mit Stolz. Er ist ein starker Partner, feinfühlig, witzig und bereit, mit mir Höhen und Tiefen zu bestreiten.

Als kleines Mädchen habe ich vom prächtigen Prinzen auf einem weißen Pferd geträumt, der mich zu seiner Prinzessin macht. Wenn in meinen Fantasien von damals ein Fünkchen Wahrheit steckt, dann wohl die, dass es in meinem Leben zwei Prinzen gibt. Eden, der mich gelehrt hat, jeden Tag zu genießen und durch dessen Liebe ich stärker in meiner Persönlichkeit geworden bin. Und Scott, der mich vor meinen eigenen Dämonen gerettet hat. Vor uns liegt ein hoffentlich langes Leben, Seite an Seite miteinander, geprägt durch unsere beiden Geschichten.

Lange betrachte ich sein attraktives Gesicht, das mir mittlerweile so vertraut ist. Ich kenne die Geschichte zu der kleinen Narbe an seiner Wange. Mit vier ist er beim Radfahren gestürzt und mit dem Gesicht auf dem Bordstein aufgekommen. Die Wunde musste genäht werden, und heute ist nur noch eine Erinnerung daran übrig. Ich liebe seine Lippen, weiß, wie gut sie sich auf meinen anfühlen, und ich will mehr davon. Mehr von Scotts Leidenschaft, mehr von diesen berauschenden Küssen.

Ohne gründlicher darüber nachzudenken, folge ich meinem Bauchgefühl und klettere auf Scotts Schoß. Meine Arme lege ich um seinen Nacken, meine Stirn ruht auf seiner. Unsere Lippen finden instinktiv zueinander. Inmitten unserer Berührungen spüre ich Scotts eiserne Beherrschung. Seit Wochen hält er sich zurück und überschreitet niemals die Grenze unserer Körperlichkeit, die ich wortlos gesetzt habe. Doch heute bin ich es, die meine Eden gewidmete Keuschheit durchbricht. Während unser Kuss stürmischer wird, gleiten meine Hände von Scotts Nacken zum Saum seines Shirts. Ungeduldig ziehe ich es ihm aus, betaste seine warme Haut und stoße ein Seufzen aus.

Scott trennt unsere Münder kurz voneinander, um mir in die Augen zu sehen. Sein Blick ist glasig, er schluckt, ist offensichtlich genauso nervös wie ich. Hier waren wir noch nie. Wir haben die Ebene des Küssens niemals zuvor verlassen.

Er holt sich meine Erlaubnis ab, die ich ihm mithilfe eines zittrigen Lächelns erteile. Danach streift er mir mein Shirt ab, wirft es neben uns aufs Bett und betrachtet mich. Sanft gleitet er mit seinen Fingerspitzen über meinen Bauch aufwärts über die Rundungen meiner Brüste, die noch immer von meinem schwarzen BH verdeckt sind. Dessen Träger schiebt er über meine Schultern, ehe er sich vorbeugt und mich an jener nun nackten Stelle küsst.

Meine Schuldgefühle bleiben aus. Stattdessen fühle ich mich

befreit und bereit. Das sage ich auch Scott. »Ich will dich«, flüstere ich und ziehe sein Gesicht zu mir, um ihn erneut zu küssen.

»Wirklich?«, fragt er bedächtig.

Ich nicke. »Ja.«

Lächelnd fährt er mit seinem Daumen über meine Unterlippe. »Ich will dich auch, Maddy. Aber nur, wenn du bereit dafür bist.«

Anstatt einer Bestätigung durch Worte, liefere ich ihm Taten. Es kostet mich viel Mut, den Verschluss des BHs an meinem Rücken zu öffnen. Doch Scotts begehrliches Keuchen ist Lohn genug. Ich recke das Gesicht, küsse ihn und bin überwältigt davon, wie gut sich seine Hände auf meinen Brüsten anfühlen. Ich schließe die Augen und lege den Kopf in den Nacken, als er mich küsst – vom Hals abwärts bis zu meiner Brust. Scott hebt mich hoch und legt mich dann mit dem Rücken nach unten aufs Bett. Erneut ziehe ich seinen Mund auf meinen. Ich muss ihn spüren, ihn schmecken, muss mir vor Augen führen, dass er hier bei mir ist.

»Alles gut?«, erkundigt er sich.

Ich lächele und streiche dabei mit der Hand über seine feste Brust. »Ja.«

»Okay«, flüstert er und küsst mich. Danach gleitet sein Mund erneut an mir hinab.

Ich spüre diesmal aber auch seine Zunge, sogar seine Zähne, mit denen er zärtlich in meine Haut beißt.

Scott öffnet meine Hose, zieht sie mir aus und ich befürchte, dass ich wegen des Brennens in meiner Brust jeden Augenblick in Flammen aufgehen werde. Mein Herz schlägt unglaublich laut. Kaum zu fassen, wie lange ich diesen Moment hinausgezögert habe.

Als mein Slip weicht, kann ich selbst nicht begreifen, wie ich diesem Mann widerstehen konnte. Schließlich berührt mich seine Zunge dort, wo mein Verlangen am größten zu sein scheint. So lange, bis ich mich auf dem Bett winde und meine Fingernägel in den Stoff meiner Bettdecke kralle.

Mein Kopf schwirrt, als Scott sich aufrichtet und seine restlichen Klamotten auszieht. Noch nie war Sex so bedeutsam wie heute. Nicht mal bei meinem ersten Mal, das nach der Geburtstagsparty eines Schulfreundes stattfand, war ich derart aufgeregt. Gut, damals war ich sechzehn, mehr als angeheitert und hatte den Wehmut durch Edens Verlust auch nicht im Gepäck. Mit Scott aber ist es nun ein anderes erstes Mal. Das erste Mal nach Eden. Er war mein Letzter. Lange Zeit wollte ich auch, dass das so bleibt. Nun aber bin ich bereit für etwas Neues.

Bereit für Scott. Er hält mich fest, nachdem er sich ein Kondom übergestreift und sich auf mich gelegt hat.

»Maddy.« Seine Stimme ist ganz zart, als wollte er den Moment nicht zerstören. »Ist das gut?«, fragt er, als er in mir ist.

Ich nicke, hauche meine Erwiderung. »Ja.«

»Ja?« Er wird schneller und ich klammere mich an seinen Schultern fest, während mich seine Leidenschaft mitreißt.

Er umfasst meine Brüste, ist mir so nahe, und ich liebe, wie er mich ansieht. Ich will alles auf einmal. Ich will es schnell. Ich will es langsam. Ich weiß aber in diesem Moment, dass ich dieses Gefühl, dass wir keine Zeit haben, ablegen muss. Wir können so viel tun, so viel werden. Ich brauche nur Geduld.

»Sag mir, was du brauchst«, raunt Scott und drückt meine Schenkel weiter auseinander.

»Berühre mich«, flüstere ich und beobachte, wie Scotts Finger zuerst zu seinem Mund und schließlich zwischen meine Beine wandern.

Ich stöhne. Nicht nur, weil sich seine Berührung unglaublich gut anfühlt, sondern dieser Anblick wirklich berauschend ist.

Bald bin ich dort, von wo aus ich den Absprung wagen kann. Es braucht nicht viel und ich komme gemeinsam mit Scott. Ich stöhne seinen Namen und halte ihn ganz fest, als wäre er nur eine Illusion, die sich jeden Augenblick verflüchtigen könnte. Aber er ist hier, küsst mich und streicht über meine nasse Wange.

»Du bist so wunderschön, Maddy. So unglaublich schön. Ich hoffe, dir geht es gut«, flüstert er mir ins Ohr.

»Es geht mir gut«, versichere ich ihm.

Scott umfasst mein Gesicht mit beiden Händen und sieht prüfend zu mir hinab. »Bist du sicher?«

»Ja, bin ich. Es ist nur … emotional für mich.«

»Das verstehe ich«, sagt er und klettert von mir runter. Ich setze mich auf, wickele mich in die mintgrüne Tagesdecke und beobachte Scott, der das Kondom in dem kleinen Mülleimer neben dem Tisch entsorgt. Als er fertig ist, setzt er sich mir gegenüber aufs Bett. Lächelnd greift er nach meiner Hand und küsst diese.

»Bleibst du heute Nacht hier?«

»Wenn du das möchtest.«

»Das wünsche ich mir«, erwidere ich und grinse verlegen. »Dann wirst du herausfinden, wie gut ich im Frühstückmachen bin.«

»Ich freue mich jetzt schon.«

»Ich mich auch.«

Ich freue mich auf alles: auf Scott und auf jeden Moment, den wir miteinander haben werden. Ich freue mich darauf, glücklich sein zu können – mit ihm.

All das spreche ich nicht laut aus, doch ich glaube, Scott spürt, wie intensiv meine Gefühle für ihn sind.

»Glaubst du an Schicksal?«, fragt er schließlich.

Ich zucke mit den Achseln. »Weiß nicht …«

»Ich schon. Zumindest bin ich überzeugt, dass ich Edens Bild nicht grundlos ersteigert habe. Dass es einen Grund dafür gibt, warum mich ausgerechnet dieses Bild angezogen hat.«

Zuerst finde ich es nicht gut, dass Scott ausgerechnet in diesem Moment über Eden sprechen will. Ich fürchte, dadurch könnte die Intimität zerstört werden. Deshalb verkrampfe ich mich, lasse Scott seine Erläuterung aber genauer ausführen.

»Dieses Grün hat mich fasziniert. Das Grün deiner Augen,

Maddy. Ich hing da fest wie ein Magnet, konnte mich nicht mehr lösen. Ich wusste sofort, dass ich das Bild haben möchte. Ganz egal, was es kostet.« Kopfschüttelnd blickt er an die Wand hinter mir, wo ein weiteres von Edens Bildern hängt.

»Das Gemälde hat mich zu dir gebracht«, meine ich.

»Ja, das hat es.«

»Neben dem, das er mir zu meinem Geburtstag geschenkt hat, ist es mein Lieblingswerk von ihm. Vielleicht hat er dafür gesorgt, dass ich dich auf diesem Weg kennenlerne.«

Scott lächelt glücklich. »Wenn er das getan hat, dann werde ich ihm auf ewig dafür dankbar sein.«

»Ich auch.«

Eden hat auf so viele Arten meinen Dank verdient. Er war für kurze Zeit der Mittelpunkt meines Lebens. Mit ihm konnte ich wundervolle Erinnerungen sammeln, die ich niemals missen möchte. Mit ihm gemeinsam habe ich gegen seine Krankheit gekämpft, und vielleicht weiß ich deshalb das Leben nur noch mehr zu schätzen – auch für diesen Blickwinkel bin ich ihm dankbar.

Die Trauer um Eden wird wohl niemals ganz verschwinden, und das soll sie auch nicht. Ich musste erst lernen, sie zu akzeptieren, sie als das zu sehen, was sie ist: der immerwährende Beweis dafür, dass Eden tatsächlich existiert hat und er niemals in Vergessenheit geraten wird.

KAPITEL 63

Madeleine

2 Jahre später

Die vergangenen Wochen waren geprägt von Anproben, winzigen Nervenzusammenbrüchen meinerseits und Aufmunterungsversuchen in Form von ausgedehnten Abenden mit viel Wein vonseiten meiner Freunde. Nicht zu vergessen meine Nervosität, die mit jeder Stunde größer zu werden scheint.

Das alles sei völlig normal, meint meine Mum, wann immer ich mal wieder fest davon überzeugt bin, die bevorstehenden Feierlichkeiten werden in einem riesigen Fiasko enden. Grundsätzlich bin ich kein Mensch, der nach übertriebener Perfektion lechzt. Im Fall unserer morgigen Hochzeit scheint dieser Persönlichkeitszug an mir aber zu existieren. Das liegt nicht nur daran, dass dieser Tag aufgrund der langen Planung von besonderer Wichtigkeit geprägt ist, sondern weil er für mich ein Ankommen darstellt. Nach der langen, oftmals beschwerlichen Reise, die hinter Scott und mir liegt, wird unsere Liebe nun offiziell gekrönt. Nach Edens Tod hätte ich nicht gedacht, jemals in der emotionalen Lage zu sein, einen anderen Mann zu heiraten.

Lange hat er mit sich gehadert, mir die Frage aller Fragen zu stellen. Er war unsicher, ob ich bereit wäre, diesen Schritt zu gehen. Aber ich bin es. Mehr als das sogar, ich kann es kaum erwarten, ihm morgen vor dem Altar gegenüberzutreten.

Bis dahin aber muss ich die Zeit überbrücken, und da sich das am einfachsten in Gesellschaft vollbringen lässt, habe ich die

Menschen eingeladen, die mir am nächsten stehen. Die letzte Nacht vor der Hochzeit werde ich ganz klassisch bei meinen Eltern verbringen. Meine Mum hat deshalb unser Esszimmer für die Party reserviert und meinen Dad ins Wohnzimmer verbannt. »Männerfreie Zone«, hat sie gesagt und einige Flaschen Sekt kaltgestellt.

Am späten Nachmittag tauchen die Mädels, eingerahmt von weißen Ballons, schrägen Hüten und noch mehr Sekt bei uns auf. Ich bekomme einen Schleier aus kratzigem, billigem Tüll aufgesetzt, den ich laut Leonas Befehl nicht abnehmen darf. »Ich bin extra in drei Läden, bevor ich so ein Ding finden konnte, also würdige es!«

Meine Mum lacht über die drei und köpft die erste Flasche Sekt. »Was soll das eigentlich? Wirkt ja fast wie ein Junggesellinnenabschied«, frage ich.

»Ist es auch«, meint Charlize und verteilt dabei die Ballons gleichmäßig im Esszimmer meiner Eltern. »Was die Männer können, können wir schon lange.«

»Was können denn die Männer?« Möglicherweise bin ich aufgrund des Stresses ein wenig schwer von Begriff, aber ich weiß wirklich nicht, worauf Charlize hinausmöchte.

»Grundsätzlich? Uns auf die Palme bringen«, stellt Leona klar und nimmt seufzend Platz. Dabei streift sie über ihren deutlich gerundeten Bauch. Bald werden Harry und sie ihr zweites Mädchen in den Armen halten dürfen. Leona wollte ursprünglich ein Sommerbaby. Gut, daraus wird nichts, weil sie schneller als gedacht schwanger wurde und jetzt soll das Baby bereits im Oktober zur Welt kommen. »Den heutigen Abend betreffend haben sich die Männer zu einer kleinen Pubtour verabredet.«

»Davon wusste ich gar nichts.« Scott wollte den Abend vor der Trauung eigentlich zu Hause verbringen. Wir wollten später noch einmal telefonieren. So war der ursprüngliche Plan.

Stirnrunzelnd greift Charlize nach dem Glas, das meine Mum

ihr hinhält. »Wir wussten auch nichts, aber Akim hat sich verplappert.«

»Er ist der Verräter in der Runde«, meint Julie lachend.

»Keine Sorge, ich habe schon dafür gesorgt, dass sie es nicht allzu wild treiben«, wirft Leona ein und hebt gönnerhaft die Hand.

»Für Wehen ist es noch zu früh.« Während ich das sage, erhalte auch ich ein Glas Sekt. Vermutlich werde ich den brauchen, um meine Nerven zu beruhigen. »Außerdem würdest du damit die Hochzeitsfeier gewaltig sabotieren.«

Leona schüttelt den Kopf, worauf ihr pinkfarbener Hut fast zu Boden fällt. »Emma übernachtet heute bei meinen Eltern, und Harry hat die Aufgabe, sie morgen Früh abzuholen.«

»Und wie soll uns das helfen? Dann sind sie frühestens am Morgen zurück«, gibt Charlize zu bedenken.

»Ich bin mir des schlechten Einflusses des Mannes an meiner Seite durchaus bewusst. Auf seiner Schulter sitzt ein kleines Teufelchen.« Alle lachen über Leonas Vergleich, selbst meine Mum, die so etwas wohl niemals über meinen Dad sagen würde. Sogar wenn er irgendetwas völlig Irres macht. »Fabriziert er Blödsinn, reißt er Akim und Scott gern mit. Zieht er aber die Reißleine, kehren auch die beiden zurück zur Vernunft. Er wird ein paar Bier kippen und dann nach Hause verschwinden. Hinsichtlich seiner Tochter ist er wirklich pflichtbewusst.«

Eine Weile herrscht betretenes Schweigen, während Leona sich wohl fühlt, als hätte sie ihre Rede als Kandidatin für die Präsidentschaft gehalten. Sie ist sich sicher, Harrys Handeln richtig zu deuten, und ich glaube ihr, weil es sehr viel beängstigender wäre, mir vorzustellen, irgendetwas könnte die Hochzeit gefährden. Sei es der Kater meines Verlobten oder ein Monsun, der urplötzlich ins Land zieht.

»Dann wollen wir dir mal glauben«, murmele ich schließlich und hebe mein Glas. »Auf den heutigen Abend.«

»Auf euch.« Julie lächelt.

»Ja, auf euch. Ich freue mich wirklich sehr für euch beide«, sagt Charlize und drückt meine Hand.

Von allen brauchte sie am längsten, um Scott zu akzeptieren, nicht nur in meinem Leben, sondern auch als Teil unseres Freundeskreises. Sie sagte irgendwann mal zu mir, dass sie Angst hatte, er würde Eden ersetzen und das alle so tun würden, als hätte es ihren Bruder nie gegeben. Diese düstere Erwartung hat sich nicht erfüllt.

Später, als sich alle verabschiedet haben, betrachte ich, auf dem Bett in meinem ehemaligen Kinderzimmer sitzend, mein Brautkleid. Im Kleidersack neben der Tür verbirgt sich mein Kleid im Dornröschenschlaf, ehe ich es morgen endlich tragen darf. Ich habe mich für ein schlichtes, locker fallendes Modell mit Spitze entschieden. Kein Glitzer, kein Bling-Bling, das passt einfach nicht zu mir. Luftig fällt der Stoff über meine Beine und lässt mich, um es mit den Worten meiner Mum zu sagen, »feenhaft« aussehen.

Meine Mum legt bei der Hochzeit ihres einzigen Kindes sehr viel Wert auf Traditionen. Mit einigen davon bin ich einverstanden. So war es okay für mich, dass ich die letzte Nacht vor der Hochzeit hier verbringe. Andere ihrer Vorschläge, wie etwa eine Einladung an Menschen zu senden, die zwar mit mir verwandt sein mögen, die ich aber noch nie in meinem Leben zu Gesicht bekommen habe, schlug ich aus.

Einen weiteren Brauch, mag er von kollektiver oder bloß familiärer Natur sein, habe ich allerdings fortgeführt. Ich habe Scott einen Brief geschrieben und ihn auf sein Kopfkissen gelegt, bevor ich heute Nachmittag zu meinen Eltern gefahren bin. Mit den darin enthaltenen Worten möchte ich ihm noch einmal zeigen, wie sehr ich ihn liebe. Literarisch habe ich ihm meine Gefühle beschrieben, bei denen mir der Mut fehlen würde, um sie laut auszusprechen. Die Botschaft an Scott ist intim, ehrlich und vermittelt ihm hoffentlich die Dankbarkeit, die ich empfinde, weil ich ihn an meiner Seite weiß.

Gleichzeitig fühlt sich die Erfüllung dieser Tradition irgendwie auch noch unvollständig an. Als hätte ich etwas vergessen. Und ich weiß auch sofort, was es ist.

Schon länger habe ich mir Edens Songs nicht mehr angehört. Heute, an diesem bedeutsamen Abend, sehne ich mich nach seiner Stimme. Seit seinem Tod assoziiere ich etwas Beruhigendes mit seinem Gesang. Es ist wie eine Umarmung, wie ein Trost, der zielsicher meine Sorgen vertreibt.

Doch auch damit scheint es nicht getan. Instinktiv greife ich zu Stift und Papier und beginne, auch Eden einen Brief zu schreiben. Nie zuvor habe ich das getan, zu schmerzvoll wäre das gewesen, wohl wissend, dass er niemals würde antworten können.

Doch wie sich nach den ersten Zeilen herausstellt, bringt diese Verschriftlichung meiner über die Jahre ungesagten Emotionen etwas Befreiendes mit sich. Sie ist wie ein erster Atemzug, nachdem man viel zu lange die Luft angehalten hat.

Der Stift fliegt über das Papier und Tränen laufen über meine Wangen, während Edens gesungene Botschaften in mein Ohr dringen. Mein Brief vermittelt Schmerz, das lässt sich wohl nicht vermeiden, aber auch Hoffnung und Fröhlichkeit.

Als ich damit fertig bin, fühle ich mich zwar emotional ausgelaugt, aber auch so, als hätte ich mit einem Freund gesprochen.

Es fühlt sich an, als wäre Eden an meiner Seite, damit wir gemeinsam meine Nervosität wegen morgen bekämpfen können. Wäre er tatsächlich bei mir, würde er mich in den Arm nehmen und mir Mut zusprechen. Mit einem breiten Lächeln würde er mir versichern, dass der Tag wundervoll werden wird. Dass alles, was noch kommt, wundervoll werden wird.

Alles wird gut, das hat er in seinem Brief an mich geschrieben.

Und er hatte recht damit.

Liebster Eden,

es vergeht kein Tag, an dem ich nicht an dich denke, und trotzdem ist das hier mein erster Brief an dich. Vielleicht erreichen dich meine Worte, wo auch immer du gerade bist. Egal, wo das sein mag, hoffe ich, dass es dir gut geht.
Du hast einmal gesagt, dass das Leben immer weitergeht. Lange hatte ich das Gefühl, meines wäre eingefroren, erstarrt durch deinen Tod. Harte Monate mit dunklen Gedanken liegen hinter mir.
Mein Leben war plötzlich unglaublich leise, weil ich dich verloren habe. Die Zeit davor war zwar viel zu kurz, aber bunt, wild und leidenschaftlich. Ich war auf der Suche nach mir selbst und habe mich durch dich auch gefunden. Zwar erst später, aber es ist mir schlussendlich gelungen, herauszufinden, wer ich bin.
Dieser positive Ausblick auf meine Zukunft, mit dem du mir Hoffnung geben wolltest, hat mich lange belastet. Ich fand es unfassbar, dass die Sonne weiterhin aufgeht, obwohl du nicht mehr da bist. Jede Veränderung hat mich fertiggemacht. Und es waren einige. Winzige und auch monumentale, die am Ende jedoch alle nötig waren, um dort hinzukommen, wo ich jetzt bin – dem Abend vor meiner Hochzeit. Kannst du das fassen? Wie geht es dir damit? Freust du dich für mich?
Scott bedeutet alles für mich. Ich dachte anfangs, dass er dich verdrängen würde, wenn ich ihn in mein Leben lasse, aber er hat um mich gekämpft und mir bewiesen, dass ich euch beide haben kann. Ich freue mich auf meine Zukunft mit ihm, wenn ich diese Zukunft auch unglaublich gern mit dir verbracht hätte. Aber diese Option stand nie zur Verfügung. Du warst dazu bestimmt, mich bloß auf einem kurzen Abschnitt meines Lebensweges zu begleiten. Scott hingegen – ob du ihn zu mir geschickt hast oder nicht – wird hoffentlich den Rest mit mir gehen.
Erinnerst du dich, was du in deinem Brief geschrieben hast? Was bleibt am Ende zu sagen? Tja, das frage ich mich auch gerade.

Ich liebe dich, das weißt du.
Ich habe nicht aufgegeben. Ich hoffe, auch das siehst du.
Ich habe gelernt, dich gehen lassen zu müssen, damit wir beide unseren Frieden finden. Ich meinen hier an Scotts Seite. Du deinen in einem Haus am Strand, wo immer die Sonne scheint, genau so, wie du es dir gewünscht hast. Ich hoffe, du bist dort, Eden, und spürst, wie sehr wir dich alle lieben und vermissen.

In ewiger Liebe
Madeleine

PS: Grüß Oscar Wilde von mir. Irgendwann werde ich mit euch beiden ein Glas Scotch trinken. Aber bis dahin dauert es hoffentlich noch lange. Denn du hattest recht – das Leben ist es wert, gelebt zu werden.

KAPITEL 64

Scott

Weitere 2 Jahre später

Es ist spät, als ich vom Büro in unser gemütliches Haus in Soho heimkehre. Im Flur leuchtet das Licht der hellblauen Lampe, die wir erst kürzlich gekauft haben, weil sie Maddy ans Meer erinnert.

Seither geht sie jeden Abend raus und schaltet die Lampe ein, als würde sie darauf warten, dass jemand zur Tür reinkommt. Meist bin das ich, weil sich meine Arbeitszeit durch den steten Rückzug meines Dads aus der Firma deutlich verlängert hat. Aber Maddy steht hinter mir, unterstützt mich, wo sie kann, und schafft es dabei auf magische Art, ihre Karriere im Theater voranzutreiben. Ihr Talent ist herausragend und jeder, der mit ihr arbeitet oder ihr beim Spielen zusieht, schwärmt von dem Bann, in den sie einen zieht. Jedes Mal, wenn ich bei einer Premiere im Publikum sitze, schwillt meine Brust an vor Stolz. Das ist meine Frau, denke ich, und bin so dankbar dafür, diesen starken Menschen an meiner Seite zu wissen.

An diesem Abend entdecke ich meine bewundernswerte Ehefrau auf der Couch liegend und friedlich schlummernd. Lächelnd setze ich mich neben sie, schalte den Fernseher aus und breite eine Decke über sie aus.

»Es ist spät geworden, ich weiß. Tut mir leid«, flüstere ich und streiche eine ihrer dunklen Strähnen aus ihrem Gesicht. »Ich hab dich vermisst, Liebling.«

Eine Weile sitze ich da und sehe ihr beim Schlafen zu. Schließlich erhebe ich mich und schleiche ins erste Stockwerk. Wir haben das Haus vor knapp eineinhalb Jahren gekauft und uns sofort in diese Helligkeit gepaart mit der Gemütlichkeit verliebt. Eine offene Küche mit integriertem Essbereich, wo ein riesiger Tisch Platz findet. Das Wohnzimmer verfügt über eine breite Fensterfront, durch die wir einen erstklassigen Blick in unseren überschaubaren Garten haben – der einzige Kritikpunkt, der jedoch durch die freistehende Badewanne und den begehbaren Kleiderschrank wettgemacht wird, zumindest laut Maddys Einschätzung.

Bereits auf dem Absatz der Treppe höre ich aus dem Kinderzimmer das noch leise Wimmern meiner Tochter. Ich weiß aber, wie schnell sich dies in ein lautstarkes Brüllen verwandeln kann. Tatsächlich fuchtelt Ivy bereits wild mit ihren Ärmchen, als ich ins Zimmer komme.

»Was ist los, mein Schatz?«, frage ich und hole sie aus ihrem Bettchen. »Feierst du hier oben eine Party, während Mummy schläft? Dafür bist du mit deinen vier Monaten noch zu jung. Wenn ich aber recht überlege, werde ich wohl niemals begeistert sein, wenn du Partys feierst. Sieh mich nicht so anklagend an. In der Jobbeschreibung für die Stelle als dein Dad stand, dass ich dich besser hüten soll als meinen Augapfel. Und davon habe ich zumindest zwei, dich allerdings gibt es nur einmal.«

Ich setze mich mit Ivy in den beigefarbenen Ohrensessel in der Ecke, den Maddy eigentlich gekauft hat, um unser Baby darin zu stillen. In Wahrheit belege ich den Sessel viel häufiger, meist mit Ivy auf meinem Arm. Maddy meint dann stets mit einem Lächeln im Gesicht, dass ich Ivy verhätschele und sie niemals lernen wird, allein in ihrem Bettchen einzuschlafen. Aber Ivy in den Schlaf zu schaukeln, versetzt mich mit unglaublicher Zufriedenheit.

Manchmal erzähle ich ihr dann von ihrem Bruder Jake, der uns viel zu früh verlassen musste, nun aber als Schutzengel über sie wacht. Der Schmerz, Jake verloren zu haben, wird für ewig bestehen, jedoch konnte er mit Ivys Geburt ein wenig gelindert werden. Sie hat unser Glück komplettiert. Ich genieße jeden Tag mit ihr. Und das meine ich wirklich absolut ernst.

Während Ivy wieder einschläft, muss ich mir allerdings selbst eingestehen, dass ich in den vergangenen Wochen wirklich wenig Zeit für meine Familie hatte. Meine Arbeit beansprucht gerade so viel Platz in meinem Leben. Platz, den ich lieber mit ihnen verbringen würde.

Ich habe mir fest vorgenommen, aus dem Schicksal, das Maddy und mich zusammengebracht hat, meine Lehren zu ziehen. Die oberste sollte sein, die Zeit, die wir miteinander verbringen dürfen, zu schätzen und zu nutzen. Eden hat das in den Bildern und der Musik, die er uns hinterlassen hat, oft genug veranschaulicht. Das ist seine Botschaft an mich, seine Bedingung dafür, dass ich die Frau, die wir beide lieben, am Ende bekommen habe. Nicht er sitzt hier in diesem Haus mit einem Baby auf dem Arm, sondern ich. Ich durfte sie heiraten, darf jeden Morgen neben ihr aufwachen. Und im Moment schiebe ich das alles beiseite, hetze ins Büro, um mich dort mit Fleiß an der Umstrukturierung der Firma zu beteiligen.

Ich vergeude Zeit, die ich mir mit Jake gewünscht habe und die ich nun mit Ivy haben könnte. Für was? Für Geld? Ruhm?

Um mich von den negativen Gefühlen abzulenken, die nun in mir hochsteigen, blicke ich hinab zur schlafenden Ivy. Gemeinsam mit Maddy ist sie der Mittelpunkt meines Lebens. Sie ist alles, was ich mir jemals gewünscht habe.

»Hier bist du«, erklingt Maddys leise Stimme.

Sie betritt das Zimmer, setzt sich auf die Armlehne des Sessels und schmiegt sich an mich. »Ich wollte dich nicht aufwecken, du hast so gut geschlafen.«

»Dafür habe ich jetzt einen steifen Nacken.«

Ich lächele und greife nach ihrer Hand, an der sie ihren Ehering trägt. Ein schlichtes Modell in Gold, ganz ohne Steinchen. Maddy wollte es so. »Wie war euer Tag?«

Sie gähnt und meint dann: »Wir waren spazieren, haben gekocht und Ivy hat herausgefunden, wie sie die Spieluhr in ihrer Wippe eigenständig einschaltet.«

»Mein schlaues Mädchen«, sage ich und hauche Ivy einen Kuss auf die Stirn.

»Wie war dein Tag?«

»Stressig«, erwidere ich und spüre ein reumütiges Druckgefühl in meinem Magen. »Die Umstrukturierung ist die Hölle. Ich weiß gar nicht, wie ich all den Aufgaben, die auf mich abgeladen wurden, jemals gerecht werden kann.«

Lächelnd streicht Maddy über meine Wange. »Du wirst hineinwachsen, Scott. Kein Meister ist vom Himmel gefallen.«

Ich seufze. »Ich weiß. Aber überleg mal, wie sehr sich unser Leben mit der Übernahme meiner Stelle als Geschäftsführer verändern wird, und das ausgerechnet jetzt, wo Ivy da ist.«

»Was schwebt dir vor?«, fragt sie, was typisch ist für sie. Es würde nicht zu Maddy passen, würde sie mich krampfhaft von meinem Empfinden abbringen wollen.

»Möglicherweise sollte ich einen Partner finden. Jemand, mit dem ich mir meine Aufgaben teilen kann. Ich könnte meine Stunden reduzieren, früher nach Hause kommen, damit wir noch ein paar Stunden miteinander haben, ehe du ins Theater musst. Zumindest solange Ivy noch klein ist.«

Im Augenblick geben wir uns die Klinke in die Hand. Komme ich nach Hause, fährt Maddy los, um es zu ihren Aufführungen zu schaffen. Auf Dauer ist das auslaugend, für uns beide.

»Wäre das denn überhaupt machbar?«, hakt sie nach.

Ich lache. »Ich bin der Boss in dem Laden, schon vergessen?«

»Du bist ein unglaublicher Mensch, Scott Walhof. Unglaublich empathisch und fürsorglich. Womit habe ich dich verdient?«

Als sie sich zu mir herabbeugt, um mich zu küssen, klebt immer noch ein breites Grinsen in meinem Gesicht. »Mit jeder Faser.«

»Schlaf ein paarmal drüber, meine Unterstützung hast du natürlich.« Sie erhebt sich, streichelt Ivys Bauch. »Ich geh ins Bett. Kommst du dann auch nach?«

Ich nicke, schmiege Ivy aber noch enger an mich, anstatt sie zurück in ihr Bettchen zu legen. Als Maddy an der Tür ist, rufe ich ihren Namen. »Wie wär's, wenn wir morgen nach Beadnell fahren? Nur wir drei. Ein Tag am Strand, Eis für alle und köstliche Muscheln zum Mittagessen.«

Beadnell hat einen hohen Stellenwert in unserem Leben. Schon öfter waren wir dort in dem Haus, wo Maddy auch mit Eden Urlaub gemacht hat. Erstaunlicherweise gelingt mir das, ohne den leisesten Hauch von Eifersucht zu verspüren. In den vergangenen Jahren habe ich die Bedeutung dieser kurzen Beziehung der beiden verstanden. Eden wird immer ein Teil von ihr und somit auch von mir sein. Ihre Traurigkeit mag sich gelegt haben, doch ich weiß, dass sie oft an ihn denkt und bedauert, dass er all das Glück, das wir beide erfahren, nie kennenlernen durfte.

Es hilft ihr, diesen Ort in Beadnell mit neuen schönen Erinnerungen zu belegen. Sie schließt ihren Frieden, und ich möchte sie dabei unterstützen.

»Wir fahren früh los und sind rechtzeitig zurück in London, damit du es zur Arbeit schaffst«, fahre ich fort. »Gönnen wir uns diese Auszeit. Komm.«

Als sie grinst, weiß ich, dass sie mich zwar für durchgeknallt hält, aber innerlich bereits meinem Vorschlag zugestimmt hat. »Du zauberst die wundervollsten Abenteuer aus dem Hut, nicht nur dafür liebe ich dich.«

»Das heißt also, ja?«

»Ja, tun wir es.«

Grinsend zuckt sie mit den Schultern. Wir beide haben auf schmerzhafte Weise lernen müssen, dass das Leben aus vielen kleinen Erlebnissen besteht, die sich in unserem Gedächtnis wie ein Mosaik zusammensetzen. Irgendwann möchte ich einmal auf mein Leben mit Glück, Stolz und Zufriedenheit zurückblicken.

Mein Tag sollte nicht eingenommen werden von strengen beruflichen Pflichten, sondern von Zeit mit meiner Familie. Und ich glaube, Maddy empfindet das genauso.

»Maddy«, rufe ich sie erneut zurück. Diesmal runzelt sie die Stirn.

»Ich liebe dich.«

»Ich liebe dich auch«, erwidert sie sanft und wirft mir einen Luftkuss zu.

Nachdem sie das Zimmer verlassen hat, lehne ich den Kopf zurück, schließe die Augen und streichele den Rücken meiner Tochter mit einem seligen Lächeln auf den Lippen.

TRIGGERWARNUNG

In diesem Buch finden sich folgende Themen, die triggernd wirken könnten:

- Suizid
- Tod, Verlust und Trauer
- Alkohol- und Drogenmissbrauch, Suchtverhalten

DANKSAGUNG

Mein Dank gilt den Leserinnen und Lesern dieses Buches. Ich weiß, wie groß die Auswahl an Büchern ist und deshalb freut es mich umso mehr, dass Sie sich für dieses entschieden haben.

Ich möchte mich auch bei den Menschen bedanken, ohne die dieses Buch nicht erschienen wäre. Allen voran bei meinem Agenten Carsten Polzin, der sich geduldig all meine Buchideen anhört und mit mir gemeinsam daran feilt, bis sie soweit rund sind, dass wir uns mit ihnen in die Öffentlichkeit trauen können.

Außerdem möchte ich dem sympathischen Team bei Moon Notes danken. Uns verbindet nicht nur die Liebe zu Büchern, sondern auch zu starken weiblichen Heldinnen. Vielen Dank, dass ihr an mich und mein Manuskript geglaubt und uns ein so liebevolles Zuhause gegeben habt.

Mein Dank gilt in diesem Zusammenhang meiner Lektorin Maren. Sie hat das Allerbeste aus diesem Buch herausgeholt und mich nebenbei mit so manchem Vermerk zum Lachen gebracht. Ich sag nur: Die Lasagne ist im Ofen =)

Erwähnen möchte ich außerdem Dr. Clemens Gruber, der mir bei allen medizinischen Fragen unter die Arme gegriffen hat. Ich weiß es sehr zu schätzen, wie geduldig er sich meine Vorstellung angehört und versucht hat, diese in eine tatsächlich mögliche Diagnose umzusetzen. Meine ehemalige Kollegin Mag. Susanne Fürst – danke, dass du immer den Überblick über die Zusammenstellung der Medikamente in diesem Buch behalten hast.

Danken will ich auch meiner Freundin Verena, die nicht nur Testleserin dieses Buches war. Gemeinsam mit ihr habe ich vor zehn Jahren das Cover zu meinem allerersten Roman gestaltet. Aus heutiger Sicht können wir wohl beide sagen, dass es echt schlecht war =)

Für die Unterstützung, Geduld und das Ertragen meiner Tränen, die beim Schreiben dieses Buches in Strömen geflossen sind, möchte ich auch meiner Familie danken. Meinem wunderbaren Mann, der es schafft, seinen Job und unsere kleine Familie perfekt unter einen Hut zu bekommen und vor keinem Abenteuer mit unseren Jungs zurückschreckt. Danken möchte ich auch meinen beiden Söhnen, die ich über alles liebe und die mittlerweile verstanden haben, dass ich nicht professionelle Gamerin bin, sondern am Laptop sitze, um Bücher zu schreiben. Ein Dank gebührt meiner Mama, die jeden Entwicklungsschritt dieses Buches mindestens genauso gefeiert hat wie ich selbst. Ein besonderer Dank gilt meinem Großvater, der einmal zu mir gesagt hat, dass er fest davon überzeugt ist, eins meiner Bücher irgendwann im Buchhandel zu finden. Es tut unglaublich weh, dass er das nicht mehr miterleben kann. Aber wie kein anderer hat er mich zu dieser Geschichte inspiriert, weil sie seiner gleicht und ich dadurch viel besser verstehen kann, was er durchgemacht hat.